在陕两院院士风华录

"陕"耀光芒

（第二辑）

陕西省科学技术协会　编

李豫琦
李肇娥　主编

西安电子科技大学出版社

图书在版编目(CIP)数据

"陕"耀光芒：在陕两院院士风华录.第二辑 / 李豫琦，
李肇娥主编 . -- 西安：西安电子科技大学出版社，2024.4(2024.6重印)
ISBN 978-7-5606-7262-5

Ⅰ.①陕… Ⅱ.①李… ②李… Ⅲ.①报告文学—中国—当代 Ⅳ.① I25

中国国家版本馆 CIP 数据核字 (2024) 第 073567 号

策划编辑：毛红兵 刘芳芳
责任编辑：肖静娟 张 玮 陈一琛
整体设计：姚肖朋

"陕"耀光芒 —— 在陕两院院士风华录（第二辑）

主　　编　李豫琦　李肇娥
出版发行　西安电子科技大学出版社 (西安市太白南路 2 号)
电　　话　(029)88202421 88201467　　邮　　编　710071
网　　址　www.xduph.com　　　　　电子邮箱　xdupfxb001@163.com
经　　销　新华书店
印刷单位　陕西金和印务有限公司
版　　次　2024 年 5 月第 1 版　　2024 年 6 月第 2 次印刷
开　　本　787 毫米 × 1092 毫米　　1/16　　印　张　24
字　　数　308 千字
定　　价　78.00 元
ISBN 978-7-5606-7262-5 / I
XDUP 7564001-2

《"陕"耀光芒 —— 在陕两院院士风华录》（第二辑）

丛书编辑委员会

主　编　李豫琦　李肇娥

副主编　张俊华

编　委　王晓利　李　磊

　　　　张　娅　张一曦

序

　　科学成就离不开精神支撑。新中国成立以来，广大科技工作者在祖国大地上树立起一座座科技创新的丰碑，铸就了以"爱国、创新、求实、奉献、协同、育人"为内核的新时代科学家精神，兼容并蓄世界科学文明、中华优秀传统文化、中国革命红色文化精华，是创新奋斗与大民族精神的时代观照。

　　科技创新是民族进步的灵魂，科学家精神是科技创新的导航仪。党的二十大报告将"培育创新文化，弘扬科学家精神，涵养优良学风，营造创新氛围"作为"完善科技创新体系"的重要内容进行部署。陕西省科学技术协会作为党和政府联系科技工作者的桥梁纽带，围绕省委省政府部署，积极推动科技创新生态建设，探索实施弘扬科学家精神"五个一"工程：通过出版一系列科学家精神丛书、拍摄一系列院士专题纪录片、创建一批科学家精神教育基地、组建一支科学家精神宣讲队伍、推出一组弘扬科学家精神剧目，大力弘扬科学家精神，营造创新文化科学文化氛围，激励更多青年学子和科技工作者在实现中华民族伟大复兴的新时代新征程中乘风破浪、扬帆起航。

　　科学事业需要民族脊梁般的科学家，需要一批心中有大我、把论文写在祖国大地上的科技工作者楷模。目前，在陕两院院士共有74人，他们是陕西加快形成新质生产力、推动陕西高质量发展、实现高水平科技自立自强的重要力量和宝贵财富。"陕"耀光芒——在陕两院院士专题宣传活动计划作为陕西省科学技术协会弘扬科学家精神"五个一"工程的重要组成部分，通过出版报告文学丛书和拍摄制作专题片等形式，谱写科学家故事，展示以在陕两院院士为代表的科学家的精彩人生轨迹和不懈奋斗历程，让广大公众特别是青少年更加深入了解科学家的高尚情怀和优秀品质，引导广大科技工作者，特别是青年科技工作者传承和弘扬矢志报国、担当有为的家国情怀，追求真理、勇攀高峰的科学精神，恪尽职守、甘于奉献的崇高品格。

"陕"耀光芒——在陕两院院士专题宣传活动计划第一季实施以来，在社会各界尤其是青少年群体中产生了强烈反响，一系列作品获得中国科学技术协会全国科技工作者日活动的"优秀作品"，《"陕"耀光芒——在陕两院院士风华录（第一辑）》一书被中国国际科教影视展评暨制作人年会作为科学家精神重点图书进行推介，《"陕"耀光芒——在陕两院院士》专题片荣获陕西省直机关社会主义核心价值观主题微电影（微视频）征集活动一等奖。

济济多士，乃成大业；人才蔚起，国运方兴。从旱地兴农七十载、为有甘露洒高原的山仑院士，到砥砺前行探镍海、能源科技领路人的汤中立院士，从矢志不渝铸钢魂、一片丹心强国梦的关杰院士，到解构地质年轮、浇灌科技沃土的张国伟院士，从经纬密织科研路、丹心铺就报国魂的姚穆院士，到水润长安育桃李、潜心科研为民祉的李佩成院士，从躬身医学科研、守护人民健康的陈志南院士，到铸造国安利器、践行教育使命的房喻院士，"陕"耀光芒——在陕两院院士专题宣传活动计划第二季共推出8位院士，持续打造以在陕两院院士为代表的科技工作者群像，深入呈现科学家丰富的精神世界。

《"陕"耀光芒——在陕两院院士风华录（第二辑）》一书作为"陕"耀光芒——在陕两院院士专题宣传活动计划的重要组成部分，在各方努力下即将出版。借此机会，谨向各位院士致以崇高的敬意，向积极支持、热心参与该项工作的各有关单位和相关同志，以及各位作家表示衷心的感谢。希望"陕"耀光芒——在陕两院院士专题宣传活动计划能够得到更广泛的关注和支持，希望专题图书能够得到学术界的认可和读者的喜爱。祝愿广大科技工作者不负青云志、永存赤子心，在祖国大地上谱写高水平科技自立自强中国式现代化的新篇章。

陕西省科学技术协会

2024 年 5 月

目 录

旱地农业里的人生

中国工程院院士山仑

文 / 刘芳芳

院士简介

山仑 1933年1月生于山东龙口，1954年毕业于山东农学院，1962年获苏联科学院植物生理研究所生物学副博士学位。历任中国科学院西北农业生物研究所（即现在的中国科学院水利部水土保持研究所）与中国科学院水利部水土保持研究所研究员，河南大学、山东农业大学等高校兼职教授，旱区作物逆境生物学国家重点实验室及黄土高原土壤侵蚀与旱地农业国家重点实验室学术委员会主任，《干旱地区农业研究》编委会主任，《Pedosphere》名誉主编，并分别被陕西省和中国科学院授予优秀共产党员专家和优秀共产党员称号。

山仑长期从事作物抗旱生理和旱地农业研究，开辟了旱地农业生理生态研究新领域，在提高半干旱地区农田降水利用效率综合技术途径、有限水高效利用的生理生态基础等方面做了系统的研究工作，取得了多项成果，产生了显著的经济与社会效益。从植物需水与半干旱地区农业水环境之间的关系出发，提出了作物对多变低水环境适应性的科学概念，证实多种作物一定生育阶段适度水分亏缺可产生生长、生理和产量形成上的补偿效应，节水与增产目标可以同时实现，为推行节水农业提供了有力根据。

发表学术论文 350 余篇，代表著作有《黄土高原旱地农业的理论与实践》《旱地农业生理生态基础》《节水农业》等。培养研究生 30 多名，主持和参与提交的多份咨询报告得到有关部门的重视与采纳。作为第一主持人获国家科技进步奖二、三等奖各一项，省（部）科技奖励 8 项，并获中国科学院竺可桢野外科学工作奖、何梁何利科学与技术进步奖等奖项。现致力于植物整体抗旱性、节水农业生物学和我国半干旱地区农业发展战略方面的研究。

1995 年，当选中国工程院院士。

题 记

旱魃，中国古代传说中引起旱灾的怪物，常在北方逗留，它走到哪里，哪里的百姓就会饱受旱灾肆虐之苦。千百年来，均是如此。而他，则是提起科学武器挑战“旱魃”的勇士与智者。为了战胜“旱魃”，他在作物抗旱生理和旱地农业领域大展身手，几十年如一日，坚持扎根科研一线，用自己的一生所学，解决黄土高原旱地增产问题，并研制出了国内外首创的、使作物生理活性和抗旱性得到一定程度结合的新型抗旱剂。他，就是中国工程院院士——山仑。

一 裹着温暖的灰黄时代

每当回忆起自己的童年和少年时期，山仑总能感觉到灰黄的社会环境下裹着温暖。

（一）自幼住在外祖母家

在20世纪初的神州大地，风云四起，万象不振，一片混沌之中无一丝焕然之色。而山仑便是在这样的背景下，于1933年1月19日诞生于山东黄县。黄县，即如今屹立于胶东半岛之上的龙口市。当时的黄县号称“金黄县”，在胶东地区颇为富饶繁华，然而因祖父早逝，山仑的家境并不富裕。

山仑的父亲山子文拥有高中文化，年轻时在青岛一家报关行工作，而山仑的母亲同样拥有高中文化，在黄县小学任教。

在山仑的记忆里，父亲常年在外工作，母亲亦事务繁忙，因此他和哥哥山昆便居住在外祖母的家中。因外祖父早逝，外祖母家里没了劳力，唯有将几亩田地出租以度日。即便如此，家里的生活仍充满艰辛和挣扎。

对于那段岁月，山仑记忆犹新。一天，一群人闯入家中讨债，外祖母还不上钱，只能拿家具抵债，其中有一件山仑最喜欢的柜子也被掠走了，他为此失声痛哭。外祖母养了鸡，用鸡下的蛋换取微薄的收入以贴补家用。但自从山仑和哥哥到来后，外祖母每隔几天便会给他们煮一个鸡蛋补充营养，那时感觉鸡蛋就是世间最美味之物。可以说，待在外祖母家的那段时光，给了山仑与哥哥心灵上的最高慰藉与快乐。

（二）关于父亲和母亲

山仑不记得自己是从什么时候开始学习认字的，但他能确定，他开始学习应当起始于母亲。

山仑的母亲李文做事泼辣、利索，待人很宽厚，而且非常爱国。当时日本人占领黄县后，学校的课本中有不少亲日内容，为了不做亲日宣传，她便离开学校不再教学。本来就困顿的家庭，因少了一份收入，变得更加艰难了。

山仑对母亲是非常钦佩的，她坚毅、执着，对孩子的学习一直给予鼓励和支持。她一边教其他家庭的孩子，一边指导自己的孩子。山仑还清楚地记得，1942年，自己上小学四年级时，他们全家搬离故土，迁往青岛。当时日寇统治下的青岛民不聊生，但即使在这样的战乱中，母亲还是坚持让他们读书。当时父亲带着自己和哥哥，去亲戚那里一家挨着一家借学费的情形，山仑记忆犹新。

"我父亲是不赞成我上大学的，不过他有他的难处。"虽然父亲也渴望儿子有出息，但在那个时候，供孩子上大学，家里根本负担不起。山仑的母亲却毫不退缩，她怀揣希望，期望孩子能通过读书获得更好的未来。

关于学习和求学这件事，山仑由衷地感激自己的母亲，母亲付出了太多心血。幸好，这份心血没有白费 —— 她的儿子山仑后来当选为中国工程院院士。

（三）日本统治下的青岛

山仑的童年回忆是恐怖和压抑的。

那时，山仑家附近驻扎着日本海军的一个连队。每天上学时，他就会被日本兵叫住盘问。为了避免麻烦，他和同学最后不得不绕更远的路去上学。

有一次，山仑和母亲要去外祖母家，父亲、二叔和几位朋友刚送他们到码头，便被日军拦住了，二叔和父亲还挨了板子。日军还叫来宪兵，给二叔安了个罪名，把二叔抓走了。最后家里托了各种关系，才把二叔保了出来。

"中国人的地方不许中国人去，可见当时的日军有多猖狂。"多年后，山仑回忆起这段经历时表情凝重。

让小时候的山仑常常担忧的还有一件事情，那就是传染病，因为一旦感染霍乱或其他疾病，日军就会实施封锁，然后将人与房子一起焚烧殆尽。

或许是受母亲的影响和熏陶，小小的山仑也逐渐滋生出深深的爱国情结。虽然他对日本兵心存惧怕，但同时也有着强烈的反日和爱国情绪。正是在这样的情绪驱使下，在一次习语课上，他在一张纸条上写下了三个字：打日本。不知何故，放学后这张纸条不见了踪影，这给他带来了巨大的精神压力，因为一旦有人知道纸条上的字是他写的，再将纸条交给日本人的话，他和家人将面临何等遭遇，实在是难以想象。就在山仑紧张不安时，有一天放学后，他刚回到大杂院，就发现一群日军闯入了院子，他顿时吓得魂飞魄散，值得庆幸的是，日军经过他家直奔别家。他虽然松了口气，但对被捕的那户人家却心生忧虑。

这段时期，确实是一个"恐怖"的时期。

（四）关于山仑自己

山仑素来觉得自己很普通，自幼时就学业平平，读小学时，作业还得仰仗兄长山昆的指导。他记得，兄长常常指责他愚笨。还有小学地理课上，老师布置了画图作业，他总是画不好，不断地被老师要求重画，当时父亲摇着头，帮助他重新完成作业。

初中时，开设了日语课程，他因为心怀反日情绪，根本不愿好好学习日语，结果常常考试不及格。为了帮助他，母亲主动去上了日语夜校，并以优异的成绩结业。结业后的母亲开始辅导山仑学习日语，在母亲的悉心教导下，山仑的日语成绩逐渐提高。可见，在语言和侵略问题上，母亲分得很清楚。

在家人悉心的帮助下，山仑的各门功课全面发展，尤以文学为甚。母亲曾为教师，对阅读亦情有独钟，这对山仑的影响尤为深远。而兄长山昆，当时纵横青岛文坛，经常在报刊上发表文章，甚至有长篇连载之作。在母亲和兄长的影响下，山仑也喜欢上了文学。

"我大哥，实际才华横溢、文武双全。除文章写得出色外，数理方面同样精通。"一谈及兄长山昆，山仑便眉开眼笑、话语不断。

钟情于文学的山仑也开始学习创作，在当时青岛的一些文艺杂志上还发表过一些作品。当然每有空暇之时，他都会阅读，并钻研他人的写作风格和文章结构。在不知不觉中，他的文字流畅起来，文章结构设计巧妙起来，并形成了自己的文风。

尽管山仑最终未能走上文学之路，但他后来搞科研写文章时练达顺畅的文风，显然是和当初母亲、兄长对他的影响和鼓励分不开的。

就是在这样的大环境和背景下，山仑渐渐长大成人。

二　激情燃烧的岁月

当看到当地人只能靠草根和糠秕面填饱肚子时，山仑更加深刻地意识到自己的责任和使命：用自己所学去改变黄土高原贫穷落后的面貌。于是，解决干旱问题、增加粮食产量成为他的努力方向和首要工作。

（一）高中时期加入共青团

1949 年 6 月 2 日，青岛的解放给山仑带来了翻天覆地的变化。

半年后，也就是 1949 年 12 月，山仑决定加入共青团。因为对反动派的抵触之心，他更愿意和那些进步的同学交往。正是在这个时期，他结识了一位同学——王甸基。然而山仑不知道的是，王甸基实际上是地下工作者。从王甸基那里，他了解到了关于革命的消息并接触到了解放区报纸等印刷品。正因为有了王甸基的介绍和支持，他后来如愿加入共青团。

加入共青团后，山仑心中一直憧憬着一个公平正义、没有剥削和压迫的新社会。他清楚地认识到，在中国共产党领导下才能实现这一目标。

为什么山仑这么笃定？那是因为解放后的两件大事，让他深受震动。

首先是 1950 年 11 月 28 日，伍修权同志代表中国政府在联合国会议上发表了铿锵有力的讲话，针对帝国主义的侵略行径进行了坚决反击。他的讲话不仅极大地维护了中国的独立和尊严，更代表着长久被帝国主义列强压迫、欺辱却只能无声抵抗的中国人民站起来了。

第二件事情发生在同一时期，党处决了天津地委领导人刘青山和张子善两个大贪污犯。这一决定向全党和全国人民宣示了党对腐败现象的零容忍态度。这一事件进一步坚定了山仑对中国共产党的信心。

青岛解放以及这两件重大事件改变了山仑的命运，激发起他不屈不挠追求公平正义的斗志。那时的他心怀信念，对未来充满憧憬。

（二）大学的幸福时刻

1950年夏天，山仑在母亲的支持下以优异的成绩考入山东大学农学院农学系，成为新中国的第一批大学生。

实际上，对于农学专业，山仑并没有深入的了解。在当时的宣传影响下，他只是想学一门实用的技术。幸好，在真正了解自己的专业之后，他逐渐爱上了农学，甚至在山东大学的校刊上发表了一篇名为《为什么学农》的文章。从那时起，他便与农业结下了终生之缘。

1952年，山东农学院与山东大学农学院合并。由此，山仑有了更广阔的学习和展示自己的舞台。

在大学里，老师们的教导让他终生难忘且受益匪浅，课程内容和精神已经渗透到他心底深处。他特别喜欢植物生理学和土壤学，在当时他也没敢想成为一个伟大的人物，但这两门专业课程确实为他日后的研究打下了坚实基础，并成为他追求一生的事业。

就在他努力学习植物生理学、土壤学等理论知识时，一位负责实习的老师的话刺激了他。

"你在实践方面应像在学习上一样出色。"

这句话让他开始将理论与实践相结合……他踏上了黄土高原，在将自己的理论知识运用于实际的过程中，为黄土高原的综合治理作出了自己的贡献。

可以说，他后来取得的每项科研成果都与注重实践有关。理论与应用相结合，使他找到了自己的位置，并确定了自己的研究方向。每一次的成功和突破都源于他对实践重要性的深刻认识，山仑始终坚信，只有将理论付诸实际，才能真正创造出有意义的成果。

除不断汲取知识的营养外，在大学里，山仑还认识了一生的好友——比他高两届的施培。施培为人正派，待人诚恳，学习成绩也总是第一，这让他满心佩服。后来施培留校当了助教，最后又担任了山东农大的校长，他们的交往一直都没有断过。

在大学里，山仑是非常幸福的。因为优秀的表现，经民主选举，他成为山东农学院首届学生会的主席。之后常常参与对学校的管理，并经常开会和发言，因而锻炼了他的组织能力、逻辑思维能力，以及洞察力和语言表达能力。

可以说，在学校，他和老师、同学的关系非常融洽。1953 年 12 月，经团委书记王志行的介绍，他光荣地加入了中国共产党。后来，他还组织同学一起办了一份学校"专刊"。这起初的带队锻炼，也为他后来组织科研队伍奠定了基础。

1954 年秋，山仑大学毕业，他被分到了中国科学院。

"大学可以说是我一生中最幸福最快乐的时期之一，当时的我们意气风发、勇往直前。"每每忆起自己的大学时代，山仑的心头总会漾起无比温馨无比幸福的感觉，这感觉将会伴他终生。

山仑是个念旧的人，关于母校，他从来没有忘记过。当然，母校也一直记着他。1988 年，改为山东农业大学的母校三十周年校庆，他代表离校校友致了词。2003 年，他还成为母校的特聘教授。这里值得一提的是，比山仑高一届的校友李晴琪教授，为了山仑能到山东农大兼职，做了不少沟通工作，使得山仑后来的工作进展得非常顺利。

（三）奔赴西北大地

山仑虽然被分到了中国科学院，但工作地点却在西北。

当时大家都在北京学习了一段时间，有的留在了北京，有的被分配到了西北。山仑并没有羡慕留京的同学，而是对去西北满怀激动。到中国科学院西北农业生物研究所（即现在的中国科学院水利部水土保持研究所）工作是他心之所向，他带着新中国第一代大学生的豪迈来到西北，把自己的科学家之梦也寄托在了这里。

有人曾称西北为"荒凉之地"，但对山仑来说，这里并不荒凉，而是充满希望和机遇。西北农业生物研究所位于陕西省武功县张家岗村，虽然地处偏远，其周边却汇聚了西北农学院、水利科学研究所、陕西省农科院、陕西农校、陕西水校等农业方面的高等、中等院校和研究所。

在武功县的城西有一座后稷祠，是用来纪念后稷的。后稷作为我国农业生产技术的发明者和传播者，被后世尊为"农神"，彼时，这里聚集了一批像山仑这样的农业专家、教授。这片土地仿佛凝聚着人们对农耕文明的敬意，承载着丰饶和奋斗的希望。

"那时的条件非常艰苦，没有自来水，没有电，就几排临时修建的小平房。"提起当年，山仑笑容满面。

那时他和其他十二名大学生怀揣梦想，奔赴那里，在铁丝网围起来的100多亩地里搞研究，虽然生活艰苦，但他们非常乐观，也很团结。当时西安植物园来要人，他们坚决拒绝了，继续在老专家和老同志的带领下忙碌着。

在研究所忙碌了一段时间后，山仑有幸跟随老一辈专家前往甘肃的天水、定西等黄土丘陵区进行调查研究，甚至深入农民家的窑洞进行访问。黄土高原严重的水土流失和干旱给他留下了深刻印象。他震惊地发现，那里的粮食产量低得令人难以置信，当地居民甚至只能靠草根和糠炒面填饱肚子。这一切让他更加深刻地意识到自己的责任和使命。于是，解决干旱问题、增加粮食产量成为他的努力方向和首要工作。

在这期间，山仑有幸得到了著名植物生理学家和古农学家石声汉教授的指导。石声汉教授对好学的山仑赞赏有加，经常给予他十分有益的指导。在石声汉教授的影响下，山仑不仅加强了植物生理学的基础，还对古农学产生了浓厚的兴趣。

1955 年至 1957 年，山仑在陕北绥德水土保持试验站进行研究工作。在这三年里，他在作物抗旱生理方面做出了一些有意义的探索，并获得了一些成绩。

1957 年，根据初步试验和调查研究的情况，山仑与伍学勤、王笃庆在《黄河建设》上发表了他参与编写的第一篇论文：《陕北坡地牧草栽培和水土保持》。文章在叙述了绥德地区的基本情况后，分析了栽培牧草的目的和初步观察的结果，论述了产草量的意义并介绍了几种生长良好的牧草，还论述了牧草对提高土壤肥力及保持水土的作用。

这次绥德的试验和研究成果，是山仑对半干旱黄土丘陵地区农业生产的一点初步探索。虽然只是初步探索，但意义重大。

▎（四）完美家庭

1956 年，山仑在绥德水土保持试验站研究工作搞得如火如荼时，郭礼坤跟随著名的水土保持专家蒋德麒到陕北考察，两个人的缘分由此开始。一个是山东汉子，一个是四川女儿，两个人在大家的介绍和鼓励下，经过一段时间的接触，在那片沟壑纵横、山梁相连的黄土丘陵上产生了一段爱情。

1957 年 5 月 2 日，山仑和郭礼坤在陕西杨陵举行了一场简单而温馨的婚礼。婚后，郭礼坤就去了郑州水利部黄河水利委员会工作。当时黄委会也想

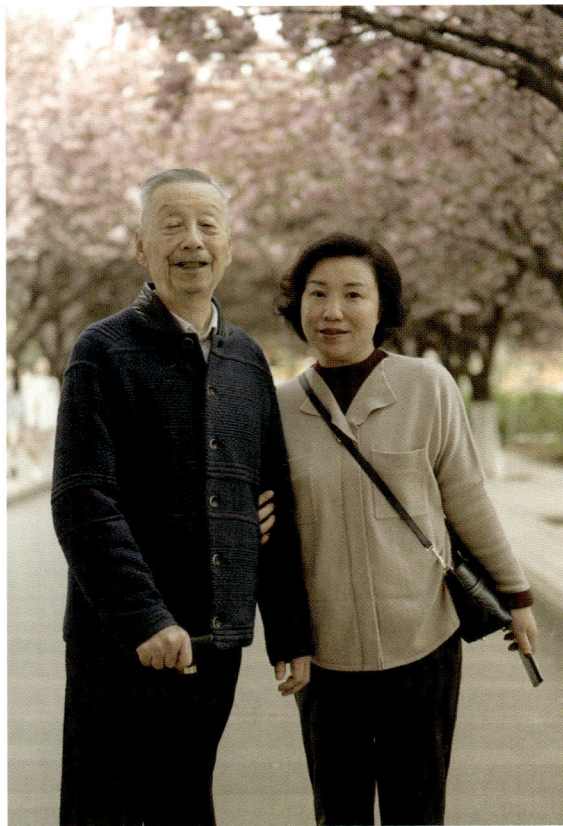

山仑与女儿山颖（院士方提供）

调山仑去他们那里工作，但被郭礼坤婉言谢绝了。她明白山仑不可能同意这个安排，因为专业不对口，山仑根本没法施展才华。就这样，他们开始了长达七年的两地分居生活。

1958 年，他们的大儿子山立出生。1959 年，山仑就去了苏联学习。当时按照规定，山仑在国内没有生活费，于是家里就靠郭礼坤一月 50 来元的工资维持生活。因为工作太忙，没法照顾儿子，郭礼坤便把儿子送到青岛，由婆婆照顾。可以说，郭礼坤和婆婆的关系非常融洽。山仑还记得，1960 年他回国看母亲，母亲对他说："如果我病重，其他谁也不叫，叫礼坤回来就可以了。"后来果真就是大哥山昆和妻子郭礼坤为母亲送的终。

1963 年，山仑回国一年后，郭礼坤调到水土保持研究所，与山仑团聚。1965 年，二儿子山冰出生了。1969 年，女儿山颖出生了。

大儿子山立当时赶上了上山下乡的年代，虽然参加高考未果，但最终凭借自己的努力，获得了大专文凭。后来他获得过粉笔护套、笔镜、无尘滚式排刷三项专利，并发表了不少作品，还出版过诗集，并积极参与科普工作，他编著的科普读物先后获得了各种奖项。

二儿子山冰则幸运地赶上了好时代，从中学到大学再到研究生阶段，一路顺风顺水。从 1997 年起，他先后在日本群马大学、新加坡南洋理工大学、美国密歇根大学以及美国堪萨斯州立大学从事研究工作，并获得了日本和新加坡的理学及工学博士学位。在山冰的记忆里，父亲绝大多数时间都在忙于工作，与孩子们的交流基本上是在饭桌上，但仍会有一些细致入微的关心。

女儿山颖可以说是山仑夫妇的掌上明珠，在父母的呵护下茁壮成长。她1990 年进入中国科学院西北水土保持研究所工作，先是被分在固原试验站，后在母亲郭礼坤退休后接任了父亲山仑课题组的秘书。十多年间，她一直精心打理着父亲的各类事务。在山仑做兼职教授期间，她也随父亲先后被调到山东农业大学、河南大学工作，一方面照顾父亲的日常生活，另一方面兼顾一些实验室的管理工作。

山仑与郭礼坤各方面都非常互补。比如山仑性格内向，郭礼坤却很开朗。在家里，家务事上全是郭礼坤说了算，山仑则完全放手。在工作中，郭礼坤同样是山仑最好的合作伙伴。1979 年，郭礼坤调到山仑课题组，起初山仑还担心，两口子在一个组里，不好与别的同志相处，但实际情况证明了他的担心是多余的。团队中的琐事和公益事务，由郭礼坤全权负责，不再需要山仑和其他同事费心，山仑只需要关注整体形势和大局，扮演好舵手的角色。

再后来，山仑的很多事都由爱人郭礼坤来安排了。无论他们之中谁遇到了挫折和难事，他们都会相互鼓励，相互支持，共同出谋划策，寻找解决办法。拥有郭礼坤这样一位伴侣，山仑心满意足并充满感激之情，因为正是有了她，他才能够有更多的时间和精力去工作，才能在事业上取得如此辉煌的成就。

三　把握科学生涯关键期

看到在自己和同事的努力下获得的成绩在当地引起了轰动，对山仑来说是一个不小的震撼，因为他看到了将所学知识与生产实践结合发展的可能性，他也开始有了将作物抗旱生理研究与旱地农业生产实践结合发展的深度思考。

（一）赴苏联深造

1958 年，经过严格考核和层层筛选，山仑被国家选派去苏联留学。

在去苏联之前，大家被集中到北京外国语学院留苏预备班学习俄语。最初山仑学得很吃力，但在坚持和努力后，他便入了门。去了苏联后，他的学习就比较轻松了，考试总是优。化的俄语基础非常牢固，以至于回国八年后，他还能承担中国科学院赴阿尔巴尼亚援助小组的俄语翻译工作。在他年近五旬时，他又以这种毅力自学英语，并在以后的国际合作交流中发挥了作用。

1959年年初，山仑到莫斯科苏联科学院植物生理研究所水分生理实验室学习。他学的是植物水分与抗旱生理，研究题目是根据国内现状和生产实际需要而定的"水分和矿质营养条件与植物光合作用和抗旱性的关系"。他的导师是苏联著名的灌溉生理学家波季诺夫。不管是在学习上还是在工作上，导师都给了山仑很多帮助。跟着导师，山仑不仅在专业知识上受益匪浅，更重要的是他学会了独立思考，学会了事事躬行。不管是题目设计、文献查索、实验准备、技术操作，还是最后的论证总结，全都是他亲自完成的，而且他还特别注意对知识面的充实和拓展。

可以说，在苏联的深造，让山仑从事科研工作的基本功更加扎实，初步形成了科学思维和工作方法，也使他具备了进行本专业研究的能力。

1962年6月，山仑最终以优秀的成绩通过了论文答辩，获得了副博士学位。当时因为考虑到祖国正处于困难时期，所以在回国前，他把留学期间节约下来的生活费的一部分上缴给了组织，自己只买了些塑料制品和糖果等带回国，随身带回来的还有一架苏联朋友为祝贺他通过论文答辩而赠送的照相机。

那时的他，一心想着尽快学成归国，这样他就可以继续研究黄土高原、改造黄土高原、振兴黄土高原，完成自己一生的夙愿。

（二）当考验来临

时光荏苒，回国转眼两年。

回国后的山仑继续做着他留学期间开展的作物抗旱生理方面的研究，但他很不满意。就在他的科研生涯处于低迷阶段时，一场"蹲点锻炼"不期而至，可以说，这是他农业研究之路上一个重要的转折点。

1965年春，研究所组织科技人员下乡，一方面接受贫下中农的再教育，另一方面帮助解决生产中的实际问题。山仑带领着一支六人小组，前往山西省离石县孟门公社五里后村（现归柳林县管辖）蹲点。

五里后村位于黄河峡谷地区，是一个偏僻的小山村。在这里，他们经受的是体力和意志的双重磨炼。除了每天劳动半日，余下的时间就是抓生产、搞科研。

他们去的那年，正好黄土高原地区遭遇百年不遇的大旱，五里后村全年降水量约为多年年均降水量的一半，秋作物生育期间的降水量仅为常年的三分之一。这场生产危机，对山仑他们这些科研人员来说，却是一个难得的考验和机遇。

山仑运用植物抗旱生理及有关专业特长，带着同事、村民与旱魔进行了顽强搏斗。他们采取了扩种抗旱作物、适时早播、担水点浇、增施肥料等措施，努力地进行抗旱保收。同时，针对大旱造成的玉米雌雄开花不同时间的状况，同组的李继云还带领村民搞人工授粉，保障了籽粒的灌浆。他们每隔半个月左右，就给省里和县上书面报告一次旱情及抗旱的情况。后来，他们五里后村小组还和水保所在孙家沟、郝家岭的蹲点组共同形成了一个总体的抗旱保收报告。

在山仑他们的努力下，那一年，五里后村的粮食总产量只略低于正常年份，达到了大旱之年粮食自给。同时，他们还组织并指导村民建成了一批高质量的基本农田，在一直无有效降水的条件下，他们通过少量补水方法使全村冬小麦得以按时播种，且保证了全苗。

他们的这一成绩，在当地引起了轰动。蹲点组的工作还受到了山西省各级领导的重视与好评。这一切，对山仑本人来说也是一个不小的震撼，因为他看到了将所学知识与生产实践结合发展的可能性，他也开始有了将作物抗旱生理研究与旱地农业生产实践结合发展的深度思考。

（三）奔波在天然实验室

之前的成功固然让山仑震撼，但大旱之年的田间景象却带给他更多的启示与长久的思索。

在五里后村的土地上，他目睹了作物从发芽到最后因为干旱而枯萎的发展过程，尤其是七八月间旱象加剧，作物植株中午发生萎蔫，傍晚表现各异，清晨又不同程度地恢复正常的情景，引起了他极大的兴趣。他开始顶着骄阳，奔波在这片坚硬枯涸的黄土地里，忘我地观察和记录。他和同事们不断地实验研究，努力探寻几种主要作物的抗旱性能和规律。最后他们得出几种实验作物的丰产性顺序为：高粱＞玉米＞谷子；抗旱性和稳产性顺序为：高粱＞谷子＞玉米。这些对相关作物抗旱性能的初步探索，为他以后系统地进行不同作物抗旱性生理生态的比较研究打下了坚实的基础。

当时，他们还做了一项实验，在既要省水，又要尽可能减少旱灾损失的生产条件下，他和同事们对 39 亩生育盛期的梯田玉米尝试采用了分次点浇的办法，每亩浇水总量仅为 10 立方米，最后获取了亩产接近 100 公斤的收益，而未浇水的田块近乎绝产。他因此得到了"少量水在抗旱增产中具有重要作用"的启发，形成了"农业中少量水高效利用"的最初想法，并由此引申出后来的"有限水高效利用的生理生态基础"研究，进而提出"生物节水"的重要理论。当时，根据实践中得出的结论，山仑和李继云合写了文章《晋西干旱山区主要秋作物抗旱性的调查研究》，发表在 1966 年《植物生理学报》第 2 期上。文章不仅以"在干旱条件下三种秋作物的产量分析""三种作物的抗旱原因分析"等为标题列举了他们的调查研究结果，而且提出了运用这些作物生长过程中的性能、规律，以及在抗旱保收中发挥了重要作用的技术措施，来指导晋西旱区今后的农业发展的建议。这些宝贵的建议在一定时期内对促进晋西农业生产发挥了较大的作用。

"五里后村的'蹲点锻炼'时期，是我真正步入作物抗旱生理和旱地农业这一研究航向的'关键期'，如果没有五里后村的起航，就不会有我以后的收获。"山仑回看自己这段宝贵经历，不禁思索"成功只留给有准备的人"这句话。

实际上，这是他用诸多的准备和努力换取的成功。五里后村的经历，是他极大的财富。自此，他便带着生产实践对于科学认识和科学发展极具重要性的理论，投入自己挚爱的事业中去，投身到广袤的黄土高原上去。

（四）科研路上逢知己

就在山仑将博大精深的农业科学技术运用到黄土高原上时，随着一纸文件，水保所的工作偏离了发展道路。除最激烈的前两三年外，余下的几年里，山仑一直都在不断地学习和研究，等待着好的时机到来。

1970年5月，山仑加入了中国科学院赴阿尔巴尼亚援助小组，帮助地拉那大学建立微量元素生物实验室。在这期间，他跑遍了阿尔巴尼亚，极大地丰富了自己的知识，也增长了不少见识。

1971年年初，回国的山仑升为助理研究员，同时担任生产组组长。年底，他又率队赴古巴，围绕援助古巴科学院建立水土保持研究所事项进行调研。回国后，他于1973年1月被任命为所革委会副主任，参与所里的科研工作。虽然在当时他的工作受到了一些外来的阻挠，但在他的努力下，工作终于得以持续开展。

让山仑感到非常幸运的是，在那段特殊的时期，他还结识了影响他科学生涯的两位知音，一位是著名的水土保持专家刘万铨，另一位是开明的党委书记余峥。他和刘万铨是在古巴进行考察时相识的，随着业务的交流，加上两个人对"水土保持"的理解一致，他们建立了深厚的友情。而另一位知音余峥，虽然不是搞科研工作的，但也对水土保持事业抱着炽热之心。

当时作为水保所的党委书记和革委会主任，他旗帜鲜明，指出水保所的方向任务就是做好贫困地区的水土流失防治以及发展农业生产和提高农民的生活水平。因为他的支持，几个基础性研究项目才得以保留。可以说，在余峥担任水保所党委书记期间，全所的科研实力有了较大提升。截至1978年余峥离所时，水保所获得的全国及省部级以上科技成果奖励就将近30项，也圆满完成了他们从中国科学院和国家科委争取的科研项目，并先后获得了陕西省、中国科学院科技奖庑以及国家科技奖励，得到了党和国家领导人的亲笔批示。

"不要登报，不要开追悼会，一烧了之，骨灰撒在黄土高原安塞茶坊基点的山头上……"山仑回忆起自己的挚友余峥的遗言，不禁湿了眼眶。"村民们自发地给他立碑以世代纪念。后来，安塞试验站由茶坊村迁至安塞县城紧邻的墩滩了。"

山仑永远忘不了1973年春，他们一行20多人是怎样来到茶坊村建设茶坊基点（即安塞水土保持综合试验站）的，忘不了大家是如何在那里驻扎了几年进行水土保持综合治理探索的。虽然条件艰苦，但大家干劲十足，他们甚至把那里当成了自己的第二个家。

他也永远忘不了，全国掀起向科学技术现代化进军的热潮时，余峥是如何带着大家前往北京去中国科学院争取水保所"回归"中国科学院的怀抱的，他们是如何在1979年5月组建起一支先遣队开赴宁夏回族自治区固原预研调查的，他们又是如何在当年10月让水保所成为"中国科学院西北水土保持研究所"的。

"中国科学院西北水土保持研究所"领导班子重组后，山仑担任了副所长，同时也晋升为副研究员。作为固原基点的主要负责人之一，他在固原那崎岖的山路上，一扎就是十几个春秋。

（五）科学家的使命，父母官的责任

1980 年 11 月，宁夏回族自治区基地办主任苏继德等带着宁夏回族自治区党委副书记申效曾和固原县委的委托，专程到陕西，向中国科学院西安分院和西北水保所领导恳切地提出了一个"特殊"请求：希望尽快选派科学家到固原县兼任县委副书记。于是当年 12 月，山仑被任命为固原县委副书记。1981 年 1 月 27 日，《人民日报》发表了一篇题为《固原县为啥要请科学家参加县委》的报道，接着 2 月 17 日，《光明日报》发表了一篇题为《他们爱山区，各族人民更爱他们》的报道，似在回答着这个"为啥"。这两篇报道都着眼于一个主题——山仑被任命为固原县委副书记。这在当时引起了极大的反响，而山仑作为中国科学院最早向地方选派的科技副职干部，可以说在一定程度上推动了中国科学院的院地合作。

进入县委领导班子后，山仑开始努力探索如何治理这个被旱魔肆虐的土地。他在县委的肯定和支持下，选取了八个不同类型的实验点开始实验。很快，这八个实验点的实验小见成效：出现了草木丛生的"阴湿地"，村集体和个人的收入也有明显增加。

1981 年 9 月，山仑在宁夏回族自治区党委、政府和中国科学院联合于银川召开的宁夏农业现代化基地县工作会议上进行了发言，他的发言引起了强烈的反响，也受到了地方各级党委、政府领导的极大重视，中共固原县委员会办公室和固原农业现代化基地县办公室在当时还联合发出了《关于学习和宣传山仑同志讲话的通知》。通知指出："中国科学院西北水土保持研究所副所长、副研究员、县委副书记山仑同志根据我县综合考察结果，在宁夏农业现代化基地工作会议上，就把我县农业生产搞上去的设想和建议作了重要讲话。这个讲话对贯彻落实我县生产建设方针，改变贫穷面貌，使人民尽快富裕起来，具有重要的指导意义。现将山仑同志讲话印发给你们，望组织广大干部认真学习，广泛宣传。"

受到如此重视，山仑得到很大鼓舞，他更加努力地投入固原的农林牧综合治理工作中去。他牢记一个科学家的使命，努力面对固原农业生产建设中存在的尖锐和迫切的问题，找寻突破口，建立科学依据，提出发展措施。也是在他的关注和固原县委、县政府的支持下，一批地方科技干部很快地成长起来。面对人才硕果，山仑非常欣慰。

1985年，山仑辞去了固原县委副书记职务，更加专心地致力于固原试区的各项科研工作。他在这里坚守了十多年，只为以科技唤醒这片干涸的黄土地。后来，他培养的那些科研骨干，于2013年12月20日，自宁夏回族自治区专程来看望他，年过半百的他们倾诉着他们积存了多年的感激之情，因为山仑不但教给了他们知识、技术，还指引他们树立了正确的世界观、人生观、价值观，这些都让他们受益终身。

1995年7月，取得了丰收由宁夏回族自治区彭阳县的县委、县政府派人到陕西，为山仑送来一块写有"殚精竭智，造福人民"的牌匾。山仑一直将此视为他最珍贵的一份荣誉，因为，这是黄土高原人民对他的奖励。

▍（六）同心携手研"药"方

1988年，山仑获得了第三届"竺可桢野外科学工作奖"。这一奖项，是对他在野外科学工作中的卓越表现的最高赞誉。

"竺可桢野外科学工作奖"于1983年设立，是中国科学院为纪念中国气象及地理学界"一代宗师"竺可桢先生而设立的，主要奖励我国在野外科学工作中作出突出贡献的科技工作者。这个奖项，对于我国野外科学工作者来说，是至高无上的荣誉。

山仑，这个投入野外科学工作长达21年的人，他的名字和执着的精神，早已深深地刻在了中国科学界的丰碑上。

2009 年山仑参加国庆六十周年庆典（院士方提供）

"我既然选择了这个专业，就已做好了甘于寂寞和乐于奉献的心理准备。"山仑深知，每一项科研成果的诞生，都需要经过漫长而艰辛的努力，都需要承受孤独和压力。

面对艰苦的野外科研工作，他从不退缩。虽然由于长期的劳累和不规律的生活使他患上了多种疾病，但他总是在短暂的治疗后立即回到工作岗位。他曾在17天内完成了《旱年的启示》调查报告，总结了大旱之年粮食生产的经验教训，并提出了下一年农业生产的具体建议。这份报告，是他对科研职责的坚守，也是他对社会贡献的见证。

同事们心疼他，劝他回家休息，他却说："今年是少有的大旱年，就防旱抗旱提建议，这是我们的职责，也是生产的需要。让我躺在家里，我怎能安心啊！"他的执着和坚定，让人深深地敬佩。

作为一名科学家，他把自己奉献给野外科研工作，这体现了他的爱国精神、奉献精神、科学精神、团队精神以及开拓和创新的精神，但同时，他对家庭也充满了愧疚。1978—1991年，他连续两届担任水土保持研究所副所长，其间又兼任固原基点负责人、固原县委副书记。他把大量的时间和精力都用在了工作上，对于妻儿却少了很多陪伴。

生活的艰辛，如同一座座高耸的山峰，屹立在他的面前。然而，这并没有阻挡他对工作的热情和投入。他深入那一个个"战场"，与同事们并肩作战，共同奋斗。在那里，他们建立了深厚的"战友"情，这种情谊如同春日的阳光，温暖他的一生。

他从不将每份成绩或每一项成果视为自己的私有之物，而是将其视为"集体创作"。虽然他作为学术带头人，在学术领域引领着学科方向和技术路线的发展，但他仍然保持着谦逊和开放的态度。他是具有卓越领导能力的人，既能够掌控全局，又能顾及每一个细节。他以全面的视角看待每一个人，以真诚的态度对待他人。他将每个人的能力、特点加以总结和提炼，让每个人的特长得以充分发挥。不管在他的项目组还是在固原站，他领导的每一支队伍都保持着一种良好的风貌和向上的力量。他以集体的智慧推动着基点和试区的研究工作，有力地推动了科研的进步和发展。他的领导风格和人格魅力，使得他成为众人敬仰的楷模。

在固原初建研究组时，山仑吸收了几位学历不是很高，但做事认真的人。有人劝他慎重用人，他却说："世上本无完人，你我也都如此。他们各人有各人的专业特长和性格优势，我用的是他们的长处，不是他们的短处。"一番话说得对方心服口服。

他的确把自己的"用人所长"进行到底，比如他把孙纪斌、刘忠民这两位有田间试验经验的同志作为野外工作的重要力量，将邓西平、黄占斌、张岁岐等年轻同志作为实验室的主要力量，而将组内的杂务等交给了妻子郭礼坤。他自己呢，则集中精力想好"点子"，设计好总体蓝图，保证科学研究的正常运转。

作为固原基点和试区的负责人之一，山仑同另外两位负责人陈国良和辛业全研究员的合作也是和谐而愉快的。尽管他们学科背景各异，性格迥然不同，工作中常常产生分歧，但山仑总能巧妙地协调和处理出现的矛盾，最终促成大家相互理解、取长补短。令人欣喜的是，后来他与辛业全成为知心朋友，并与陈国良共同主编了《黄土高原旱地农业的理论与实践》一书。

在负责固原试区工作期间，山仑还承担了中国科学院和国家交付的多项科技攻关任务，他的成果卓越，其中多项成果荣获国家和省部级科技成果奖。

每每回忆起在固原的那段岁月，山仑总是感慨万分。他在那里经历了四届领导班子，与他们并肩作战，共同实践，见证了固原基地县从建立到发展的十多年历程。他在自己的《宁夏固原农业现代化基地县建设十年》一文中，表达了对固原这块黄土地和这块土地上的人们的深深感激和眷恋。他对上至自治区党政领导，下至参与工作的地方科技干部，都充满了敬意和感激。他被他们在基地县建设工作中表现出来的极大热情与求实精神所感动，被他们尊重科学、爱护人才的真切之情所感动。

"犯寒冒暑历冬夏，沐雨栉风度朝夕；有喜有忧情相系，使命不辱创业绩。"这首小诗是当年长驻上黄村基点的老专家之一——巨仁所写，它形象地描绘了山仑他们并肩作战、共同奋斗的日子。

四　一生的"黄土绿梦"

每个人都有自己的事业，而山仑的事业就在黄土高原。他和同事们以坚定的信念和科学的方法耕耘着、探索着，为黄土高原的繁荣和人民的福祉不懈努力。

（一）咬定青山不放松，一生深扎黄土地

在 20 世纪 80 年代中期，山仑曾有三次离开杨陵到大城市工作的机会，但他毫不犹豫地拒绝了，因为他无法割舍他对"黄土绿梦"的执着。有人善意地劝他："你是否过于看重旱地农业了呢？离开这里，你同样可以在其他领域取得辉煌的成就。"然而山仑毅然决然地回应："每个人都有自己的事业，而我的事业就在黄土高原。"

他以"咬定青山不放松"的精神，深深地扎根在黄土高原。在固原的日子里，他和同事们将旱地农业的理论付诸实践，找到了农业生产的突破口，为脱贫致富指引了一条科学的出路：

——他们以"草灌先行"构筑起发展的绿色屏障，将草本植物和灌木作为农林牧三者之间的纽带和桥梁，良好地改善了人口—粮食—牲畜—饲草—环境之间的失衡关系。

—— 他们以"退耕还林还牧""农牧结合"树立起综合治理的主体模式，保障了良好的经济效益和抗灾能力。

—— 他们以"种植制度改革"支撑起坚实的农业依托，改变了农民群众一直沿用的"广种薄收，单一种粮"的耕作方式，通过优化作物布局和正确实施轮作，协调了农田用养关系，稳定地提高了农田生产力。

山仑和他的同事们，就是这样在黄土高原上，以坚定的信念和科学的方法，耕耘着、探索着，为这片土地的繁荣和人民的福祉不懈努力。

尤其是在"旱地农业增产体系及依据"研究中，山仑通过对固原和彭阳两县三个有代表性的气候年份试验得出，当时旱地粮食作物的平均亩产为150斤，耗水量为280毫升，降水利用率为54%，不同粮食作物在不同年份的生长期对土壤储水的利用率一般为40%~60%。据此推算，近期亩产可达到250斤，远期亩产可达到400斤。如果在这个基础上加强对土壤储水的利用，则近期亩产能达到360斤，远期亩产可达到535斤。因此，山仑认为搞好水土保持和实行保墒耕作是有效利用水资源的基本手段，增施肥料、提高土壤肥力是提高旱地粮食产量和降水利用率的关键。以此为依据，他和陈国良、辛业全、彭祥林等人于1983年提出了"黄土丘陵低产区当前农业生产关键在水，出路在肥""低产条件下粮食产量提高一倍的主要限制因子是肥而不是水"等论断。

在旱地农业增产体系与策略研究领域，山仑带领他的课题组成员锐意开拓、深入探索，紧扣住农田增产潜力的主要环节。他们的创新研究很快就引起了学界的广泛关注，并得到了有关上级部门的重视与认可。

时光流转，1984年6月，中国科学院水土保持研究所收到来自农牧渔业部农业局的一封函件，其中写道："你所副所长山仑等多位专家提出改变黄土高原面貌的首要办法是增施化肥，我们认为专家们的建议是好的。你们能否搞一些小面积的试验，为示范、推广提供科学根据？所需试验化肥我们协助解决，如同意，请提出试验方案送我局。"

在山仑课题组的引领下，彭阳县洞子硷村成为北方同类地区旱地农业综合开发的典范。在 1987 年那场数十年不遇的大旱中，他们以坚韧的毅力和科学的实践应对严峻的考验。到了 1990 年，这个村庄的粮食亩产由 1985 年的 54 公斤提升到了 195 公斤；降水利用率由每毫米降水量生产 0.24 公斤粮食提高到了 0.46 公斤；人均产粮由 241 公斤上升到 810 公斤；人均纯收入由百元左右增加到 613 元。这些令人瞩目的成绩充分证明了他们的科学实践与研究的深远影响力。

在宁夏回族自治区南部山区，山仑他们的研究成果迅速得到了大面积的推广应用，产生了巨大的社会效益。更重要的是，他们以科学的实践统一了人们关于北方旱农区"增施化肥"问题的认识，对我国北方旱地农业的发展产生了深远的影响。

山仑就是这样一位勇者，他以渊博的知识和不懈的实践研究，点亮了黄土地上的新希望，用他的奋斗和坚持书写了一部博大精深的"农业巨著"。

（二）对外交流拓视野

山仑痴迷于"旱农"的研究，凭着恒心与毅力，不断探索其奥秘。然而，他对黄土高原旱地农业的全面探讨及旱地农业增产体系的研究并不止于此。

1988 年，山仑发表了一篇题为《提高半干旱地区旱地农田生产力的现实途径和未来策略》的文章。这篇文章站在全局的高度，着眼当前、面向未来，详细列举了提高半干旱地区农田生产力的若干现实途径，并以黄土高原为例，提出了深入研究半干旱地区旱地农业的问题和建议。此时的山仑，也将敏锐的眼光转向了发达国家。发达国家从以资源为基础的传统农业向以生物学和有关新兴科学技术为基础的农业转移，深深触动了山仑，引发了他对我国旱地农业研究策略的思考。他认为，黄土高原地区旱地农业在充分利用本地区农业自然资源，认真推行传统农业技术的同时，对关系未来的旱地农业基础研究应给予足够的重视。

实际上，在 1982 年 8 月，山仑就赴日本考察过，了解了日本丘陵山区农林牧综合发展的经验和农业科研发展的情况。日本的畜牧业发展启发了山仑，尤其是他们的牧草管理与农作物管理同样精细的理念，让他在赞叹之余看到了处理好农业与牧业关系的广阔前景。同时，日本一些城市开发的做法、人才引留的措施，尤其是基础研究和应用研究明确的目的、应用研究与推广的紧密结合等，都让他深受启发。

回国后，在石山的悉心指导下，山仑完成了一篇题为《日本农业和农业科研的一些新动向》的考察报告，发表在 1982 年第 55 期《农业现代化探讨》上。报告中，他提出了一系列宝贵的建议，其中强调了培养具备文化与技术的新一代农民、大力发展人工草地、加强成果推广力度以及坚持做好综合科学实验基地建设等关键环节。这些建议不仅得到了相关部门的重视，还在潜移默化中推动了固原农业现代化基地的建设。为了推动固原基地的发展，宁夏回族自治区特地发布了招工指标，选拔了一批具有高中文化的青年，并将他们分配到水保所科研人员的麾下。这些青年在科研人员的指导下，迅速掌握了技术，成长为科技骨干或相关部门领导。这一成就的取得，无疑与山仑的建议密不可分。

1983 年至 1988 年，山仑先后踏上澳大利亚和美国的土地，参加"旱农"会议并深入考察。每一次访问交流后，他都以敏锐的洞察力和敬业精神，对比优劣，借鉴经验，并提出中肯的建议。例如，他和同伴李玉山等人撰写的《澳大利亚旱地农业考察情况和几点建议》，详细列举了该国旱地农业的高效性、低产量、低强度等基本特点，以及建立在广泛机械化种植和自然肥力基础上的农牧业发展情况。他们从南澳和西澳推行的旱区农作制度改革中汲取了宝贵的经验。

在美国的考察中，山仑对免耕、少耕、覆盖等措施产生了浓厚的兴趣，认为这些经验对我国具有借鉴意义。尤其是免耕这种看似简单的农作方法所引出的关于农机具、病虫害防治、除草、品种更新等一系列改革措施和技术体系给他留下了深刻的印象。山仑对此进行了深入的思考，结合我国的情况提出了实行保护性耕作措施的建议。

这些前瞻性和可行性兼备的建议得到了政府部门的重视，有的建议也在他以后的科学研究工作中得到了落实。例如，他在固原实施的种植制度改革和作物布局调整都得到了一定面积的示范和推广，并取得了显著的成效。他的工作成果为我国农业的发展注入了新的活力，也为保护性耕作措施的推广和应用提供了有力的支持。

在参加世界旱地农业会议时，山仑有幸结识了美国著名的旱农学家B. A. Steward，他不仅是美国农业部水土研究所的所长、土壤学主席，还是国际旱农会议的积极倡导者。他们的相识为山仑的学术生涯开启了一扇新的窗户。后来，B. A. Steward 与美国农业部官员一起应邀到杨陵访问时，山仑还陪他们到陕北进行了实地考察。这次考察不仅增进了双方的了解，也使山仑更加坚定了向 B. A. Steward 学习的决心。后来，山仑还将自己的研究生徐萌、薛青武等推荐给这位著名的旱农学家，让他们有机会在 B. A. Steward 的指导下攻读博士学位和开展合作研究。

在这个需要创新的时代，山仑深知一个善于学习和借鉴的人才能走得更远。因此，他将每一次的对外交流都视为一次宝贵的学习机会。在多年的科研工作中，他始终以超前的眼光引领着自己的科研之路，不断拓宽研究的领域，深入探索未知的领域。

（三）国际合作取成效

随着国际交流与考察的增多，山仑产生了与发达国家开展合作研究的强烈愿望。他深信，只有通过国际合作，才能更好地推动我国黄土高原地区农业科研的发展走向世界前沿。

此后，他每次出国考察都积极向外国朋友介绍黄土高原，展示我国在黄土高原科研领域的成果，以引起外国同行的关注，寻求合作研究的契机。

1982年，山仑随中国科学院农业考察团访问日本。在这次交流中，他向日方负责接待的田村三郎及相关人员详细介绍了黄土高原的特点和我国在黄土高原上的科研工作，表达了强烈的合作意愿。1983年，田村三郎亲自来华回访，并专程到山仑工作的宁夏固原县进行了短期考察。这次回访为中日后来的合作研究奠定了基础，起到了积极的促进作用。

1987年，田村三郎向中国科学院提出了在中国西部开展合作研究的设想。经过多次协商，双方在水保所的研究方向和合作等方面达成一致。在此基础上，双方于1988年3月在北京正式签订了"黄土高原绿化及农田增产基础研究"合作协议。这一协议的签署，标志着水保所历史上首个实质性的国际合作项目的诞生，也拉开了水保所与日本相关研究领域长达20多年的合作研究的序幕。

1990年，首期合作结束之后，山仑与日本东京大学的春原亘先生再度携手，将项目期限延长了三年。二期项目中，山仑与邹厚远研究员并肩作战，直至1994年3月，中日合作"黄土高原绿化及农田增产基础研究"项目落下帷幕。该项目以黄土高原绿化和农田增产为目标，主要在固原试验站所在的上黄村及其附近的村落展开工作。六年间，中日双方各有十余位科研人员投身于这个合作项目，山仑作为中方组长，以卓越的领导力和协调能力，确保了合作项目的顺利进行，成果丰硕。

这个中日合作项目也推动了固原生态实验站的建设。几年的时间里，日方提供了4000多万日元的经费和仪器设备费，为试验站添置了计算机、记录仪、多用数据采集仪等设备，将气象观测设施全部升级为先进的自动记录系统，为建立田间试验数据采集系统创造了优越的条件。此外，掌握并使用不同坡向小气候观测方法、研究光合-蒸腾作用的系统测定方法，这在当时的中国科学院生态网络站中都是少有的。日方还为水保所提供了几辆丰田越野车，为科研工作的深入开展提供了有力的支持。

可以说，山仑他们始于 20 世纪 80 年代的合作项目，不仅打开了中日两国关于黄土高原问题合作研究的大门，更为水保所积累了宝贵的对外合作经验。水保所与日本的合作研究之路，始终坚实向前，从未停歇。自 2001 年起，前所长田均良研究员便牵头与日方共同开展了"中国内陆干旱地区沙化防治与开发"合作项目，历经五载，成果丰硕。而现任所长刘国彬研究员则接过中日合作的"接力棒"，与日本学术振兴会共同开展了"黄土高原地区的荒漠化防治及开发利用"项目研究。

在这个过程中，水保所的安塞、长武、固原等野外实验站及国家重点实验室都积极参与，每一分努力都凝结成了丰硕的研究成果。2013 年，基于"黄土高原地区的荒漠化防治及开发利用"合作项目的研究成果，水保所与日本鸟取大学的科研人员携手，编写了名为《Restoration and Development of the Degraded Loess Plateau, China》的科研专著。这部专著由国际知名出版公司 Springer 正式出版，为水保所长达 20 多年的与日合作画上了一个圆满的句号，也为未来的国际合作奠定了坚实的基础。

在这个过程中，山仑与日本专家稻永忍、春原亘等建立了深厚的友谊。他们不仅相互交流研究成果，还互派科研人员和研究生进行深入的交流与学习。这些交流与合作，为水保所的科研发展注入了新的活力，也推动着中日两国在黄土高原问题上的合作研究不断向前迈进。

（四）从实践到总结再到发明

在黄土高原的广袤田野中，山仑这位科研者，以他的坚毅和执着，书写

2006 年水保所建所五十周年庆典（左一为山仑）（院士方提供）

着旱地农业的辉煌篇章。他的研究，如同春雨滋润着这片干涸的土地，为农业的繁荣注入了新的生机。

他不仅在实验室里研究，也在田间地头、山野沟壑中寻找答案。他长时间在黄土高原上进行田间试验和野外考察，对旱地农业有深入系统的认识。他不但对自己和水保所科技工作者的长期研究成果进行了系统总结，还和多位科技人员共同撰写科技著作。这里值得一提的是，他和陈国良主编了《黄土高原旱地农业的理论与实践》。可以说，这部关于旱地农业基础的系统专著，是黄土高原旱地农业研究方面最新、最全的科学总结。专家们一致认为，该书的出版丰富和发展了我国旱地农业科学技术，无疑为世界旱地农业的研究和发展作出了重要贡献。这本既突出了旱地农业特点，又不拘泥于狭义的旱地农业的专著，在促进黄土高原旱地农业可持续发展方面具有广泛的参考价值。1995年，该书获得中国科学院科技进步奖三等奖。

山仑一边将由田间试验和实地考察所获得的丰富的第一手资料书写成文、成书，一边和同事们一起努力，为水保所争取国家重点实验室。经过一轮轮的汇报与争取，黄土高原土壤侵蚀与旱地农业实验室在1989年正式立项建设，并于1993年12月经中国科学院正式批准开放，1995年11月通过国家验收。20年来，实验室以黄土高原土壤侵蚀环境调控和提高旱地农业生产力为研究方向，发展土壤侵蚀与旱地农业新领域及其交叉学科，取得了大批领域前沿的成果。山仑长期担任着实验室的学术委员副主任、主任，同时作为"旱农"方向的学术带头人，为实验室的建设和学科发展作出了不可磨灭的贡献。

他的论文如春风拂过田野，将创新的思维洒向大地。他希望通过化学制剂的力量，赋予种子顽强的生命力。经过多次试验，他们发现钙和赤霉素合剂混合使用具有互补优势。钙主要在增强种子活力和幼苗耐旱性方面起积极作用，而赤霉素主要在促进生长和代谢方面起作用。二者这种相互弥补、相得益彰的关系，使得干旱条件下的农作物得以增产。他们还发现钙和赤霉素合剂的一系列叠加效应，使种苗的生物活性和抗性在一定程度上得到结合，从而增强了其对半干旱地区多变低水环境的适应。这一重大发现，如春雨滋润了干涸的土地，为半干旱地区的农业发展带来了新的希望。山仑他们的研究成果，如同一座丰碑，记载着黄土高原上农业科技的辉煌成就。

在山仑他们的精心“培育”下，一种种子抗旱剂——钙-赤霉素合剂诞生了。山仑课题组于 1988 年在宁夏彭阳县布置了 186 个示范户，开始将此抗旱剂在大田应用。结果显示，在这些示范户中，91.9% 增产，2.7% 平产，5.4% 减产；增产幅度为 7%～38%，多数在 15% 左右；减产幅度为 3.7%～8.5%，多数为 5%。在经过几年不同气候环境的考验，完全证实了该抗旱剂的抗逆及增产的稳定性后，山仑他们才于 1991 年将其正式作为一种抗旱节水技术推出。由于具有成本低、操作简单、效果明显等特点，钙-赤霉素合剂很快便在宁夏南部和陕西等地示范并推广应用 30 多万亩。1991年，国家科委、水利部和农业农村部对从全国筛选出的 52 项先进适用的农业节水技术立项推广，钙-赤霉素合剂名列其中。

抗旱剂的诞生，引起了农业科技界的重视。有关钙-赤霉素合剂生理效应和增产作用的研究结果，国内 19 份正式研究报告（公开发表或学位论文）进行了实验验证，都给予了肯定，其中一部分还从机理上做了深入研究，进一步证实了这种合剂的独特效果。

1994 年 11 月，“钙-赤霉素合剂的研究与应用”经过专家评审，交口赞誉，因为它不仅研究了钙-赤霉素合剂的生物学依据，而且进行了大量实验、示范、推广的实践工作的成功创新，该成果达到了本研究领域的国内领先和国际先进水平。专家、学者们高度赞扬这种将基础性研究与实际抗旱需求紧密结合的做法，认为它是基础研究与实践应用完美结合的典范。

1995 年，“一种新型抗旱剂——钙-赤霉素合剂及在农业生产中的应用"获中国科学院科技进步奖二等奖。中国植物生理学会将其纳入"科技扶贫专辑"及史料汇编之中，足以彰显其在学术界的重大影响。

近年来，湖南省海洋生物工程有限公司开发的"旱立停"植物抗旱剂获国家发改委批准生产证书，年产量为 5000 吨，被列为全国农业推广服务中心重点推广产品，而其中的重要成分——氯化钙和赤霉素，正是从钙-赤霉素合剂中提取出来的精华。这一成果的推广应用，无疑为我国的农业发展注入了新的活力。

（五）节水和增产可同时实现

一场干旱事件让"干旱胁迫复水后作物的补偿效应"理论在现实中得到了验证。

2008 年 11 月 1 日至 2009 年 2 月 6 日，我国北方冬小麦主产区基本未出现 5 毫米以上的有效降水，受旱面积接近 1.5 亿亩，其中 30% 区域属于重旱。为此，国家防汛抗旱总指挥部宣布启动了一级抗旱应急响应。直到 2 月 7 日，部分地区下了小雨，15 日前后开始有了较大降水，3 月 2 日宣布解除应急响应。据悉，此次干旱属 50 年一遇，但该年冬小麦仍获得较好收成，比上年度产量还略有增加。类似情况在 2011—2012 年度的同一区域再次发生，且初次有效降水时间还略有推迟，但收获后仍然实现了夏粮的"八连增"。

为什么这两次时间长、范围大的干旱未造成我国冬小麦区的减产？山仑对此进行了认真的思考和分析。他认为，首先是受旱期间采取的加强田间管理和适时补充灌溉的应急措施起到了重要作用，但同时应该注意到另一个重要因素，那就是作物的生理补偿效应。

由于山仑他们对作物补偿效应早有认识和判断，因此，2008 年干旱期间，山仑曾针对旱情给陕西省和工程院呈报了建议书，指出已发生的旱情对小麦产量不会影响太大，但如果进入 2009 年 3 月份后，到了小麦拔节期，若再无降雨，问题就会严重了，所以希望把抗旱重点放在下一步，做好有雨和无雨的两手准备。在此基础上，他结合历史经验及他们的调查情况，就我国北方农业防旱抗旱问题，提出了当前应采取的措施和长远应对策略。他的建议分析全面、判断准确，且具有可操作性，得到了陕西省决策咨询委员会的肯定，被评为年度优秀建议。

这两次干旱事件有力证实了水分亏缺在作物生育期的作用。但山仑认为，要获得一定高产，还必须研究允许水分亏缺到什么程度，多大量的"有限灌"最适宜。为了搞清这些，山仑带领课题组又研究并阐明了与产量有关的不同生理过程受旱后的受损情况、少量灌水的生理变化等，对作物抗旱节水潜力的原理进行了充分挖掘。例如，他们通过应用盆栽、防雨棚和进行田间系统试验等多种方法，确定了拔节期是春小麦一次限量供水的最佳时期，而且一次补充供水 60 毫米，虽仅为实现最高产量所需供水的 30%，但产量却达到了最高产量的 75%，由此得出了特定条件下水分利用效率和灌溉水利用率能达到的最高值。他们还得出了水分亏缺对与作物产量密切相关的各生理过程的影响程度由大到小的顺序为：生长—气孔—蒸腾—光合—运输。生长对干旱的反应最为敏感，物质运输则最为迟钝，不很严重的干旱对其反而有促进作用，这为适度减少生育后期供水提供了依据。另外，对产量、耗水量、水分利用效率间的关系等的研究表明，作物水分利用效率的高值往往是在中等供水条件下，而不是在充足供水条件下获得的，这一方面说明了限量供水在一定程度上符合作物正常生长发育的需要，同时也证明了深入研究如何使高产与高水分利用效率同时实现的必要性。

"水分亏缺会对作物造成伤害，但并不是每个生育期任何程度的缺水都会使作物减产，往往某一生育阶段有限水亏缺会造成作物生长发育的延缓，但对亏缺解除后的生长发育进程乃至最终籽粒产量的形成反而有利，会产生弥补或偿还作用，即补偿效应。"这一段话是山仑对补偿效应的解释。他同时对作物对有限水高效利用的机制做了清晰阐述，指出："作物在某一生育阶段受旱之后复水，维持了高水势下较强的渗透调节能力，增强了其对多变缺水环境的适应性，并且能够在光合作用、物质运输和产量形成等生理过程中产生补偿效应，从而实现对有限水分的高效利用；根据作物不同生育期对干旱的敏感性差异，在需水关键期进行适量供水，不敏感期取消不必要的灌溉，可同步提高作物产量、抗旱性和水分利用效率。"这些科学结论，为其"生物节水"的提出提供了有力的理论支撑。

"干旱胁迫复水后作物的补偿效应"的提出，为"有限灌溉"提供了生理生态依据。而"有限灌溉"给了山仑一个"生物节水"的构图，让他自信地抛出"节水和增产可同时实现"的论断。

▍（六）风雨中的温暖

在探索科学的道路上，山仑跋涉了几十年，经历了无数的风雨和艰辛。然而，在这漫长的旅程中，他也得到了许多人的帮助。那些和他并肩走过一程的前辈、朋友、同事，成为他心中永恒的记忆，成为他在这条路上坚定走下去的动力。

石声汉先生，这位植物水分生理研究的开创人之一，也是山仑的启蒙老师之一。在山仑刚到杨陵工作时，石声汉先生给了他很多指导，让他明白了植物生理学要面向实际。石声汉先生的教诲和指导，如同春风化雨，滋润了山仑的心田，也引领他走向了更加广阔的科学世界。

我国著名植物生理学家、中国科学院殷宏章院士，在山仑起步时不断给予亲切鼓励。在山仑赴苏联留学前，他还给了山仑许多宝贵的建议，让山仑注意根据国内特别是西北地区农业的需要，多掌握些先进的东西。殷宏章先生的叮嘱和鼓励，如同明灯，照亮了山仑的前行之路，让山仑更加坚定自己的研究方向和目标。

余叔文先生，这位曾主编了《植物生理学》《植物生理与分子生物学》的学者，在 20 世纪 50 年代随罗宗洛所长到杨陵考察有关植物抗逆性研究方面的问题时，在专业研究上对山仑有过多次帮助和指点，并鼓励山仑："你的工作与西北农业发展需要结合，路子走对了。"

王洪春先生与山仑的相识和相知，源于二人都担任过中国植物生理学会环境生理专业委员会召集人，他们曾多次共同举办会议，且配合得很好。王洪春先生理解山仑的工作处境，并在庆祝学会成立三十周年的史料汇编中介绍了山仑的偏应用性的工作。这种介绍和交流，让更多的人了解了山仑的工作内容和成果，也为山仑的进一步发展提供了更多的机会和支持。

沈允钢院士，这位著名的植物生理学家，也是山仑的良师益友。沈允钢先生的研究注重多学科交叉渗透，注重基础与应用结合，这种研究思路引起了山仑的共鸣。沈允钢先生积极支持山仑将增强抗旱性和提高水分利用效率研究相结合的做法，对于他们研究出的能将生理活性和耐旱性一定程度结合的抗旱剂给予了极大肯定，不仅在有关国际会议上予以推介，还在所发文章中将其作为我国植物生命科学研究重视联系农业生产的一个范例。沈允钢先生的支持和鼓励，让山仑更加坚定了自己的研究方向和思路，也让他更加有信心和决心在科学研究的道路上继续前行。

20 世纪 50 年代末，山仑与中国科学院上海植物生理生态研究所研究员王天铎先生结下了深厚的友谊。20 世纪 90 年代，他们曾合作过一个项目，王天铎先生热心于探讨西北地区生态治理与农业发展问题，他以深邃的思想和独特的见解，为山仑他们的研究工作提出了宝贵的指导建议。

还有植物生理学家娄成后院士，他是山仑尊敬的前辈。山仑曾参加了娄成后先生主持的"八五"国家攀登计划项目"作物高产高效抗逆生理基础研究"，并担任了其中一个课题"改善作物抗旱性和水分利用研究"的主持人。在大约十年的合作研究期间，娄成后先生的悉心指导使山仑受益匪浅。在项目进行过程中，尽管有时山仑觉得自己的工作未能完全"合拍"，未能跟上学科发展的前沿，但娄成后先生始终以鼓励的态度评价他们的工作，支持他们发挥特色。最让山仑感动的是，2009 年年初，娄成后先生亲自起草并签名了一封电子邮件，附上了一篇题为《上善若水，旱涝保收》的文章。邮件中满载着娄成后先生的肺腑之言，他真挚而恳切地告知山仑："你过去的处境跟我也有相似之处，你最近发表的文章的论点和我们的设想相似。故特将初稿寄给你……"这封邮件是娄成后先生对山仑的鼓励与支持，也是一份沉甸甸的信任与期许。

在科学的道路上，山仑并非孤独前行。他身边有着众多的支持者和鼓励者，他们如同明灯，照亮他前行的道路。这些支持、鼓励和关爱，让山仑成为科学界的一名精神富有者，而给予他最大精神支撑的"老师"，则是他自己内心对事业的热爱之情。因着这几十年的执着追求，他终于获得了科学殿堂里最为璀璨的"院士"桂冠，这份荣誉是对他无私奉献和辛勤努力的最好肯定。

五　水保所史上第一位中国工程院院士

当选为院士后，一切似乎并无改变，他依然是他。他并非不珍视这份荣誉，他深知它的价值，但他的心并非为追求这份荣誉而跳动。他在这份荣誉的光环下，承担起了更重的责任。

（一）当选为中国工程院院士

1995 年 5 月，62 岁的山仑荣膺中国工程院院士，这是他人生中的一座重要的里程碑。

中国工程院成立于 1994 年，它的成立标志着我国在工程技术界有了最高荣誉性和咨询性的学术机构，而工程院院士是国家设立的工程科学技术方面的最高学术称号，为终身荣誉。也就是在 1994 年年底，中国工程院进行了首次院士增选，山仑则被水保所作为候选人提名上报。

此时的山仑，早已是国内知名的作物生理生态学家，成为水保所重要的学术带头人。在庆贺会上，他依然保持着一贯的低调平和、认真谦逊的态度。"我还是我，我是什么水平，是什么样的做事方式，就还是那样，不会因为我成了院士，水平就高了。"他的言辞之中，充满了对自己的清醒认识。

山仑的学生张岁岐还记得，1995 年 7 月，那时他刚从国外留学回来，到北京后给当选院士不久的山老师打了个电话。

"当时山老师说，他正好要去北京开院士会，会议间隙会来看我，我们还约好一起从北京回杨陵。我想着山老师已经是院士了，会比以前更忙，大概没时间见我。"张岁岐笑着说，"谁知我外出办完事回到旅馆，山老师已在地下室简陋的小房里等着我。"

当选为院士的山仑跟之前并没有任何不同，他还是他，慈祥的笑容，平和的语调，如以往一样关心着自己的学生。

对山仑来说，当选为院士，似乎是一件平常之事。言谈举止间，就如同他曾经所说，一切似乎并未改变，他依然是他。他并非不珍视这份荣誉，他深知它的价值，但他的心并非为追求这份荣誉而跳动。他在这份荣誉的光环下，承担起了更重的责任。旱地农业和节水农业对他来说是一片广阔的天地，他得在这天地里发挥自己的"奇思妙想"，用汗水书写人们想要的绿色故事。

1987 年，水保所迎来了新的篇章，它开始接受中国科学院和水利部的双重领导，并正式更名为"中国科学院水利部西北水土保持研究所"。随着水土流失治理任务的日益严峻，水保所的研究范围也逐渐向全国延伸。终于在1995年5月，经过国家科委的批准，西北水保所去掉"西北"二字，更名为"中国科学院水利部水土保持研究所"，其业务范围以黄土高原为重点，面向全国。它被定位为"针对国家发展战略需求，研究解决水土流失综合治理和区域开发与持续发展中的关键科学技术问题，为我国水土流失区域综合治理、生态环境建设和实现经济社会可持续发展服务"。

随着水保所的崭新发展，山仑的视野变得更加开阔，他的关注点也更高更广。他将更多的精力投入对旱地农业和生态环境建设的思考和研究中去，努力寻找着改善生态环境和提高土地生产力的新的结合点。他以自己的行动和努力，回应着国家的期待，满足着人们的需求。

（二）向节水农业方向转移

20世纪90年代，山仑逐渐向节水农业研究方向转移。这不仅是因为国家的需要，也是因为他看到了水资源短缺问题的普遍性。他认为，节水与抗旱有着直接且不可分割的关系，从学科角度来看，抗旱生理研究只有与节水相结合，才能有更好的发展前景。

1991年，山仑发表了《节水农业及其生理生态基础》一文，这是我国最早从生理生态学角度倡导发展节水农业的文章之一。他从已有的生理生态研究结果出发，如耗水量、产量及水分利用效率的关系，植物水分亏缺的允许程度等基础理论，分析了发展节水农业的可行性和理论依据。其核心思想是呼吁建立节水型农业体系，表达了"建立节水型农业体系势在必行"的主旨思想。由于文章立意新颖，针对性强，多年来一直被大量引用。

据悉，国际上植物水分生理研究领域的代表人之一——澳大利亚的J. Passiuria提出"对农业生产而言，抗旱性也好，耐旱性也好，等同于水分生产力的概念""农业生产追求的是单位水量产出更高一点"等论点，而山仑则于 20 世纪 90 年代初就已注意到并提出了关于节水农业生理学基础的基本思路。山仑接受了这场新的挑战，针对抗旱生理研究出路的问题和发展节水农业需要解决的问题，展开了深入的研究。

在节水农业的研究与实施之路上，他首先将节水农业的概念界定为"在充分利用自然降水的基础上，高效利用灌溉水"。针对过去提出的"既节水又增产"的节水农业目标，他多次在报告与文章中强调，节水农业最为现实的目标其实是节约灌溉水。为了将大量的灌溉水节约下来用于城市、工业、扩大灌溉面等，首先要充分利用好自然降水。他认为，对农业而言，总的降水资源是最为重要的，也是最为基础的，这个道理看似平凡无奇，但人们往往无法认识到这一点，也没有真正利用好这一点。因此，他十分认真地梳理了节水农业的概念。

针对过去所谓的"灌溉农业就是自然浇水"的说法，山仑指出，灌溉农业同样需要首先利用好自然降水。此外，对于"旱作节水农业"这一概念，山仑认为其提法不够确切。他认为，通常所说的旱作农业应该是充分利用降水的问题，而不是节水的问题，因此，与其称之为旱作节水农业，不如称之为旱作高效用水农业。

正是由于山仑等科学家字斟句酌地校准和澄清，进入 21 世纪后，对于节水农业的概念和目标等提法，人们开始注重其科学性了。2001 年，在"中国农业综合开发节水农业国际研讨会"上，政府部门的领导完全接受了山仑等人提出的节水农业的概念和相关观点。国家农业综合办公室常务副主任王征在总结发言中，多次引用了山仑会议发言的内容，并指出："这些观点提示了节水与增产之间的辩证关系，突破了传统的节水观念，确立了生物节水的新理论，符合农作物生长的需要，也符合中国农业发展的实际。"

山仑严谨而有条理，他不仅认真探讨和澄清一些他认为不合理的概念和提法，还针对节水农业研究中存在的一些问题，运用以往的研究成果和科研积累，阐述自己的观点。他甚至阐明了加强节水农业综合技术研究的问题，指出节水农业的推行不单是技术问题，也不限于解决农业问题本身，而应当把节水农业作为一项系统工程进行综合研究，将工程、农业、生物技术结合起来，从水的开发、蓄存、输送、保持直至高效利用，形成一个综合完整的体系，以推动我国节水农业技术向更高质量发展。这对于缓解全社会水资源紧张状况，促进整个国民经济持续、稳定发展都将起到重要作用。

他进一步呼吁，把协调各方力量，建立节水型农业体系作为一项长期坚持的重大措施予以实施。此后，我国节水农业发展的历程验证了"节水农业的研究与实施"的论点，这些论点对我国节水农业科学技术发展起到了重要的推动作用。

（三）节水农业再攀高

山仑不仅长期致力于节水农业的研究与实施，而且在当选为院士后，更是高举节水农业的旗帜。每一次研讨会、每一场报告会，他都视作宣传节水农业的舞台，因为他立志要破除农民们根深蒂固的错误传统观念——大水大把创高产。

无论是在中国科协、中国科学院、中国工程院这些国家级的科技报告活动上，还是在省市的科技报告会上，他都以节水农业为主题，向科技官员和干部们传播节水农业科技知识。他一方面传播节水农业的思想和技术，一方面也在与科技干部和农民群众的广泛交流中不断汲取丰富的营养，提高自己的认识。

他的报告曾在半年内两次得到陕西省省长的批示，可见陕西省政府对发展节水农业的迫切需求。随后，在陕西省政府的大力肯定和支持下，山仑课题组在陕西渭北地区开展了节水试验示范工作。他们选定了渭北台塬区具有典型性和代表性的富平县东新村作为陕西省科技攻关课题"节水灌溉和水资源合理利用综合配套技术研究与示范"的示范点。该课题由山仑和张岁岐主持，张岁岐具体负责。

在渭北台塬这片广袤的土地上，25个县市如明珠般点缀其间。这片土地拥有着1360多万亩的耕地，占据了陕西省耕地面积的26.5%，是陕西省重要的粮食生产基地和多种经营与农业综合发展的基石。然而，这片土地却是缺水的荒漠，项目实施之前，每亩耕地平均水资源仅有122立方米，为全省最少的。

1996—2000年，在山仑的指导下，张岁岐带领科技人员，在富平东新村开展了一场关于作物有限灌溉制度、适宜于有限灌溉的灌水技术以及大面积缺水诊断技术和相适应的农艺节水技术的研究。他们还为东新村制订了节水规划。在此基础上，他们结合陕西省重点科技推广项目，在东新村及其他村庄开展了推广示范工作，取得了较好的效果。

其间，他们主持实施的一项果园节水灌溉工程成为全省节水工程的一个亮点。该工程是水保所和富平县水利局在梅家坪镇车家村1300亩果园实施的集喷灌、微灌和滴灌为一体的果园节水灌溉工程，总投资高达213万元，是当时陕西省节水示范贷款项目中最大的一个工程。为了使该工程真正发挥效能，造福当地群众，山仑和张岁岐特地邀请了水保所节水灌溉专家蒋定生和杨新民到示范区负责设计和施工。

设计和实施过程中，他们始终贯彻高起点、高质量、勤俭节约以及量力而行的原则。针对波状起伏的台塬地形，从塬面到沟坡坡脚，依次设计为加压雾灌区、自压滴灌区、自压雾灌区和自压喷灌区，这种梯层配置充分利用了地形落差所产生的自然压力，既节省了投资，又体现了在丘陵山区搞节水灌溉的特点。

从1996年6月下旬开始勘测设计，到1997年5月10日第一次通水成功，这项工程历经了无数的艰辛与挑战。该工程规模宏大，设计复杂，各种管道总长为 480 多公里，各种机件达 18 万多件，其实施的艰巨性可想而知。但令山仑他们感到欣慰的是，这项工程受到了当地干部和群众的认可和好评。

这项工程的实施，使原来一口井的灌溉面积由 400 亩扩大到 2200 多亩，轮灌周期由原来的 3 个月缩短到 15 天，年节水 16 万立方米，增加效益 65 万元以上。1997 年，这里遇到了大旱，全年降水 291 毫米，为多年平均值的 52.5%。果园节水灌溉工程这时就突显了其重要作用。雾喷两次，每次每亩用水 20 立方米的果园，产量达到每亩 1250 公斤，商品率为 30%；雾喷四次，每次每亩用水 18 立方米的果园，产量达到每亩 3000 公斤，商品率为 40%；而靠拉水点浇的果园，每亩产量为 500 公斤，商品率仅为 15%。节水灌溉显示了巨大的节水增产效益。这项工程的建成，吸引了县内外、省内外的数千位参观者，起到了良好的示范作用。该节水工程也得到了国家科委、水利部、省科委、省水利厅等政府部门的肯定，成为陕西省乃至全国高标准的节水示范工程。

在示范村，他们同时还进行了蔬菜大棚的滴灌示范、大田作物节水工程示范、农艺节水技术示范和充分利用自然降雨的综合技术示范等，都取得了较好的效果，获得了良好的效益。科学试验和示范使东新村发生了巨大变化。试点前的 1995 年，全村小麦平均亩产仅 230 公斤；在试点后的几年里，平均亩产为 300 公斤，增长 30% 以上。1998 年甚至有 100 多亩粮田达到了吨粮田。人均纯收入由 1995 年的 1253 元增加到 1999 年的 2000 元。

在富平的土地上，试验示范工作不仅取得了一系列成果，更为节水农业积累了宝贵的经验。同时，他们也为当地培养了一批节水灌溉技术人才。悄然间，农民群众对节水农业的认可度大大提高。

为了唤起全社会对节水农业的关注和参与，山仑不知疲倦地奔走着、呼吁着、努力着。在即将迈入 21 世纪时，党的十五大将科学精神、科学方法、科技知识的普及作为重要任务，提倡实施科教兴国战略和进行社会主义文化建设。在此背景下，《中国科学报》报社发起了一项重大科普工程，暨南大学出版社和清华大学出版社积极筹划，会同中国科学院学部联合办公室和中国工程院学部工作部，共同发起了"院士科普书系"（以下简称"书系"）这一重要科普项目。

　　"书系"的推出，正好为山仑进行节水农业的普及提供了一个良好的契机，他欣然且积极地加入了"书系"的编写队伍中。山仑列入"书系"的科普著作名为《节水农业》，这是由他精心策划并与曾经的学生、后来的同事黄占斌、张岁岐共同完成的。这部科普著作于 2000 年由清华大学出版社和暨南大学出版社联合发行，列入"书系"的第一辑。这部 12 万字的著作，将山仑及其研究组在长期旱作和节水农业研究过程中形成的科技积累、获取的系列成果以及发展的动态系统地呈现出来，图文并茂，通俗易懂，能够让不同层次的读者从中获益。

　　时任国家主席的江泽民为"书系"撰写了题为"提高全民族的科学素质"的序言；时任中国科学院院长的路甬祥将其称为"人民交给科学家课题，科学家向人民交出答案"，高度评价了这一科普工程的深远影响。

　　"书系"一经出版便在社会上激起了强烈反响。尤其是第一辑的 25 部书，先后印刷了四次，发行 15 000 套。牛顿出版公司购买了其繁体中文版权，并在台湾、香港等地出版发行。中组部将其列入全国在职党政干部的选读和参考书目，教育部则将其列入全国中小学图书馆（室）推荐书目，足以证明其深远的社会影响力。

　　山仑等人编写的《节水农业》一书，以其基础性、应用性、科学性和易懂性完美结合的特点，受到了不同知识层次和不同学科领域读者的关注。

一些大学将其列为教学参考书,一些大学则以此为教材给研究生开设节水农业专业课,甚至有一些地区直接用这本书指导当地的农田灌溉。新疆生产建设兵团八师一位老专家就专门来到水保所找到山仑,激动地告诉他,《节水农业》这本书对干旱区农业的论述很切合他们的实际,相关原理为他们推行棉花膜下滴灌技术提供了依据。据悉,新疆石河子绿洲节水灌溉有限公司已将此技术在新疆等地大面积推广,这就体现了《节水农业》的实践指导意义。

2004 年,文化部(2018 年改为文化和旅游部),财政部和国家图书馆开展"国家重点图书送书下乡工程"活动,从"书系"中挑选了 9 种图书送往 300 个国家级扶贫开发工作重点县图书馆和 3000 个乡镇图书馆(室),《节水农业》就在其中,这足以证明其在社会上的影响力。

《人民日报》以及相关报刊、电视台等媒体也先后向山仑约稿,并制作了有关节水农业的专题片,这进一步扩大了《节水农业》一书的影响力。2005 年,"书系"获国家科技进步奖二等奖,《科学时报》在宣传该奖项时特别介绍了"书系"中《节水农业》所产生的社会效益,这无疑是对该书的社会价值的肯定。

在此背景下,《中国节水农业》一书的出版也就势在必行。中国农业出版社的一位副总编辑几次给山仑打电话商谈出版一部有关中国节水农业的专著。后来,山仑联合康绍忠、吴普特两位节水专家共同编写了《中国节水农业》这部专著。该书得到国家科技学术著作出版基金资助,已于 2004 年由中国农业出版社出版。全书 96 万字,系统总结了我国节水农业研究成果和生产实践经验,较全面地反映了农艺节水、生物节水、工程节水和管理节水等方面的最新研究进展和生产实践经验,以其系统的学术性和专业性,对促进我国节水农业的发展产生了重要影响。

六　春雨润物细无声

对于学生们来说，山仑就像一盏照亮道路的明灯，指引着他们在人生和学术的道路上稳步前行。他们能够走得如此远，除自身的努力外，也离不开山仑那坚定而有力的支持。

（一）不肯停歇的脚步

立足黄土高原，山仑以其坚定不移的步伐，不断累积着人生的厚重，他的科学贡献和个人成就如山峰耸立，几近巅峰。

正如在 2004 年召开的"中国西部地区农业发展战略暨庆贺山仑院士从研 50 周年学术研讨会"上，时任西北农林科技大学校长的孙武学的致词所言："50 年来，山仑院士在我国北方地区旱地农业发展战略、黄土高原综合治理、旱地农业和节水农业的理论基础和建设途径等方面进行了系统的研究，开创了我国旱地农业生理生态研究新领域，促进了旱地农业和水土保持的结合，取得了诸多卓越的、创造性的成果，培养了一大批优秀青年学术人才，引起了澳大利亚、日本、美国等国同行对黄土高原旱地农业的关注，极大地推进了我国与世界旱地农业研究的交流，对世界旱地农业的发展产生了深远影响……"

山仑将他的黄土高原科学研究推向了世界。他坚持不懈的努力，奠定了他在国际旱地农业学界的重要地位。2010 年，山仑当选为全球重要农业文化遗产（CIAHS）中国项目专家委员会副主任，这一职位是对他在农业科学领域的卓越贡献和深远影响的肯定。

当选为院士后，山仑承载了更多的责任与使命，其中较为重要的就是以科技之力，为国家和地方的决策者们提供科技支撑与依据。他为"再造山川秀美的黄土高原"献策献力，他发表的两篇充满建设性的"院士建议"文章，被中国工程院设立的"黄土高原生态环境建设与农业可持续发展战略研究"咨询项目组所采纳，进而形成了《黄土高原生态环境建设与农业可持续发展战略研究报告》。这份报告于 2000 年 10 月由工程院呈送国务院，得到了时任副总理的温家宝的批示。

他的建议不仅针对宏观的环境问题，还关注微观的农业抗旱、雨水集流补充灌溉等具体问题。他为解决黄河断流问题出谋划策，为保护性耕作提出建议，为农业抗旱给出解决方案，为革命老区水土流失治理提供策略，甚至为陕西省的发展提供决策咨询。他的每一个建议都得到了积极的回应与批复。

1998 年，他当选为第九届全国人大代表后，更是积极开展调研工作，让他的声音与建议能够代表更广泛的社情民意。他的建议厚重而朴实，充满了对国家和人民的深深关怀。

他将自己的青春和事业无私地奉献给了黄土高原，数十年如一日地坚守在科研一线。他的辛勤工作和献身精神，使他在科学界和社会各界赢得了广泛的尊重和赞誉。

（二）多"身教"，少"言传"

在以科研工作为中心，以国家需求为己任的同时，山仑还致力于培养优秀人才。

他担任研究生导师长达 22 年，从 1982 年入学进所的开门弟子邝剑波，到 2004 年毕业离所的关门弟子李文娆，他共培养了 30 余名研究生。这些学生目前多数成为国内高等院校和科研单位的骨干力量，有的还远赴美国、澳大利亚、加拿大等国家，继续在各自领域的前沿进行探索。当然，他的不少学生也已成为硕士或博士研究生导师，将水土保持和旱地农业人才培养的使命传承下去。

山仑在带研究生过程中始终强调"做人为先"，他以儒雅而谦和的学者风范，严格又慈祥的长者形象，教育学生树立踏实、勤奋、顽强、执着、团结、宽容、自信、奉献等优秀品质和精神，他认为这是作为一名优秀科研工作者必须具备的基本素养。

他的治学格言是：遵循科学道德，倡导科学精神。实践是科学精神的基础，创新是科学精神的本质，奉献是科学精神的灵魂。这句话深刻诠释了他的治学理念和科学精神，也是他对研究生教育的独特见解和期望。

在山仑的培养下，这些研究生不仅在学术上取得了丰硕的成果，更在人格塑造和社会责任方面得到了提升。他们不仅具备扎实的专业知识，更拥有广阔的视野和深厚的文化底蕴。

他极少将大道理硬生生地灌输给学生们，而是更倾向于以身作则，通过日常行为的启示，使学生在现实的大学堂中自由而有序地成长。他的教育方式有着一种无形的引导力量，就如同春雨，悄无声息地滋润着万物。

他的学生梁银丽深情地总结道："山老师的教育更多的是一种潜移默化的引导，就像春雨，润物细无声。"他的教学方式不仅增加了学生们的专业知识，更培养了他们在为人处世、对待学问方面的珍贵品质。他坚信，吃苦精神是一名科研工作者应当具备的基本素质，因此，他的学生们都要经历吃苦这一关。

邓西平是跟随山仑老师最久的学生，现在是水保所研究员、博士生导师、黄土高原土壤侵蚀与旱地农业国家重点实验室副主任、旱农团队重要的学术带头人。他回忆起自己与山仑老师的点滴时光，满怀感激之情。邓西平在大三时听过山仑老师的讲座，山仑老师的精彩演讲和博学多识深深吸引了他。那时，他下定决心争取毕业后能到水保所跟随山仑老师工作。毕业后，由于他的学习成绩优异，这个愿望得以实现。1982年，邓西平进入水保所，成为山仑的弟子，开始了他的抗旱生理研究工作。

山仑安排邓西平的第一件事，就是带他到固原基点。此行的目的，一是让邓西平亲身体验和了解黄土丘陵区的地貌特征，二是迅速引导他进入工作角色。当时，正逢课题组开展"种植制度调查"，7个乡镇要挨村进行调查。山仑与全体成员一起，深入农户家中，同吃同住，过着艰苦的生活。邓西平用这样的话描述当时的情景："我本人就是在陕西农村长大的，却没见到过这么苦的地方，像是回到了民国时代。"他们有时是七八个人挤在一张炕上，喝的是窖水，吃的是清汤面，稍好点的，一人能多一小勺腌菜。山仑从不搞任何特殊化，唯一有别于大家的，就是多了一个"翻译"。邓西平笑着说："山老师是山东人，很多当地的土话他完全听不懂，就得我给他翻译一下。"就是在这样的环境中，山仑带领大家坚持开展座谈、调研，以确保获取第一手资料。

2013年3月，中国科学院国际合作局副局长邱华盛在给时任固原站站长的马永清的一封电子邮件中，回忆起他在固原站度过的一夜，感慨万分："那次我还到了李振声和山仑先生在黄土高原长期工作过的野外点，中国的大豆竟然产自这么贫瘠的土地，这才是中国的脊梁！"

邓西平被山仑老师献身科研的吃苦精神深深感动，决心向山仑老师学习，投身于农业科学的广阔天地。在几年的艰苦实践中，他勤奋好学，迅速掌握了科学试验的基本功，对干旱半干旱的黄土丘陵区也有了深入的了解。1985年，他成功考取了山仑的研究生。

在研究生期间，有一次山仑应邀前往兰州参加一个专业研讨会，邓西平陪同。研讨会结束后，他们又立即赶往固原开展工作。在从兰州前往固原的路上，山仑的胆结石病发作，导致心动过速。邓西平深深感受到老师所忍受的巨大痛苦，吓出了一身冷汗。然而山仑却忍受着病痛，一路颠簸到了固原。那时的山仑，已经是固原的县委副书记！每每回忆起此事，邓西平都感慨不已，这让他深深认识到，在科研道路上没有什么困难能够阻挡老师前进的步伐。

可以说，山家师门前那条通向芬芳的道路，更多的是山仑以其学术造诣的吸引和人格魅力的感召铺垫而成的。

（三）创新与实践教育

一谈及恩师——山仑老师，学生们便情绪高涨，心中涌动着无尽的感激。

张岁岐，1987 年从西北农业大学（现西北农林科技大学）毕业后，报考了山仑的硕士研究生。那时，山仑还是所里的副所长。在山仑的鼓励下，张岁岐全身心地投入学术研究中。有一次，山仑拿了一本外文书给他，叮嘱他看一下，把重要的章节翻译出来。虽然有难度，但他还是铆着劲做了很多努力，不仅通读了全书，还翻译了 100 多页。他还清楚地记得，山仑老师看了他的翻译稿后说："这本书你翻译得很好，我也从中学了不少东西。"这无疑给了他巨大的鼓舞。山仑老师不仅肯定了他的努力和才华，还向其他学生推荐了他的翻译稿，使更多的同学有机会了解那本书的内容。

"三人行，必有我师。"在山仑心里，在某些领域，学生也可以成为自己的老师。这种谦虚和开放的态度，使得山仑在教育学生的过程中，始终抱持平等和尊重的态度。1996 年，张岁岐又考上了山仑的在职博士生。在做博士论文时，他想创新性地做一个"大压力室"测根系水分吸收变化的实验。这种实验在国内尚属首次，需要极大的勇气和决心。山仑了解了这个仪器的功能等情况后，便支持他说："你很有想法。"后来，张岁岐与一家厂家合作，共同设计加工这个全新的设施。经过无数次的探讨和尝试，他们成功地制造出了这个"大压刃室"。这个全新的设施帮助他顺利完成了《根冠关系对作物水分利用的调控》这一论文，也为他的学术生涯带来了重大的突破。

每当回忆起这段经历，张岁岐总是感慨万分。他深深地感谢山仑老师对年轻人大胆设想的支持。也正是山仑老师的鼓励和引导，才让他敢于飞翔，敢于探索未知的领域。

然而，山仑的智慧并不仅仅在于发掘和培养学生们的潜力，他更懂得如何引导学生们在实践中发现和应用知识。他常说："科学来自实践最痛苦的提炼。"这句话深深地烙印在苏佩的心中。苏佩是山仑招收的第一个博士研究生，他在博士生涯中经历了无数次的探索和磨砺。

苏佩曾选择干旱生理作为研究方向。在最初提交的开题报告中，苏佩只关注了植物逆境蛋白等微观细节方面的研究。山仑在肯定了他的研究思路后，提出了一个关键问题："如此精确的实验如何才能与指导农业生产中的抗旱问题结合起来？"这个问题让苏佩无言以对。然而山仑并未放弃对苏佩的引导，而是进一步指出："像你报告中这样一味追求抗旱生理指标的变化，而忽视与实践的结合，是植物抗旱生理研究中的一个严重问题。实验手段虽然看似先进，却终是一种跟踪和重复，实验结果也无法运用到生产实践中去。"

在那之后，山仑以敏锐的洞察力和深厚的学识，开始与苏佩深入探讨黄土高原上独特的降水现象。他以渊博的知识和充满激情的讲述，引领着苏佩进入这片神秘而富有挑战性的领域。他不仅向苏佩详细描述了 20 世纪 60 年代在山西蹲点时，如何帮助农民对抗旱灾的独特经历，还把这一过程与他对于旱地农业研究的深入理解结合在一起。

他们的交流深入而广泛，使苏佩茅塞顿开。苏佩回忆说："我理解了山老师关于旱地农业研究的独特见解，那就是将现代生物学方法同生产实践结合起来，既不钻片面注重微观研究、纸上谈兵与应用脱节的死胡同，也要避免某些宏观研究的粗放性，从而使旱地农业生理研究走向更精细、更有效、更容易与生产实践相结合的道路。我们把这个研究思路称为抗逆研究的第三条路。"正是山仑的悉心指导和鼓励，使苏佩在后来的大田试验中取得了丰硕的成果。这些成果不仅体现了苏佩的才华和努力，也彰显了山仑卓越的学术引导力和深厚的学术底蕴。

对于学生们来说，山仑就像一盏照亮道路的明灯，指引着他们在人生和学术的道路上稳步前行。他们能够走得如此远，除自身的努力外，也离不开山仑那坚定而有力的支持。这正是山仑的伟大之处，他以自己的智慧和热情为学生们照亮前行的道路，让他们在追求知识的旅程中勇往直前。

（四）桃李不言，下自成蹊

岁月流转，山仑那些在科研和教学单位工作的学生们，多数已成为硕士或博士研究生导师，他们每个人都驰骋在属于自己的一片天地里。

2005 年开始，山仑不再招收研究生，但他的教育热情并未从此熄灭。他通过学生的学生，将教育的火种传递下去，让更多年轻的心灵受到启迪。邓西平、张岁岐、徐炳成等人在指导学生时，常常邀请山仑参加开题会或答辩会。山仑总是欣然应约。他会在每个学生的报告会上认真倾听，为他们提供宝贵的建议和指导。

此外，山仑还积极参与水保所研究生论坛、研究生开学或毕业典礼、青年促进会、学生会等相关活动。在这些平台上，他与青年学子们畅谈科学和人生，启迪他们的智慧，激发他们的兴趣。他以自己的经验鼓励学生们勇于创新，勇攀科学高峰。

近年来，山仑更是成为西北农林科技大学学生们所熟知的"旱地牛人"。他经常应邀参加学校的报告会、座谈会、科研论坛或学生活动。他的身影如同一个温暖的灯塔，指引着学生们前行。他不仅向他们传授与节水农业及水土保持相关的专业知识，还在科学思想和科学实践的培养、创新思路和学术观点的拓展等方面给予他们真知灼见。

2009年12月，第二期"青马工程"培训活动如期举行。山仑作为特邀嘉宾，与大学生骨干们进行了一次深入的交流。他深情地讲述了自己对于爱国主义和奉献精神的理解。他的言语之间充满了坚定和执着，让同学们深深地感受到了那份坚贞不渝的爱国情怀。他还以自己的科研历程为例，阐述了"理论联系实践，实践创造理论"的观点。他的切身经历和刚直率真的科研作风让同学们为之震撼，为之感动。

山仑对教育事业的热爱源于他多年的心愿——希望有更多优秀的青年人才能够踩着他的肩膀，去攀登新的科学高峰。他用自己的行动诠释了什么叫作真正的教育家。

▌（五）鲐背之年，享受天伦之乐

在人生的暮年，山仑拥有着一个三代十二口人的幸福家庭。

可以说，他的成功源于那份深深的家庭温情，这是他人生道路上历久弥新的珍品。

他曾为外孙山川自编的一本《七彩童年》作文集写了篇序，其中讲道："我这个人生活单调，不善交往，平时对家人关心也不够，整天想的是工作上的事。自从孙子山川诞生以后，我似乎改变了一些什么……"这段文字，透露出了他对家人的深情，也揭示了他人生中最重要的转变。

2006 年全家福（院士方提供）

山仑的家庭，是一个普通而又传统的中国知识分子家庭，老伴郭礼坤一直是家里的大总管，勤勤恳恳、任劳任怨地操持着大大小小的家务。大儿子山立、女儿山颖和女婿董伟都在西北农林科技大学上班，大儿媳康武玲退休在家。他们常来常往地照顾着二老的身体和生活。二儿子山冰一家定居美国，会定时回来看望父母和兄弟姐妹，圆一场阖家欢乐的团圆梦。

2007 年 5 月，在山仑和郭礼坤结婚五十周年的日子里，儿女们在河南开封为二老举办了一场金婚庆祝会。50 年的点点滴滴，还原了二老深情相携、风雨同行的岁月，再现了二老珠联璧合、心心相印的爱情。当儿女们随着父母走进那相识、相知、相爱的"故事"中时，他们深深懂得了这种"不求惊天动地，只想一爱到底"的平实，才是浪漫爱情的最好写照。

山仑爱他的孩子们，爱他的孙儿们，他希望他们成为对社会有用的人。

山仑的孙女山杉曾写过一篇名为《倾听生命——与爷爷交谈》的作文，在她的描述里，小时候的爷爷是"悲凄的童话里生活艰辛的小主人公"，现在的爷爷是"农业方面的教授"，是一个"手持公文包每天忙碌的人""他的研究成果能使中国贫困地区变得繁荣起来"……山杉在作文中还写道："当我天真地问爷爷最大的愿望是什么时，他告诉我，希望下一代尽快成长，用自己的能力和财富为社会作出更大的贡献。我真的希望像爷爷所说的那样，能以自己最大之力成为一个对社会有用的人，为其他人做好事，为国家做好事。我坚信自己能做到这一点。"

山仑的情怀，总是这么宽，这么大。他不但不能停下他跋涉的脚步，还更希望，他的足印能在一代又一代年轻人的脚下，无限地延伸下去。他希望通过自己的力量能够激励更多的人，去追求知识、热爱祖国，为科学事业献身。因为在这个世界上，没有什么是比这些更有意义的事情了。

作者简介

　　刘芳芳，中国作家协会会员，中国科普作家协会会员，中国科教影视协会科幻委员会委员，全国中学生科普科幻作文大赛（列入教育部白名单赛事）专家，陕西省科普作家协会科幻专委会常务副主任兼秘书长，陕西省科普作家协会常务理事。所著《他是我爸爸》荣获全球华语少儿科幻星云奖；《红窗花》入选陕西省委宣传部重点文艺项目；《别惹机器人》荣获"科蕾杯"三等奖（个人荣获"科蕾杯"贡献奖）；《365号星球》系列图书分别荣获陕西省优秀科普作品优秀奖与"2023典赞·科普三秦"年度十大科普作品奖；《欢迎来到机器世界》荣获"星际风云榜·最佳少儿科幻短篇作品·中国少年科幻馆"奖。已出版《喵呜，我是七岁老妈的猫》《365号星球》系列、《古里古怪事件簿》系列、《麦芽儿成长记》系列、中国工程院院士报告文学等文学作品二十多部。多家杂志特邀专栏作家。

一生为祖国找矿、献宝

中国工程院院士汤中立

文 / 史飞翔

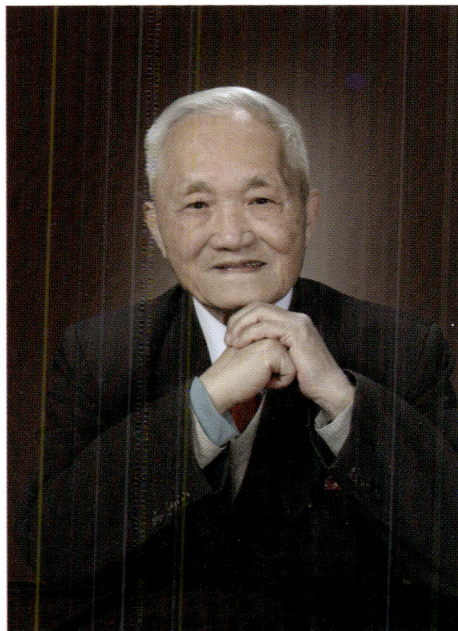

院士简介

汤中立 1934 年生于安徽省安庆市。矿产勘查专家、矿床地质学家。毕业于北京地质学院。历任祁连山地质队、甘肃第六地质队、甘肃省地质局区域地质调查队技术员、工程师、总工程师，甘肃省地矿局副局长、总工程师，曾任地矿部和中国地质调查局科学技术顾问，现任长安大学地球科学与国土资源学院博士生导师。

汤中立长期从事矿产勘查和岩浆矿床的研究工作，是中国镍矿工业和甘肃省金矿工业的开拓者之一。他对金川镍矿第二矿区深部隐伏矿体的勘探和突破使该镍矿一跃成为世界级巨型镍矿。他通过多年来对我国金川等矿床的深入研究，提出了"深部熔离-多次脉动式贯入-终端岩浆房聚集成矿"模式及"小岩体成大矿"成矿理论，他所获得的理论成果在国内外被广泛引用。近年来，他进一步提出了涵盖基性和中酸性两类岩浆的"小岩体成大矿"理论体系，对我国的矿产勘查和地质矿产研究工作起到了重要作用。

汤中立先后出版学术专著8部，译著2部，撰写和发表学术论文80余篇，SCI检索31篇。其研究成果有《中国镍矿床》《金川铜镍硫化物（含铂）矿床成矿模式及地质对比》《中国岩浆硫化物矿床的主要成矿机制》《中国镍铜铂岩浆硫化物矿床与成矿预测》《小岩体成（大）矿理论体系》等。他曾荣获甘肃省科技先进工作者、地矿部全国地矿系统劳动模范和甘肃省优秀专家光荣称号，1986年被甘肃省政府和地矿部联合授予"祖国镍都开拓者"荣誉称号。二十余年来，汤中立主持或参与的国家级和省部级重大科研项目获得多项奖励，其中包括国家科学技术奖二等奖2项，李四光地质科学奖1项，国土资源部（2018年改为自然资源部）科技进步奖一等奖1项，陕西省科技进步奖一等奖2项，甘肃省科技进步奖一等奖1项。2019年，汤中立荣获中共中央、国务院、中央军委颁发的"庆祝中华人民共和国成立70周年"纪念章。

作为我国"镁铁岩、超镁铁岩及岩浆硫化物矿床"的主要研究者和学科带头人，汤中立先后受聘兼任中国地质大学、浙江大学、兰州大学教授，并任长安大学博士生导师。他与以上各校密切协作，培养了30多名优秀博士后、博士和硕士研究生，他们均以优异的成绩毕业并走上工作岗位，之后相继担任了重要的科学技术职务，为国家发展做出贡献。

1995年，汤中立当选中国工程院院士。

○ 前 言 ○

2023 年 7 月 27 日上午，笔者有幸与陕西省科学技术协会的领导一起去拜访我国镍矿工业和甘肃省金矿工业的开拓者之一、中国工程院院士、长安大学一级教授、九十岁高龄的汤中立先生。汤中立先生是我国著名的地质矿产勘查专家、矿床学家、地质教育家，是我国镍矿开发领域的开拓者和奠基人，他提出的"深部熔离-多次脉动式贯入-终端岩浆房聚集成矿"模式及"小岩体成大矿"等岩浆成矿理论，使我国在岩浆硫化物矿床研究领域的科学研究水平跻身于世界前列。想到要面对这样一位声名卓著的大学问家、享誉海内外的院士，笔者难免心生紧张，生怕采访时说错话，毕竟隔行如隔山。

但笔者做梦也没有想到，等真正见到汤中立先生以后，才发现他是如此低调、和蔼、亲切。白短袖、灰裤子、黑色运动鞋，一把蒲扇，外加一个老式皮包。这行头走在街上，活脱脱一位"邻家大爷"。汤中立先生虽已是鲐背之年，但整个人精神矍铄，耳不聋眼不花，思维清晰，表达准确。说起中国的地质发展史，先生如数家珍。在这个上午，汤中立先生向我们讲述了他矢志为祖国找矿、献宝的传奇人生。

一　早年岁月，家国情怀

1934 年 10 月 30 日（农历九月二十三），汤中立出生在安徽省安庆市铁佛庵 5 号的一座院落里。汤中立的母亲周凤英是一位普通的家庭妇女，父亲汤启仁是一名中学教师。汤中立的名字"中立"是大姨夫史浩然取的，其中，"中"字是汤氏家族的谱辈，"立"字寓意"立志成才"。

"我的整个童年都是在战乱中度过的。童年记忆中最深刻的就是颠沛流离，衣食难济。"很多年后，汤中立在自传中这样写道。

1937 年 7 月 7 日，抗日战争全面爆发，战事很快波及安庆。年幼的汤中立不得不随父母和人群一起四处逃命。后来他们一家漂泊辗转，来到湖南省乾城县（今吉首市）所里镇暂住。当时主政湖南的是抗日名将张治中将军，他在湖南湘西办起了国立第八中学，招收安徽、湖南的流亡学生。于是汤中立的父亲汤启仁应聘到国立八中教书，而母亲则在当地帮人浆洗衣服，以贴补家用。

1945 年，抗日战争胜利，这时汤中立也回到了阔别 8 年的家乡安庆市，在这里，他读完了初中和高中。关于这段岁月，汤中立回忆道："那时我的家境极其困难，全靠父亲教书和母亲给人家做针线活、洗衣来维持生计。后来多亏有大姨夫、大姨妈和姐姐的资助，我才能顺利读完中学。我还记得，那时晚上上自习，家里没有钱买油点灯，我大部分时间都是到大姨妈房间里去做功课，有时也到街边路灯下看书。即使在这么艰苦的环境下，我的学习成绩在班上也一直名列前茅。"

1949 年，中华人民共和国成立，人民逐渐过上和平安定的日子，汤中立的家庭也走上了正轨。读高中时，汤中立就加入了新民主主义青年团，立志为祖国而学习，贡献自己的力量。当时，他和班里几个学习比较好的同学组成了学习小组，相互鼓励、互相竞争。高中毕业前夕，往届的优秀毕业生告诉大家，国家现在最紧缺的专业是地质学，于是汤中立便决定报考地质学专业。对于这个事关他一生的选择，汤中立后来这样说："当时年轻，团小组的人说国家最需要的专业是地质专业。这样，我们学习小组四人，再加上一个女同学，大家就都考到了北京地质学院。我们还同考取其他学院的同学一起组织了一个'北上团'，大家一起高高兴兴地到北京读书了。"很多年后，汤中立还对他们这四人的命运唏嘘不已，"当初学习小组的四人已经有两人过世了。有一个刘同学，毕业以后分到中国科学院地质调查所，去青海出差时坐汽车出了车祸。还有一个姓夏的同学，和我差不多大，他分到了四川，在郏边的地质调查所当总工程师，最近也去世了。还有一个是去苏联留学了，留学回来后，学的石油，后来断了联系，也不知道近况如何……"

1952 年夏，不满 18 岁的汤中立考取了北京地质学院。当接到大学录取通知书时，全家人都非常高兴。最使他难忘的就是母亲的笑脸。

带着母亲的期望，他背起简单的行囊，离开家乡，奔向祖国的心脏——北京。

二　大学时代，立志做新中国的"土地公公"

"1949 年新中国成立的时候，全国登记在册的老一辈地质学者，加上地质工作者，一共也就 200 人左右。国家为了加强地质学，成立了地质部，由地质学家李四光出任第一任部长。与此同时，为了加强人才培养，全国成立了两个地质学院，一个是北京地质学院，一个是长春地质学院。北京地质学院是由当时的北京大学、清华大学、北洋大学（现天津大学）、唐山铁道学院等院校的地质系（科）合并组建而成的。"汤中立在采访中介绍。

在北京地质学院，汤中立聆听过李四光、孙云铸、谢家荣、易赞勋、冯景兰、袁复礼、王嘉荫、王鸿祯、涂光帜等多位地质学家的教诲。这些大师为地质科学献身的精神和在地质事业上的非凡成就，特别是他们在地质实践中所表现出的科学态度，深深地影响着汤中立。汤中立至今都能回想起李四光先生 1952 年在开学典礼上的风趣讲话："同学们，你们应该成为新中国的'土地公公''土地婆婆'，像他仦那样熟悉和掌握我们脚下的地球。"此后，汤中立就憧憬着当好一名新中国的"土地公公"！

北京地质学院本科毕业执旗校园庆祝，执旗者为汤中立（1956年摄）（院士方提供）

大学期间，除了认真上课，汤中立还泡在图书馆，如饥似渴地广泛涉猎了古今中外的各种地质理论知识，大大开阔了他的眼界。比如，他了解了C. 莱伊尔（Charles Lyell）的均变论观点，即：地球的变化是古今一致的；地质作用的过程是缓慢的、渐进的；地球的过去只能通过现今的地质作用来认识。这些观点都给他留下了深刻的印象。

有道是：纸上得来终觉浅，绝知此事要躬行。1955年秋，将要毕业实习时，汤中立所在的小组原本被分配到东北瓦房子调查锰矿，但由于矿山方面的原因没有去成，后来改派到五台山实习。到达五台山时，那里的任务已经分配好了，汤中立因为晚到，被插进普查五班的一个小分队，并被分配到滹沱河沿岸地区。滹沱河沿岸是一片宽阔的沙砾地，什么岩石露头也没有，在这样的地区完成填图任务相对容易，但对于将来要完成的毕业设计却帮助不大。到底该何去何从？经过一番深入思考之后，汤中立开始观察这一地带。他发现滹沱河沿岸有的地方生长着果树，有的地方则没有，而且不同地方生长的果树品种及其所结果实味道都不一样。因此他萌生了一个想法：能不能把第四纪地质和果树的生长、果实的味道联系起来考察呢？于是，汤中立将同学们组织起来，调查果树的分布范围、生长年龄和长势等情况，并调查了水井的深度、水质和历史变化，还做了第四纪地质成分和地壳变动的调查等。就这样，他们搜集了许多资料，经过整理，最终完成了毕业论文《山西繁峙滹沱河沿岸第四纪地质与果树生长的关系》。由于这篇毕业论文别出心裁，因此得到了老师们的一致好评。

"这次实习，我们分队共同完成的地质图作为五台山区地质图的一部分被国家正式出版了，我们的名字还被标注在图幅作者栏中。这使我们感到很自豪，因为这意味着我们的劳动成果第一次被标注在祖国大地上了。"这次小试牛刀的成功，让汤中立初次尝到了依据实际情况解决地质问题的甜头，同时也成为他地质生涯的开端。

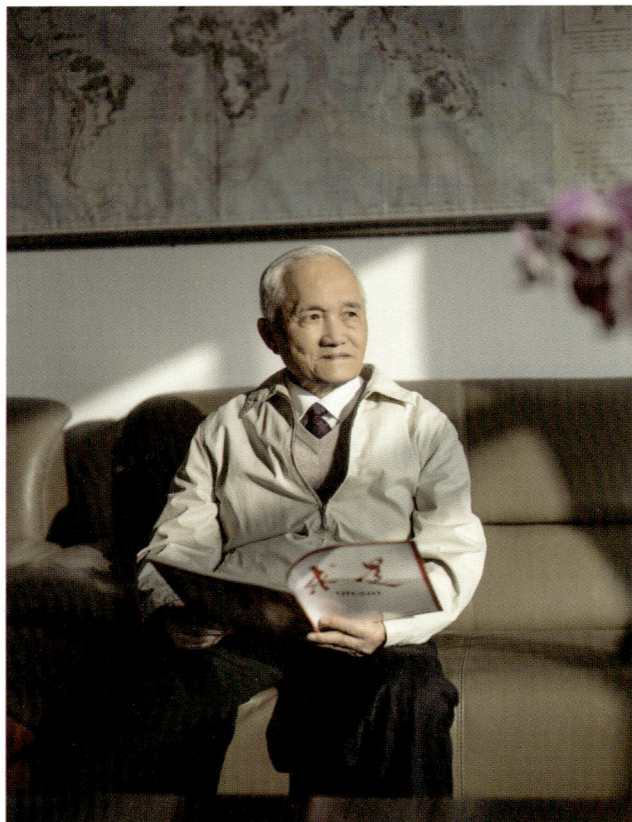

汤中立在办公室（院士方提供）

三 地质生涯，人生高光时刻

汤中立终生从事地质矿产勘查的实践与理论研究，他一生中最值得书写一笔的就是 1965 年作为大队技术负责人，提出并负责编制、实施了金川第二矿区深部找矿计划，之后发现了深部厚大隐伏富矿体，使得金川矿床的储量翻了几番，金川矿跃升为世界第三大铜镍矿，为金川镍工业的诞生和发展奠定了坚实的资源基础。从此，中国由贫镍国进入世界主要产镍国的行列。

笔者采访过程中，汤中立对新中国的地质发展史如数家珍。他深情地说："我们国家的地质学是在旧中国一穷二白的基础上逐渐建立起来的。开始有西北地质局，管五个省，后来就只管陕西，更名为陕西地质局。1952 年成立的地质部后来更名为地矿部，再后来变更为国土资源部，现在又叫自然资源部。随着时间的更迭，管理也更加完善，不限于土地，还有河、湖、海。自然资源部还成立了两个省级单位，一个是自然资源局，另一个是地质调查院。至于地质工作总的形势，从新中国成立到现在，整个机构都是在逐渐加强、逐渐稳定的，同其他的国家工作一样发展着。地质工作有高潮也有低潮。从新中国成立一直到'大跃进'，这 8 年是一个上升的过程，就是随着国家建设上升的阶段，地质工作也在上升。'大跃进'以后到了一个困难时期，那时候粮食等各方面都困难，地质工作自然也困难。随着国家的调整，国民经济慢慢恢复，地质工作慢慢也就起来了。总之，可以这样说，地质学的发展和国运息息相关。国家发展了，地质学自然就好了；国家遇到困难了，地质学自然也就遭遇低潮了。"

在长达 70 年的地质生涯中，汤中立始终不忘做新中国的"土地公公"，不忘为祖国找矿、献宝的初心。他一步一个脚印，跋山涉水，风餐露宿，用脚步丈量脚下的土地，用"火眼金睛"勘查矿产宝藏，孜孜不倦，勇攀高峰，书写下了人生的一个又一个华丽片段。

（一）金川矿床的发现与勘查

1956 年，汤中立从北京地质学院地质矿产系毕业。当时，全国地质工作形势如火如荼。作为新中国成立后培养的第一批地质学大学生，汤中立积极响应国家建设大西北的号召，摩拳擦掌、热血沸腾，恨不能立刻奔赴地质一线，为祖国建功立业。当时，洋溢着青春热情的汤中立来到甘肃，在祁连山地质队开始了他的地质生涯。祁连山地质队前身是白银厂 641 地质队，是 1951 年组建的全国第一批六个地质队之一，在甘肃勘探了白银厂大型富铜矿，建起了中国第一个铜矿基地。能分到这样一个有着光荣传统的地质队，汤中立自然欣喜若狂、倍感荣幸。于是他虚心向老地质工作者和当时的苏联专家求教，不断丰富自己的知识，开阔自己的视野。汤中立先从实习生做起。由于他在工作中表现突出，能力强，不怕苦不怕累，第二年就担任了分队副技术负责人，第三年任分队长、技术负责人。在此期间，汤中立和他的同事在前辈地质专家宋叔和、陈鑫、严济南等人的指导下，通过不同比例尺的地质填图、检查古矿坑遗迹和群众报矿线索等形式，先后发现了铜矿、铁矿、萤石矿、镍矿等一系列具有重要经济价值的矿产地。

1957 年，任分队副技术负责人的汤中立开始领导祁连山地质队一分队，先后在甘肃北山地区、祁连山地区和河西走廊两侧山区从事地质普查工作。1958 年 6 月，已经担任祁连山地质队一分队分队长的汤中立和他所在的一分队奉命从内蒙古撤出，部署到河西走廊东部地区进行地质调查，配合并指导群众报矿。汤中立和他带领的地质员王全仓、化验员邱会鸿、地方干部赵国良、汽车司机秦宗宽共 5 人驾驶一辆苏制的嘎斯车在甘肃的河西走廊地区东进西出，经张掖、过武威、出民勤，又转到古浪、天祝等地进行野外地质调查。

1958 年 10 月，汤中立被任命为祁连山地质队一分队技术负责人，他带领大家依据唐东福先生提供的报矿线索，在陈鑫工程师的指导下发现了金川镍矿。要说这条报矿线索的发现，那真是充满了传奇色彩。很多年后，汤中立说起这段往事还是饶有兴致："我毕业以后被分配到甘肃酒泉，任务就是找铜矿。在此任务基础上，我连续三年在野外工作，发现了铜镍矿。谁都有可能为国家发现资源，发现矿产。第一个矿不是我发现的，而是煤田地质队一位名叫唐东福的同志发现的。唐东福他们带着专业的检测机器探棒，寻找做原子弹需要的铀。唐东福同志当时无意间捡到了一块铜氧化后的孔雀石标本，上报到了县委县政府。1958 年，全民找矿，我当时被任命为祁连山地质队一分队的队长，负责搞野外工作。一天，我向县领导汇报工作成果时，县领导给我看了当时上报来的矿石标本，我从中挑出几个标本，一个一个地查上报人，再返回煤田地质队寻找上报人，结果就找到了唐东福同志。那时他还在野外作业，于是我们就又赶到他作业的地方。就这样唐东福同志带领我们找到他当初捡到孔雀石标本的地方，后来我们就是在这里找到了金川镍矿。"

汤中立轻描淡写地回顾了发现金川镍矿的过程，但真实情况要远比这复杂得多，艰苦得多。

1958 年 10 月 7 日，汤中立一行人来到甘肃省永昌县河西堡，向县委设在那里的大炼钢铁指挥部汇报工作并察看近期群众的报矿成果。县委书记王虎法等人热情地接待了他们，并亲自带领他们察看群众的报矿成果。面对琳琅满目的矿石标本，汤中立等人挑出几块感兴趣的标本询问情况。就在这时，一块大如卵石、布满孔雀石的矿石标本引起了汤中立的特别注意。问清矿石标本的来历后，汤中立等人立即驱车赶到永昌县寻找报矿人。当时唐东福（报矿人之一，145煤田地质队放射性操作员）不在家，出野外了。他们又追踪到野外驻地，找到唐东福请他引路，前往白家咀子（铜镍矿原名"白家咀子"，后更名"金川"）发现孔雀石的露头处。此时已近黄昏，汤中立他们观察敲打了一阵，于夜色降临之际在戈壁滩上一间无人的破土房中住下。

在随后的两天里，汤中立和同事们对矿化露头、超基性岩体的范围、顶底盘围岩进行了追索和初步圈定，并勾绘了地质草图。根据当时的工作情况看，只是在超基性岩体（后来的一号矿区）的北侧找到两处氧化矿露头，每处露头长20～30米，宽几米，两处露头之间相距约300米；矿化露头上，孔雀石、铜蓝、褐铁矿十分发育，黄、褐、蓝、绿，色彩缤纷。汤中立把当时的发现与两年前发现的辉铜山铜矿进行了比较：两者都发育在基性、超基性岩体底盘与白云质大理岩的接触带上，前者发育在内接触带，后者是在外接触带；按地表矿化程度，前者比辉铜山的情况更好。辉铜山经勘探证实是一个富铜矿，这里肯定是一个更有希望的铜矿。在这种对比基础上，汤中立采集了必要的标本回酒泉大队部汇报，留下王全仓等人继续在现场工作。回到酒泉，汤中立把这次的发现分别向大队技术负责人陈鑫工程师和苏联专家扎库敏聂依作了汇报，并陈述说："这是一个很有可能、需要进一步开展评价工作的铜矿。"这一观点得到大队认可。汤中立便赶回河西堡，到分队其他各组（当时分队还有两个组，分别在离河西堡不远的地方从事地质矿产工作）抽调人员，以便加强白家咀子组的工作，开展更大规模的评价工作。

几天后，陈鑫工程师来到河西堡，并带来一份化验单。他告诉汤中立："我们对你带回的矿石标本进行了铜镍两项测定，结果是铜占16.5%、镍占0.9%。"也就是说这里面有镍！镍是一种银白色金属，1751年由瑞典矿物学家克朗斯塔特（A.F.Cronstedt）分离得出。由于它具有良好的机械强度、延展性和很高的化学稳定性，以及难熔、耐高温、在空气中不氧化等特征，因此是一种十分重要的有色金属原料，被用来制造不锈钢、高镍合金钢和合金结构钢，广泛用于飞机、雷达、导弹、坦克、舰艇、宇宙飞船、原子反应堆等各种军工制造业。在民用工业户，镍常制成结构钢、耐酸钢、耐热钢等，大量用于各种机械制造业。镍还可作陶瓷颜料和防腐镀层。镍钴合金是一种永磁材料，广泛用于电子遥控、原子能工业和超声工艺等领域。在化学工业中，镍常用作氢化催化剂。一百多年来，我国一直面临着缺少镍矿的局面。陈鑫工程师带来的这份化验单就是后来举世闻名的金川铜镍矿床最早的一份矿石标本分析报告。其后，陈鑫工程师和汤中立赶赴白家咀子现场，在陈鑫工程师的指导下，现场布置了地面地质填图和两口浅井、六个探槽。汤中立一直留在现场工作，直到 12 月中旬，几个探槽均见到了氧化矿。与此同时，第一口浅井打到七八米深时，见到了具有海绵陨铁结构的原生铜镍矿。1959年元月，省局和大队组织两台钻机施工两个钻孔，不久，两孔深部都见到了厚层原生矿体。至此，已基本证实了该处是一个大型的硫化铜镍矿床基地。这就是后来勘探证实的金川第一矿区。

在以后的两年多时间里，汤中立作为大队技术负责人陈学源的助手组织了金川矿区的地质勘探技术工作，并完成了该矿区最终勘探报告的编制。经过全体队员的顽强拼搏和艰辛劳动，1959 年 9 月 6 日，他们提前 14 天完成了一矿区的初步勘探任务，提交了矿区第一份地质勘探报告——《白家咀子硫化铜镍矿床第一矿区地质勘探中间报告》，经全国储委主持的审查会议批准，确定了镍储量 90 万吨，钴储量 50 万吨，矿石平均品位镍大于 1%（1% 是富镍矿和贫镍矿的分界线）的结果。那时的钢铁工业急需制造合金钢的"镍"，当时只在四川省有一个万吨级的小镍矿，远远不能满足需要，因此金川镍矿的发现和第一矿区的勘探成功无疑是中国镍矿勘查的第一次重大突破！这是一个了不起的贡献，为我国第一个镍工业基地的矿山建设和选冶厂设计提供了资源保障和地质依据。

1965 年是汤中立任大队技术负责人的第三个年头，也是金川镍矿勘查工作最为关键的时期。此时，金川的镍矿已勘查了7年，第一矿区的地质勘探已经结束；出露岩体面积最大的第二矿区地表没有矿化，沿走向每200米已经施工19个钻孔，控制岩体东段的深部存在贫矿体，而岩体西段的深部没有重要矿化，已呈尖灭状态。第三、第四两个矿区岩体规模较小，都隐伏于第四纪覆盖物之下，已经钻探探明，主要都是贫矿。

第二矿区勘探迟迟未有突破，一个大大的问号摆在大家面前：金川的矿产资源是否已经勘查完毕？勘探工作是否要结束？当时对第二矿区的打钻显示，成矿岩体在地下200米深度就消失了。按照常规解释，这是矿床生长的一种常见现象，岩体像锅底一样"尖灭"掉了。

面临如此严峻的形势，汤中立仔细对比了第一矿区和第二矿区的情况，认为第一矿区的成矿深度已达地表以下500多米，而与第一矿区相邻的第二矿区西段才200多米深，岩体就封闭尖灭了，这种情况不正常。他推测岩体有可能从钻孔控制点之间向深部"漏"下去了。按照这个思路，他负责编制了金川第二矿区深部找矿计划，设计并实施了一批500多米的"深孔"，找岩体漏向深部"岩枝"中的矿体。

果然，ZK22号钻孔打到335米时重新见到了岩体，证实了他的这一设想。但紧接着问题又出现了：钻孔继续向下又穿出了岩体，且没有见矿。钻孔提前于375.7米打穿岩枝进入围岩，按常规见到底盘围岩就可终孔。上次面临的两难选择再次出现：是停止呢，还是将成本十分昂贵的钻孔作业进行下去？

对于地下世界的探索，不仅需要科学的精神，更需要魄力和勇气。汤中立和同事们的探索精神及其所表现出来的魄力和勇气在这种情况下发挥了巨大的作用。他们经过仔细观察，发现在已打到的围岩中有微量矿化现象，而打到的岩石并不是含矿纯橄岩，因此推测主岩体还没有打到，深部还有希望。也许是一种探索地下世界的勇气，也许是一种对科学的直觉，促使他们又一次做出决定：不能终孔，要继续下去。于是在钻探至 410.71 米时，又见到了第二个"岩枝"。汤中立等人再次修改设计方案，继续加深钻探，终于在钻探至 566.71 米时见到了海绵陨铁结构的富矿体。随后他们多次调整设计深度，并换了一台千米钻机施工，一直钻到 924.87 米才穿过矿体，于 944.86 米终孔。结果发现的隐伏矿体厚度达到 358.16 米，而且都是富矿体。依据 22 孔的实践结果，他们又在 2 线至 26 线一千多米长的地段布置了几十个钻孔，几乎是每个孔都见到了下部岩枝中的隐伏富矿体。这一矿体的发现和后来的勘探使得金川矿床的储量翻了几番，镍达到 545 万吨，铜达到 350 万吨，共生和伴生资源还有钴、铂、钯、锇、铱、钌、铑、金、硫、硒、碲等，金川矿跃升为世界级超大型铜镍矿之一。他们完成了一次对地质科学求知领域探索的重大突破，同时也使金川成为中国的镍都，闻名于世。从此，中国由一个贫镍国进入世界主要产镍国的行列。

那年，汤中立刚过而立之年，他用智慧、丰富的实践和坚定的信念在金川镍矿勘探史上和自己的人生历程中写下了辉煌的一笔。回想起这段经历，汤中立淡淡地说："这些是全体工作者共同努力的结果，而我自己所起的作用只是面对困难不灰心，勇敢地去探索而已。"

1981 年，经国务院批准，举世闻名的镍都——金昌市建立了。要知道，1958 年的金昌市还是一片茫茫戈壁。后金昌因矿兴起、因企设市、因盛产镍而被誉为祖国的镍都，这一切都应归功于汤中立。正是因为汤中立和同事们的坚持和执着，打浅井，挖探槽，两年多的不懈努力，才发现了第二矿区。从此，我国结束了一百多年来缺少镍矿的局面，一跃成为世界上第三大镍矿的源地。1986 年，甘肃省人民政府和地质矿产部在金昌市公园建立《献给祖国镍都开拓者》纪念碑。作为开拓者的代表之一，汤中立的名字被镌刻于碑文中，以表彰他对甘肃省地质矿产工作作出的开拓性贡献。

汤中立的 70 年地质生涯不知经历了多少艰难困苦，甚至是生死攸关的考验。从事地质野外作业，什么情况都有可能遇到。作为一名合格的地质工作者，除具备专业知识外，还要有牺牲精神。汤中立就是一个不畏生死的人。60岁之前，他每年至少要跑三个月的野外。这三个月，主要是到各个队下基层，深入一线。在野外作业，大自然有时会为地质工作者展示出它迤逦多姿的风景，有时也会给地质工作者带来危及生命的考验。在甘肃北山的一次找矿中，眼看着天黑了下来，这时突然遇到了风沙，汤中立一行迷了路。虽然已是四五月，但山里一到晚上气温就骤降，四个人的口粮只剩下两个馒头，加之又无法和外界取得联系，这些不利因素都在使危险系数上升。在这种情况下，汤中立首先调整好自己的情绪，安慰大家，给大伙宽心。幸亏后来他们用地质锤打了一只野兔，用骆驼草烤熟，这才消除了饥饿和恐慌。接下来，大家围着火堆聊天。那一夜，所有人都席地而卧，仰望星空。当时平躺在地上的汤中立觉得，天空那么蓝，世界那么大，所有的一切都和自己在一起，而人又是那么渺小，但却拥有整个苍穹大地。经受住后半夜寒冷的侵袭后，一行人终于熬到了黎明，又继续寻找回队部的路。在层峦叠嶂中，在一望无际的戈壁荒滩，他们按照地质求生规律，看太阳的方向，观察植物的生长情况，努力确定方向。直到第二天下午，他们才远远地看到队部派来四处寻找他们的69嘎斯车，那一刻大伙才长长地吁了一口气，终于和生命握手重逢了！

还有一次，汤中立坐的一辆苏联的51嘎斯车正在柏油公路上跑着，车轴突然断了，方向盘失控……类似这样的经历，在汤中立的地质生涯中不胜枚举。这一切真像冰心先生的一句诗描写的那样——"成功的花儿，人们只惊羡她现时的明艳，然而有谁能了解当初她的芽儿，浸透了奋斗的泪泉，洒遍了牺牲的血雨。"伟大都是熬出来的！"每天晚上找到帐篷才有的住，我有一次工作后没有找到帐篷，结果冻了整整一晚上。"汤中立这样回忆道。"斗风顶晒唯找矿，天做铺盖地当床"，陪伴日月，拥抱风雨，为地质而奋斗，为祖国而拼搏，这就是汤中立终其一生的理想。

┃ （二）区域地质调查

除对中国镍矿进行研究之外，汤中立还一直致力于区域成矿研究，不断探索区域成矿前景，为岩浆矿床的地质勘查指明方向。

1.部署实现甘肃金矿勘查突破

20 世纪 80 年代初，汤中立调任甘肃省地矿局总工程师，这使他必须以全局观点来审视甘肃境内的地质实践。于是他对全省几十个主要矿产地的区域背景及发现史进行了综合分析。他认为：第一，20 世纪 50 年代一些重要矿产地的发现，都属地表具有容易识别的露头矿、古矿坑或矿床氧化带等直接找矿标志的矿床；第二，20 世纪 60 年代增加了一些新的地质找矿方法和手段，又导致一批新矿产地的发现，如系统的区调规定按图幅、按一定的路线间距进行地质矿产观察，比以往相对局部的普查更有机会发现地表矿，随区调系统进行的重砂法、金属量测量，也都发现了新的重要矿产地；第三，20 世纪 70 年代甘肃局地质找矿不景气的原因是地表易识别的矿产地越来越少，难识别矿产的勘查工作并未开展，地质找矿方法和手段缺乏改进；第四，就矿找矿、以点带面这种方法，在甘肃境内各个地质找矿时期都发挥了重要的作用。基于这样的认识，汤中立提出，进入 20 世纪 80 年代以后，应逐步地、坚定地把地质勘查的主要目标转移到地表难识别的黄金矿种上来。在地质实践过程中，应积极引进、部署化探扫面、痕量金分析等新方法和新技术，并大力推广应用；应始终坚持以地质为基础，按照有利成金的大地构造单元和区域构造位置，有利成金的矿床类型，有利成金的岩石、矿源和热源，有利富积的砂金河段等各种地质因素，择优选择、部署评价大量的矿点、矿化点、砂金河段和各类化探异常区、异常点。与此同时，还应密切注意点上突破、就矿找矿，某一区带一旦发现了金矿，就全力以赴组织评价突破，总结经验和规律，及时地向面上、带上推广。如在西秦岭发现坪定、九原金矿后，及时评价勘探，并在带上加强部署，加大勘查力度，结果又陆续发现了拉尔玛、石鸡坝、鹿儿坝和大水等一批大型、特大型金矿。这些矿产地的发现和勘查，为甘肃在 20 世纪 90 年代成为黄金大省提供了丰富的资源保证。

2. 预测龙首山—祁连山区域成矿前景

龙首山—祁连山是斜跨甘青两省的著名山系，也是我国重要的金属成矿区带。"九五"期间，汤中立主持完成专著《华北古陆西南缘（龙首山—祁连山）成矿系统及成矿构造动力学》并出版。该专著在"活动论""系统论"思想指导下，运用板块构造（地体）学说，厘定华北古陆西南缘构造格局，将成矿系统与成矿环境结合起来研究，是矿床学研究的新思路。依据这个思路，他提出和阐述了本区属科迪勒拉式造山带。他首次提出中祁连为离散型岛弧地体，解释了北祁连西段分布古老陆块的内在原因，认为不同阶段的不同构造背景产生了不同的成矿作用，形成了不同的成矿系统（组合）。他首次根据构造发展阶段及成矿作用特点，确定本大陆边缘成矿系统成矿组合中，有与岩浆底辟作用有关的金川镍铜（铂）成矿组合，与岛弧裂谷（陆缘弧演化早期）作用有关的白银厂、清水沟铜及多金属成矿组合，与俯冲带岩浆热液作用有关的塔尔沟、小柳沟钨成矿组合，与蛇绿岩有关的铬成矿组合及与韧性剪切作用有关的金成矿组合。这在古大陆边缘成矿系统（组合）中，具有典型性和一定的普遍性，无论是在本区还是在其他大陆边缘的矿床勘查中，皆有参考对比意义。他首次明确提出华北板块西南缘是中国也是世界重要金属成矿区（带）之一，并包含三个成矿带：① 阿拉善南缘龙首山 Fe、Ni、Cu、Co、PGE（铂族元素）、Au 成矿带；② 祁连山 Fe、Cu、Zn、Au、Ag、W、Cr 成矿带；③ 阿尔金 Au 成矿带。成矿高峰期（主成矿期）为中元古代（龙首山成矿带）和加里东期（祁连山成矿带）。汤中立等人首次系统地对不同地质单元各种地质建造的地球化学特征进行了研究，提出了成矿预测区，并系统总结了本区深部地球物理特征，阐释了本区岩石圈分层结构构造，探讨了深部成矿问题。在这个项目中，汤中立等人对金川矿床的研究也取得了新成果：一是岩体的原生岩浆为高镁玄武岩浆 [$\omega(MgO) \approx 10.8\%$]；二是金川矿区含 Ni 主矿体可能起源于含铂族元素不同的母岩浆（含铂族元素高的矿体起源于原始地幔铂族元素不亏损的岩浆，含铂族元素低的矿体则起源于原始岩浆分离后形成铂族元素亏损的岩浆）；三是物探显示，金川深部 −20 km 范围内存在高电阻率体，金川磁异常向下延拓亦达 −10 km 以上，说明金川深部可能存在大的基性、超基性岩岩基等；四是进一步论证并肯定了"深部熔离－分期贯入"是形成金川矿床的主要机制。他们系统阐明了祁连山区存在四大海相火山旋回及其控矿作用和钨矿的成矿背景与机制，明确提出北大河岩群和朱龙关群的熬油沟组是钨矿的矿源层，具有区域控矿作用；查明阿尔金断裂是一条陆内转换断层，具有长期性、复活性，加里东早期表现为裂谷，加里东晚期初步形成断层，华力西期起发生左行走滑，直到新生代活动仍十分强烈，控制形成一系列中酸性岩体和金成矿作用。在充分对区域背景研究的基础上，他们对镍、铜、钨、金四种金属资源量进行了理论预测，得出除已控已采储量之外，区域的潜在资源量仍很丰富。该项研究获 2003 年甘肃省科学技术进步奖一等奖。

3. 提高古生代矿床研究程度

"十五"期间，汤中立主持完成了"中国古生代成矿作用"项目。这是"十五"地质大调查综合项目"中国成矿体系与区域成矿评价"的系列专题之一。在该项研究中，他除对古生代内生金属矿床及矿产进行重点总结外，还对非金属及部分能源矿产资料进行了研究和总结。通过对古生代成矿作用区域大地构造背景的研究和分析，结合古生代成矿事件和区域成矿作用特色，他建立了中国大陆古生代的四大成矿域（古亚洲、秦祁昆、扬子—华南和古特提斯），划分出 11 个成矿省，36 个 Ⅲ 级成矿区带，并对重要成矿区带古生代矿床成矿系列进行了系统总结，共建立区域成矿系列 114 个，同时将这些成矿系列数字属性化，表达方式新颖且简便实用。他新编制了中国古生代1：500成矿系列图，建立了相关数据库。通过对古生代33个大型、超大型典型矿床进行研究，他提出了我国古生代区域大规模成矿作用的七种形式。通过Re-Os法和单颗粒锆石U-Pb法同位素测试研究，他新厘定了扬子地台西南缘铜镍矿（白马寨）、东昆仑矽卡岩型多金属矿床、南秦岭煎茶岭镍矿的成矿时代分别为（302±9.2）Ma、（246±3.9）Ma～（278±3.6）Ma和（878±23)Ma，为正确认识这些地区的区域成矿历史和演化规律提供了重要依据。基于对扬子—华南成矿域华力西旋回晚期与峨眉地幔柱（或镁铁质、超镁铁质岩）有关的成矿作用、克拉通盆地边缘磷块岩成矿作用、华南裂谷热沉降阶段陆缘裂谷与黑色岩系有关的成矿作用和华南活动带泥盆纪层控矿床成矿作用四种大规模成矿作用的背景和机理研究，他提出了深部构造岩浆作用是大规模成矿作用的根源所在。与以往的研究对比，他对古亚洲构造域古生代四大矿集区的厘定和认识，更能从宏观上反映这一地域的古生代成矿特色和意义。通过对中国镁铁、超镁铁岩浆矿床，特别是古生代该类矿床成矿系列的聚集与演化研究，他提出了我国岩浆矿床的三种聚集成矿方式，形成五类支撑性矿产和两类世界级超大型矿床式、两个主成矿期的新认识。在成矿聚集演化上，他提出了我国岩浆矿床具有"继承与发展"和"戛然而止"的演化特征，并在与世界同类矿床对比的基础上，提出了我国岩浆矿床今后的勘查方向。通过研究，他出版了《中国古生代成矿作用》专著，该项目获得2006年国土资源科学技术进步奖一等奖，获得2007年国家科学技术进步奖二等奖。

采访中，汤中立向笔者介绍道，甘肃省曾设立两个区域的地质调查队，分担着全省1：20万区域地质填图任务。一个队设在酒泉，承担甘肃西部的"甘肃北山"和"祁连山西段"的填图；另一队设在兰州，承担甘肃东部的"祁连山东段"和"秦岭西段"的填图。1972年，汤中立从金川六队调入了兰州区地质调查队，任总（地质）工程师。兰州区地质调队建队于1958年，承担上述两个地质单元20余幅图的填图任务，建队以来已填测10余幅图。但由于早期经验不足等，已完成的图幅不同程度地存在一定的地质矿产质量问题，需要复查补课之后再新填其他图幅。

汤中立通过复查，使得一些图幅的质量获得了很大的提高。例如：

（1）祁连山东段的一些补课图幅发育的"老君山砂砾岩"按传统观点划为"下石炭统"，是石炭系底部的一套"磨拉石"建造。据此认为，祁连山是华力西运动（第一幕）折返的。复查确定其上部的一套红色碎屑岩沉积（岩性以砂岩为主，近顶部常夹泥灰岩或砂质灰岩，底部为一层石英质砾岩）的下部产植物化石、鱼化石等，被确定为上泥盆统，新命名为沙流水组（甘肃第一区域地质测量大队，1965），不整合或平行不整合于老君山组之上或超覆于下古生界之上。其下伏的砂砾岩归入中-下泥盆系。祁连山的折返就自然归属于志留纪与泥盆纪之间的加里东运动。这是有关祁连山地质构造演化研究的重大进展。

（2）补课图幅的另一项进展就是金属量测量方法的改进。过去是在区地质调查路线的地质点上采集原生岩块粉碎后进行半定量光谱分析，其精度已经不能适应圈定异常的需要。复查补课图幅一律改用谢学锦院士团队倡导的微细粒分散流沿流域重新采样扫面。样品分析则采用甘、陕、鄂、辽、苏五省实验室联合攻关研究确定的39种元素等。总之，在区地质调查队工作八年，汤中立作为总工程师，在老区地质调查队员的帮助合作下，主要在图幅组织实施、质量监督检查、图幅验收、出版进度督导等方面贡献了一份力量，使区地质调查队承担的20余幅图和新开图幅（碌曲幅、卓尼幅、文县幅、香泉幅等）按正常进度都陆续出版。

1980年2月，经区地质调查队副队长潘启雁同志和地质科长刘新城同志介绍，汤中立被组织接收为中共预备党员，并于1981年3月经甘肃省地矿局地矿处党支部批准，转为中共党员。在祖国大西北的甘肃省，经历普查找矿、矿产勘探和区域地质调查的锻炼和考验，汤中立终于成长为一名共产主义战士。

（三）黄金找矿突破

汤中立不仅是我国"镁铁岩、超镁铁岩及岩浆硫化物矿床"的主要研究者和学科带头人之一，也是甘肃省黄金勘查的组织者之一，为该省成为黄金大省做出了贡献。甘肃省在 20 世纪 80 年代之前，只在白银厂铜矿和金川镍矿两个硫化矿床中分别产有伴生金矿，前者约 36 吨多，后者约 73 吨多，全省伴生金储量约 110 吨，且那时还没有一处原生金矿床。20 世纪 80 年代初，汤中立对全省几十个主要矿产地的区域背景及发现史进行了综合分析，逐步地、坚定地把地质勘查的主要目标转移到地表难识别的黄金矿种上来，陆续发现了拉尔玛、石鸡坝、鹿儿坝和大水等一批大型、特大型金矿，为发展甘肃省的金矿事业提供了资源基础。

1981 年，汤中立被任命为甘肃地矿局副局长、总工程师。当时，正值党的十一届三中全会之后，全党全国都转向以经济建设为中心，实行改革开放。地质矿产部也提出了"以地质找矿为中心"的指导方针。在这种情况下，汤中立首先考虑的就是今后的找矿方向和突破矿种问题。为此，他回顾了前 30 年甘肃省地质找矿比较成功的十几个实例，总结了三大特点：

其一，多为国家建设急缺的、大宗的金属矿产，如镍、铜、铁、铅锌、钨、铬铁、锑等矿。这些矿产显然是甘肃省的优势矿种，仍当加强勘查，力争取得更大的成果。

其二，一般在地表都具有直接找矿标志或间接找矿标志，如露头矿、氧化带、古采坑、铁帽、矿质异常、重矿物异常等。

其三，一般都属肉眼可识别和易识别的矿种。

通过这番回顾，汤中立感到今后找矿应当关注那些肉眼难识别而价值高的贵金属、稀有金属、特种非金属矿产。但主攻什么矿种，一时还未确定。

1982 年 7 月 29 日，温家宝同志在调离甘肃前往北京之前，曾提出过全局地质工作的部署意见（《甘肃地质工作调整形式和今后的方针》）。在这个文件中，他首次提出：要巩固已组建的六个金矿普查分队，长期坚持在北山、祁连山、西秦岭开展黄金普查；要切实解决金化探取样、分析测试方法及所需的砂钻、浅钻等手段问题……他的意见实际解决了主攻方向和关键突破矿种（黄金）问题，得到局领导、各有关地质队以及局地矿管理团队的高度赞同并被长期贯彻执行，最终取得了金矿找矿与勘查的重大突破。

1. 甘肃第一例原生金矿的发现

1980 年，物探队率先在甘肃北山开展 1：50000（水系沉积物测量）普查，在"破城山幅"发现圈定了 As、Hg、Sb、Ag、Au、Cu、Pb、Zn、W、Mo（后 5 种元素较弱）多元素组合异常，面积约 15 km^2。当年经踏勘检查，在源区见两条石英脉：一条宽数米，含镜铁矿；另一条平行于它的北侧，宽达数十米，但未见矿化。

1981—1982 年，该队在异常范围内先后做了 1：25000 和 1：5000 岩石测量，并结合磁法、电法开展物探工作。结果，普查时的各异常元素均再现，原生晕异常强度比 1：50000 化探（水系沉积物）高 1～2 个数量级，异常面积达 1.5 km^2 以上，且连续性好。异常主要与北侧宽大石英脉有关，依据元素组合特征，物探队认为可能由金（银）矿引起。因此，物探队布置了一条地质、化探、物探综合剖面，并使用刚引进的化学光谱法测金技术进行金分析。随后又在剖面异常内采习连续捡块法采化学样 17 个，送地质四队分析。金品位一般为 0.1×10^{-6}～0.5×10^{-6}，而地质四队分析的其中 3 个样分别达 3.9×10^{-6}、11.7×10^{-6}、25.7×10^{-6}，与物探队化学光谱分析的 3 个高点完全吻合。同时，物探队在周围水系采集 20 个自然重砂样，经鉴定竟有 13 个样中见到了自然金。可见异常为金（银）矿引起已基本明朗。但由于传统经验的限制，物探队认为如此巨大的石英脉不大可能含金矿，所以该异常起初并没有引起足够的重视，其工程验证没能列入1983年的项目计划。恰在此时（1983年4月），谢学锦院士和邵跃教授来兰州讲学，物探队成员向他们汇报该异常资料。两位专家一致认为异常应为金（银）矿引起，且矿床规模不会小。在专家意见的鼓舞下，甘肃省地矿局马万里局长于1983年5月亲临野外现场，将其命名为"南金山"矿床，并决定调动酒泉四队一个分队进行地质检查验证工作。野外地质工作开展之后，汤中立会同四队主管地质的副队长王志恒同志，再到南金山现场，他们取得两点共识：① 这是一个与火山岩有关的次生石英岩型金矿；② 地表岩石片理化发育，产状变化大，一定要把浅部产状控制住后再布置钻孔，避免因产状变化钻孔打到下盘而发生漏矿（第一个钻孔未见矿，可能就是这个原因）。按照这个原则部署工程后，前后历经四年，探明了一个中型金矿（约8吨）。这是甘肃省第一例原生金矿。

2. 西秦岭坪定金矿的发现

1985年，地质三队在西秦岭白龙江复式背斜北翼发现坪定中型金矿（约6吨），产于中泥盆统海相碎屑岩碳酸盐岩中，中低温矿物组合以雄黄、雌黄、黄铁矿为主要特征矿物，主要载金矿物为黄铁矿。在矿床进入详查阶段时，汤中立召开了一次各队总工程师、技术负责人现场会，地质四队王志恒、地质一队赵玉武、地质三队王炀等同志参加了会议。现场会的目的是由三队系统介绍这种中低温砷金型（以黄铁矿为载金矿物）矿床，现场考察这类矿床的地质产出特征，在具备相似条件下加强这类矿床的勘查。现场会取得共识：参照金川物相分析硫化镍占比（70%）划分确定原生带的经验，在坪定金矿也用物相分析硫化铁占比（70%）来确定氧化带界线。经施工浅井验证，氧化带深度达到9米。后来，在西秦岭这一相同地质单元中取得了接二连三的找金突破。

3.大型原生金矿相继发现

20 世纪 80 年代中期，1：20 万碌曲幅、卓尼幅、文县幅等地质图幅陆续提交，特别是各图幅 1：20 万分散流扫面圈定的化探异常提供勘查使用，地质三队、化探队和有色勘查地质队等对原图幅化探异常范围加大比例尺扫面查证，分别于 20 世纪 80 年代后期、20 世纪 90 年代初发现了小岩体蚀变岩型大水金矿、碳硅泥型拉尔玛金矿、微细粒黄铁矿型鹿儿坝金矿和李坝金矿。这四处金矿皆属大于 20 吨金的大型金矿床，这是甘肃省大型原生金矿发现的进一步突破。

积极跟进 1：20 万化探扫面和痕量金分析法，甘肃省完成 1：20 万化探扫面约 39 万平方千米（截至 1997 年占甘肃省面积的 80% 以上），发现各类金属异常 1800 余处，其中金异常约占 50% 以上。经查证，甘肃全省发现除前述四个大型金矿外，还有中型金矿 16 处、小型金矿 32 处。

4.甘肃省黄金勘查与生产突飞猛进

由于黄金地质勘查的突破，加之国家十分重视和加大投入，甘肃省新建了一批黄金生产企业。至 1997 年，甘肃的黄金开发进入了有计划的发展阶段，大水、寒山、李坝、小西弓矿床都相继建立了稳定的黄金生产矿山，黄金产量逐年增加。甘肃全省 1996 年产金 2685 千克，1997 年产金达 3815 千克，1998 年产金量全国排名第六。其中产金量达 500 千克以上的县有玛曲县（2195.7 千克）、安西县（2043.2 千克）、礼县（848 千克）、肃北县（675.2 千克）等。这些曾经的穷困县在一定程度上改变了面貌。

（四）编写《中国镍矿床》

20 世纪 80 年代上半叶，中国地质学会矿床专业委员会为了对新中国成立三十年来的地质勘查成果进行系统总结，决定编写"宏大总结"型的经典巨著《中国矿床》一书。《中国矿床》是一部系统介绍中国的有色金属、黑色金属、贵金属、稀有和稀土金属以及非金属矿床的大型著作。1980 年 5 月，时任甘肃省地矿局副局长、总工程师的汤中立应邀参与编写，他的具体分工是负责编写关于中国镍矿的章节。于是，汤中立编写了约 10 万字的《中国镍矿床》，系统总结了中国镍矿的成矿规律。当时参加编写的人员还有甘肃六队的任端进、薛增瑞、毋耀开。他们四个人都参加了金川矿床勘查，但对其他各省份的镍矿不是特别熟悉。为此，汤中立带领他们现场考察了吉林省（红旗岭 1 号、红旗岭 7 号、赤柏松等）、河北省（铜硐子）、四川省（力马河）、云南省（墨江、白马寨、金宝山、杨柳坪）、广西壮族自治区（大坡岭）、青海省（拉水峡），以及稍后发现的新疆喀拉通克、黄山等地的这类矿床，收集相关资料编写了《中国镍矿床》，作为《中国矿床》中的一个章节出版。

汤中立至今还清楚地记得，1986 年初稿写出来后，他到北京汇报，提出中国镍矿的特点——岩体小，这和当时国际上流行的关于岩浆硫化物矿床的权威观点相左。散会后，他的老师涂光炽先生叫住了他："汤中立，小岩体成矿，不仅是镍矿，酸性岩也是，很多矿都在小岩体里！"回忆起老师的话，汤中立深情地说："这句话让我受益终身！我以前满脑子都是基性岩，没有注意到酸性岩等其他矿床。涂老师那句话，仿佛一把钥匙，为我打开了一扇新的大门。"之后，汤中立不断研究、考证，在国际上首次明确提出"小岩体成大矿"的成矿模式，此后又进一步创立了"小岩体成大矿"学说。这一学说至今仍被同行广泛引用并指导着新矿床的勘探工作。

在《中国镍矿床》中，汤中立认为中国的镍矿床具有以下几个鲜明的特征：

① 主要发育在古地块边缘及其外侧褶皱带靠近地块的一侧，与深大断裂密切相关。

② $m/f < 6$ 的铁质基性、超基性岩体有利成矿。

③ 成矿的岩体都很小。中国的有工业意义的镍矿都是小岩体矿床，最大的一个就是金川岩体，也只有 1.34 km²，其他的镍矿岩体都小于 1 km²。

④ 具有一个完整的成因分类系列。

《中国镍矿床》作为《中国矿床》的一部分于 2021 年出版，受到学术界一致好评。在《中国镍矿床》中，汤中立依据甘肃、云南、吉林、广西、四川、河北、青海等省区的矿床实例，阐述了中国镍矿的基本特征，总结了中国镍矿的成矿规律，并提出了新的中国镍矿床成因分类。他指出，中国镍矿床划分为岩浆熔离矿床和风化壳硅酸镍矿床两大类，以岩浆熔离矿床为主；岩浆熔离矿床又进一步划分为岩浆就地熔离矿床和岩浆深部熔离－贯入矿床两类，以岩浆深部熔离－贯入矿床为主；岩浆深部熔离－贯入矿床再细分为单式贯入、复式贯入、脉冲式贯入和晚期贯入矿床。同时，汤中立还首次提出中国镍矿成矿时代主要为元古代和华力西期；中国镍矿主要产出于古地块与褶皱带的接触过渡区；中国镍矿的母岩体的面积较小，一般仅 1 km² 左右甚至更小等。

通过调研，汤中立发现中国镍矿床的岩体都很小，即使像金川这样的世界级超大型矿床，其岩体面积也只有 1.34 km²，这和当时国际上流行的关于岩浆硫化物矿床的权威观点相左。差不多在整个 20 世纪，国际上流行的关于岩浆硫化物矿床的权威观点就是成矿岩体必须巨大，产状要浅且具有适宜聚集的底层，基性玄武岩质、辉长岩质、苏长岩质岩浆，底部有利成矿，侵入和结晶分异时间要早，最好在前寒武纪以前。如加拿大的肖德贝里（Sudbury）矿床，岩体面积达 1300 km²，具备这些有利条件。但中国境内的发现和国外有别。通过中外对比，汤中立认识到加强代表性的金川矿床基础研究的必要性和紧迫性，遂主持完成了地质矿产部"八五"重要基础项目"金川铜镍硫化物（含铂）矿床模式及成矿预测"。其基础研究部分以《金川铜镍硫化物（含铂）矿床成矿模式及地质对比》专著出版。

通过"金川铜镍硫化物（含铂）矿床成矿模式及地质对比"的研究，汤中立在地质构造、岩石学、矿床地质、地球化学、成岩－成矿温度、岩体的 Sm-Nd 内部等时年龄等方面取得了重大进展。其中引人注目的成果是系统阐述了深部岩浆熔离－复式贯入成矿模式。该模式以金川矿床为重点，还包括国内的一些主要铜镍硫化物矿床。这是迄今对这一成因观点最详细和完整的论述。汤中立于是再次强调，这就是小岩体成大矿的主要机制。

（五）理论模式总结

从事地质工作 70 年来，汤中立不仅在矿产勘查方面取得了丰硕的成果，结束了我国缺镍少铂的局面，成为我国镍矿开发领域的开拓者和奠基人，更重要的是，他还在长期的实践中不断总结、不断提炼，在地质矿产理论研究方面也作出了重大贡献。

作为我国"镁铁岩、超镁铁岩及岩浆硫化物矿床"的主要研究者和学科带头人，汤中立通过多年来对我国金川等矿床的深入研究，提出了"深部熔离－多次脉动式贯入－终端岩浆房聚集成矿"模式及"小岩体成大矿"两大成矿理论。

从 20 世纪 80 年代开始，汤中立便着手系统地考察国内外的岩浆硫化物矿床和其他金属矿床，致力于"岩浆硫化物矿床"和"区域成矿"等方面的研究。经过多年实践，汤中立通过对金川、红旗岭、喀拉通克、赤柏松、力马河、白马寨这些矿床特征的对比研究，提出"深部熔离－复式贯入矿床"是中国最主要的岩浆硫化物矿床类型，也是世界岩浆硫化物矿床的主要类型之一。

在金川矿床之前，世界流行的观点是只有基性大岩体才能熔离出大的铜镍矿，著名的实例就是加拿大的肖德贝里（Sudbury）矿床，它的岩体面积达 1300 km²，而金川岩体只有 1.34 km²，却具有如此巨大的镍铜储量，汤中立据此并结合其他同类矿床提出了深部熔离－复式贯入或单式贯入或脉冲式贯入的"（超）基性小岩体成大矿"的学说，有力地推动了岩浆熔离矿床成矿理论的发展，并使镍矿勘查新的思维得到了更好的应用。汤中立依据中国岩浆硫化物矿床的实际情况提出了"小岩体成大矿"学说。这一学说主要论点包括：小岩体矿床的范畴与概念；"小岩体成大矿"的范畴与概念；岩浆硫化物矿床的分类；岩浆硫化物矿床的区域构造背景和时代背景；"小岩体成大矿"的机制；"小岩体成大矿"的地质属性等。"小岩体成大矿"这一学说至今仍被同行广泛引用并指导新矿床的发现。

所谓"小岩体成大矿"，是指像金川这种岩浆硫化物矿床，要成大矿往往是大规模巨量岩浆活动的结果。如加拿大、南非等地岩浆矿床大都产于一千多到几万平方千米的大岩浆体中，而我国的金川矿床，作为世界最大的三个镍矿床之一，却产于仅仅 1.34 km^2 这样的小岩体中，这不能说不是一个世界奇迹。"小岩体成大矿"的机制可以简单概括为：母岩浆侵入现存空间之前，在深部和上侵过程中就发生了熔离作用和部分结晶作用，在动力和重力作用下，母岩浆分离成不含矿岩浆、含矿岩浆、富矿岩浆和矿浆几部分，在重要地质事件或地壳运动影响的前提下，上部较轻的不含矿岩浆、部分含矿岩浆可以喷出地表或贯入其他空间成岩，而下部的含矿岩浆、富矿岩浆和矿浆可以对现存空间一次或多次上侵贯入成矿。相比就地熔离的矿床，这种深部熔离贯入矿床的岩体体积就小得多，含矿率和矿石品位也高得多，所以这种机制导致形成"小岩体成大矿"。在深入研究的基础上，汤中立院士进一步指出，这种小岩体大矿床、深部熔离－复式贯入成矿机制的实质，就是当岩浆侵入现存空间之前，在深部已经发生"预富集"作用，这种预富集作用于岩浆硫化物矿床时是这样的，作用于铬铁矿、钒钛磁铁矿、铂族元素等岩浆矿床时也是这样的。由此也可以认为，在各种岩浆矿床中，都有一个深部预富集贯入成矿作用问题，也都存在小岩体成大矿的可能。

汤中立从金川矿床的实践出发，经过反复论证，提出了金川矿床的"成矿模式"，即深部熔离－复式贯入现存空间成岩成矿。其核心内容是：来自地幔的镁铁质岩浆在深部岩浆房中，由于分离结晶和／或同化混染作用，硫化物饱和熔离，按重力由上而下形成贫矿岩浆—含矿岩浆—富矿岩浆—矿浆的分层，这种分层的形成是缓慢的、渐进的、预富集的。当发生重大动力事件时，岩浆房中的预富集分层岩浆由上而下脉动式依次贯入现存空间成岩成矿（这种成岩成矿是快速的、脉动的、突变的）。由于早期动力充足，上层贫矿岩浆是大量的且相对较轻，因此可以喷出地表或侵入较远较高层位的空间，剩余的部分贫矿岩浆、含矿岩浆、富矿岩浆和矿浆多次侵入现存空间成岩成矿。由于上部大量贫矿岩浆侵入其他空间位置，因此金川形成了"小岩体大矿床"。这一模式对小岩体岩浆硫化物矿床的勘查和发现起到了积极的推动作用。

汤中立对待科学从不因循守旧，他在不断探索、深入、完善和创新。他从事中国镍矿床研究，深化金川矿床研究，提出"小岩体成大矿"的成矿模式，并创建了"小岩体成大矿"学说。同时，他又开展了关于龙首山—祁连山区域成矿作用和中国古生代成矿作用的研究，不断探索区域成矿前景，并指明了岩浆矿床的地质勘查方向。直到现在，汤中立还在对我国大型金属矿山的环境问题进行研究，为矿山环境保护和治理工作提供理论指导，以实现矿山资源的可持续性发展。这项开拓性的工作无论是从科研还是从实践上讲，都具有十分重要的现实意义。

1995年，61岁的汤中立当选为中国第二批中国工程院院士。消息传来的时候，汤中立自己都不敢相信。同年，汤中立主持完成的"金川矿床成矿模式及区域成矿预测"这一科研项目，被授予国家科技进步奖二等奖。1997年11月，汤中立获得李四光地质科学荣誉奖。1998年，汤中立当选第九届全国政协委员。2002年，汤中立主持完成的"华北古陆西南边缘（龙首山—祁连山）成矿系统及成矿构造动力学"科研项目，获甘肃省科学技术进步奖一等奖。2006 年，汤中立参与完成的"中国成矿体系与区域成矿评价"获国土资源部科学技术进步奖一等奖。2007 年，汤中立因主持"中国成矿体系与区域成矿评价"科研项目而获国家科学进步奖二等奖。2008 年 7 月 7 日，汤中立在甘肃境内传递奥运圣火。2009 年，在新中国成立 60 周年之际，汤中立被评选为"感动甘肃人物"。2011 年，汤中立主持完成的"岩浆硫化物矿床小岩体成矿理论与中国西部找矿选区研究"科研项目，获陕西省科学技术进步奖一等奖。

四　教学生涯，三尺讲台谱华章

1995 年，汤中立以甘肃省地矿局教授级高工的身份当选中国工程院院士，达到人生事业的顶峰。2002 年，汤中立开始从地质一线转向教学前沿。当时他收到浙江大学、吉林大学、兰州大学、中国地质大学等多所国内著名高校的邀请。面对众多的橄榄枝，汤中立一时不知何去何从。汤中立当时想，当选院士后自己至少还有二三一年的工作时间，而自己平时又忙惯了，闲不下来，现实也不允许他闲下来。那么，他到底该选择哪所大学呢？汤中立首先想到，这个大学所在地区必须是他比较熟悉的，这是一个前提条件。如果到了一个陌生的地区，而这个地区的地质条件又不好，那么就很难有一番大的作为。当时他想到了浙江大学，之所以对浙江大学动心，是因为中国历史上很多文人雅士都出自江浙一带，很吸引他。于是，汤中立就申请立了一个项目，从江山到绍兴，研究江绍断裂带，当地政府也为他提供了 50 万元的

汤中立领导的长安大学岩浆矿床科研团队（2021年摄）

前排左起：姜常义、汤中立、钱壮志（院士方提供）

资金支持。汤中立联合浙江大学和当地地矿局的同志一起对这个项目进行考察，勘查后发现当地不产镍矿，也不产铜矿，可能有一些岩石矿，但也没有线索。汤中立说："如果那个地方成矿条件比较好，我当时很有可能就答应留下了，但是地质条件不行。如果我去了以后，给人家浙江省做不出什么大的成绩，那样就不好了，正是因为这个我没有选择浙江。"

后来，汤中立选择了位于古城西安的长安大学。从兰州到西安，真有种回家的感觉。汤中立全家在西安工作，在不同的岗位上为西安的发展默默地奉献着。

从 2002 年起，汤中立正式开始了他的教学生涯，担任长安大学教授、博士生导师，兼任兰州大学、中国地质大学（北京）、浙江大学、吉林大学的教授、博导，为中国培养出了一批又一批的优秀地学人才。他严于律己、宽以待人，言传身教，严谨治学，先后培养出 30 多名优秀的硕士、博士，他们均以优异的成绩走上工作岗位，并相继担任重要的技术职务，为祖国地质事业的繁荣和发展作出了重要贡献。

加入长安大学之后，为了更好地发挥作用，汤中立集中精力进行科研攻关，组建了铜镍硫化物岩浆矿床教学科研团队。团队成员主要包括长安大学钱壮志、姜常义教授，闫海卿、焦建刚、徐章华、刘民武、何克副教授等人，此外，还包括一批优秀的博士和硕士研究生。汤中立作为学术带头人，带领团队以"岩浆作用及其矿床成矿理论与资源开发"研究为特色，对我国镍铜铂岩浆硫化物矿床成矿机理、戎矿地质条件、成矿过程进行了详细的论述，提出了符合我国地质现状的成矿学术思想，并得以广泛应用，极大地推动了我国该类型矿产资源的勘查步伐，为国家建设获取急需的矿产资源作出了突出贡献。该团队共申请国家自然科学基金等纵向科研项目十多项，出版专著2 部，发表论文 40 多篇，被 SCI 检索文章 10 余篇。同时，该团队成功举办了 2009 年岩浆矿床国际学术研讨会，高水平地完成了多个省部级科研项目，先后获得国家科技进步奖二等奖，国土资源部科技进步奖一等奖，甘肃省科技进步奖一等奖等。

陶行知先生曾说，教师的天职是千教万教教人求真，千学万学学做真人。汤中立秉持科学家的求真精神，严谨治学，以深厚的学养和高尚的人格影响着学生。在长安大学的这20多年间，汤中立主要从事科研工作，带领学生做课题项目，有时也会去实地考察，但因为年事已高，不再进行野外作业了。在野外考察中，他总是亲自带领学生去现场，对地质露头、岩体、岩芯等进行认真观察，对出现的地质现象和问题进行分析、判断。汤中立审阅科研报告更是一丝不苟、精益求精，不但对报告的内容进行仔细核对，甚至对报告中的错别字、标点符号都会进行认真修订。有时为了核对一处不太确定的内容，他会"翻箱倒柜"地查阅很多资料，多方考证，直到完全弄清楚并标注出内容的出处方才作罢。

2023年5月7日，汤中立一行赴汉中梁山实习基地，看望慰问实习师生，全面了解学生总体实习情况，并与2020级地质学类本科生进行座谈交流。交流中，汤中立分享了自己当年在北京地质学院求学期间的学习经历和感想。他讲道："在学校期间渴望学习更多的地质知识，积极参加实习实践，毕业时抱着为祖国找矿的理想积极奔赴大西北……"同时，汤中立还通过自己的地学实践经历和具体实例叮嘱同学们："每代人有每代人肩负的时代责任，年轻人就要努力学习专业知识，多实践、多思考，不断充实自己，勇于克服困难，为以后人生中的各种机会提前做好准备……"有学生提问：找矿工作中的实践经验与教训有哪些？汤中立回顾了自己地质工作70年的感想并告诫同学们，在找矿实践中既需要一定的运气，也需要专注投入、踏实工作，做好充分的积累和准备，这样才可能抓住更多的机会。

汤中立的这种身体力行、严谨求实的精神，深深地影响着身边的每一个学生，使他们明白：科学来不得半点虚假和马虎，只有沉下心来，踏踏实实、兢兢业业地去做，才能取得一定的成绩。汤中立言传身教，鼓励学生成为新时代的"土地公公"。为此他不辞劳苦，每年都要亲自给新带的研究生做学术报告，仅近年来所作的报告题目就有"研究生学习——人生的一段光辉历程""大学生学习——人生的一段极其重要的历程""凌云壮志与脚下之路""独上高楼，望尽天涯路——人生第一境界""地学人生的宽广与辉煌""波澜壮阔的地（质）学人生"等，可谓是殷殷期望、语重心长。汤中立培养的 30 多名硕士、博士研究生，如今都在各自的工作岗位上发光发热。对此，汤中立自己则谦虚地表示："学生老师们都很刻苦，我在教学过程中不过是起到了一点辅助作用，与大家相互渗透，算不上培养。"汤中立希望自己的每个学生都能尝试开拓一个新的研究方向。他希望自己能多培养一些年轻人，使他们成为祖国建设的栋梁。他希望青年人能够主动培养不怕困难、敢于探索未知的科学品质，树立远大的人生目标并为之不懈奋斗！

五　学术成就，理论创新启后昆

在中国矿产勘查和地质矿产研究领域，汤中立的名字犹如一座丰碑，矗立在科学探索的道路上。他不仅是中国镍矿工业和甘肃省金矿工业的开拓者之一，更是"深部熔离 - 多次脉动式贯入 - 终端岩浆房聚集成矿模式"及"小岩体成大矿"成矿理论的创立者。数十年如一日，汤中立以其深厚的学术造诣和卓越的科研成就，为我国的矿产勘查事业贡献了无尽的智慧和力量。

作为一名长期致力于矿产勘查和岩浆矿床研究的地矿学家，汤中立的足迹遍布了我国镍矿事业的每一个角落。从金川镍矿第二矿区深部隐伏矿体的勘探突破，到提出影响深远的成矿理论，汤中立的工作不仅推动了我国镍矿工业的飞跃发展，更为全球矿产勘查领域提供了宝贵的理论支撑。

在长达数十年的研究生涯中，汤中立先后出版了8部学术专著，译著2部，撰写和发表学术论文80余篇，其中SCI检索31篇。他的代表作《中国镍矿床》《金川铜镍硫化物（含铂）矿床成矿模式及地质对比》《中国岩浆硫化物矿床的主要成矿机制》等，不仅在国内外被广泛引用，更成为矿产勘查领域的经典文献。

荣誉是对科学家研究成果的最好证明。汤中立荣获了甘肃省科技先进工作者、全国地矿系统劳动模范、甘肃省优秀专家等称号，以及两项国家科学技术奖二等奖、一项李四光地质科学奖、多项省部级科技进步奖一等奖。这些奖项无不昭示着他在矿产勘查领域的卓越贡献。2019年，汤中立荣获了由中共中央、国务院、中央军委颁发的"庆祝中华人民共和国成立70周年"纪念章，以表彰他在地质矿产研究工作中的杰出成就。

在科研与教学之外，汤中立还积极参与了中国工程院的相关活动，并与各大学及相关科研机构的同行专家紧密合作，重点推进了五个方面的工作：一是广泛考察国内外的小岩体成大矿实例；二是完成了一系列重要的科研项目；三是培养了一批青年才俊；四是在岩浆成矿领域进行了新的探索；五是在科研和论文的基础上，编写出版了"十三五"国家重点图书。

汤中立的科研成果不仅在学术界产生了深远影响，更在实际矿产勘查中发挥了巨大作用。他提出的"小岩体成大矿"理论体系，为我国乃至世界的矿产勘查提供了新的理论基础和实践指导，特别是在基性和中酸性两类岩浆的研究中，汤中立的贡献尤为突出。

在汤中立的带领下，我国的矿产勘查技术不断提升，新理论、新技术的应用极大地提高了找矿的准确性和效率。他的工作不仅为我国镍矿工业的发展奠定了坚实的基础，更为全球矿产资源的开发利用提供了宝贵的经验和理论支持。

汤中立，这位在我国矿产勘查领域耕耘了数十载的科学巨人，以其深邃的智慧和不懈的努力，为我们揭开了地球深处宝藏的神秘面纱。他的成就，不仅体现为那一篇篇精湛的学术论文、那一部部厚重的学术专著，更体现在他对矿产勘查事业的无限热爱和对后辈的悉心培养上。汤中立的经历和成就，将激励着一代又一代的地质工作者，继续在矿产勘查的道路上勇往直前、不断探索。

六　心系科普，大力弘扬科学家精神

汤中立是一位值得世人敬仰的地质科学家，是中华人民共和国找矿事业的功臣。他虽身为院士，但平易近人、和蔼可亲，任何一个和他接触过的人无不折服于他那博大的学问、宽阔的胸襟、高尚的人格以及低调的为人。笔者在采访过程中深深地被汤中立先生的人格魅力所征服，他不端架子、不慕虚荣、不讲客套。记得采访中他对记者一行人说道："现在经常有电视台来找我，找我去做访谈。我说人老喽。老喽，迟钝了，反应跟不上，就不去了。"笔者问："您老90岁了，身体还如此硬朗，精力还这么旺盛，每天还坚持工作，比年轻人都拼。您是有什么养生秘诀吗？"听到这里，汤中立先生淡然一笑："我平常从不去养生，也就自己走走路，在学校操场上走两圈。再就是偶尔

汤中立2023年11月在办公室观察标本（院士方提供）

爬爬山，和老伴过日子，就这么简单，没了。"总之，和汤中立先生聊天如沐春风，绝对感觉不到时下一些所谓成功人士的做派，感觉不到高高在上的傲慢以及颐指气使的学阀气、匪气、霸气、商业气、市侩气。这真是应了古人那句名言："精神到处文章老，学问深时意气平。"

汤中立的伟大之处不仅在于他的科研成果，更在于他始终心系祖国、心系教育、心系科普，时刻不忘教育下一代。他的科研精神和对科学的热爱，深深地影响和激励着一代又一代的青年人。

2023 年 5 月，汤中立积极参与了数场科普活动，他的身影出现在厂矿企业、大专院校、中小学甚至是街道社区。他用通俗易懂的语言，将复杂的科学知识传播给大众，让更多的人了解科学、热爱科学。

"选择一个自己热爱的领域，瞄准一项科学难题，实事求是、克服困难、坚持不懈，用宝贵的青春去创造无限的可能！"这是汤中立的寄语，也是他对青年人的期望。他希望新时代的青年能够以天下为己任，积极投身国家需要的方向，立足自身、矢志坚守、不断创新、精益求精。

在陕西省科技活动周启动仪式暨长安大学第二届交通文化节上，汤中立提到，当前国际形势日益复杂多变，科技领域的"卡脖子"现象愈演愈烈，变局要求创新，挑战呼唤担当，盛世承载责任。他的话语，深深地打动了在场的每一个人。

2023 年 6 月 28 日，甘肃省矿产资源勘查开发高质量发展论坛在兰州召开。汤中立在论坛上作了题为"今后找矿主攻目标——隐伏矿床"的主题报告。他表示，多种信息测试是今后找矿的主要手段，实际找矿工作中一定要有对应成矿模式不同切面的构想，结合实际来构想、实践、验证、完善构想、再实践，这是一个成功找矿的地质工作者必须具有的素质。汤中立说，我国是全球产业门类最齐全的工业大国，绝不能因矿产资源供给不足而被扼住发展的咽喉。他说，地质找矿无捷径可走，多走一步、少走一步，多干一点、少干一点，结果就会大相径庭；矿更不是在室内找出来的，也不是单纯靠信息算力得出来的，必须扎扎实实出野外、下一线，笃志前行，虽远必达！汤中立勉励大家："深部找矿很有希望，面对困难须百折不挠，要有对应成矿模式不同切面的构想、实践和验证。实际工作中，没有一种找矿理论是万能的，因为地下世界千变万化，需要我们认真研究、细致归纳，结合已有成果与认知，再完善、再构想、再实践，不断提出新的理论，练就勘探的'火眼金睛'，这才是一个地质工作者的成功之道。要勇当开路先锋，着力破解制约深部找矿的关键科学问题和'卡脖子'技术难题。"

汤中立的科研精神和对科学的热爱，不仅在他的科研工作中得到了体现，更在他的科普活动中得到了传播。他用自己的行动，为社会大众普及科学知识，提高科学素养。他的精神，值得我们每一个人学习和传承。

首先，我们要学习汤中立的科研精神。他在科研工作中始终保持着严谨的态度和敏锐的洞察力，对待每一个问题都要求精益求精。他深知科学研究的道路充满了艰辛和挑战，但他从不畏惧困难，始终坚持探索未知的领域。正是这种坚定的信念和毅力，使他在科研领域取得了举世瞩目的成就。

其次，我们要学习汤中立对科学的热爱。他对科学的热情源于对知识的渴望和对人类未来的关切。他深知科学是推动人类社会进步的重要力量，因此他将自己的人生奉献给了科学研究。他用自己的智慧和才华，为人类的发展作出了自己的贡献。

再次，我们要学习汤中立的科普精神。他深知科学研究不仅仅是为了取得成果，更重要的是要将科学知识传播给更多的人，让科学真正成为人类的共同财富。因此，他积极参与各种科普活动，用通俗易懂的语言向大众普及科学知识，激发人们对科学的兴趣和好奇心。他带领团队走进社区、学校和企事业单位，开展丰富多样的科普活动，让更多的人了解科学、热爱科学。他的科普工作不仅提高了社会大众的科学素养，也为培养新一代科学家打下了坚实的基础。

最后，我们要学习汤中立的人生态度。他对待生活充满热情，对待工作充满敬业精神。他用自己的行动诠释了什么是真正的科学家，什么是真正的人生价值。他的人生态度激励着我们要珍惜时间，追求卓越，为人类的进步贡献自己的力量！

汤中立的科研精神、对科学的热爱、科普精神、团队精神以及豁达的人生态度，都是我们学习和传承的宝贵财富。让我们以汤中立为榜样，传承他的优秀品质，为实现中华民族的伟大复兴和人类文明的进步贡献自己的力量。

——○ 后　记 ○——

2023年10月28日，一场盛大的学术活动在长安大学举行。中国科学院、北京大学等众多知名机构和高校的代表以及企业界人士汇聚一堂，共同探讨我国新能源金属矿产，同时纪念汤中立院士从事地质工作70周年，向这位卓越的地质学家致以崇高敬意。甘肃人才工作领导小组、金川集团股份有限公司、北京大学地球与空间科学学院等组织也发来贺词，表达了对汤中立院士的深深祝福。

活动现场播放了专题片《戈矿报国，教书育人》，通过珍贵的历史影像和深情的讲述，回顾了汤中立走过的辉煌岁月。汤中立一生从安徽到湘西，从湘西到安庆，从安庆到北京，从北京到兰州，从兰州到西安，足迹遍布大半个中国。长安大学党委书记陈志坚在致辞中提到，汤中立不仅是地质学界的宝贵财富，更是教育和科研领域的一座丰碑。他毕生致力于地质科研和教学工作，为国家的矿产资源勘探和人才培养作出了巨大贡献。

汤中立的一生，是对地质科学不懈探索的传奇。他的足迹遍布祖国的大江南北，从青藏高原到东北平原，从茫茫戈壁到深山密林，他寻找着地下的宝藏，为国家的发展提供资源保障。20世纪70年代初期，他在华北地区发现了特大型铜钼矿床，这一发现不仅改写了我国矿产资源的版图，还极大地推动了当地经济的发展。

汤中立的成就不止于此。他还是一位优秀的教育家，培养了一大批地质学科的专业人才。他的学生中，有的成为国内外知名的学者，有的投身于地质勘探的第一线，成为行业的骨干力量。汤中立常说："找矿是我的职责，教书是我的使命。"他的这份坚守，赢得了无数学子的尊敬和爱戴。

在科学研究上，汤中立始终坚持创新。他对传统的地质理论进行了大胆的改革和创新，提出了一系列新的找矿理论和方法。这些成果不仅提高了找矿的效率，还为地质学科的发展注入了新的活力。他的研究成果多次获得国家科技进步奖，他本人也被授予了"全国劳动模范"等荣誉称号。

在新能源金属矿产的探讨会上，汤中立表示，他将继续带领团队投入新一轮的找矿突破战略行动中。面对全球能源结构的变革和新能源材料需求的日益增长，他深感责任重大。他希望通过自己的努力，为国家的能源资源安全贡献自己的力量。

这场盛会不仅是对汤中立70年地质工作的总结，更是对他无私奉献和卓越成就的最好赞誉。他的事迹激励着一代又一代的地质工作者，他的精神将被永远铭记在中国地质科学发展的史册上。

汤中立这样总结自己70年的地质生涯："我深深地感受到自己是一个幸运的、普通的地质家。说我幸运是指参与发现并勘查了金川镍矿，如果没有这次实践，我的人生肯定另有他样。我很普通，不是什么天才，我也经历过坎坷，在特殊年代受到过冲击。这些年，我好像只做了一件事，就是沿着'金川镍矿→中国镍矿→小岩体成大矿→两类岩浆小岩体成大矿→小岩体成矿体系→小岩体成（大）矿理论体系'，这样一个地质历程不断地实践、探索。我可以算是一个以'为祖国找矿、献宝'为天职的人。"在与笔者的采访中，汤中立先生反复提到一句话，就是孔子说的——时也，运也，命也！

回顾自己这一生，汤中立认为自己之所以能在矿产地质领域取得一些成绩，一个重要的原因就是前辈科学家的激励和同仁精神上的指引。其中，最重要的就是知识分子的爱国奉献以及坚持真理的不懈探索精神。对于地下世界的探索，既需要科学的精神，更需要魄力和勇气。在汤中立70年的探索和研究中，知识分子的爱国奉献精神给予了他无穷的力量。任何时候只要一说起李四光、宋叔和、陈鑫几位老前辈扎根祖国西部，为我国地质矿产事业呕心沥血的往事，他都会饱含敬佩，其状让人无比动容。汤中立说："他们身上真正体现了知识分子知识报国，哪里需要就到哪里去的爱国精神，以及实事求是、克服困难、坚持不懈的科学家精神，我始终以他们为榜样，以选择地质这条道路为荣！"汤中立也把这种精神传递给自己身边的人，特别是他的那些学生。

"中国知识分子的光荣传统就是爱国！""地质人的人生是波澜壮阔的！""国家的需要就是我们要去的地方！"每年新生开学，长安大学大礼堂都会回响着他荡气回肠的声音。汤中立用自身经历感召新生，也用实际行动诠释和践行着爱国奉献、知识报国的信念。

莫道桑榆晚，为霞尚满天。如今，已90岁高龄的汤中立依然奋战在教学科研第一线，依然活跃在国内外学术界前沿。"我希望有生之年，能为提升我国关键矿产资源的富集机理研究、开发利用和统筹规划水平再尽点绵薄之力，关键矿产，中国不能被'卡脖子'！"他满怀深情地说，"地质研究和地质找矿是我的天职，为国家发展服务是我的使命。只要我还能走，前方就会有路在等我！"

汤中立的事迹，是新中国地质事业发展的一个缩影。从一穷二白到现在的世界第二大经济体，中国的地质工作者们用他们的智慧和汗水，为国家的经济建设打下了坚实的基础。汤中立作为其中的杰出代表，他的一生是对地质科学无尽探索的生动诠释，是对后辈们最有力的鼓舞和鞭策。在新时代的征程上，中国地质科学正面临着前所未有的机遇和挑战。我们有理由相信，在汤中立先生等老一辈科学家的精神感召下，中国的地质事业将会迎来更加辉煌的明天，为国家的繁荣富强和人民的幸福生活继续作出新的更大的贡献。

作者简介

史飞翔，著名文化学者、作家、文艺评论家。中国作家协会会员、中国文艺评论家协会会员、中国当代文学研究会会员。陕西省文艺评论家协会理事，陕西省社科院文学研究所特聘研究员，咸阳师范学院兼职教授，陕西当代文艺批评研究中心研究员，宝鸡文理学院陕西文学研究所研究员。陕西省散文学会副会长、陕西省传记文学学会副会长、陕西省吴宓研究会副会长、西安市高新区作家协会副主席。陕西省散文学会文艺评论委员会主任、陕西省社区文化建设促进会文学专业委员会主任。陕西终南学社秘书长、《陕西终南文化研究》杂志编辑部主任。陕西省作协签约作家，西安市作协理事、首届签约作家，《读者》杂志签约作家。陕西省首批重点扶持的一百名青年文学艺术家、陕西省"百优人才"、陕西省"双百人才"。曾获陕西省委宣传部、陕西省作家协会、陕西西部网联合颁发的"陕西省十佳优秀散文作家"称号。已出版《历史的面孔》《追影：真名士自风流》《学问与生命》《终南隐士》《关中地域与关中人物》《关学与陕西书院》《陕西作家研究》等著作20部，部分作品被翻译成英文出版。

铁筋钢骨 连铸世界

中国工程院院士关杰

文/秦力

院士简介

关杰 1939年11月13日出生于印度尼西亚，福建莆田人。连铸设备专家，中国工程院院士，研究员级高级工程师。

1965年，关杰参与研制当时世界上浇注断面最大、品种最多的弧形板、方坯兼用型连铸机。随后，他又承担起连杆式大包回转台、结晶器等关键设备的审图、把关工作。这些设备成功地应用于国内大型钢铁企业，部分出口至阿尔巴尼亚和美国。

关杰参与编写宝钢板坯连铸设备立足中国国内可行性研究报告；负责编写国内外各类连铸机及关键单机设备的报价书；负责编写攀钢 1350 mm 板坯连铸设备"八五"国家科技攻关计划项目建议书。一些项目被列入国家"七五""八五"核心部分研究和科技攻关项目。

关杰参加了美国中兴钢厂 2032 mm 板坯连铸机改造设计中的技术攻关，该项目获机械部科技进步奖一等奖和国家科技进步奖二等奖。作为总设计师，关杰主持研制的攀钢 1350 mm 板坯连铸机成套设备获得成功，扭转了国内大型板坯连铸设备依赖进口的局面。

关杰发表科技论文和译文 10 余篇；先后获得全国科技大会奖、国家科学技术进步奖一等奖、国家科学技术进步奖二等奖各 1 项，以及实用新型专利 3 件。

1997 年，当选中国工程院院士。

　　1963 年 9 月中旬，从北京出发的一列慢腾腾的绿皮火车在京广线上一路向南，到了河南郑州站后，停了一天一夜。临近中秋，皎洁的月光透过车窗洒在乘客的面庞和车内的座椅上，斑斑驳驳，显得混沌而温馨。

　　此刻，刚从北京钢铁学院（今北京科技大学）毕业的 24 岁青年学子关杰，坐在紧靠窗口的座位上毫无睡意，他一想到自己将要工作的单位——西安重型机械研究所（简称"西重所"），便踌躇满志。

　　关杰望向夜空，用手指对着夜空画了许多无形的方框，将那些闪烁的星星包围其中。他看着、想象着，嘴角露出几丝笑意。

　　这时的关杰，无论如何也想不到多年后的自己会成为我国连铸设备专家，会当选中国工程院院士，会享受国务院政府特殊津贴，并获得各类大奖。

一　绿皮火车上的一枕浅梦

　　绿皮火车仍然停在郑州站。车厢微弱的灯光照在关杰身上，他微闭双眼，慢慢进入梦乡。

　　在梦里，他看到目不识丁的父亲年近 30 岁才勉强凑够结婚费用，迎娶了自己心爱的姑娘。可是面对连年战火，饥馑匮患，婚后生活更加拮据的关家夫妇只得离开年迈的母亲，和乡亲们一起去印度尼西亚谋生。他梦见父母亲疲惫的眼神、青筋暴露的双腿、粗糙的手掌，以及他们比实际年龄苍老了十岁甚至二十岁的面容；他梦见在橡胶园因割胶过敏导致浑身溃烂的父亲、在海边分拣海货而手指红肿的母亲；他梦见全家十口人分食三根小红薯，梦见父母亲辛苦一天才换来的一锅稀粥；他梦见暴风雨中的茅草屋，他和小妹妹蜷缩在妈妈怀里望着如注的雨水冲进屋；他还梦见自己在每一幅辛酸图上写了一个大大的秦篆：否。

天亮了，晃动的车厢，嘈杂的旅客，都没能打扰关杰，他捧着一本厚厚的《专业炼钢学》，心无旁骛地阅读着。大约读了50页，他合上书本，闭目休息，脑子里却浮现出父亲母亲和兄弟姐妹的身影。

关杰兄妹八人，都出生在遥远的印度尼西亚。这个家庭虽然人丁兴旺，但是因为父母亲不识字，只能靠干体力活挣钱养活全家，所以生活十分艰苦。饥饿的滋味，让幼年的关杰体会到了底层劳动人民的苦难和辛酸。

作为一家之长，关杰的父亲苦不吭声、累不停歇、事不避难、泪不轻弹。生活的困苦、劳动的艰辛他都能忍受，他心里想的，全是如何抚养好子女、培养好子女的问题。他认为：炎黄子孙就要学习四书五经，要懂得"修身、齐家、治国、平天下"的大道理。

经过深思熟虑，为了不让自己的子女忘掉母语，不懂得中华民族的礼义廉耻，成为地地道道的南洋人，这位虽然不识字却有着远见卓识的父亲便将几个年龄稍大一点的孩子陆续送回国内福建莆田老家，并安排他们进入当地国民小学学习。

将孩子陆续送回国内读书后，关杰的父亲还一直请先生代写一封封"侨批"，以勉励孩子好好学习，自立自强，长大后报效祖国。在父亲这样的教育下，关杰从小就磨炼出锲而不舍、积极上进的品格。在他的心灵深处，已深深地烙上了爱国的印记，并萌发出强烈的报国意识。

关杰家的日子和村子里大多数普通人家的一样：青壮年在南洋下苦挣钱，孩子们由老人陪同在家乡上学。生活虽然清苦，但是一封封"侨批"连接着国内与国外，连接着亲情，连接着"修齐治平""舍我其谁"的责任意识。

关杰刚满九岁，就在一家人正相互鼓励、扶持着向未来的生活挺进时，他的母亲因为长年劳累、贫病交加，在印度尼西亚不幸离世。

"否！"列车上的关杰拭去眼中的泪水，他在心里说：妈妈，您放心吧！民国三十七年（1948年），我回到了莆田老家，我回到了祖国，迎来了家乡解放，我们家被定为中农成分，分到了农具、耕牛和土地，从此哥哥姐姐辛勤耕作，我小学、初中也顺利毕业，而后被保送进了莆田第六中学。现在，我大学毕业了，我学到了本领，现在我要去西安重型机械研究所工作，我要用学到的冶金知识去报效祖国了！

列车快到河南洛阳时，关杰又想起母亲离世后的一些事情。

那时第二次世界大战结束没有几年，印度尼西亚通货膨胀十分厉害，底层劳动人民的生活更加困苦不堪。尽管父亲任劳任怨、夜以继日地辛苦劳作，却还是解决不了全家的衣食问题。实在没有办法，他只得将嗷嗷待哺的关杰的三妹抱给别人抚养，而后回到福建莆田老家求生。

当时的中华大地，晚上躲在屋子里还能听到远方隆隆的大炮声音。国民政府的散兵游勇不时骚扰着村庄，派差抓夫，弄得鸡飞狗跳，老百姓不得安生。加上福建莆田人多地少，关杰父亲千方百计也租赁不到半点土地。实在没办法，关杰父亲只得又一次远渡南洋去印度尼西亚求生。

关杰回国前，祖母就已去世。早于他回国的大哥和大姐仅仅读了两三年小学，便辍学在家务农，节衣缩食地供二哥上学。关杰回来后，就在大哥和大姐的管教下度过了童年时光。他从小就养成了勤俭、能吃苦和独立的生活习惯。

二　钢铁学院的两位良师

光线微弱，眼睛疲乏，关杰放下书，望着伴随了他近十年的绿色挎包，虽然已经洗得发白，但"为人民服务"的红色毛体字依然鲜亮。挎包里装着从福建莆田第六中学到北京钢铁学院学习期间，大哥、大姐、二哥写给他的几十封信。信里有对他的勉励和鞭策，也充满了哥哥姐姐们对他浓浓的关爱。关杰回想着每一封信的措辞、内容和哥哥姐姐的笔迹，甚至信纸的变化他也记得一清二楚。

关杰十分庆幸，他回国后不久，1949 年 8 月 21 日，他的家乡福建莆田获得了彻底解放。从那以后，他就沐浴着温暖的阳光，在新政府的关怀中、在哥哥姐姐的关爱中、在老师的谆谆教诲中、在同学们的帮助下，顺利地读完了小学和初中，并以优异的成绩被保送上了高中。

1958 年高考前夕，老师们确信品学兼优的关杰考取大学十拿九稳，问题是他到底学农、学理、学工，还是学医、学法？

从小目睹了落后就要挨打这一残酷现实，怀揣着科技报国梦想的关杰响亮地回答："木帆船、机帆船我坐够了，它们的颠簸我受够了。我要开大轮船，我要报考大连海洋学院驾驶系。"

"好是好，就是大连海洋学院招生政审十分严格，你有海外关系，恐怕……"

"那我学工，现在钢铁挂帅嘛，各地都在大炼钢铁，我不愁没有用武之地。我就报考北京钢铁学院。"

"天公作美，妈祖保佑，事遂人愿，高考得胜。"真像大姐祝福的那样，关杰如愿考上了北京钢铁学院机械工程系。

1958年9月，迈着铿锵步伐进入北京钢铁学院大门的关杰立即被"学风严谨，崇尚实践"的校园风气深深感染，他也渴望着在这个钢铁摇篮里真真正正走进冶金机械领域，学得真知，练好本领，稳稳当当、扎扎实实地迈出人生梦想的第一步。

过了函谷关，过了风陵渡，列车进入陕西境内，天完全黑了下来。关杰一心想着早点抵达西安重型机械研究所，然后投入研究工作中。昏暗中，他看见了高台上的潼关县城，看见了矗立的城门楼子，便有了一种莫名的亲切感。

这时，关杰又想起了他的两位老师：徐宝升教授和陈先霖先生。这两位老师当时在国外技术封锁、国内一张白纸的情况下殚精竭虑、顽强奋斗，在自己的领域里取得了傲人的成绩。徐老师好！陈老师好！关杰在心中为两位老师恭恭敬敬地鞠了一躬。他们就是关杰的楷模，关杰将努力不辜负他们的期望。

绿皮火车的哐当声在暗夜中循环。关杰睡不着觉，此时此刻，他既向往西安重型机械研究所的科研工作，也留恋北京钢铁学院的学生时代。一想起学生时代，他不禁感慨万千。

20世纪60年代左右，北京钢铁学院积极实行教育与生产劳动相结合的教育方针，创造性地提出了"一参、三改、三结合"的教育模式（即：参加生产劳动；改造思想、改造教学、改造科学研究；实现教学、科学研究、生产劳动三结合）。这种鲜明的教学形式，在当时的生产条件和教学环境下有力促进了钢铁学院教学和科研事业的快速发展。这让学生们深受鼓舞，在进一步明确学习目标的同时，大家心往一处想、劲往一处使，在专业学习和生产实践相互促进的过程中不断增长知识，积累经验，增加才干，丰富见识。同时，名师云集的机械工程系也让关杰大开眼界，各位老师渊博的学识、丰硕的成果和高尚的师德都给他留下了深刻印象。

当时刚从美国留学归来的徐宝升教授就是这些名师中的一位。1960年，徐宝升教授成功研制出了世界上第一台弧形连铸机。这个消息像一阵风，迅速传遍了北京钢铁学院，极大地鼓舞了国内冶金战线的莘莘学子和干部职工，震惊了全中国，也震惊了整个世界。这让包括关杰在内的钢铁学院机械工程系的学子们倍受震撼，大家学习知识、钻研科技的劲头更大、更足了。

当同学们每天急急忙忙穿梭在教室、实验室、实习工厂和图书馆的时候，人人心中都憋着一股劲：中国钢铁，舍我其谁？赶美超英，舍我其谁？

有位名人曾经说过：当榜样在你身边的时候，你便会更加容易地踩着榜样的脚印朝同一个方向前进。听闻这一重大发明就诞生在自己的校园，而且诞生在自己尊敬的徐宝升老师手中时，关杰对机械专业尤其是连铸技术的兴趣越发浓厚了，他对专业课程的学习更加细致认真，记录课堂笔记、实验数据时更细致入微，生产劳动、工厂实习时更是一丝不苟。

除了徐宝升老师，冶金机械专家、长期从事重大冶金设备运行性能研究，日后也成为了博士生导师、中国工程院院士的陈先霖老师，于1954年调到北京钢铁学院工作，四十余载，教坛执鞭，成绩斐然。他谈吐谦逊儒雅，作风坚韧顽强。关杰仰其师德，沐其师泽，做人做学问无不追其风范。谈起学生关杰，多年之后陈先霖老师还是感慨良多、赞叹连连："关杰是个好学生么，当时我就敢保证，他将来一定会有出息的。"

那时，陈先霖先生讲授的炼钢设备和轧钢机械课程也是关杰的最爱。陈先霖老师的课程，关杰总是第一个到场、最后一个离开。不论是课堂上还是课后，关杰的问题总是最多的，笔记总是最厚的。多年后，陈先霖老师讲：所有学生当中，他对关杰印象是最深的。关杰讲：所有老师当中，陈先霖老师的课是最注重实践的。

陈先霖老师在课堂教学中紧密结合现场实践经验，以实践为第一标准的授课方式，不仅为关杰后来的设计和研发工作奠定了良好的基础，而且为关杰中年以后发挥传帮带作用起到了弥足珍贵的指导作用。

除了名师授课的讲堂，求学期间，关杰如饥似渴吸吮一切知识的关键地点就是学校的图书馆。北京钢铁学院的图书馆是关杰上学期间最喜欢去的地方。北京钢铁学院图书馆的藏书是从北洋大学（系天津大学前身）、唐山交通大学（后更名西南交通大学）、西北工学院（后与原西安航空学院合并为西北工业大学）、华北大学工学院（今改名北京理工大学）、山西大学、清华大学等院校接收的，虽然数目不多，但大部分都是冶金领域的经典著作和前沿文献。在北京钢铁学院的五年中，关杰经常一下课就到图书馆阅读和学习。他就像一尾小小的鱼儿，在知识的海洋里任意遨游，茁壮成长。

大学生活稍纵即逝，转眼间就到了毕业季。关杰恋恋不舍地挥别求学五年的母校和恩师，带着一身本领和满腔热情，准备到大西北企业或者基层一线建功立业，开启人生崭新的篇章。他的决心书得到了批准，西安重型机械研究所在向他招手。

这天一大早，关杰乘坐的绿皮火车在临潼华清池旁沐浴了一场薄薄的晨雾后，稳稳地停在了明城墙下的西安火车站一号站台。随即尚德门敞开胸怀，拥抱了初次来到古城的关杰。

三　工作达人的三个正步

背着简单的行李，关杰出了西安火车站，乘上公交车。

关杰想起毕业分配时，机械工程系的同学们积极响应国家号召毅然选择

关杰在学习中（院士方提供）

支援大西北建设，纷纷向学校递交了决心书。关杰第一志愿填报了专业对口的西安重型机械研究所。当时同学们有的留校任教，有的分配到了北京或其他比较发达的地区，只有少数同学能如愿以偿。所以关杰十分庆幸自己终于随了第一志愿，来到了古城西安。

下了公交车，离单位所在地辛家庙还有十几里路。在午后的阳光里，关杰徒步走到了偏僻的西安重型机械研究所。迈进单位大门，他擦了把汗，整理了一下衣服，在院子的水龙头上喝饱了水，然后迈开他特有的小正步，找到人事部门正式报到了。

1963 年 9 月，关杰报到时的西安重型机械研究所，工作环境、工作条件均较简陋，干部职工的宿舍都是临时借用外单位的，研究基础也较薄弱，还在建设之中。

从此，关杰扎根西安重型机械研究所，和一批批西安重型机械研究所人筚路蓝缕以启山林、栉风沐雨砥砺前行，艰苦创业不断探索、夜以继日忘我奋斗，用智慧和汗水铺就了西安重型机械研究所不平凡的发展之路。

几十年岁月如白驹过隙转瞬即逝，如今走进中国重型机械研究院股份公司（昔日的西安重型机械研究所，于 2006 年改制而成，简称"中国重型院"）位于西安正北、渭水南岸的新址，面貌已经焕然一新：科研大楼、试验厂房林立，绿地草坪占地宽广。如今的中国重型院秉承着"技术报国，装备世界"的理念，仅仅冶金装备研究所（原连铸专业组）就已先后培养了机械、电气、液压专业的研究员级高级工程师十余名和高级工程师数十名，形成了老、中、青结合，专业配套，长年稳定地从事连铸机设计、研究和开发的技术群体。

关杰在采访中身板笔直，还能依稀看到当年迈着正步的神采。谈到中国重型院时，他认真地说："我们这个集体是一个配合默契、团结的，能够结合工程特点和要求，灵活应用所掌握的科技知识和经验，勇于创新的集体，而我仅仅是这个集体中的一员。我所取得的每一个成绩，都与这个集体是分不开的。"

这个迈着正步的集体，是铁筋，是钢骨，不仅各美其美，还有美美与共，更有关爱、团结和和谐。

提起关杰，同事们要说的话很多。

液态金属连续铸锭的概念早在 20 世纪初期就已经提出来了。1930 年有色金属的连铸应用于生产，1946 年在美国建成第一台试验性的连续铸钢装置。20 世纪 50 年代连续铸钢设备开始用于工业生产，70 年代后期才得到大力发展。我国于 1957 年开始连续铸钢的试验研究。

1965 年初，来到西安重型机械研究所一年多的关杰参加了由第一机械工业部和冶金工业部组织的联合设计组，设计和研制当时世界上最早的、浇注断面最大和品种最多的重钢 R10-2300 弧形板、方坯兼用型连铸机，他也因此成为我国最早接触连铸设备研发的科研人员之一。

从那以后，关杰数十年来一直注重各种资料的收集，重视调查研究，跟踪学习国内外连铸行业最新的先进技术和装备，以及新的设计思想和方法，并及时应用于他所承担的设计和研究工作之中，做到不断有所改进、不断有所提高、不断有所创新。

功夫不负有心人，历时近三年，关杰和同事们终于成功完成了设备研发任务，啃下了这块"硬骨头"，为我国连铸机的发展奠定了基础。

关杰作为项目的核心力量，先后参加了方案设计、施工设计、图纸复审、加工制造服务、现场安装调试及生产试验等工作，系统化的研究过程使他得到了极大的锻炼和提高。随后，积累了一定研究经验的关杰又先后承担了方坯、板坯连铸机中的钢包回转台、中间罐车、结晶器、支撑导向段、二次冷却装置、机械式方坯剪、液压式板坯剪等重要单机设备的设计和研制工作，同时也承担了连杆式回转台、结晶器、振动装置、拉矫机、扇形段更换装置、蒸汽密封室、火焰切割机等关键设备的审图、把关工作。这些设备后来都成功应用于重庆钢铁集团（重钢）、上海钢铁公司第一厂（上钢一厂）、广西柳州钢铁集团（柳钢）、安阳钢铁公司（安钢）等钢铁企业，部分连铸机还出口到了阿尔巴尼亚和美国。

关杰用严谨的工作态度换来了高质量的工作成效，他参与设计研发的设备多次获得全国科技大会奖或机械部科技进步奖，促使我国连铸设备研发驶上了快车道。

四　连铸钢铁的四次建功

关杰在工作中喜欢运用"否定之否定"规律，他认为这个规律对正确认识事物发展具有重要的指导意义。

在关杰的学术人生中，遇到困难时，他往往想到的第一个字就是"否"，否定困难，正视困难，是战胜困难的第一步。正是在不断否定的连续铸钢的研究中，关杰成就了他的梦想，铸就了他的辉煌人生。

为了更好地解读关杰的学术人生，这里有必要科普一下连续铸钢等冶金机械研究的相关科学名词。连续铸钢是炼钢和轧钢之间的生产工序。连续铸钢设备将经过预处理（如钢包吹氩搅拌调温、均匀化，成分微调，真空脱气等）的合格钢水直接、连续地在强制冷却的铸模内铸成各种断面的钢坯，经定尺切割和必要的处理（如冷却或保温、二次切割、去毛刺、称重、打标识符号等）后向轧钢厂提供合格的钢坯。

伴随着一声声发自内心的"否"字，把连续铸钢作为毕生事业的关杰，从青年到中年再到老年，从事连续铸钢设备研究和开发整整 60 年。60 年来，

关杰在办公室（院士方提供）

他先后参加和主持了近 30 项不同单机、不同机型的连铸机设备设计和研究工作，主要涉及方坯和板坯连铸机。现在，关杰已经成为我国连铸行业中的知名专家、学科带头人，可谓成果卓著。他为自己的努力感到十分自豪，为自己能够亲身参与连铸事业感到荣幸。

20 世纪 60 年代，在当时世界最大规格的重钢 2300 mm 板坯连铸机研制中，关杰从设计、制造、安装调试直至生产试验一贯到底。特殊时期，他不顾外界纷扰，一心专注事业：援阿（阿尔巴尼亚）板坯、重钢方坯、柳钢和安钢板坯连铸工程，还有武汉钢铁集团（武钢）连铸机引进……关杰全身心投入，屡获重要成果。多年的刻苦钻研和大量的工程实践使关杰脱颖而出，成为连铸领域的业务尖子。

60 至 80 年代，年富力强的关杰先后承担钢包回转台、结晶器、二冷设备、板坯液压剪等关键设备的研制工作，为重钢、上钢一厂等大型企业研制成功 2300 mm、1050 mm 等大型板坯连铸机，为我国冶金企业连铸化作出了重大贡献。80 年代以后，他主持了 200 吨级连杆式回转台和结晶器振动系统的研制；在美国中兴钢厂 2032 mm 连铸机技术攻关中获实用型专利 1 项；主持的国家重大技术装备——攀钢 1350 mm 板坯连铸机攻关成功，扭转了我国大型连铸设备依赖进口的局面，获得机械部科技进步奖特等奖、国家科技进步奖一等奖。

也许是父母亲的基因遗传，也许是童年时期大哥大姐的影响，也许是徐宝升、陈先霖等老师的潜移默化，在连续铸钢学术领域中，关杰始终坚持自主研发路线。他自始至终凭借着扎实的理论基础和刻苦的学习态度，活跃在国内连铸设备研发第一线。

特别值得一提的是百废待兴的 1978 年，华夏大地春雷阵阵，各行各业、上上下下、时时处处都有一种急于把丧失的时间夺回来的热情和干劲。12 月 23 日，党的十一届三中全会闭幕第二天，举世瞩目的宝钢工程技术集团（宝钢）

在东海之滨打下了第一根桩，由此，我国现代化程度最高、工艺技术最先进、生产规模最大的钢铁企业诞生了，中国的钢铁工业揭开了新的一页。

1979年，邓小平同志出访日本，参观君津钢厂时对稻山嘉宽先生说："你就照这个样子，给中国建设一个钢厂。"于是，在新日铁和宝钢人的共同努力下，宝钢建设开始加快速度。

在宝钢生产流程的建设中，处于工艺流程中间地带的连铸是核心内容，连铸设备的研究更是重中之重。

这个项目开始时关杰先在西安重型机械研究所主要负责编写宝钢板坯连铸设备立足国内的可行性研究报告，后参加宝钢1900 mm板坯连铸设备引进技术的对外谈判。当时的首要任务是签好合同，确保完整地拿到外商整套技术。其中规定外商提供技术资料的附件是整个合同的重心，至关紧要的是所列软件项目必须准确、完整，尤其不能漏掉核心软件。关杰和西安重型机械研究所参加谈判的几位连铸骨干凭借他们对连铸技术的深刻理解，把这个事关全局成败的合同附件搞得完整无缺，切中要害，直截了当地把外商的核心技术"一网打尽"。后来，这个核心附件对整个项目技术引进的成功起到了重要的保障作用。

完成谈判后，关杰随连铸团队出国参加了宝钢1900 mm板坯连铸机的联合设计工作。在日本工作期间，他夜以继日，边做设计边苦学钻研，深入掌握了现代板坯连铸机的总体设计和关键设备设计技术。经过长期实践，原本已有相当积淀的关杰如虎添翼，为他厚积薄发、创造辉煌奠定了坚实的基础。"历史将证明，建设宝钢是正确的。"当邓小平同志对宝钢的历史预言终于实现时，关杰的心头涌上了一丝暖意，脸上满是喜悦。

在新时代和谐社会的建设中，我们每个人都有一片属于自己的天空。在这片天空下，有我们的汗水也有我们的成功。属于关院士的，永远是各种各样的任务以及完成任务后一次又一次的喜悦。

宝钢建设任务圆满完成以后，关杰又先后负责编写国内外各类连铸机及关键单机设备的报价书、"七五"期间薄板坯连铸关键技术试验研究项目可行性研究报告、"在线调宽结晶器的研制"和"大型钢包回转台结构强度试验研究"等科技攻关项目的立题和研究报告，这些项目后来均列入国家"七五""八五"部分核心研究和科技攻关项目。除此之外，关杰还主持了"七五"和"八五"期间大型钢包回转台等多个重大科技攻关项目，这些项目都获得了圆满成功。在积累了宝贵的工程经验后，关杰毫无保留地将研究成果编写成书——《板坯连铸机设计与计算》。该书已成为国内连铸设计、制造和应用单位工程技术人员的主要参考书之一。

有人提出问题：作为20世纪60年代的大学生，关杰的理想信念和新时代新青年有什么不同吗？

"本质上没有什么不同。"关杰说道，"我们都知道，思想是行动的指路明灯，一个人只有思想进步，才能在时代中找到正确的方向。我认为一个人只要有远大的志向和抱负，他一定能够成功，成为一个正直的人，一个对社会充满爱心和善良的人，当然也会成为各行各业的专家。"

"一个人只有确立了奋斗目标，才能努力学习，忘我工作。而不是安于现状、不思进取，整天想着吃个枫亭糕和咸馅红团，或者你们陕西的肉夹馍、葫芦头就满足了。如果那样的话，一定会故步自封、原地踏步。要想实现自己的奋斗目标，就应当做个有目标、有方向的人，然后不断努力、不断奋斗，最终必有好的回报。在实现奋斗目标的过程中当然也会遇到一些困难，应当想尽一切办法去克服，而不能选择逃避或者绕开困难。"

"奋斗目标实现了，也不要把自己看得有多么了不起。不要自己把自己放在不合适的位置上，而忽略了别人的感受。"

20世纪80年代末，关杰的奋斗目标确定为连铸机设备的自主研发工程。他参加了美国中兴钢厂2032 mm板坯连铸机改造设计中的技术攻关，负责支撑导向段的技术设计和振动装置、结晶器等设备的审图和方案制定工作，获得实用型专利1项，该项目后来获得机械部科技进步奖一等奖和国家科技进步奖二等奖。随后，他参与了上海第三钢铁厂（上钢三厂）300 mm×2000 mm板坯连铸机的方案和重要技术问题的讨论和制定，并负责一些关键设备的审图工作。这些研究和设计工作，进一步提升了关杰团队的设备研发能力，使大家积累了宝贵的工作经验。

宝钢项目的引进，为我国现代化板坯连铸技术打开了一扇窗，开启了我国百万吨级以上大型钢厂建设的先河。随着连铸工艺的广泛应用，实现连铸设备国产化逐渐成为连铸工作者的迫切需要。板坯连铸机国产化项目适时启动了，攀钢集团（攀钢）"国产化"试点第一个站了出来，决定尝试走国产化道路。攀钢连铸作为攀钢二期项目的三大工程之一，备受关注，这个大项目的设计任务又一次落在关杰身上。

1986年，国务院决定立足国内设计制造的攀钢1350 mm板坯连铸机，是我国首个百万吨级连铸机。整套设备设计由西安重型机械研究所（现为中国重型机械研究院股份公司）负责，关杰毫不犹豫地挑起了总设计师的重担。这是百万吨级板坯连铸成套装备国产化的初次重大尝试，在当时的物质技术条件下，困难之多、风险之大实在难以想象。多少个不眠之夜，多少次反复论证，多少回艰难抉择要靠总设计师一锤定音。攀钢老总的一句话始终在关杰耳边回响："成功了，咱们喝五粮液；失败了，咱们一起喝炉水！"关杰顶着巨大的压力，全身心地投入项目运作。工程最紧张的关头，他的妻子患病偏偏到了最严重的阶段。现场离不开关杰，他强压着揪心的痛苦、牵挂和对妻子的负疚，始终坚守在千里之外的工地上……

攀钢1350 mm板坯连铸机成套设备的设计和研制，是全国上下关注的国家重大技术装备项目。该项目会聚了中国重型机械总公司、攀钢集团、重庆钢铁设计研究院、西安重型机械研究所等十多个单位的众多科技精英人才，仅西安重型机械研究所先后直接参加该项技术工作的科技人员就有一百多人。作为这个项目的总设计师，关杰从争取项目到整套设备建成投产、验收、鉴定，每份工作都亲力亲为，每一张图纸的背后都倾注了他的心血，每一个机组的装配都是他汗水的结晶。作为项目的领头人，关杰在工作中不仅以身作则，而且特别注意发挥团队作用，他将整个项目分解成具体的任务，然后又有条不紊地让不同类型的技术人才各司其职，使整个团队能够发挥最大能量。在关杰和团队的辛勤努力下，历经八个春秋夜以继日的工作，攀钢项目终于获得成功，研制出我国第一套国内年产板坯百万吨级的连铸机。这项成果一举扭转了国内大型板坯连铸设备依赖进口的局面，为我国设计制造同类设备积累了宝贵经验，并且由此培养了一大批专业人才，推动了我国钢铁行业的技术进步。

1993 年 10 月 18 日，这个日子注定要被我国冶钢历史所记载。攀钢 1350 mm 板坯连铸机两流设备同时试浇一次成功，顺利投产。这套连铸机采用多项国际先进技术，达到了当时的世界先进水平。整套设备国产化率（按重量计）95%，逐步达到或超过设计指标，年产连铸坯 100 万吨，板坯综合合格率达 98%，无清理率超过 90%，钢水收得率达 95%。该项目自投产至今三十多年始终运转正常，铸坯质量良好，实际产量超出设计目标，一直是攀钢生产优质铸坯的主要装备，不仅为攀钢创造了巨大的经济利益，而且极大地推动了我国连铸工艺的进展。作为大型板坯连铸成套装备国产化的历史性成果，用户高度赞誉这套连铸机"给攀钢生产带来了第二个春天"。1350 mm 板坯连铸机在 1995 年荣获机械工业部科技进步奖特等奖，1996 年获得国家科技进步奖一等奖。关杰用忘我奉献谱就了自己连铸人生的华彩乐章，也在中国连铸装备国产化的道路上树立了一座里程碑。无论是上钢一厂的板坯连铸机、宝钢的联合设计，还是美国中兴钢厂改造项目的技术攻关、攀钢的一次热试成功，都惊讶了冶金机械行业。

据统计，我国钢铁企业使用的连铸设备很多都来自中国重型院关杰院士的团队。在如此辉煌的成绩面前，功勋卓著的关杰并没有停下来享受成功的喜悦，而是静静地坐在办公室，照例埋头读他的书，看他的资料，做他的学问，开始了连铸设备新的征程。他说："作为一名连铸科技工作者，我知道自己过去所做的工作和所取得的成绩，对整个连铸事业来说只是沧海一粟、九牛一毛，是微不足道的。因此尚需加倍努力，为我国的连铸事业作出自己应有的贡献。因为我懂得，科技不仅仅是国家实力的象征，更是一种文化的象征。对科学技术的向往、认同和追求，就是对人性的追求、对真理的膜拜、对科学的尊敬。虽然在追求过程中我会遇到种种挫折，但我必须坚持自己的理想，坚持自己的追求，让小小的连铸机更好地为人类的进步事业作贡献。"

五　永铸钢魂的三个比喻

关杰在连续铸钢设备的研究和开发方面成果卓著，但是他在生活方面却没有任何跌宕起伏的故事。正是这种淡泊名利的低调性情让他将更多的注意力放在了学习和工作中。看似平淡如水的为人品行，铸就了关杰坚毅的钢魂，造就了他在连铸机械世界的大手笔、大气魄。

（一）工作就像静夜圆月

当今世界，是科学技术突飞猛进的信息时代，国力竞争日趋激烈。冶金工业自然是经济发展和社会进步的重要基础，是提高民族工业整体素质和培养工程技术人才的主要基地，是增强综合国力和民族凝聚力的可靠保证。因此，关杰认为，他毕生致力的科技工作，其实就像静夜圆月，虽然没有太阳的万丈光芒，但始终用它温柔的月辉默默地照耀着山川河流，默默地为大地增辉，默默地为天空添彩，默默地为人类进步增砖添瓦。

其实他就像徐宝升教授和陈先霖先生那样，孜孜不倦地用其光辉照耀着年轻的科技工作者，培养他们以创新精神与实践能力为重点的创造性学力。他以自己60年的追求卓越的研究（"连铸机"）态度，激发年轻的科技工作者发现问题、提出问题、解决问题的创新意识。

着眼于冶金行业的可持续发展，关杰阐述着他的圆月观点："我现在80多岁了，和年轻同事们在一起，我绝对不会喋喋不休，我要做一轮静夜圆月，默默地看着他们，用我淡淡的月辉映衬着他们的奋斗轮廓，而不是倚老卖老，指手画脚，好像自己什么都懂似的。

"我想让年轻的同事们获得亲身探索的快乐，因为只有在科学研究活动中获得亲身体验，才能逐步形成善于质疑、乐于探究、勤于动手、努力求知的积极态度，产生积极情感，激发他们探索、创新的欲望，让他们勤勤恳恳，有恒心、有毅力，不被眼前的利益所诱惑。

"我想提高年轻同事们发现问题和解决问题的能力，因为连铸机的设计通常围绕需要解决的实际问题展开。在研究过程中，要引导和鼓励他们发现和提出问题，设计解决问题的方案，收集和分析资料，调查研究，得出结论并进行成果交流，引导他们应用已有的知识与经验，掌握一些科学研究方法，培养他们发现问题和解决问题的能力。

"我想培养年轻同事们收集、分析和利用信息的能力。在研究实践中，我像圆月一样一眼不眨地看着他们，看着他们围绕研究主题主动收集、加工处理和利用信息，这种能力是非常重要的。时间长了，他们就会利用多种有效手段、通过多种途径取得信息，学会整理与归纳信息，学会判断和识别信息的价值,并恰当地利用信息,提高收集、分析和利用信息的能力。

"我想让年轻同事们学会分享与合作。现在的年轻人大多数是独生子女,从小以自我为中心惯了。提高他们合作的意识和能力,是现代科技工作者应该具备的基本素质。在连铸机研究过程中,通过努力创设有利于人和人沟通与合作的环境,使他们充分交流和分享研究的信息、创意及成果,发展乐于合作的团队精神。

"我想倡导一种科学态度和科学道德。年轻的同事们在最初的研究中应认真、踏实地探究,实事求是地获得结论,并且尊重他人的想法和成果,养成严谨、求实的科学态度和不断追求的进取精神,养成不怕吃苦、勇于克服困难的意志和品质。

"我还想让他们强化对社会的责任心和使命感。在研究过程中,让他们了解科学对于自然、社会与人类的意义与价值,学会关心国家和社会的进步,学会关注人类与环境和谐发展,形成积极的人生态度,甚至使他们心灵得到净化,精神得到升华。除了我们中国人坚持了几千年的'修齐治平'之道,还应该让他们自觉弘扬关学的'民胞物与'思想,努力建设人类命运共同体哩!"

对于单位的各项活动,关杰都认真对待,严格要求自己。那年中国重型院举行合唱庆祝活动,关杰属于院级领导,受邀参加行政组合唱,但关杰始终没有忘记自己是冶金所的一员,在冶金所的邀请下,他毫不推辞,两组合唱积极参与,并准时参加训练,演出当天以饱满的热情,着不同的服装、唱不同的歌曲、用不同的演唱方式向中国重型院同事展现了既严谨务实又热心向上,常年坚守在科研一线攻坚克难、潜心钻研的院士作风。

关杰以这种潜移默化的方式感染着周围所有的人,鼓励着年轻人奋发向上、努力拼搏、不懈奋斗,提醒他们不忘初心、牢记使命。他的兢兢业业、不畏艰辛、不怕困难、对待工作认真负责、对待同事热心坦诚的精神在连铸人中代代相传。也正是这种精神的发扬与传承，使得"中重院连铸核心技术创新团队"2014年荣获西安市人民政府一等奖，连铸"创新团队三秦学者"2018年荣获陕西省委一等奖，连铸专业2015年荣获11项省部级奖。

平凡世界，芸芸众生，每个人都有梦想。现在的中国重型机械研究院股份有限公司，包括关杰在内，人人的梦想都长出了翅膀，这么多有力的翅膀扶摇直上，飞翔在蓝天之上，掀起了一股创新、奋斗的旋风。

（二）学习就像心跳呼吸

连铸事业对于关杰来说，不仅是持续学习，更是持续奋斗。

关杰把学习与心跳、呼吸一样当作人生的第一需要，人不可一刻不心跳，也不可一刻不学习。关杰生活中没有什么嗜好，不抽烟、不喝酒，最大的爱好就是看书。他的办公室满屋都是书籍、资料，柜子放不下就再添加柜子，还放不下就放在地上或自制架子上。他将用过的许多资料袋再利用，分门别类装上各种新资料。

关杰特别注重搜集连铸资料，尤其是国外相关领域的先进技术资料，然后认真攻读、摘抄、分析。当了院士后他既像普通技术人员一样孜孜以求、手不释卷，又利用院士的有利条件对各种资料广泛选取、多方择优。此外，在工作过程中，他还很注意收集、学习、积累与本专业有关的各种资料，如连铸工艺技术、钢水精炼技术、设备检测技术等。即使与本专业看似无关的许多人文社会科学命题，他也像海绵一样见到知识先吸收了再说。长此以往，关杰的知识面扩大了，思路开阔了，对连铸技术的研发、传承也越发游刃有余了。

我国连铸事业起步晚、任务重。在长期的学习和研究实践中，关杰深深感到中国在连铸方面和世界的差距，以及与国外交流和学习的重要性，所以他一直坚定不移地在学习多种语言的"苦行"道上继续"修行"，依靠外语工具到先进国家汲取营养。为了及时掌握国外连铸发展的新动向，几十年来，关杰坚持学习外语。他在第一外语——俄语考试通过后，先后选修和利用一切可能机会学习了英语、德语和日语，这为及时查阅国外最新资料和联合设计、对外技术交流、对外技术谈判带来了极大的方便和好处。在关杰的书柜里，多年前他用德语翻译的长达 50 多页的连铸技术资料仍然工整清晰，拿来就可利用。

2008 年，关杰回到母校莆田市锦江中学（前身为莆田第六中学），在回顾学习外语的历程时，他感慨地说，自己在北京钢铁学院学习时曾经外语考试不及格，后来凭一股韧劲，不但迎头赶上，而且学习了多种语言。正是在学习和工作中的这股韧劲、在吸取各种知识时的顽劲，帮助关杰时时刻刻坚持学习，在连铸设备研发过程中取得了一个又一个成果。

关杰说："'好好学习，天天向上'是最适合我的名言警句啊，我们搞科技工作的，一天不学习都不行，因为连铸机领域的新构想、新技术、新情况随时都会出现。就像这手机的新功能一样也是日新月异的，新的 APP 不断出现，如果不坚持学习，落伍于这个时代不说，恐怕你的日常生活也会不方便。"

世纪之交的时候，关杰和同事们一起开展结晶器液压振动和远距离自动调节辊缝等重大新技术的研究试验，取得的成果已在新的工程中推广应用，使我国连铸装备与世界水平同步前进。关杰清醒地认识到，与国际先进水平相比，我国连铸装备技术还有较大差距。他说："路还长着呢！还要继续努力。"年届耄耋的关杰院士，至今未曾松懈，他仍然在用行动继续践行着自己的诺言："能与连铸结缘是我三生有幸，为连铸奋斗终身是我唯一的选择。"

（三）生活就像"佛跳墙"

关杰到西安 60 年了，他始终不改优雅、质朴、谦和、睿智、坚毅的秉性。60 岁以前，不论春夏秋冬，不论刮风下雨，他都骑着自行车上下班，推着它买粮买菜。这辆自行车尽管已经骑了二十多年，漆皮有些脱落，脚踏有点响动，但是车身、车铃、手把等直到现在仍然完好无损。

关杰的童年、少年时光在贫寒中度过，这让他比平常人更懂得节俭的意义。他当教师的妻子曾经患有顽疾，关杰又经常因为工作繁忙出差在外，他总觉得亏欠妻子、儿女太多。所以只要在家，关杰就洗衣服、搞卫生、买菜、做饭，忙个不停。当选院士之后，关杰的工作越发繁忙了，但对于家庭责任他一如既往模范履行，仍然努力充当家庭中的主要劳动力。节假日他骑着自行车去超市采购，回到家乐呵呵地系上围裙无所不干。在关杰心中，家庭责任永远是最重要的"本职工作"。

走惯了小步幅的关氏正步，骑惯了二十几年的自行车，吃惯了精致讲究的自做美食，关杰就是坐不惯小轿车。70岁以前，他每逢在省市开会回来，一般都是搭乘别人的车或者坐公交车，实在不行就打出租车，很少让单位派专车去接。在关杰看来，开会或出差是本职工作，工作之外的路途如果还麻烦单位，就属于不合理要求了。

除了"坐不惯"小轿车，关杰有时也"待不惯"领导办公室。鉴于关杰在连铸设备研发中取得的突出成就，西安重型机械研究所决定让他担任领导职务，并且在所长办公楼给他专设了一间办公室，方便他日常办公。但是关杰认为他只是完成了一些本职工作，做了应该做的事情，所取得的成绩也是依靠集体和团队共同实现的，因此坚持要在生产一线继续做好本职工作。后来，在领导们的劝说下，关杰服从组织安排接受了职务任命，但是却长期将专用办公室闲置，仍然在基层技术处室办公，每天与他心爱的连铸设备一起，为冶金事业发光放热。

关杰生性淡泊，从来没有想过轰轰烈烈的人生是什么样子的。正是在这种寂寞、平静，甚至寂寥、孤独中，他达成了后人无法想象也难以比肩的成就。关杰富有生活情趣，也能静下心来钻研复杂的闽菜的做法，又渴望了解古老秦菜的始末端倪；而他为人又十分低调，永远像他的自行车一般无怨无悔默默前行，也像静夜圆月一样默默无闻照亮夜空。

谈起当选院士的经历，关杰更多的竟然是"埋怨"。20世纪90年代，关杰主持研发了我国第一套百万吨级的攀钢1350 mm板坯连铸机，于是西安重型机械研究所决定推荐他申报中国工程院院士。由于该项目产生了巨大经济效益，关杰毫无争议地当选为中国工程院院士。但是，关杰认为，在连铸设备研发中自己做的一些事情本来就是分内之事，如果像母鸡下了蛋，咯咯叫着唯恐天下不知，这样不但没用，相反还会引起别人的反感，到头来得不偿失。所以他的事迹用不着大肆渲染，他甚至觉得申报院士会打乱他继续研发连铸设备的进程。有时来访者出于崇敬院士，要求和他合影留念，关杰也是摇摇头、摆摆手。他希望将所有的时间和精力都用在生产研发第一线上！

六　科学研究的两次否定

除"好好学习，天天向上"外，关杰最为欣赏与推崇的格言是：否定之否定。这五个字也是他的口头禅，他说：选择一个项目，确立一个方案，多来几个否定之否定就能得出比较正确的结论，拿出最优化的设计，找出最好的方案，达到最优的目的。

关杰这时讲述了自己三次改名的经过："我先叫关玉美，是因为我在关家是玉字辈，所以父母给我取名关玉美；后来回国读小学，老师说关玉美像女孩名字，一下子否定了它，于是我改名关傑美；上了中学，同学们说傑字难认难写，又否定了它，于是我改名关杰美；上了大学，老师同学们都说名字不能和'苏修美帝'有牵连，再一次否定了我的名字，所以我从此以后就叫关杰了。所以我说嘛，多来几个否定之否定就能得出比较正确的结论，达到最优的目的。"

关杰说，虽然大学中的连铸设备专业课只有两个课时，但是这两个课时却成为了自己终生研究的课题和方向。几十年来，关杰先后承担了数十个不同单机、不同设备、不同机组和成套设备的设计和研究工作以及现场服务、联合设计和科技攻关等工作。

"我承担的每一项设计和研究工作都力求有新的改进和提高，力戒简单的照搬照抄。为了做到这一点，我切身的体会是要不断地学习，不断地总结，不断地否定再否定，不断地创新和提高。"关杰这样说。

马克思主义哲学的辩证法要求实事求是、与时俱进地看待问题，坚持具体问题具体分析。关杰在工作中巧妙地用马克思主义经典理论指导实际工作，追求工作创新和精益求精，根据不同的环境、发展和技术条件，做出不同的设计和研究。关杰经常说："对于自己提出的每一个方案、结构，我通常的做法是从不同的角度去分析它、研究它，横挑鼻子竖挑眼，去找它的各种毛病，还要试图采用其他的方案或结构去取代它、否定它。当否定它的想法又被否定时，说明原先的方案或结构是无可争议地成立了。因此否定的过程，实际上是分析、比较、优化的过程。"关杰的工作方法其实正是遵循了马克思主义理论的要义。

关杰的否定绝不是单纯的主观判断和"撞大运"，他在创新过程中同样重视基础工作的积累，"否定的前提是要首先掌握大量的资料、数据和各种结构方案，这就要不断学习，要调查研究，要收集和积累"。基于大量的理论基础，关杰能够深刻地认识到工艺设计的本质，用"否定之否定"的办法挑选出最优方案。他经常说："搞机械设备设计的人都清楚，设备是为工艺服务的。要完成某一工艺要求或某一功能，可以采用几种设备结构方案去实

关杰与团队人员沟通（院士方提供）

现它，而其中必有一种在特定的条件下是最佳的。为了寻求最佳的，首先就得把可能的各种结构方案尽可能地都提出来，以便进行分析比较。"

关杰的工作态度十分认真和严谨，他非常反对技术人员为了图方便和保险，仅仅采用手头掌握的图纸资料或者到网上搜索，然后复制粘贴，而不再去搞调查研究和分析比较。几十年来，关杰团队在激烈的市场竞争中能比较成功地中标鞍钢、宝钢、武钢、马钢、宁波建龙、唐钢等大型板坯连铸项目，原因就是他提出和采用的方案都是经过深思熟虑和分析比较的，"否定之否定"的产品当然是切实符合用户要求的。

七　人生旅途的一种信念

1939 年 11 月 13 日，关杰出生于印度尼西亚，原籍福建省莆田县。

1958 年 7 月，考入北京钢铁学院机械工程系。

1963 年 9 月，从北京钢铁学院毕业，进入西安重型机械研究所工作。

1987 年 3 月，晋升高级工程师。

1994 年 12 月，晋升研究员级高级工程师。

1996 年 3 月，担任西安重型机械研究所副总工程师。

1997 年，当选中国工程院院士。

2006—2008 年，担任中国重型机械研究院股份有限公司研究员级高级工程师。

……

"陕"耀光芒团队采访关杰（张一曦 摄）

从关杰的履历表中可以看出，他所取得的累累硕果，与长期的刻苦努力是分不开的。他这一生的寂寞、一生的坚守、一生的执着、一生的真诚，依靠的就是心头始终如一的信念力量。这位昔日冶金机械行业的拼命三郎，今天依然满怀豪情高唱大风之歌。他以朴实的科技工作者风采阐释着自己独有的"否，否定，否定之否定"的人生格言。

关杰常常随身携带笔记本，他在本子上记录的都是世界多所大学甚至一些中学的校训。几十年来，他在笔记本上密密麻麻地记录了很多这样的校训。

在这么多校训中，对关杰影响最大是"求真"，其次是"务实"。求真务实是关杰人生旅途的唯一信念。他一生追求冶金连铸事业的真理，在科学的理论和方法的指导下不断地认识连铸机事业发展的本质，把握连铸机发展的规律。

务实是指致力于实在的或具体的事情。王符说："大人不华，君子务实。"王阳明说："名与实对，务实之心重一分，则务名之心轻一分。"这些思想就是中华文化中注重现实、崇尚实干精神的体现。务实精神作为传统美德，仍在我们当代生活中熠熠生辉。像关杰这样的众多老一辈科学家，都是求真务实的模范实践者！

"一个有希望的民族不能没有英雄，一个有前途的国家不能没有先锋。"像关杰这样的求真英雄、这样的务实先锋始终认为自己是一个普普通通的人，和芸芸众生没有什么两样。他当选中国工程院院士后，职务多了，社会活动也多了，责任更重了。他把自己定位于"连里的指导员"，很普通、很平凡，哪里需要就哪里上，时时处处发挥自己的作用。但他绝不在外单位兼任任何职务，从来没有收取过什么顾问费、挂名费，甚至评审费、出场费。

淡泊名利，踏实做人，是关杰人品的一大亮点。他不喜欢出头露面，只愿专心致志埋头于事业、奉献给工作。关杰当选院士以后，方方面面都想宣传他的事迹，屡次请他介绍情况，他总是推辞说："没有什么可宣传的。"一次，有人打来电话要找"吴杰院士"。关杰笑着回答："我这里只有关杰，没有吴杰。"粗心的对方还没弄清楚他姓什么，就冲着院士的名望来邀请他出席某个项目的推广会。关杰礼貌地婉拒了，他说："像这样的活动太多了！人家一片诚心，我又不能都去参加，只好一一辞谢。"其实，这当中鱼龙混杂，以丰厚物质利益诱惑院士出场为自己造势者亦不乏其人。关杰不屑于追名逐利，对于并非必须出场或者来路不明的邀约，他一概以礼相辞，始终坚守着自己做人的底线，也不失对别人的尊重。

当选中国工程院院士以后，他还担任了陕西省政协常委、陕西侨联副主席、西安市政府参事等社会职务。他笑着说："职务多了也好，可以多做点事。"不管参加什么活动，他都有一个不变的宗旨：替科技人员说话，替老百姓办事，为弱势群体和贫困地区呼吁。他说："一个人在茫茫宇宙中是很渺小的一点，而每一个人都把自己的工作做好了，用乘法累加会越来越大，一乘百，百乘万，融入社会之中，就是很大的力量。普通人如此，院士、官员也应如此。"

他以政协常委的名义，要求加强对弱势群体的帮助力度，加大扶贫投入，加强对西部贫困地区的政策倾斜。他以西安市政府参事的名义，要求政府公务员提高工作质量和关心老百姓生活质量，提倡以人为本，落实到老百姓头上，就要处处关心他们的衣食住行。

在公众面前，关杰总是和颜悦色，这不禁让人好奇他有没有发火的时候。关杰说："院士也是有喜怒哀乐的平凡人，我平常很少发脾气，要让我生气，恐怕事情差得'码子'就大了。"

对于涉及科技人员创造成果的事情，他总是再三提醒有关领导，要尊重创造劳动业绩的人。曾经一位有突出贡献的青年工程技术人员，在关杰的推荐下获得了中国工程院授予的光华青年科技奖。

关杰的人生看似平顺，实则坎坷。贫穷中成长、学海中苦读的关杰，凭借坚韧和执着在冶金连铸领域建功立业，加快实现了国内高水平科技自立自强、科技报国的梦想，取得了非凡的成绩。如今关杰虽已是耄耋之人，却依然在他钟爱的"连铸机"旁日夜辛劳、矢志不渝，以期铸铁锻钢，连铸世界。

在这充满希望的美好时代，关杰的科技人生始终与祖国的连续铸钢事业紧密相连，而他本人也像连铸机上流动的股股钢水，不断前进！

作者简介

秦力，字形奋，文史学者，当代作家。现就职咸阳市文联。系陕西省新长征突击手，陕西省首届优秀国家公务员，省（部）级劳动模范，德艺双馨文艺家。

出版了长篇小说《监三镇》《绝世秦商》，散文集《空谷幽兰》，诗集《形奋短句选》《鸣笛》，文史随笔《清浊人生》《命名字号》等18部作品。

在《星星》《中华辞赋》《中国文学》《百家讲坛》《诗歌月刊》《农民日报》《陕西日报》等报刊已发表上千首（篇）诗歌及散文，作品入选《音乐这扇门——中国近现代名家音乐散文集》《当代散文名家》《民俗散文选》《精品诗歌100家》《当代爱情诗选》等10余种选本。

秦岭是一座丰碑

中国科学院院士张国伟

文／杨志勇

院士简介

张国伟 1939年正月初一出生，河南省南阳人。构造地质、前寒武纪地质学家，教授。西北大学学术委员会主任、学位评定委员会主席，曾任西北大学造山带地质研究所所长和大陆动力学国家重点实验室学术委员会主任。曾先后任国务院学位委员会学科评议组成员、教育部高等院校地球科学教学指导委员会主任、国际岩石圈中国委员会委员、国家自然科学基金委员会咨询委员和评审专家、科技部重大基础研究（973）项目追踪专家等职，还曾担任《西北大学学报》《中国科学》等10余种学术刊物的主编、副主编和编委，为南京大学、中国地质大学、中国海洋大学等多所高校特聘或兼职教授。

长期从事地质科学教学和研究，20世纪70年代以来，先后主持完成"富铁矿研究（河南中部富铁矿研究）""秦岭造山带岩石圈结构、演化及其成矿背景""秦岭勉略构造带的组成、演化及其动力学特征"等9项国家及部委重大项目和重点项目，20余项国家基金、地矿、石油、冶金等部门科学研究项目和9项国际合作研究项目。

培养硕士、博士、博士后和青年教师等80名。出版著作10部、中英文图丛各1套，发表论文380余篇（包括合作）。研究成果先后获得国家自然科学奖二等奖、教育部等省部委科技进步奖一等奖和二等奖等10项奖励。1986年被评为国家级有突出贡献专家，1989年被评为全国优秀教师，1995年被评为陕西省科技战线劳动模范，2000年被国务院授予全国先进工作者称号，2004年被评为全国师德先进个人、陕西省师德标兵，2006年被评为陕西省级教学名师，2014年获得全国教书育人楷模称号，2015年获得陕西省首届基础研究重大贡献奖。

1999年，当选中国科学院院士。

有人说，他是最远的行者，

他的起点在秦岭。

有人说，他是地球的解剖者，

他的基点在秦岭。

有人说，他的情怀拥抱世界，

他的站位在中国与秦岭。

他从秦岭走向世界，

又站在世界透视和坚守着秦岭，

最终，他用了一个甲子岁月，

把秦岭及世界对比研究的地球认知，

雕刻成了一座生命丰碑。

——题记

癸卯年（2023 年）金秋，关中在一段连绵的阴雨之后，天气格外晴好。9 月 21 日，当清晨的第一缕阳光穿过秦岭，照耀在山脚下的西北大学长安校区公寓楼时，小区树林里的鸟儿就叫得更欢实了。

听着鸟叫声，85 岁的地质科学家张国伟像往常一样，早早地起床，洗漱，下楼锻炼，吃早餐，为室内养殖的盆景花卉浇水，读书看报……就这样拉开了一天的序幕。

笔者按时赴约，到他的家里做客，在参观了其屋内所有的陈设和书屋后，笔者明显感受到了主人热爱生活的激情、热爱自然的情趣，满屋书香，丝毫看不出、感受不到一位耄耋之年老人的颓废、消沉和孤寂，一切都张扬着盎然的生命力。

从张国伟上大学的那一天算起，他 60 多年的时光里，始终没有与秦岭脱离关系。秦岭与他深深结缘，扯不离、分不开，秦岭深入到了他的骨髓里，尽管日晒雨淋、风餐露宿、翻山越岭，但他从未泄气、从没停步。秦岭张开母亲般的怀抱，任由他观察、探究、揭示、品味、欣赏。他把秦岭雕刻成了生命中的一座科学丰碑，也因此书写了与秦岭之间深沉厚重的生动故事。

当日，客厅坐满了人。他的话匣子一经打开，科学之路的经年往事便一一呈现。

一　踏入地学，经受磨砺

张国伟出生于河南省南阳市郊区一个名叫柴庄的村庄。少年时，他经历了日寇侵略、全家逃难的惨痛日子，又切身经历了此后的社会动乱、民不聊生等惨况，因而他在少年时期就立志，长大后要做一个有用有为的人。

张国伟的父亲是南阳新华书店职员，所以张国伟从小就有条件接触各类书籍，久而久之便形成读书的习惯。初、高中时期，他除阅读数理化和自然科学书外，还大量阅读了国内外的小说、诗歌等文学著作，以及绘画艺术、历史、哲学等书刊。读书潜移默化地影响着他，他既向往自然科学，又热爱人文科学。爱好阅读不仅没有影响他的学习，还开阔了他的视野，增强了他的想象力和逻辑思维能力，并且促进了他的学习——在上中学时，他的学习成绩一直名列前茅。

1957 年，张国伟以优异的成绩高中毕业。由于他喜欢自然与人文科学，便与家人商议，最终决定报考地质学和建筑设计学专业。后来，他被西北大学录取，最终进入地质学系学习。

回忆起大学时代，张国伟感慨道："踏入地质学，经受磨砺，开创科学研究之路，终生不可忘怀。"

虽然考上了大学，但求学之路并不容易。当时他的家境很困难，一家七口人，全靠父亲微薄的工资和母亲为人洗衣、做杂工为生。为供他上大学，大妹妹高中辍学去工厂当了工人，还耽误了弟弟和小妹妹上大学。他自己也非常勤俭，从中学到大学一直利用假期打工，当过建筑小工、勤杂工，还扫过公路等，常常起早贪黑，啃干馍喝凉水。

比起勤工俭学，让他更煎熬的是大学期间每年两次假期回家往返的艰难。第一次离家到西安上大学，当时南阳到西安无公路无铁路，必须走南阳至许昌的 168 公里的砂石公路，早起坐车，风尘仆仆一天，日落时到许昌，然后转火车，在等火车的晚上，只能在小车站里苦熬一夜，即使乘上火车，火车上也是人满为患，站在过道上熬上三十多个小时才能到西安。到西安已是深更半夜，虽有师哥师姐接站，但还是要背着重重的行囊，从西安城东北的火车站，穿街走巷，步行到城西南的学校，实在是艰辛。

大学时期，让张国伟至今仍为感激和怀念的是他的同班同学以及终生好友王保义，是王保义和其母亲帮他解决了探亲往返的大半困难。王保义是河南许昌人，自幼丧父，与母亲相依为命。当他听到张国伟第一次从南阳经许昌到西安上学的艰难后，便热情邀约："今后两个假期咱们相伴同行，来许昌就住我家。"王保义的母亲像是张国伟的亲生母亲一样，对张国伟的吃住、接送等照料细微备至，使张国伟深感人世的温暖，并成为他生活的一股力量。

来到西北大学这个综合大学就读，令张国伟最兴奋快乐的是，学校有巨量的各种古今文理报纸、杂志、图书，让他如获至宝，真正处于书的海洋，他可以尽兴地阅读了。1957 年他刚到大学时，自由时间比较多，这使他有很多读书的时光。这时的张国伟在阅读时有了更多的思考，已不再像年少时那种信马由缰地读书，而是有选择、有目的、系统地进行阅读。除了意识到读书要思考，他还意识到要有更多的社会实践。他头脑清醒，明白大学期间首先要学好专业学科，而读书要利于学科学习和未来志趣的发展。

在学习专业基础课程的同时，张国伟还大量阅读和专业相关的书刊，这让他认识到地质自然科学是一门内容包含从微观到无限时空的，集物理、化学、生物学科为一体的综合学科，其研究对象是人类赖以生存、获取物质的栖息之地，也就是被人类誉为"母亲"的地球大地。特别是学科中关于地球起源、生命起源与人类起源等人类追求探索的基本科学问题，引起了他浓厚的兴趣，也使他开始真正思考和理解他所学习专业的科学内涵以及价值与奥秘。地质学要探索地球从客观存在到浩瀚无限的未知世界，要回答国家、人类、社会等系列问题，这是社会与国家的需要，也正是他求知的兴趣，这使他更加热爱自己所学的地质自然科学专业了。

大学期间，除了上课和见习，张国伟的课余时间基本上都是在学校的图书馆度过的。在那里，他拥有了一片十分自由的知识天地。他有意识地查阅了有关地球和天文的书刊，探索世界和中国地理、地质、矿产等知识。他更感兴趣的是人类关于宇宙地球的探求认知过程：从天圆地方、神创论，以地球为中心的地心论与以太阳为中心的日心论，地球外壳的水成说与火成说，地球表壳永远不动的固定论与活动论，大陆漂移说，到19世纪至20世纪中叶盛行的地球表层洋陆的地台、地槽说等。人类对自然的认识过程和激烈争论甚至冲突，使他体会到人类对宇宙和地球认知的艰难历程。尤其是从中国地学历史发展过程中，他看到19世纪至20世纪早中期，中国的地学和矿业，主要都是德、英、俄、法、美、日等外国学者所主导，直到20世纪20年代，才有留学回国的中国学者，如丁文江、章鸿钊、翁文灏、李四光、黄汲清、赵亚曾等，建立了中国地学的研究组织、机构与刊物，才有了一些研究成果。

也正是这一批学者成为新中国地学的开拓创建者和学术领军人物，为国家作出了重要贡献。这对他触动很大。

张国伟认为读书重要，野外实习、科研考察和社会实践活动同样重要，读书与实践都是学习，都是磨炼。至今他还念念不忘在大学时期的系列实践活动。

1958年响应国家号召，张国伟随同西北大学地质系师生参加全国大炼钢铁运动，到陕西安康岚皋县山区和群众一块寻找铁矿，就地冶炼。这是他第一次走进秦巴山区。当时从西安乘敞篷卡车要三天才能到安康。一路风吹日晒，灰尘扑面，但看着一座座高山和一条条江河，他不禁想到李白的诗句："蜀道难，难于上青天"，别有一番滋味。秦岭的博大广阔、雄伟险峻、无限风光，让他有天高任鸟飞之感。

一年的大炼钢铁运动，使他在秦巴山中真正受到了锻炼，让他从一个不善交往的知识青年，变成了一个和山里群众干部打成一片，离别时还恋恋不舍的活跃分子；让他从一个不识矿物岩石、地层构造的学生，变成了一个找矿专家；让他从一个很少跋山涉水的人，变成了一个登山如飞的地质人……

这一年冶炼了钢铁也练就了人。也正是这一次难忘的经历，使张国伟初次结缘秦岭。

1960年，张国伟进行生产实习，参加陕西秦岭区域调查队的野外地质填图，于是再次进入秦岭。那次任务繁重，他在地质队中跟着老地质技术人员学习，后来独立填图。这次不只是地质填图，还要进行重砂填图，沿沟沟谷谷用重砂盘淘冶重砂矿物。淘砂盘是木头制的，半米长，比较重，需随身背上。每天行走，又身负重物，加上伙食差，早上吃饱，不到中午就饿，只能喝一口凉水啃一口馍，或者吃竹筒泡饭，加点盐或糖就算是最好的调料，十分辛苦。境况虽如此艰难，但他看到老地质队员毫不抱怨，工作认真负责，又沿途看到老乡的贫穷生活，他越发坚定了自己的追求与学业信念，并认真完成了实习任务。

这一次生产实习虽然艰苦，但确实磨炼了他的意志，增强了他克服困难的信心，也让他掌握了野外地质识别和工作方法，学到了真本事、真功夫，为后来的地质研究打下了扎实的基础。

大学期间，遇到国家三年困难时期，张国伟也常有吃不饱的情况，加上野外实习工作量大，体力消耗多，常饿得头晕眼花。有一次，家里给他邮寄了一包吃食，他收到后打开外面的包装纸，发现里面全是用煮熟的青菜碎末捏成的一个个小疙瘩，他迫不及待地拿了一个放进嘴里，却如铁一样坚硬，怎么都咬不动，用水泡了很久都泡不软和，当时他的泪水就下来了。他知道，母亲担心他在学校饿肚子，把家里能做的最好的吃食寄给他了。他无法想象，母亲是受了怎样的苦难，才做了这些吃的东西寄他，而家里人又是怎么度日的？他的心情难于言表，他只能奋发读书，用当时我国体育健儿夺得世界冠军的精神鼓励自己渡过难关。

无论环境和生活多么艰苦，都没有影响张国伟刻苦读书。从少年到如今，张国伟一直保持着广泛阅读的习惯。他现在的家里有一个大房间，三面墙都摆满了书架和各类人文类书籍，中间放着一张桌子，这是用来读书、习字、绘画的。另一间房还是书房，四周也都摆满了各类自然科学类书籍，还摆放了一张桌子，这是随时用来做科学研究的。

在张国伟看来，广泛阅读社会科学、文学艺术类书籍，可以培养人的形象思维与领悟能力，而这对于从事自然科学研究有着不可替代的作用。在考察、思考、研究地质客观实体时，不仅需要严谨的逻辑思维，而且要透过表面，展开形象思维，萌发灵性，想象时空复杂动态的过程与演变，感悟实质，深化逻辑思维，才能获得深一层认知。

"这方面的兴趣和积累，丰富了我的精神世界，激励我更加热爱生活、热爱科学，增强了我求知、探索、认识自然与社会的欲望。追求科学与人文知识和思维的交融，把我引入了一个真正对自然世界与人类社会进行理性思考与幻想认识的境界，使我能在更高知识层面上以更广阔的视野认识社会与自然，并引导我更好地从事自然科学的探索与理解。"张国伟说。

地质科学与文学艺术的结合，让张国伟找到了无穷的生活乐趣。

因为有了哲学、文学等艺术的素养，张国伟在地质科学实践中就有了别样的体验。在张国伟看来，大自然所呈现的一切，都是巧夺天工的"神力""道"所塑造的博大精深的艺术杰作。以地质研究的思维与眼光去观察大自然，在常人眼里视若僵死不变的山脉石头，在他眼中却如行云流水、瞬息万变，奇妙无穷，亦像是汹涌的波涛奏响的天然神曲。每一座山脉、每一条河流，甚至每一块石头，都在诉说着大自然的沧海桑田与人世间的生活哲理。所以，在学生时代，张国伟从不怕吃苦，也乐于吃苦。在野外，他见到的山川地貌、矿物岩石、地层构造等，都是一本本无字之书，也是取之不尽、用之不竭的知识源泉和创造的源泉，更是认识和探索大自然的信息库和源头活水。

列宁曾说，所谓灵感，不过是"顽强的劳动而获得的奖赏"，而张国伟的灵感正是来自他几十年如一日地读书、思考、实践与研究。

"对于从事科学研究的人，逻辑思维和形象思维就像一只鸟的两个翅膀，要比翼高飞，二者缺一不可。"张国伟说。

亦如爱因斯坦所说："在科学思维中常常伴着诗的因素，真正的科学和真正的音乐需要同样的想象过程。"罗曼·罗兰也说："现代伟大的科学家都是真正的诗人。"

由此，不难理解张国伟坚持广泛阅读与深入大自然的一生，更不难理解他作为一个地质科学家的人文情怀和他所经历的诗意磨砺。

二 结缘秦岭，奠基研究

来到古都西安学习地质学，就注定了张国伟的人生会与秦岭结下不解之缘。何以如此？一是近在咫尺，从进入大学开始，他就能随时进出秦岭；二是秦岭的自然风光极具诱惑力，让他向往；第三点尤为重要，秦岭造山带就是一部最好的地质教科书和一个天然实验室，可以让他尽情探索研究。

秦岭为中华民族起源、发展创造了天然宜居的生存空间和繁衍兴盛的自然条件，具有深厚的历史人文积淀。早在远古时期，秦岭山脉及其两侧的黄河、长江中下游区域就是先民的聚居地。从洪荒部族群落到新旧石器时代仰韶、龙山、周、秦、楚、巴蜀文化等，都在这里留下了大量的遗迹。

博大精深、充满人文的秦岭，深深地吸引着张国伟。而更让张国伟倾心的是，秦岭山脉是由地质造山作用形成的，地质科学称之为秦岭造山带，在中国大陆统一形成中和中国大陆地表系统的山河地理格局中有着重要地位，是中国大陆的脊梁。但如此重要的秦岭造山带，直到 20 世纪中晚期，在地质学上，对于它是什么山，什么时代形成，如何形成，资源矿产如何评价等基本问题，还说法不一，争论不断。当时盛行的中国五大大地构造学派，如李四光的地质力学、黄汲清的多旋回说、张文佑的断块说、张伯声的波浪镶嵌说、陈国达的活化说等，也各有说辞。国内学界的争论也引起国外学者关注，如马托埃（法国）、许靖华（瑞士）、森格尔（土耳其）、罗杰斯（美国）等均涉足秦岭，也各持己见。面对如此情况，张国伟怎能无动于衷，更何况已有前期的长久研究积淀，自然要进行更深入的研究，回答关于秦岭的问题。

所以，张国伟后来取得的突出研究成果，都是秦岭给了他研究基础、启示和灵感。回顾无数次进出秦岭，张国伟记忆犹新。

张国伟曾得到一个难遇的机会。1961年夏天，当时的西北大学副校长、著名地质学家张伯声教授考察秦岭第四纪冰川，带领他和几位老师与同学，从华山到太白山再到天水，从夏季到秋季，整整进行了半年。那时秦岭没有真正的公路，大部分时候都是徒步，在交通稍微方便一点的地方，还可雇佣农村的牛车或马车，不方便的地方，只能靠双脚前行。一路上，张伯声先生结合自己的经历，绘声绘色地给他们讲述地质考察故事，以及中国和世界地质学发展历史……老师讲得那么生动，沿途的景色那么美丽，地质科学的探索真是有趣又诱人，使张国伟陶醉其中，深深被感染。

张伯声先生这次亲自带领的地质考察研究，让张国伟第一次真正学习到了科学研究的内涵和思维方法，也体会到了秦岭的内在本质和厚重，感受到了华山的险峻、太白山的高大。他看到了森林植被、层层林带、高山草甸、古老冰川等不同地貌，看到了野生虎、金丝猴、熊猫等珍稀动物，了解到了秦岭生态的丰富多彩和生物的多祥性。同时，也让张国伟感受到当时地质科研工作者在野外工作、生活的艰辛。这一次考察，有时他们借住在乡亲家里，有时住在破庙里，有时还住在山洞里。因没条件洗澡，换洗衣服，每个人身上都染上了虱子。有一次休息，张伯声先生笑着让大家多休息一会，脱下衣服，把虱子捉干净……

张伯声老师不管环境条件多么恶劣，仍然为国家建设和科学发展锲而不舍、拼搏奋斗的精神深深感动了张国伟，这更加坚定了他献身地质科学的信念。

也是这次的考察，让张国伟认识到，读书是重要的，读书是学习、传承，是认识世界，是站在巨人的肩膀上前进，同时实践与思考也很重要，因为通过实践与思考才能有新的发现，才能"实践出真知"。所以，在大学后期，张国伟特别重视社会实践。

说到实践，张国伟的大学毕业论文是《关中盆地的第四纪黄土沉积与新构造》，是在他的导师王永焱教授指导下完成的。当时，为了做好论文内容的考察和论证，导师带领他到东秦岭脚下的潼关实地勘查。

1961年毕业留校任教时，年仅22岁的张国伟，心中就有了徒步穿越秦岭的计划。他要脚踏实地地看看中国秦岭的地质风貌和山川风光，认识秦岭，研究秦岭，干一番事业。

虽然落实考察秦岭的计划并非一帆风顺，但在20世纪60年代至80年代间，他用了20多年的不懈努力，终于还是实现了，并为自己之后的科学研究奠定了坚实的基础。

20世纪中期，张国伟作为中国年轻地质人，徒步考察秦岭的目的是选择研究方向和基地，实地了解秦岭地质。想要完成这个大项目，必须争取项目资助。为此，他先后申请并争取了国家部委和陕西省政府等单位项目资助。

1962年，即留校第一年，张国伟参加了王永焱教授领导的黄土研究，系统考察了秦岭北坡、关中盆地、甘肃天水—兰州、河南三门峡沿黄河区域和整个鄂尔多斯黄土高原，了解和掌握了秦岭北侧区域地质与地表系统，也学习掌握了研究地质最新演化时代第三纪—第四纪地质的工作方法。

1964—1965年，张国伟作为技术负责人，带领西北大学地质系15位学生参加了地质矿产部秦岭区域地质调查队，进行天水区域地质填图实践。这是他第一次真正担任地质技术负责人的地质调查研究，还要带队培养学生，他深感任务艰巨。在这次实践中，他对秦岭造山带地质内涵与突出问题进行了系统性思考。

特殊时期，学校停课，科学研究中断，张国伟利用"长征串联"等活动，注入地质野外考察的内容。他先是带十几位学生进秦岭商洛—安康地区，步行穿越，进行地质考察研究，了解秦岭东部区域地质。而后又和学生组成"长征"队，沿西安—延安—太原—昔阳大寨—石家庄—郑州—武汉—长沙—广州进行数千公里的大串联，全程步行。沿途除一些社会活动外，凡经山地和有地质现象的地带，均进行了认真的野外地质与地理考察、观测，真正进行了一次大范围的地学大考察，收获颇丰。

也正是这次南北大长征串联的实践，让他产生了更深一步地对秦岭造山带南北，即北方华北和南方华南地质地理进行研究的强烈愿望。因此，"长征"后回到学校，他抓紧时间阅读和研究秦岭及其南北方的大范围的地质图件，并做了笔记，光笔记就写了厚厚的十几本，这为他后来的研究积累了扎实的知识基础。

20世纪70年代，张国伟又获得了新的机遇。当时国家为发展经济急需钢铁，党中央和政府发起和组织以全国之力进行"富铁会战"，那年张国伟36岁，他率领西北大学地质系百余名师生加入了中国科学院河南中原富铁会战队（也称河南许昌富铁队），辗转于河南许昌、舞阳、嵩山、豫西东秦岭至豫皖大别—霍邱地区，历时四年，完成了预计的基础地质研究，并取得卓著成果。不过他们并未找到富铁矿，原因是该区域具有独特性，不发育高品位富铁矿。

对于张国伟而言，"富铁会战"不仅建立和加强了西北大学地质系与中国科学院地质研究所及相关单位的学术关系，还打下了以后合作的基础，而且也充分展现了西北大学地质系的实力、特色和精神。张国伟通过研究获得了早前寒武纪研究成果，提出了系统创新前缘成果，而且在国际会议上的报告也引起了国内外学者的重视，并吸引国内外一流专家到他研究的野外嵩山进行国际野外实地联合考察，求得高度评价。

当时的国际地科联构造委员会主席、著名国际前寒武纪地质与大地构造学家、德国美因茨大学A. Kroner教授向张国伟约稿，后论文在国际著名刊物 *Precambrian Research* 作为首篇发表，也从此开启了张国伟和A. Kroner

张国伟与团队成员讨论问题（院士方提供）

教授长达 30 余年的合作研究。更为重要的是，张国伟从富铁矿嵩山早前寒武纪野外实地考察中，深深地认识到研究中国大陆地质独特性的重要性和紧迫性。

"富铁会战"之后，张国伟更加有目标地争取和承担秦岭的项目研究，如在进行"东秦岭构造体系与成矿""秦岭造山带基础地质与区域成矿研究"等项目时，他结合以往的考察研究，实现了宝鸡—广元、周至—万源—达州、华县—巫溪、洛阳—秭归等南北向秦岭路线地质考察，以及两当—佛坪—山阳—淅川、广元—通江—万源—城口—巫溪—钟祥等东西向的地质考察，同时系统查阅了秦岭深部地球物理探测成果，对秦岭整体有了三维乃至四维的了解。

那段特殊时期，张国伟不仅没有荒废光阴，还几乎把秦岭的地质、山水实地考察了一遍，完成了一件别人不敢想象的事。由于积累了丰富的第一手科研资料，加上他扎实的科研基础，从 20 世纪 70 年代初开始，他就陆续发表了一些关于秦岭地质的论文，同时也确定了以秦岭为基地研究全国与世界地质的方向。

三　选准基地，聚焦关键

社会各界常把张国伟的人生与成就总结为"从秦岭走向世界""从秦岭拥抱世界"，也有人说他是"从秦岭解剖世界"。

由此，问题来了：当初，张国伟为什么会把秦岭作为基础研究和重点解剖对象？

阳光穿过窗户，正好照射在张国伟的那只玻璃杯上，产自秦岭的绿茶在水里氤氲。他品着茶水从以下方面回答了这个问题。

一是由科学研究的方向与目标需求所决定。其确定的研究方向与目标是以国家需求和学科发展前沿为导向，主要从事地质科学中大地构造基础理论研究，聚焦创新发展板块构造，探索大陆构造与大陆动力学，构建大陆构造理论系统，发展地球科学，服务国家与人类。立足中国大陆，选择典型重点解剖，综合对比，从具体区域个性中认识整体共性规律，再从对比整体共性中看个性，进而从个性中揭示特殊性，发现特殊性中的新普适信息，即综合对比、深化研究、升华理论新认知。秦岭造山带就是张国伟及其团队研究所需求的具有典型代表性的重点解剖研究区。

20世纪50年代至60年代，世界上发生了一场地球科学的学术革命性变革，创建了板块构造理论学说，并风靡全球，成为占主导地位的地球科学学术指导理论。该理论直到70年代才传入我国，很快被广泛重视和应用，但争论也很多，不知如何应用于我国，中国大陆有无板块构造，有什么板块，如何识别，在哪里等。因此当时如何以板块构造认识中国大陆，就成为我国地学前沿研究的首要问题。秦岭作为造山带的典型代表自然是地学界首先关注的，在这样的时代背景下，张国伟带领团队重点研究秦岭造山带，回答当时的问题，是再正常不过的。而且这也是解决当时我国地质科学发展突现的一个重大问题——我国造山带研究如何从长期传统的固定论的"台槽"地质理论中解脱出来，用新的活动论的大地构造理论，即板块构造说，研究与认识大陆地质的方法。选择重点解剖秦岭造山带是有充分根据的。事实证明，张国伟团队后来的长期研究，不但回答和肯定了秦岭的板块造山作用，而且更是深化发展了板块构造，并突破了经典板块构造理论固有模式，提出了秦岭造山带是大陆复合造山的新模型，深化发展了我国的大地构造学。

二是由秦岭造山带的地质特性与独特的科学内涵与价值所决定。秦岭具有重要的当代地球科学发展前沿的内涵与信息，对发展地球科学与大地构造学有重要意义与价值。

秦岭是中国大地上一个强大的客观存在，它由地质造山和地理成山而形成，地质科学称之为秦岭造山带，地理科学称之为秦岭山脉。虽然它是中国和地球上众多造山带和山脉中的一座，但它具有特殊重要的地质科学意义，一直被国内外地球科学界所关注。秦岭具有全国与全球造山带的共性，也有其独特区域个性。它是典型的大陆复合造山带，既有中小板块的俯冲碰撞造山，又有非板块的陆内造山，由不同地质演化历史阶段的不同构造机制复合叠加改造而成，不是常规认为的单一的由板块构造所形成。这就使之成为解决当代地球科学发展中板块构造不能完全认知大陆这一突出科学难题的研究基地和实验场，其重要科学意义不言而喻。

研究表明，秦岭造山带的时空四维流变学非耦合的"立交桥"式大陆复合造山构造模型，为研究"大陆长期保存不返回地幔"，以及大陆如何长期保存演化的科学难题提供了新的思路和途径。

同时秦岭大陆复合造山的新理论认知，也为探讨大陆属性和大陆构造演化提供了新的研究思路，为创新发展当代地球科学，构建包括板块构造在内的新的地球观和地球系统构造观与理论系统，开辟了新理念、新途径。

显而易见，选择秦岭，重点解剖秦岭，深入认知秦岭，是地球科学新发展所需，是创新探索所需。秦岭科学内涵丰富深邃，潜在意义重大，研究需要持之以恒，更需要进一步对比全国、全球，从整体上进行前瞻性思考，创新性认知地球。

三是由秦岭对国家的重要性所决定。重点研究秦岭就是服务于国家与科学，也是贡献于社会。

秦岭是东西向横亘于中国大陆中部的一道巨型造山构造带。它与大别山、昆仑山共同组成了中国大陆中分割南北、连接东西，具有独特组成与结构，历经长期形成演化，在中国大陆构造中占有突出重要地位的著名中央造山系，位于中心枢纽部位，为世界地学界所关注。

从全球来看，秦岭为人类提供了文明发展的自然环境和条件。秦岭的自然属性与特征使其对人文社会具有得天独厚的功能与价值，为中华民族起源、发展创造了天然宜居的生存发展空间和繁衍兴盛的自然条件。因此，秦岭对我国具有特别的贡献与价值，同样为世界所关注。

张国伟综合概括了秦岭的几大基本特征，足见秦岭对我国的重要意义。

秦岭造山带是中国大陆统一形成的主要结合带，是中国大地主要组成部分华北与华南两大板块碰撞结合带，在中国大陆最后的统一形成中占据突出重要地位。

秦岭山脉是中国大地的脊梁。它恰位于中国大地中央，拔地而起，延绵千里，雄伟高大，连东西、分南北，构成中国大地基本地表系统主要山川地理格架，造成中国南北两大江河水系布局，主控了中国大陆主体地表地貌系统和水资源基本格局，成为中央水塔和中国大地父亲山。

秦岭是中国大地生态环境和人文自然的天然分界带和过渡融合带，具有独特的属性特征，影响着我国地表系统自然演化和人文社会的发展与生存状态。它位于北纬32°～34°，综合控制中国大地南北两种不同自然与人文生态环境。它是我国重要的自然资源基地，控制影响着其两侧的重要能源基地，它发育有世界级大型、超大型矿产，是我国重要丰富的多金属成矿带和矿产基地及我国南北两大油气煤炭能源基地。秦岭也是世界典型代表性大陆复合造山带，赋存大量重要的当代地球科学发展前沿信息，成为深化发展与突破当代占主导地位的板块构造理论的重要创新探索研究发展基地与实验场。

现今，秦岭生态文明建设已是国家生态文明发展战略重要内容，研究认识秦岭自然规律，保护、治理、建设秦岭，走绿色发展道路，这是时代的需求和国家发展战略的需要。这也是张国伟及其团队选择重点解剖研究秦岭的使命。

张国伟从读书时初识秦岭，进大学到西安望秦岭，学地质进出秦岭，承担项目开始研究秦岭，一直到"富铁会战"三年多，才真正认识到秦岭自然地质的科学内涵和深厚的人文底蕴，随之结合前期研究，综合思考后决定选择秦岭进行重点解剖研究。组织团队，争取国家重大重点项目，决心持之以恒去研究。他不只认识和去解决秦岭自身区域问题，还从研究秦岭去认知地球，发展地球科学。

选择秦岭不只是科学所需和国家发展所需，也是张国伟自己的志向。常人看秦岭是冰冷的，而在他的眼里，在漫长的历史长河里，秦岭地质的演变过程就像流动的水一样，充满了活力，甚至是波澜壮阔。用活的动态的地质学的思维、眼光、维度去看秦岭，秦岭便充满了魔幻色彩一样的美。

事实证明，他的选择是正确的，他取得的地质科研成果和社会贡献都与秦岭有关。

四　坚定理想，勇毅前行

地质科学实践与实验的场地，便是大自然这一天然实验室，它丰厚充实，用之不竭。张国伟主要从事的造山带研究，就是研究地球上的山脉是如何形成和演化的。所以，秦岭造山带就自然成了他长期、稳定的天然实验室和研究基地。

在探索之路上，张国伟认为对秦岭虽然已有了大量的研究和成果，但是要真正认识其真面目与发展规律，还需要长期深入和坚守，进行新的探索和实践，进行理念与理论更新。

在很多人的想象和认知里，科学家就是在实验室里不断地做着各种实验，没有风吹日晒，也无安全风险。却不知，地质科学家的工作实际上很辛苦、很艰难，甚至比探险家还艰险。他们的科研之路，除室内研究外，风餐露宿、日晒雨淋、夜以继日是最为常见的情况。特别是20世纪的野外工作更是艰苦，有一句顺口溜"远看像要饭的，近看是地质勘探的"，就形象地道出了地质科学工作者在野外的情景。

过去他们到野外，必须随身携带三件宝——铁锤、放大镜和罗盘，当然还要携带笔记本、铅笔，以及简单的生活用品。每一天都如行军打仗，负重三四十斤，走几十里山路。

有一次，张国伟带几名学生进入秦岭考察，那是位于商洛地区镇安县的偏僻山区。当时他们借住在乡亲家里，几天后自带的干粮就吃光了，而乡亲家也正青黄不接，他们就跟着那家人一起天天吃煮四季豆充饥。乡亲看他们早出晚归十分辛苦，便想法子给他们改善伙食，把未成熟的玉米掰回家，磨成浆，煮成糊糊，当地人俗称"浆巴"，有时没煮好，又酸又涩的，但大家肚子饿啊，最后还是把"浆巴"吃了个锅底朝天。

当年经历的苦、累、脏，张国伟都不怕，唯一怕的是在野外随时有生命危险。

1981年，张国伟和学生乘吉普车赴河南嵩山进行地质考察，途经灵宝县境时，司机为了躲避一个从岔道上突然出现的老乡，车撞在了路旁的树上。坐在副驾驶座上的他，头撞到了车的挡风玻璃，一块尖锐的玻璃刺进了他的颈动脉、气管和食道之间，他因失血过多而昏迷过去。当地医院年轻的医生为了救他的命，在没有麻药的情况下，冒险让医生和护士排成两排，压着他的身子完成了手术。手术后，由于张国伟失血严重，加上脑震荡，只能长久平卧，但为了早日恢复健康，能够继续工作，他从练坐、练站到练走，从每天走100步到200步、300步……一年后，他又和以前一样风风火火，奔走在秦岭山脉之中。在身体刚康复时，他就参加了在北京召开的国际前寒武纪学术会议，并作了学术报告，还应会议邀请带领十多个国家的30位中外学者专家，参观考察他所主持研究的河南嵩山早前寒武纪变质岩区。

张国伟遭遇这次严重的车祸后，身边的同事甚至包括医生都说他会落下终身残疾，但他还是顽强地站起来了。

对于张国伟来说，从事地质科学研究在过去不只是生活上吃、住、行的困苦，也不只是灾难和危险，还有在研究过程中遇到的很多令人不可理解的困难。特别是曾经遇到的三次困难，至今让他刻骨铭心。

其一，20世纪七八十年代，国家实行改革开放政策，经济发展迅速，同时拜金主义思潮也在迅速扩展。当时高校科学研究出现了一种现象，大部分同志都乐意参与横向项目研究，这些项目可以从不同企业、地方获得项目资金，参与人员获利较大，而纵向项目多为国家和政府的基础研究项目，参与人员收入很低，甚至分文不得。在当时大家工资都不高的情况下，这种收入上的差别，给进行基础理论研究的人员带来了很大的影响和冲击。对此，张国伟当时思考后决定：一是自己要坚定不移，以身作则，坚挺国家需要的纵向项目，从事基础理论研究；二是对思想波动的同事进行沟通说服；三是在情况许可并且不影响主项目研究的前提下，适当做一点横向项目，以解决团队人员实际困难和稳定队伍。由于坚定的信心，加之项目不断创造出高水平成果，他们团队避免了那个时期基础理论科研人才流失的风险和困难。

其二，20世纪八九十年代，申请国家自然科学基金会的秦岭重大研究项目申办过程历经挫折，最后获得批准。张国伟他们也圆满完成了项目预定计划，获得专家评审组的高度评价：项目以地质、地球化学、地球物理多学科紧密结合的研究，处于世界领先水平。

其三，是一件突如其来的事情。张国伟领衔承担的一个国家集团公司的重大项目，当时投入上亿元，他依靠公司组织了由15个单位近百位专家学者构成的国家级研究团队开展研究，但当项目进展到原定计划的三分之二时，由于公司领导调换，新领导突然中断项目，并停止后续投入，使项目陷入困境。最后，抱着对国家、对公司负责的态度，张国伟作出了中断前的结题验收报告。

在张国伟的科研生涯中，不只遇到过上述三次困难，还曾遇到不少困惑和险阻，他都一个个克服了。

张国伟进进出出秦岭几十年，说不清走了多少里山路，爬了多少座大山，涉过了多少艰险，但每一次深入秦岭他都很兴奋。

1995年，张国伟带领几个博士后到秦岭的八卦庙金矿做课题调研，刚上山就遇到了一场大雪。当时几个年轻人心里想，这么冷的天气，干脆就在工棚里烤火取暖，张教授肯定不会让大家外出。谁知刚吃完早饭，张国伟就率先背上背包招呼大家："走，出去工作！"大家一起在雪地里跑了一天，又冷又饿，疲惫不堪。晚上回到工棚后，年轻人都早早睡下了，而张国伟却打开背包，拿出地质图，安静地在一边整理笔记。

当时为了准备秦岭重大项目的结题报告，项目组按照要求需要拍摄汇报录像带。工作前期，每次都是张国伟带着摄像组在山沟里四处拍摄；后期，张国伟因有事不能随同前往，这使不熟悉秦岭情况的摄像师心里犯嘀咕，不知道该如何完成拍摄。没想到张国伟将要拍摄的地点和内容列成了一个提纲，并画了三张草图交给了摄像师。那几张草图上写满了诸如向什么方向走多少米，朝哪个方向转，在什么地方有一块什么样的石头、有什么地质现象，以及当太阳照射在什么地方时开始拍摄之类的提示。依此，摄像师顺利完成了拍摄任务。

在秦岭山中跑了几十年，张国伟对山里的主要路线，沿途住着几户人家，门前都有什么树木、什么标志，家里有什么人，以及某个典型地方的地质特征等，都了如指掌。可以说，整个秦岭都装在他的脑子里了。因此，大家都称他为"秦岭王""秦岭通"。

张国伟的助理姚安平做了粗略统计，从20世纪70年代开始，张国伟和同事们深入秦岭，从徒步到乘车，南北横穿、东西纵贯秦岭造山带，考察研究的行程达十几万千米，相当于绕行地球三圈。他所测试分析的5万多件地质样品，可以装满几大火车车厢。

这一切经历，都让张国伟深刻体会到，科研道路上不只会遇到学术上攀登攻关的艰难险阻，还会遇到与之相关的社会的、人为的、环境条件等的艰难困扰。但他认为，只要有信心有追求，有正确方向和思想，不畏艰辛困难，坚持研究，团结合作，不做对不起国家、人民和科学的事，秉持科学家的求实求真良心、中华人民共和国公民的爱国责任心、中国共产党人的事业心，就会克服万难，取得成功！

五　行走天下，跨国合作

科学研究证明，地球已存在46.6亿年，人类存在了300多万年，人类文化的历史存在1万年。人类是地球的产物，地球孕育了人类，人类天生有兴趣认知地球是怎么发展演化的。现在是什么状态，将来怎么发展，对人类生存发展是否有可持续宜居性。这已成为全人类共同关心的重大问题，也成为当代地球科学发展的核心问题。

凡以地球为对象的科学研究，就是地球科学。地球科学包含了地理、地质、地球物理、大气和海洋、地球化学等诸多学科。张国伟主要从事地质科学中的构造地质与大地构造学研究，这只是地质科学中的一个分支学科，是一门基础理论学科，也是具有多学科综合与全局引领性的大系统科学，其领域充满着未知问题，需要探索和创新。

"从国家和社会的需求出发，站在学科发展前沿，聚焦关键核心实质的科学问题，集中创新研究。我脑子思考科研的出发点就是这两个基本点。"张国伟说，"我的出发点和落脚点，就是以这种思想为指导，重点解剖具有典型代表性的秦岭，对比全国、全球，乃至太阳系、宇宙，探索创新认知地球系统，发展地球科学，贡献国家和人类。"

那么问题是：如何把秦岭与全国、全球作对比？

张国伟的回答是：首先要了解和掌握全国、全球的基本地质情况。

为了将秦岭造山带与全国和全球造山带作对比研究，张国伟带领地质科研团队开启了对祖国山河的考察之旅。

1997 年的夏季，张国伟带着地质考察队一行人，从中国与蒙古边境向南出发，最终到达西藏南端亚东乃堆拉边境哨所，由北至南穿越了祖国大陆西部地区，沿途经过沙漠、荒漠、冰山、雪地、冻土等环境恶劣区域，经受了高山缺氧、风沙、严寒等各种艰辛，但是他们从来没有泄气，而是克服各种困难，不断前行。

张国伟从青藏高原的科学考察实践中，真正认识到地质发展过程中印度与欧亚大陆板块的碰撞是何等巨大的造山事件与高原隆升，控制影响着现代地球的基本格局与生态环境！实地的观察为研究中国和地球现代构造与地表系统和全球变化奠定了不可取代的基础。

当时穿越青藏高原的那一段经历，至今让他和队友们都难以忘怀。那是一个何等美好却又艰难的特殊生存空间啊！用张国伟的话说，那就是"地上天境，天上人间"！

站在那无边无际的高原，飘在天上的白云像一条条洁白的哈达，天地似乎合在一起。不远处，一道道绵延的雪山云岭，自然绘就了一幅苍茫大地景观，壮丽、雄浑、庄严、神圣，令人向往而又悚然。

那一刻，他感到人是何等的渺小，大自然又是何等的博大雄伟、神秘莫测。

这一次行走，让他无限感叹，如果没有到过青藏高原，那将是终生的遗憾！这一次行走，让他领略到了地球和人间独一无二的境界。这一次行走，既是科学的实践、自然的考察，也是别有天地的观察体验。张国伟用自己的切身经历悟出了一个道理：科学道路就是持续探索、实践创造和不畏艰险的攀登！

他看遍了西藏高原的草场、高山雪地，以及直插云霄的珠穆朗玛峰、壮观神圣的布达拉宫，感受到天地无限博大广阔。通过对西藏地质地貌的实地观察体验，他深深地理解了藏族同胞为何喜欢五颜六色的服饰，也理解了藏族人的虔诚。

后来，张国伟又带领团队，先后进行了不同项目的研究。他们考察了新疆，从多条道路穿越天山及其两侧盆地与山脉，最远到西部边疆伊犁盆地和帕米尔高原；他们走遍华南大地，从台湾、东南沿海、雪峰山、云贵高原、四川盆地到青藏高原，东西横向穿越中国大陆；他们研究华北与华南，南北穿越内蒙古草原—阴山—燕山—太行山—大别山—南岭—海南。

至此，张国伟可谓跑遍了中国山川，考察了一座座造山带峰岭沟谷和高原平地地块。

在张国伟的意识里，亲近自然、周游世界，是一个地质科学家所应有的诗意气质。对此，他在另一位著名的地质科学家 J. Rodgers 身上也感受到了这一点。

20 世纪 90 年代，张国伟与美国耶鲁大学著名地质学家 J. Rodgers 教授进行学术合作研究，考察中国秦岭和美国阿帕拉契亚造山带。J. Rodgers 教授学识渊博，美国学术界称他为"阿帕拉契亚之父"。张国伟与他结识时，他已年近八十岁，一生未婚，并说自己的爱人是高山大川。是他带着张国伟一行考察阿帕拉契亚和科迪勒拉山系。从北端的缅因州到南端的乌奇塔山，又到丹佛、盐湖城、西雅图、旧金山、西部洛基山和内华达与海岸山脉及五大湖古老地块区，一路都是这位老人自己开车。他思维清晰、反应快，沿途如数家珍般地介绍着他调查研究的美国几大造山带的地点、风光和所经历的事。从他的讲述中，张国伟能感受到他走遍了世界名山大川的满足。

还有德国著名学者 A. Kroner 教授、H. Behr 教授，张国伟与他们合作考察了阿尔卑斯造山带、南非林波波地块、开普敦山脉。其间，他看到他们也是那样痴迷于地质专业和倾心于自然，什么艰辛困苦都不怕，满心的快乐。

正如爱迪生所说，天才就是百分之一的灵感加上百分之九十九的汗水。这使张国伟想到，一个科学家，需要对自己所从事的事业有一种执着和痴迷，如此才能进入状态，才能专注，才会有所创造、有所成就。

为了对比全球地质情况，从 1989 年开始，张国伟便接连出国，去国外一些著名的学府和地质机构，比如德国的美茵茨大学和哥廷根大学、美国的耶鲁大学、英国地质调查局、英国皇家学会和威尔士大学，还有日本、埃及、南非、伊朗等国，并且分别与他们建立了合作关系。

通过国际合作，张国伟先后考察了俄罗斯—北欧，德国波希米亚地块—阿尔卑斯—地中海，英伦岛屿南北大西洋海岸，伊朗的裹海之滨到穆尔霍斯海峡，非洲红海到埃及、南非，东西穿越加拿大，踏遍美国山脉盆地，以研究全球大陆地质与构造，也对比了中国大陆和秦岭，获得系列基础理论新成果，并著书立说，贡献于世。

从祖国的南方到北方，从东方到西方，从中国到世界，几十年的时间里，张国伟不仅走遍了秦岭山脉，更是走遍了祖国和世界的名山大川。

被常人视作亘古不变的山脉石块，在张国伟眼中，却似行云流水、万马奔腾，演化着沧海桑田。他欣赏着大自然的各种地质地貌，领略着人间的生生不息，感受着宇宙与地球的变幻莫测。地质学带给他人生的无穷乐趣，让他深陷其中。

"看遍了世界，这样一比较，就应该懂得中国的大地怎么样，世界的整体地质地理情况怎么样。知其然，玉要知其所以然。研究地质科学，便要知道地球从内核到外层空间的整体系统，以及整个组成与结构、状态与动力是什么，甚至要思考太阳系、宇宙。所以我认为 21 世纪的地球科学应该把地球放在宇宙当中去看，思考地球究竟是个啥，为什么这样。只有这样才能更好地认识地球，才能回答现代人类对地球之问。"张国伟说，"搞科研，只有经常走出去，认识到世界和地球的根本，反过来才能更好地去生活，更好地为国家服务。"

六　教书育人，全国楷模

"玉壶存冰心，朱笔写师魂"，这是教育人的精神写照。

时光追溯到 2014 年 9 月 9 日，第三十个教师节暨全国教育系统先进集体和先进个人表彰大会在京举行。张国伟院士在此次大会上被表彰为"全国教书育人楷模"，他是陕西唯一获此殊荣的教师，也是全国高校中获此殊荣的两个人中的一个。这一荣誉是祖国和人民对一位长期坚守在科研教学第一线老教师的真挚敬意，是对他培养了一大批优秀人才、取得了突出成就和创新性研究成果的充分肯定和嘉奖。

张国伟是一名地质科学家，但他一直践行"当好老师、教好学生"的天职。

在西北大学地质学系，学生们都喜欢听张国伟讲课。他随手拿起一块秦岭的岩石标本，就能讲出一串故事；信手在黑板上画出一幅秦岭地质草图和世界简图，就能说出那里的岩石、断层、构造，并列出一串串数据。原本枯燥难懂的课程，经他的讲解就变得十分生动有趣。其他系有学生慕名去听了一次课，回去告诉同学："听张老师讲课是一种享受。"地质学系的学生为了听他的课，甚至都要提前抢占好座位。他每一次的报告和讲座，总是场场爆满、气氛热烈。这是因为他授课时生动幽默，内容信息量大，学生不仅能从他的课堂上学习到知识，更能学习到提出问题、解决问题的思路和方法。

最为关键的是，作为老师的张国伟的自我严格要求和以身作则，让学生们油然感到敬佩。

在西北大学地质学系执教以来，他先后向不同层次的学生讲授过构造地质学等八门课程。每一次上课前，他都会精心准备，而且把专业领域最新的科研成果融入教学中，力求每次授课都有课本上没有的新内容。他在课堂上不但注重知识的更新和传输，更注重针对处于不同成长阶段的学生，采取不同的授课方式，提出并实现不同的教学目标。比如，对本科生，他强调知识尤其是基础知识的掌握；对研究生，特别是博士生，他则注重培养学生的思维能力和科学素养，引领他们探索学科发展前沿关键问题和难点，帮助他们尽快学会独立思考、独立探索，拥有独立开展创新研究的能力。

"教师要有学问、有素养，更要有品格，要真心关爱学生，更要严格要求学生。"为了给学生做好榜样，张国伟在教学过程中坚持以身作则和率先垂范：要求学生勤奋，自己就要抓紧时间；要求学生严谨，自己就更要严格细致；要求学生求实创新，自己就不能放松懈怠；要求学生迎难而上，自己就不能临阵退缩；要求学生不追求名利，自己就不能见了好处伸手……

多年来，张国伟带领学生到野外去实习、考察，是他教学环节最为重视的一环，他也从不马虎对待。无论在课堂上，还是在野外考察中，凡是要求学生做到的，他首先保证做到。对此，他的解释是："当老师的，自己都做不到，如何要求学生能做到呢？"

　　凡是张国伟教过的学生都知道，每年暑假在野外实习时，张国伟总是习惯了和学生们不分彼此地"混"在一起。这种"混"，是他作为老师身体力行、言传身教的最好机会。所以，每次在野外，不管条件多么艰苦，他都坚持和学生一起跋山涉水、同吃同住，让学生切身感受到一名好的地质工作者所应有的坚韧的品格和钻研精神。

　　很多时候，大家想象的只有野外生活的浪漫，而忽略了更多的艰难。20世纪50至70年代，在野外工作找不到食物吃，找不到地方住，一天要跋山涉水几十里甚至百十里山路，还可能遇到各种危险。很多学生在野外考察的新鲜劲儿过了之后，特别是那些自小生活在大城市，从没有见识过"苦日子"的大学生，每每产生抱怨，甚至想打退堂鼓的时候，张国伟就会说："苦算什么？坚持，再坚持一会儿，就好了……"他说，有时候也许只是再坚持一会儿，就会获得一个新的或重要的科学发现，"看到困难的时候，首先要想到的是怎样克服。人是有弹性的，要经受磨炼，看准前面的目标，坚持就会成功"。

　　20世纪末的一次，张国伟带了多名学生到鄂西开展地质调查，来到了一个条件异常艰苦的村庄。那个偏僻的山区，眼睛能看到的地方几乎都是白乎乎的石头山，少有的土地似乎都镶嵌在石头窝窝里，所以当地人的生活很贫苦。他们当时借宿在乡亲一座刚刚建好的房子里，当学生们看到床上有跳蚤和虱子时，就想要到别处住。当晚如果离开，无疑对主人的热情是一种伤害。

　　张国伟反复劝说大家留下来。山里夜里凉，被褥又单薄，他就和学生们挤在一起睡。后来他说："当时人家把新建房屋让我们住，把家里所有能吃的东西拿出来招待我们，后来又出去借粮食给我们做饭吃，我们那晚要是走了的话，第二天怎么好意思面对主人呢？而且这也是一次很好的机会，让学生们真正认识社会，了解到全国还有这么艰苦的地方。如此，也许能够启发教育他们立下志气，在将来把'为国家富强而发奋学习'的誓言落到实处。"

事实证明，学生只要经受住了野外的艰苦磨砺，心灵受到了触动并进行思考，他们便会更加积极主动地去体验社会和完成学业，而且内在生发的思想与求知探索力量，比老师的说教、督促和学校的考核、监管等方法都管用。

直到 2016 年，已近 80 岁的张国伟因为身体原因，才没有继续带领学生走向野外。那一年，他已经当选院士 17 年。

张国伟喜欢博览群书，每到一地必去书店看看有什么好书，他也经常建议学生要多读书。在教学中，他要求他的博士生必须博览群书，要有视野的广度和深度，但又要有重点地读、有中心地读。当他的一位博士生看到了老师大约有两吨重的个人藏书时，这位博士生在敬佩之余，方才明白"博览群书"是一个什么概念了。

张国伟就这样数十年如一日，用自己的言传身教，持续感染和影响着一届又一届的学生。

从普通教师到院士，张国伟反复强调，教师要处理好教学和科研二者的关系。学生从入校到毕业，不同的阶段对于知识的需求和学习的目的都在变化，讲授基础课和讲授专业课对教师的要求也不一样，教师要以自己的真知灼见激发学生的学习兴趣。科研能够保持一名教师的学术活力，这种活力反映在教学中，就是要充分把握住专业学科发展的脉络，将最基本、最重要、最新的内容传授给学生，并且促使学生去钻研问题、提出问题。

在他心中，最理想的教学效果就是能够启发学生思考，让他们有和老师交流的强烈愿望。如果有学生提出的问题一时间让他难以回答，他会打心眼里高兴："这个问题，待我再去学习、研究后，给你回答。"

"老师不是万能的，也不是百事通，应该不断学习充电，更新知识。"张国伟说，"院士也一样，只是某一方面知识知道得多一些，在某一个领域精通一点而已，并不是什么都懂。"

科学的迅速发展，国家和人类社会对地质学人才的迫切需求，让他急切地希望学生们努力学习，早日走上学术之路，去解决重大科学问题，取得重大科学成就。

在教导学生成才的过程中，他经常说，愿意引领并做一根"拐杖"，将学生送到专业学科领域的最前沿，然后希望学生能甩开"拐杖"，走自己的路，更希望学生在专业科研领域能够创造并超越他。

"好老师"是张国伟努力做出来的，也是他一贯的坚持。早在被评选为"全国教书育人楷模"之前，他已先后被评为"全国优秀教师""全国先进工作者""全国师德先进个人"等。

截至目前，除了教过的全部本科生，张国伟还培养了硕士生33名、博士生28名、博士后11名。他们中的很多人都已成长为所在单位的学术带头人，还有许多人获得了杰出青年学者、长江学者等人才称号。截至2023年10月底，他的学生中有4人是当年两院院士的有效候选人。

在秦岭脚下金秋的暖阳里，张国伟说："从教半个多世纪来，我感到最得意、最幸福的事情，不是获得了许多荣誉称号，而是培养了一批优秀学生。"

七　打造团队，攻占高地

"打造团队，组建梯队，冲击国际地质前沿。"这是张国伟在地质科学专业教育和科学研究工作中一直坚持的方向。他认为现代科学技术的发展，包括地球科学，面临的都是复杂综合的科学问题，往往是多学科综合交叉的大科学系统，需要多学科专门人才融合组成团队攻关，所以组建科研团队是取得创新成果与突破的必由之路。

他的秘书姚安平说，如果没有张国伟，就没有西北大学今天在国内外叫得响的精锐的地质科学研究团队。

张国伟高度重视团队和实验室建设。1992年，张国伟根据地球科学前沿发展，提出建立"大陆动力学重点实验室"设想，并为西北大学进入"211工程"积极建议学校重点投入。最初，有人认为学校资金紧张，此事可以往后放一放再说；也有人认为，地质学系只要搞好野外考察就行了，建设高标准的实验室是学校资金和资源的浪费。但张国伟坚持认为，21世纪的地质科学在科学技术上的发展方向是"高、精、尖"，多学科综合交叉，绝不是一般仅野外看看、想想能解决的。如果一个现代教育与科研机构没有配套的先进技术设备和现代化实验室作依托，是不可能创造和跟踪世界尖端科技，并取得领先的科研成果的。

为了地质科研事业的发展，张国伟不厌其烦、反复阐述理由和愿望，他还拿出个人的科研经费投入实验室的建设。后来学校终于投入了较多的资金，迅速建起了"大陆动力学重点实验室"。

如今，这个实验室在学校、陕西省政府、国家基金委、教育部和科技部的支持下，成为国家重点实验室，也是西北大学第一个国家级重点实验室，其主体分析测试水平已经处于国际一流水平，不仅为西北大学地质学专业及其相关专业提供了重要的技术保障，还吸引了国内外许多顶级科学家前来合作交流，同时也催生了一批重要的地质科研成果，成为了我国，尤其西部地区聚集人才的地学国家实验平台。

关于团队建设，张国伟有自己的一套思路和方法。教学与科研团队以研究大陆构造与大陆动力学为总目标，重点在早期地壳构造（早前寒武纪）、造山带和大陆地块构造、大陆地质与大陆构造及其动力学等方向，以承担基金委和部委等国家级重大、重点项目为依托，组建了两类科研团队：一类是以西北大学中青年教师和研究生、博士后为主，形成稳定多学科配套的教学科研团队；另一类是以不同时期承担的国家级重大项目为目标，从国内外不同单位引进构成的多学科人才科研团队，其中很多是他培养的研究生和博士后。他先后作为主持人或首席科学家承担了 5 项国家重大项目，即富铁科研项目、秦岭重大项目、勉略构造带重点项目、华南项目、板块构造与大陆动力学项目，先后组建了 5 个国家级科研团队。

其中秦岭造山带重大项目团队成员有地质大学张本仁、殷鸿福、高山等院士，还有原地矿部袁学诚、张宗清等研究员，以及中国科学技术大学李曙光院士等。他们组成了以张国伟为首的国家一流科研团队。又如华南项目，以他为首席科学家，研究团队成员包括中石化研究院、中国科学院、中国海洋大学、中国地质大学、北京大学等十多个单位 100 多位学者、科学家。上述两类团队以项目为依托，交融配合，紧密合作，共同探索研究，形成高水平的研究团队，先后取得了突出成果，并聚集吸引了人才。

张国伟认为，以校内为主的相对稳定的教学科研团队与随项目而变动的多单位人员组合的国家级项目研究团队，二者均以国家重大项目为纽带，形成国家级科学研究团队，团结攻关，高质量发展，才能取得科研重大成果。

西北大学教授郭安林是张国伟培养的一名研究生，他 1988 年赴美国和加拿大攻读博士学位，毕业后曾经留在美国工作。他在国外的十几年时间里，每逢过年过节，张国伟都会登门看望或是打电话给郭安林的父母，嘘寒问暖。这令那时远在海外的郭安林在感动之余，又深感不安。深受老师的精神力量所感染，郭安林在 2002 年回到西北大学，加入老师的科研团队，并发挥了重要作用。他说："先生的人格魅力是召唤我回来的最大动力。"

张国伟身兼教学与科研重任，并兼任教育部高等院校地球科学教学指导委员会主任和地球物理与地质专业教学指导委员会主任、国际岩石圈中国委员会委员等职。他从高校发展和地球科学前沿科研需要出发，以国际视野和国家需要为契机，高度重视团队建设，尤其重视对年轻人的培养。正是基于此，他特别关怀年轻教师，在日常的教学和科研中，敢于放手让年轻教师承担任务，并要求他们高标准、大视野和求实严谨地学习、工作，对他们的成果严格检验。由此，他身边年轻的同事常常说：在张先生的口中，能得到一句"不错"的评价，就已是最大的肯定与奖励。

其实，在打造团队方面，早在 20 世纪 80 年代初期，张国伟在招收研究生的时候，就注意把各学科的人才汇集起来，指导他们从不同方面开展对同一问题的研究。

从承担"八五"重大项目"秦岭造山带岩石圈结构、形成及其成矿背景"研究时，在他的身边就汇聚了全国不同领域内的科学家 150 多位，他们团结协作、联合攻关。同样，由他主持的几项国家级重大项目，也吸引了不同学科高层科学家和一流人才，组成了高水平团队。

后来，他带领的西北大学构造地质学科，1998 年首批获准设置长江学者特聘教授岗位，引来了高山教授，2001 年成为国家重点学科。他倡导并创建的西北大学大陆动力学实验室 2005 年进入国家重点实验室行列。他带领的一支多学科配套研究团队，曾先后获得国家自然科学创新团队和教育部创新团队项目资助。由他组建的多个项目合作研究团队虽随项目而转换，但建立的团队合作基础却一直保持，并成为新合作的基础。

如今，张国伟已是国内外知名的科学家，但是他从来不以权威自诩。对于科学研究中出现的不同声音，张国伟有一个绝妙的"瞎子摸象"的比喻。在他看来，一个人单凭一股力量，很难对复杂事物发展演化的全貌有一个完整的认识。大家都是在不同方面探索，处于发现前夜的摸索中。只有尊重每个人的才能和声音，求实求真，综合各方面的研究，才会最大可能地接近真正的发现和认识。

八　求真务实、创新发展

科学研究是真实的，是对客观存在的研究，让人能够看得到、用得着、摸得着，只有求真务实，才能获得真发现、真理论、真知识。张国伟进行基础科学研究的体会是，发现新的认识、创造新的知识才是最有意义的。

20 世纪 70 年代，张国伟在"富铁会战"研究后期，便以敏锐的眼光，以自己的经验与教训，看到了三年多时间会战研究和积累的丰富地质实践与资料的意义。他深刻认识到，西北大学和他自己应组建团队，首先以嵩山、秦岭为研究基地，对大陆地质构造基础理论进行研究，从根本上认识中国大陆在全球的地质基本属性特征。

这个时候，年轻的张国伟也许并没有意识到，他此时已经跨出了通往国际地学前沿的重要一步。

1983 年，张国伟在北京国际前寒武纪学术讨论会上提出，登封杂岩是在 25 亿年前特定的地质条件下形成的。花岗－绿岩区，太华群为高级片麻岩区，二者组成了华北地块南部晚太古宙统一地块。当时花岗－绿岩的研究在国际上正是热点，但在国内还没有发现真正的花岗－绿岩区。张国伟此言一出，自然是语惊四座。与会的各大洲地质学家随后前往登封实地考察，并在野外的考察现场肯定了张国伟的认识。

这是张国伟第一次在国际学术界崭露头角，世界地质学家们认真倾听了这位年轻的地质学家的声音。

张国伟与夫人在敦煌野外地质旅行（院士方提供）

1988 年，张国伟又提出秦岭是一个典型复合性大陆造山带，在不同的发展阶段具有不同的地质构造体制的形成演化。他指出，商丹断裂带原是华北、扬子板块俯冲、碰撞的主缝合带，秦岭造山带是在前寒武纪构造演化基础上，主要经历显生宙板块俯冲碰撞造山作用和晚期陆内造山作用而形成的复合造山带，并进行了全球主要典型造山带，如阿尔卑斯—喜马拉雅、阿帕拉契亚、科迪勒拉等的考察对比研究。这些针对秦岭地质构造基本问题提出的系统的新思想、新认识，再一次吸引了 40 多位中外地质学家前往秦岭考察。

从 1992 年开始，张国伟作为重大项目主持人带领着全国 150 名科学家组成研究群体，一次次深入秦岭腹地，采用多种先进的测试方法，详查了秦岭地表地质和深达数百千米的深部构造，对秦岭造山带的三维结构、造山带岩石圈内部及深部各圈层的相互作用和耦合关系、造山带不同发展阶段地质不同构造的转化过程与机制、三板块沿二缝合带俯冲碰撞造山与碰撞后的陆内造山作用及其过程和山脉隆升机制等问题进行了深入研究。经过反复比较分析，张国伟团队提出了关于秦岭造山带形成与演化系统的新观点和新模式，建立了秦岭造山带"立交桥式"壳幔三维构造几何学新模型，深化发展了板块构造理论，又创新性地突破了经典板块构造固有模式，提出了板块造山与陆内造山的"秦岭式"复合型大陆造山模型。

因为贡献突出，1999 年，张国伟当选中国科学院院士，成为西北大学第一位"土生土长"的院士。

当了院士之后，他并没有止步。

2004 年 12 月，张国伟承担的项目到了中期汇报阶段，为了准备汇报材料，他和同事们进行了不厌其烦的修改。到了北京，他仍然放心不下，又亲自再次审读已经制作好的展板和汇报的 PPT。

几十年来，张国伟在地质科学研究之路上的艰难探索和无尽付出，不断结出累累硕果。截至笔者采访时，他已先后主持承担并完成了国家重大、重点项目9项；承担并完成地矿、石油、冶金等部门科学研究课题和基金国际合作研究项目30余项。其中，重大项目"秦岭造山带岩石圈结构、演化及其成矿背景"的研究成果，获得了国家自然科学奖二等奖。他还出版著作10部，出版中英文版《秦岭造山带造山过程和岩石圈三维结构图丛》各1套，发表论文380余篇（包括合作），其中专著《秦岭造山带与大陆动力学》成为研究秦岭的经典之作，广为引用。

仔细梳理不难发现，张国伟院士的科研理论成果都自成"一家"，而且形成了明显以重点解剖"秦岭"、对比全国与全球为代表的大陆构造和大陆动力学主色调。在业界研究者的眼中，他的成果以解剖秦岭为中心，对比全国与全球，也辐射了早前寒武纪地壳演化与动力学，大陆造山带与机制，大陆地块演化与成因等大陆地质、大陆构造及其动力学的基本问题。他以基础科学理论研究为主，不仅深化提高发展了当代地球科学占主导的板块构造理论，更突出创新突破板块构造观，提出系列新认识、新观点、新理论，发展了地球科学。

以下便是张国伟的科学研究简略总结：

——从第四系、岩矿到小构造—大构造研究；

——从新到老：第四纪到太古宙早前寒武纪地质与构造研究；

——从山到盆：活动造山带到相对稳定克拉通地块研究；

——从地球深层到浅部至外层空间，与月球、类地行星、宇宙对比研究；

——从国内到国外，从区域到全球、宇宙天文整体世界的实际考察研究与综合思考。

最终集中落脚于造山带与盆地和早前寒武纪地质与大地构造，聚焦于大陆构造与动力学。

九　深沉之爱，保护发展

"秦岭带原来是一条宽阔但现已消失的海洋。"这可能是很多人不知道的。

在地质科学家的认知里，秦岭山脉不只是我国大陆现今南北的气候人文生态环境和大江大河的分界地，更重要的是中国大陆统一形成的拼合带。对此，张国伟拿起桌上的两张纸，分开、平举，解释道："在大约两亿年前，我国的南方、北方之间，隔着一道几千公里宽的大洋，随着时间的推移和地壳运动，板块俯冲碰撞拼合，海洋消失，形成了一座巍峨雄壮的造山带，这就是如今秦岭山脉的基础雏形，后来成为中国大地的脊梁。"

随着他手中纸张的拼合，通俗易懂的地质理论就展现在了我们眼前："在形成了秦岭造山带，完成构建中国大陆统一地块后，它并没有平静下来，而是又发生了新的地质变动——首先是发生陆内造山，华北和扬子地块相向，向秦岭之下俯冲插入，秦岭则呈扇形隆升成山，最后又在秦岭北缘形成一条大断层，北仰南倾地翘起运动，断层北侧陷落形成关中地堑盆地，后经地表动力系统作用河流冲刷，才有了现今秦岭的山岭和沟谷面貌与我们居住的关中平原。"我们现在看到的秦岭，北坡短而陡峭，河流深切湍急，形成许多峡谷，统称"关中七十二峪"；南坡长而和缓，源远流长，有许多纵横岭谷和山间盆地。

秦岭这条山脉向西连接昆仑山、喀喇昆仑山，直至帕米尔高原，向东则与大别山相连，一直延伸至黄海，被地质科学称为"中央造山系"，地理科学称其为"中央山系"。由于它横于中国大陆中央、北半球气候分界线上，所以它也是南北生物系的交接混合带，富于生物多样性，因此也是世人公认的"生物基因库"，素有"南北植物荟萃、南北生物物种库"之美誉，更是大自然馈赠给人类的珍贵礼物。

秦岭之伟大，不仅在于它是中华民族与华夏文明的摇篮，也是我国安全的战略大后方中心，同时还是保障生态文明可持续发展不可或缺的靠山。

作为民族"父亲山"的秦岭，它强大、宽厚、坚韧，给予了中华儿女强烈的自豪和安全感。

在许多人看来，这座无声无息、静止不动的山脉，在宇宙中显得平淡无奇，甚至是渺小的，但是它身上的一草一木、一山一石皆有生命，甚至是独一无二的存在和风景。作为一位享誉国内外的构造地质学家，张国伟教授在秦岭造山带研究领域获得了十分杰出的成就。他站在世界和人类地质科学的高地，特别指出："秦岭山系的组成，结构复杂，历史演化长久，是世界典型代表性大陆复合造山带，可谓是当代地质科学研究发展的信息库，对它进行深入解剖考察，与全国、全球对比探索研究，可以破解许多不解之谜，因而被中外地质学家们视为难得的地质科学研究基地和天然实验室。所以，它的每一座高山，甚至是每一块石头，都值得我们用心去阅读、去思考、去探究、去守护。"

对于张国伟来说，无论从秦岭对于我国和世界的重要性上看，还是从秦岭对于地质科学研究的重要性上看，秦岭都值得被爱和尊崇，秦岭已自然而然地融入了张国伟的骨髓里。

天长日久，在穿行于秦岭山脉的经历中，张国伟获得了新发现、新知识、新启示，也欣赏了常人难以见到的山川风光，获得了他人难以体会的生命感悟。同时，也发现了一些让他担忧又痛心的事。在他数十年与秦岭打交道的过程中，他察觉到秦岭生态环境变差，植被减退，灾害多发，沟谷水质在变坏，居住环境变差，山区生活困难，而且还看到宝贵的地质遗迹也受到破坏。就此，他提到一件让他十分惋惜的事。

他年轻时，在秦岭黑河一带考察，曾发现了秦岭板块缝合带中数亿年前的火山喷发熔岩，在海洋中所形成的典型完好枕状构造，它们出露在河岸、河床上，那是一种秦岭里古老而稀有，又难得保存那么完整的代表性地质遗迹，对地质研究具有重要意义。他以为，那种偏僻山中的巨石是不会有人去破坏的，可是，后来当他再次去那里寻找并准备再度深入观察研究时，却发现那些石头早已不复存在。"附近的乡亲告诉我，山里修路，把河床给炸了，听得我心疼不已。"他非常痛惜地说道。

类似的例子，在张国伟考察秦岭的经历中并不少见。"这些遗迹都是大自然经过数亿年乃至数十亿年，长期形成而不可再获得的记录珍品，一旦毁坏就永远不可再生，不但会对地质研究造成遗憾，也会对人类观赏自然造成遗憾。"

成就了张国伟的秦岭，是一座"世界性的山脉"，一座当代地球科学发展前沿的信息库、财富与知识的宝库，是人类科学永远需要探索研究、不断取得认知突破的一座丰碑。

"对秦岭的保护认知和开发利用，首先应当在尊重自然规律和满足人类需求之间，寻找到一个科学平衡，绝不应该以牺牲自然生态环境为代价，来换取暂时的人类物质利益。"因此，张国伟很早就向社会强烈呼吁："我们应当共同努力，爱护、保护、发展，将秦岭建设成为美丽的自然生态国家公园和自然文明博物馆，让它成为世界文明、生态环境及文化风光的观赏圣地与人类的精神高地！"

他的呼声顺应了中国新时代的发展，也与世界文明的脉搏实现了同频共振。

当下让张国伟高兴的是，党中央和国家已把生态文明建设，走绿色发展

中国科学院组织院士考察新疆，张国伟（右2）与傅伯杰（左2）
和翟明国（右1）等人合影（院士方提供）

道路列为国家发展战略，秦岭生态环境文明建设是其中重点内容。习近平总书记考察秦岭，并发表了重要讲话。保护好秦岭是国之大事，现在人们已经行动起来，秦岭生态环境开始转好，相信秦岭生态文明建设将会有更好的发展。

十　修为境界，贯通天地

"科学研究的过程和结果，不仅在于新发现、新认知，还在于通过对自然的认识、懂得，知其然且知其所以然，对世间事物弄清楚了，才会真的开阔、坦然，才会做益于人类社会和国家的事，也才能获得生活的动力和真正的快乐。"张国伟回顾60多年来的科学探索之路，认为人生的智慧与科学之间是完全相通的。

经过长期的科学研究和实践，他认为将社会科学、自然科学这两者完美结合，才是完整的人类科学知识。

对于探索科学的目的和终极意义，张国伟一言以蔽之："人生的最大价值莫过于把自己一生的聪明才智最大限度地贡献给祖国与人类。"

像张国伟这样一位硕果累累、成就杰出的科学家，是否也形成了个人独到的学术思想，以启迪和指导地质后辈？

让人欣喜而叹服的是，他的回答清晰而富有哲理。

——人类产生于地球，并依赖其生存而发展。人类科学研究活动就是认知客观世界，即宇宙、地球和人类社会等。这是人类生存发展的天性与必然。地球科学即是人类探求认知地球，并服务于其生存发展的一门科学。

——地球是太阳系的一个行星，形成于几十亿年前，是人类繁衍生息之地，所以人类探索它是必然。

——探索和研究地球，需要求真务实、坚韧不拔地去实地考察，从局部到整体，从共性到个性，再到普适性，总结地质规律，并思辨地去探知其奥秘。

张国伟指出，当前，我们的研究群体正从科学前缘领域出发，不断地进行科学实践，力求创新。他本人倾其一生研究的秦岭，以及将秦岭对比的全国、全球，还有很多待解决的问题和科学之谜，需要继续去探索。为此，不但要坚持对秦岭深化研究，还要扩大到大别、秦岭、昆仑等中央造山系，以及更大范围的科学实践与研究。面对新时代国家与人类社会发展和地球自然的发展变化，需要做出新的努力，新的探索，这无疑需要科学工作者发扬科学家精神。

那么，什么是科学家精神？

胸怀祖国、勇攀高峰、敢为人先的创新精神在张国伟身上可以看到，尤其是他对自己的科研工作心无旁骛。曾经多次，他被省上、学校领导邀约去座谈，请他出任校领导，他都婉言拒绝了。还有一次，他被迫无奈，便说了硬话："我尊重领导的意见，如果非要发通知，让我去当什么领导，我就只好出潼关、出陕西了！"

在科学研究的道路上，他得到了一些其他的"机遇"——当官的机会，但是他不为所动："不当官、不发财，坚持干好自己喜欢的事。"

表面上看起来，张国伟在"小我"的世界里好像很任性，其实在他的"小我"里却蕴藏着一个非凡的"大我"，具体体现在以下七个方面：

第一，有崇高的志向和追求。科学研究无国界，但是科学家是有祖国的。科学家应以国家利益为最高准则，即国家利益高于一切。所以科学家在进行科学研究时，也需要有爱国精神。

第二，有求真务实的严谨态度。尊重客观事实，客观事实是一切科学研究的基础，来不得半点虚假。求实求真，才能找到自然规律，求得科学的真理。

第三，有坚韧的探索精神。任何成就的取得，都有一个慢慢积累、由量变到质变的过程。要有不畏艰难险阻，不找到真理、不达到目标誓不罢休的精神。虽然过程无比艰苦，也不乏困惑，但只要持之以恒，便会有突破。

第四，有团队合作的意识。多学科综合研究，需要大家共同探索。个人的力量有限，作为领头人，需要有海纳百川的胸怀，需要团结各路领军人才一起攻关，占领高地。

第五，有开放性、前瞻性的思维。在科学研究中要站高望远，要有科学敏锐性和创新性思维，还要能够听取和吸纳不同声音和学术思想，积极地吸收和融合前沿高端的知识观点，形成新的观点。

第六，有科学发展的动态眼光。任何事物都是发展变化的，要不断检验已有的科学成果。还要有向前发展、永无止境的态度，不固守己见、不墨守成规，站在科学发展前沿，不断去创新。

第七，有追求真理和服务人类的情怀。科学研究发展的目的，不仅是为了认知客观世界，还是为了更好地服务社会发展和社会生活。所以，科研工作者要有服务国家、社会和全人类的意识和境界。

面对未来的地球科学发展研究，张国伟指出，应该把地球放在宇宙环境中，从宏观和微观层面认识地球的过去、现在和未来，以及探讨人类的持续宜居性。可是目标再远大，如果不去积极实践，一切都等于零。在张国伟的科学思想中，只要自强不息，则行者常至，为者常成。

科学家有非凡的品质，也有凡人不易觉察的缺点。在张国伟整理的笔记《我的生活哲学》中，让人切实感受到：人无完人，科学家的人生同样也不那么完美。

回望过去，张国伟坦言他的人生有四个方面的缺憾：第一，缺失强人体质的体育之长；第二，性格直爽、急躁，不善社交，缺失不少生活乐趣；第三，

张国伟八十华诞（院士方提供）

从事地学，数理比较薄弱，外语不精通确为憾事；第四，喜文学艺术，但没真正投入，实为一大遗憾。

人生要怎么度过？

张国伟说，要认知自然，看透社会，做明白人，不做糊涂人。要有思想、有追求、有作为、有创造、有发展。要立地求实、站高望远，立本做事，刚正随和，包容有度，不卑不亢，洒脱自如。个体的人在自然界来去匆匆，在地球上只是短暂的过客，但是生活内容却丰富万千，包罗万象，走过一生，应该为世界留下一些东西。

在晚年的时光里，张国伟的追求是：老有所乐，老有所为。他做到了，至今每天还繁忙得无法停歇。他站在秦岭之巅时心头油然涌现了一首诗，这首诗道出了他宽广的人生视野和博大的家国情怀，亦反映了他奋力攀登科学高峰的追求精神和永无止境的科学境界。在此摘录如下：

登高望远

空谷万里，苍山无际，

大野人世，松竹挺立；

千古人迹，纵横驰骋，

此也世界，宇宙天地。

作者简介

　　杨志勇，中国作家协会会员，陕西文艺创作百人计划人才，西安市百名优秀青年文艺人才。出版著作《秦巴魂》《追寻初心》《我不输给命运》等13部，发表作品300多万字，获得各类文学奖、新闻奖若干。

衣被天下的纺织人

中国工程院院士姚穆

文／周养俊

院士简介

姚 穆 江苏南通人，1930 年 4 月生，教授，博士生导师。1952 年 7 月自西北工学院纺织工程专业毕业留校工作至今，现为西安工程大学名誉校长。

姚穆院士曾先后担任国务院学科评议组成员、中国纺织服装教学指导委员会主任委员、中国纺织工程学会学术委员会主任委员等职务，长期为推动我国纺织科学与工程学科的发展和人才培养作出了重大贡献。他先后主编、参编及翻译出版著作18本，主编的《纺织材料学》成为纺织院校的经典教材。他指导培养硕士、博士50多名，大多已成为行业内的领军人物和骨干。

姚穆院士研制纺织测试仪器16种，起草多项纺织品测试与计量领域的国家标准和军用标准。其参与研制的纱线条干仪、棉纤维性能测试系统打破了国际垄断，取得了数十亿的经济效益。

姚穆院士主持和指导了中长绒陆地棉品种筛选及其加工技术研究，有益于巩固我国棉纺产品在国际市场的地位。姚穆院士获国家科技进步奖一等奖、三等奖各1项，省部级奖多项。在化学纤维仿毛纤维纺织加工与产品开发方面，他承担了"七五"和"八五"国家重点攻关项目。1996年至2000年，姚穆院士作为中国人民解放军总后勤部军需科技发展的特邀顾问，在解放军总后勤部的领导下，与总后军需装备研究所、西北纺织工学院及国内近百家化工材料和纺织服装企业协同研究出了多异多重复合变形及原液着色涤纶长丝。经系统的设计、加工、生产和检测，这一成果应用于97式军服，装备了中国驻香港部队、澳门部队以及50周年国庆阅兵部队，取得了良好的军事、社会和经济效益，并推广至武警、公安、航空公司等军用和民用系统。该项目获2001年国家科技进步奖一等奖。

2001年，当选中国工程院院士。

在国内外同行眼中，他是著名的纺织材料专家、教育家以及人体着装舒适性研究的开拓者。女儿说："爸爸永远都是匆忙的，我是吃百家饭长大的孩子。"助手说："一年 365 天，他几乎每天都在工作，不是在办公室、实验室，就是在工厂、农场，或者出差的路上。"同事说："他研究的是纺织材料，可他数学、光学、文学、摄影什么都懂，不仅会用测仪器，还会做仪器、修仪器。"还有同事说："他熟练掌握英语、俄语、日语、德语四国语言，你要问他专业知识，他马上会告诉你在哪一本书、哪一章、哪一节、哪一页。"学生说："他是一位真正的大先生，他融会贯通地把知识传递给我们，能够激发我们对专业的兴趣和爱好。从他身上我们看到了什么是科学家精神。"与他打过交道的企业家说："他是一个理论家，也是一个实践家，每年都要挤出时间下基层，到工厂车间帮助我们解决生产中的技术问题。大家都喜欢这个没有架子、朴素得像工人一样的老头。"他，就是姚穆院士。

一 人生如初见，立志出乡关

作者手记：2023年7月底，我接到《"陕"耀光芒——在陕两院院士风华录》（第二辑）的采写任务，想着很快就能见到大名鼎鼎的姚穆院士，心里甭提有多激动了。但没想到的是，2023年春节前他生病住院了，一直在陕西省人民医院接受治疗，何时能接受采访还无法确定。在焦急的等待中，8月24日下午3时，我跟随姚穆院士纪录片摄制组走进了陕西省人民医院西院的病房，见到了姚穆院士。姚穆院士虽在病中，但精神矍铄，看见我们进来，就让护工赶紧把他扶起来。大家见状，一起上前劝他躺在床上，他却坚定地摇了摇头说："不行，那不礼貌！"在护工的帮助下，他慢慢坐起来，下了床，整理好病号服，又用手梳理了一下稀疏的头发，然后端端正正地坐在沙发上，接受我们的采访。随着采访的深入，他的形象在我眼前越来越高大……

1930年4月15日，姚穆出生在江苏南通唐闸镇一个富裕家庭。唐闸俗称唐家闸，原为通扬运河上的一个水闸，因附近有一户唐姓人家而得名。由于这里水运方便，著名的实业家、教育家张謇创办纱厂时看中了这个地方。张謇于1895年建大生纱厂后，又建立了一系列与纱厂相配套的工厂和企业，如资生冶厂股份有限公司、资生铁厂、大兴机器磨面厂、广生榨油股份公司、大隆皂厂、大达公电机碾米公司、大达轮船公司、颐生罐洁公司、阜生蚕桑织染公司等十几个工厂企业。到了20世纪初，唐闸逐步成为新兴的工业城镇，工业原料和产品进进出出，水陆车船来来往往，上下班的工人如水似潮。当时的唐闸一片繁荣，备受世人瞩目，素有"小上海"之称。

在南通商界最有名的不是唐家，而是家喻户晓的张謇。他是清朝末代状元，也是"实业救国"的先驱，一生创办了20多家企业和370多所学校，为中国近代民族工业的兴起和教育事业的发展作出了卓越贡献。姚穆的祖父和父亲都和张謇有着深厚的渊源，一个曾是大生纱厂的职员，另一个则在张謇创办的南通纺织学院就读过。到了姚穆这一代，他们仍然生活在大生纱厂，不但在张謇创办的学校读书，连吃饭、住宿都是大生纱厂提供的。在张謇实业报国思想的熏陶下，姚穆从小就在心底萌生了一种信念，长大后也要做张謇那样的人，研究纺织、发展纺织，为老百姓服务，为社会服务，为国家服务。

正当姚穆怀揣梦想开始读书的时候，抗日战争爆发了。1938年3月，日军侵占南通，进行了疯狂的经济掠夺。当时，姚穆的父亲参加了抗日战争。他们这支部队一直在苏北地区活动，几十天换一个地方，有时甚至几天就要转移，行踪飘忽不定。在硝烟弥漫、战火连天的日子里，姚穆一家居无定所，更不要说在学校读书了。在这样艰难的环境中，贤惠善良、温文尔雅的母亲担负起了对姚穆的教育。尽管她只有高中文化程度，但教育孩子很有耐心，经常把与姚穆同龄的几个孩子召集在一起，进行启蒙教育，教导他们越是在艰苦的年代，越要自强自立，长大后才能实现自己的梦想。小学六年，几乎一半的时间，姚穆都是跟着母亲学习的。

1942 年到 1945 年夏，抗日战争进入相持阶段后，姚穆进入唐闸镇敬儒初级中学学习，吃住都在学校。因为经常和新四军情报人员密切接触，所以他可以看到一些新四军印刷的文件及宣传材料，也便知晓了不少中国抗日战争的形势、重要战役的情况，以及新四军在苏北的政策等信息，这些都对姚穆最初政治思想的形成产生了深远影响。后来，他与其他进步学生一起参加了抗日活动。至今，他还清楚地记得，1945 年 4 月，一位新四军联络员被日伪军逮捕，尽管遭受严刑拷打，却始终坚贞不屈。地下党组织从内线获悉，日伪军计划将其秘密沉河溺死，便立即策划了营救方案。那是一个漆黑的夜晚，姚穆和几个同学跟着新四军战士，准备了下水捞人的工具、抬人的担架和独轮车等，趁着夜色的掩护，隐蔽在河岸的树丛中。他们一直等到黎明时分，才见一艘敌船开来，将身上捆绑着石头的联络员扔进深水之中，就离开了。敌人刚离开，两个早有准备的新四军战士立即潜下水，救出了联络员。几分钟后，被救的联络员恢复了呼吸，大家迅速将他抬上独轮车，一路护送到后方根据地。这次救援行动，不仅让姚穆增长了胆识，还激发了他的爱国热情。

还有一件事情，日伪统治期间，学生们被强制要求学习日语。刚开始学生们都不积极，有的甚至采取抵制态度。面对这种情况，老师们看在眼里，急在心上，担心孩子们的举动会带来不必要的麻烦。于是，他们语重心长地对孩子们说，只要心里想着国家，我们的民族就不会灭亡，学好任何一种语言，终究都会派上用场。于是，学生们都认真学习起来，同时抓住各种机会进行抗日宣传工作。一天早晨，几个日本兵突然来到学校，这么近距离地接触敌人，学生们还是第一次。起初大家都很惊慌，想起学校还有不少抗日传单，如果被发现麻烦就大了。但他们很快镇定下来，迅速分头行动——姚穆和一位同学走上前去，以请教日语为由，和日本兵周旋；其他同学则跑回自习室和教室，把那些抗日传单藏好。最终，同学们躲过一劫。

发生在抗日战争期间的这两件事，至今令姚穆记忆犹新。一是让他认识到爱国就要付诸行动，不能光说不干；二是让他意识到无论什么知识，学了都会有用武之地。此后多年，他不仅继续学习日语，还学习了英语、俄语和德语，这些外语后来都成为了他科研工作中不可或缺的工具。

中华人民共和国成立以后，亟待建设和发展。地处偏远、经济落后的大西北急需人才。此时，姚穆已是南通纺织学院二年级的学生。他的老师李有山，是一位海外归国的知识分子，他不仅自己报名到西北工作，还动员几个学生随他同去。

自古以来，南通就是纺织之乡。"时闻机杼声，日出万丈布"这句诗正是对南通纺织业的真实写照。尤其是近代以来，在张謇等人的努力下，南通已经成为新兴的工业重镇，留下来不但工作条件好，而且发展机会多。然而，大西北条件差、基础弱，但更需要发展。此时，姚穆想起母亲多次说给自己的话："我们的国家要强大起来才能保护自己。"他想，如果全国都能像南通一样，国家不就强大了吗？于是，他毅然决然地加入了追随老师远赴大西北的行列。尽管报名的时候有十多名同学，但到真正出发时只剩下了三人，他仍然义无反顾，不改初衷。经过长途跋涉，他们终于来到了位于咸阳的西北工学院，仅在学校上了三个星期的课，姚穆就开始投身于纺织厂的建设工作。

大学四年级时，姚穆上的课虽然不多，却学到了许多课本外的知识。在工厂，他和工人师傅并肩作战，共同搬运物料，安装调试机器，解决机器运行中遇到的各种问题。在梳棉车间，他不分工种，遇到啥活干啥活，每天都忙得像土猴似的。一次，工人安装机器时发现一个大滚筒严重偏心，机器震动得厉害，人走近非常危险，但停机检查又会耽误时间。为了尽快寻找到问题所在，他不顾个人安危，近距离长时间地观察分析，在最短的时间内找到了滚筒不平衡的原因并成功解决了问题。姚穆将书本上学来的知识用以实践，又在实践中发现问题，再去书本上寻找知识进行深入学习。不知不觉间，纺织厂建成投产了，姚穆毕业的日子也到了。

说起70多年前发生的事情，姚穆院士仍然充满激情，声音也洪亮了许多，好像又回到了那个百废待举、激情似火的年代。

二　扎根大西北，初心弥更坚

作者手记：姚穆院士的讲述始终吸引着我，感动着我，我全神贯注地记录着，唯恐遗漏了哪个精彩感人的细节。身旁的院士办助理李利乔用胳膊悄悄碰了碰我，示意我停止交谈。我这才抬头仔细端详姚穆院士，发现他脸色苍白，呼吸也有些急促，我连忙放下手中的笔。这时候，护士走进来说："姚老师身体虚弱，不能太累。"姚穆院士这才又躺到病床上，休息了一会儿，面露歉意地对我说："今天累了，就到这里吧，咱们下次再谈。"这是我第一次采访姚穆院士，历时30分钟。离开时，我望向窗外，夕阳的余晖洒满了天空，一片绮丽，院子里葱翠的梧桐树叶也泛出几抹嫣红。虽然我一直期待着能再次与姚穆院士交流，但考虑到他已是93岁高龄，为了他的身体健康，我决定此后从外围入手，从他身边的人开始了解，再走访他帮助过的企业，看看他扎根西部这么多年，究竟做了些什么，是怎样一步步从助教到讲师，再从讲师到教授，直到成为院士的。

1952年，姚穆大学毕业后，留校从事教学工作。他做的第一件事就是学习俄语，因为他想翻译苏联两所大学编的《棉纺学》。学校没有相关资料，他就买了一本《俄语字典》，从单词开始自学。功夫不负有心人，经过一番艰苦的努力，他基本掌握了这门语言。此时，纺织部缺少俄语翻译，就把他和几位同学借调过去翻译俄语资料。后来他陪同苏联专家一起工作，他的俄语水平很快得到了提高。再后来，他又加入了纺织教育科技小组，与上海华东纺织工学院的严灏景老师一起，共同主编了纺织教科书。在他和同事们的共同努力下，两个版本的《棉纺学》翻译成功，得以出版并获得好评。

1966年特殊时期，学校的教学大楼门庭贴满了大字报，教授、学者受到冲击，姚穆也成了打击对象，被隔离审查，到实习工厂及校基建修理部当勤杂工，甚至被迫干搬砖、调水泥、砌墙等杂活。后来他被分配去校外劳动，先是去潼关渭河滩上的农场，之后又到三原县去建农场。他虽对此感到不解，却仍然服从组织安排，努力干好本职工作。

当时，纺织面料极度紧缺，全国人民每人每年供应的布票不到半米。在广大农村，即使有布票，能买得起布的人也不多，大多数人穿的都是自家纺织的土布。"新三年，旧三年，缝缝补补又三年"是一句流传很广的话，非常真实地反映出那时人民群众的穿衣情况。纺织行业面临着"量"和"质"的双重压力。对此，姚穆看在眼里，急在心里。他坚信困难只是暂时的，现在只能利用一切机会学习，不断充实提升自己，就像当初被迫学习日语一样，只要学到了本领，一定会有用处。

1970年，姚穆到西北国棉五厂工作。在这里，他遇见了山西省纺织机械厂的厂长。这位厂长跟他讲述了工厂棉纺锭子不过关，严重影响生产的情况，希望得到他的帮助，他毫不犹豫地答应了。他和这位厂长一起仔细分析，研究问题所在，制订了严密的改进方案，随后在西北第二棉纺厂进行改进实验。他们首先引入了西安交通大学研制的电光片，配置了较大容量的计算机，找出了国内棉纺锭子存在的不足，随后又在山西纺织机械厂定制零件，一次又一次地进行改进。经过两个多月的反复实验，棉纺锭子振动的问题终于得到解决，棉纺锭子的转速也从每分钟5000转提高到8000转，机器运转正常稳定，投入生产后，产品数量和质量持续上升。

1971年，姚穆又到咸阳西北国棉二厂工作，在这里，他参加了新产品及棉纺车间清滤空气中的纤维杂物装置研发工作，提出了静电过滤空气中的杂物以及纤维等解决方案，并制成了小型示范装置，参加了陕西省科技发明展览会。在困难的日子里，姚穆遇到困难不气馁，碰到障碍不放弃，始终坚守"国富则民强"的信念，不管在农村还是在城市，无论是劳动锻炼还是科研探索，他都能做到干一行爱一行，干一行钻研一行。同时，他在工作中非常注重随时发现问题，立即寻找不足，及时和大家一起想办法解决难题，使工作效率和产品效益不断提升，赢得了纺织企业的普遍好评。

陕西长岭纺电公司是全国最大的纺织电子产品研制生产基地。公司总工程师吕志华说，姚穆从不迷信国外看似成熟的仪器和方法，总要反复推敲、验证，指导大家研发出更实用、更精准的测试仪器。从20世纪80年代第一代国产条干均匀度仪的研制，到如今的条干仪、棉纤维性能测试仪等多项系列产品的研发生产，无不凝聚着姚穆的心血。陕西长岭纺电公司能成长为亚洲最大的纺织电子产品研制基地，姚穆功不可没。

进入古稀之年后，姚穆仍然心系企业，对企业在生产经营中遇到的问题总是倾力相助。在陕西长岭纺电公司调研工作时，得知企业在甲壳素研发中遇到瓶颈问题，他根据自己多年的工作经验给予了宝贵指导，使其创新成果荣获了国家科技进步奖二等奖。老厂长李友仁接受采访时说，姚穆严谨治学的精神，平易近人的长者风范，情系国家的高尚品质，让他们至今感念在心。在他们企业家眼里，姚穆就是"科技雷锋"。

让姚穆念念不忘的还有自己的故乡，每次回忆起在大生纱厂的日子，他总是满怀感激之情。多年来，他始终心系大生纱厂，不仅在大生纱厂建立了"江苏企业院士工作站"，还多次回到家乡南通开展讲学活动，帮助企业攻克技术难关，引导企业在新技术、新产品的研发方面取得丰硕成果。姚穆以满腔的热忱和坚韧的毅力，投身于纺织教学科研中，展现出强烈的责任担当和家国情怀，早已成为南通人的骄傲和学习的榜样。

姚穆为新疆纺织服装产业发展出谋划策的故事，在行业内传为佳话。那是 2015 年，姚穆作为我国著名的纺织材料学专家、工程院院士，应邀参加棉纺创新技术新疆研讨会，他在会上作了《新疆棉纺织产业优势问题和转型升级的建议》主旨报告，为新疆棉纺产业的发展提出了宝贵建议。他提出，新疆棉纺织产业不仅要打通纤维原料、纺纱、织造、染色、整理、服装和家用纺织品的完整产业链，还要紧密结合市场需求，研发和生产出具备"高""新""特""精""优"特质的产品。

所谓"高"，就是高性能，如高强度、耐高温、耐烧蚀、低温不脆、防割、防刺、抗化学腐蚀、导光、导热、导磁、耐强辐射、防核辐射等特性；"新"就是新功能，如防水、防油、防污、导湿（导汗）、快干、高吸水、保温、凉爽、恒温、抑菌、防臭、防蚊、驱螨、防紫外线辐射、释放负氧离子、释放香味、防静电、导电、电绝缘、防磁、隔离病菌、隔离病毒、隔离毒气、透气、遮蔽性、变色等特性；"特"就是特殊用途，指产品能适应特别对象、专用人群及特殊结构、特别环境的需求，如具备形状记忆、测血压、测血糖、测脉搏、测心电图等功能；"精"就是精细、精密、精致、精美、精湛，要结合时尚、艺术、文化、绿色、健康、环保、品牌等元素把产品做精；"优"就是具有优异品质，如指标全面、性能卓越、离散度小、耐用周期长、安全可靠等特性。

其实，自 2014 年 6 月起，姚穆就接受了中国工程院的委托，到新疆开展棉纺产业发展调研。在不到两年的时间内，他先后六次去新疆。他说，新疆是中国棉花纤维的主要产区，是中国能源的重点供应地，石油、天然气、电源、热源充足，新疆又处在丝绸之路经济带的重要位置，也是纺织品（服装、家用）外销的重要关节点。尽管新疆地广人稀，但劳动力资源相对丰富，中央和自治区对发展纺织服装产业给予了大力支持。这些都是新疆发展棉纺产业的优势，但是，新疆在棉纺产业的发展中也存在不足，如新疆棉纺产业生产链尚不完整，最终产品的市场尚未完全形成。

在对新疆棉纺产业的优势和劣势进行研判后，姚穆针对性地提出了这些建议。他还特别强调，在新疆这样生态环境十分脆弱的地区，新建纺织服装企业一定要注重环境保护，采用先进、环保的设备和技术，严格控制加工生产中污水、废气、废物的排放和噪声污染，节约能源和水资源，降低原料、辅料、助剂、器材的消耗，减少污染物排放，特别要重视并处理好污水回用问题，确保排放水质达标，为绿色生产和绿色生态树立典范。

在姚穆的悉心指导下，新疆棉纺产业取得了长足发展。从 2023 新疆棉花产业发展论坛暨新疆棉花产销对接会上了解到：截至 2023 年 10 月底，新疆共有纺织服装企业 3725 家，比 2014 年的 560 家增加了约 5.7 倍。其中，吸引其他省区市到疆投资的企业有 1350 余家。受益于新疆棉花的独特优势，棉纺产业链正在加快延伸。从 2014 年至 2022 年，新疆纺织服装产业的固定资产投资累计达到 2859 亿元，年均同比增长 20%，增幅位居新疆各大类工业固定资产投资前列。从主要产品的产能产量看，2022 年新疆的纱、布、化纤、服装产能分别是 2014 年的 5.11 倍、13.0 倍、1.5 倍和 4.66 倍。2022 年前 9 个月，新疆的纱产量为 172.57 万吨，同比增长 14.8%；布产量为 9.26 亿米，同比增长 41.2%；企业服装产量为 3033.77 万件，同比下降 10.9%；化纤产量为 61.89 万吨，同比增长 18.8%。新疆已成为我国西部地区承接东中部地区纺织服装产业转移投资额最大、企业数量最多的省区，成为我国纺织服装产业集聚发展的新高地。在这背后，不知凝聚了姚穆多少心血啊！

然而，姚穆对事业兢兢业业，却很少关心自己家里的事情。出生于1983年的姚桦，是姚穆的独生女儿。姚桦现在是两个孩子的母亲，也是西安工程大学继续教育学院的管理干部。她说："爸爸永远都是匆忙的，爸爸走路很快，小时候我要跟他出门，一定得在他身后小跑，不然就跟不上。后来我想了个办法，一出门我就拉住爸爸的手，这样就不会掉队了。我曾问爸爸为什么要走那么快，他说赶时间呀。我问他为啥总要赶时间，他说事情多，工作忙，跑着都干不完，不抓紧时间哪行啊！我才理解了爸爸为什么永远都走得那么快，永远都是那么匆忙了。"

由于父母工作都忙，姚桦成了吃百家饭长大的孩子。这样的经历也锻炼了她独立生活的能力，院子里的叔叔阿姨都说姚桦从小就像个假小子。姚桦说小时候他们家有"两多"：一是装方便面的箱子多，由于家里很少开火做饭，经常吃方便面，就攒下了很多空箱子；二是书多，家里除了床、衣柜、冰箱、电视等基本的家具，就是书了。她的妈妈是学校的高数老师，也是酷爱读书的人，因此，家里的书种类齐全、名目繁多。她清楚地记得，他们家原来住在一套七十多平方米的房子里，书房很小，只有七八个平方米。这间小小的书房堆满了书，有些书干脆就堆在地上，稍不小心就会碰倒。书房靠窗户的地方放了一张小桌子，只剩下很窄的一个过道。她说："一般情况下，妈妈白天用书房，爸爸晚上用书房。有时候爸爸工作晚了，为了不影响我和妈妈休息，他就支起一张钢丝床休息。钢丝床只能放在过道里，还得移动一些书才能放下。好几次因为书堵住了路，爸爸都出不了房门。爸爸经常叮嘱我不要动他的书，他怕动了后急用时找不到。爸爸对我发过的最大一次火，就是因为我动了他的书，他着急用时却找不到了。爸爸博览群书，记忆力超强，他看过的书，不管你问什么，他都能很快翻出那一章那一节那一页。"

这些书不仅是姚穆的宝贝，也戈为姚桦和孩子们取之不尽、用之不竭的知识宝库。说起自己的院士爸爸，姚桦充满自豪，表示要努力工作，决不给爸爸丢脸。如今，姚桦在干好本职工作的同时，经常教育自己的两个孩子，一定要好好学习，长大后成为像外公一样对国家有用的人。

三 致力材料学，终生纺织情

作者手记："纺织材料学"是纺织工程和非织造材料科学与工程等专业的重要基础课程。身为纺织材料专家的姚穆，自1952年留校任教以来，便一直从事这一学科的研究，几十年来从未间断。他先后主编、参编及翻译出版著作18本，包括《纺织词典》《纺织名词术语》《中国大百科·纺织卷》等重要的纺织工具书。特别是1983年，由他主持编写的《纺织材料学》，成为国家级和部委级的规划教材。该书主要介绍了纺织纤维、纱线、织物的分类、形态、结构以及它们的力学、热学、电磁学、光学等性能和织物用性能，并分析了各种性能的主要特征指标、测试方法及影响因素。该书于1990年出版第二版，2009年出版第三版，2015年出版第四版，2019年出版第五版，先后印刷了23次，印量高达26万册，并荣获陕西省优秀教材一等奖和部委级优秀教材。为了获得姚穆院士的更多资料，我也试着阅读了该书。原以为可能会读不下去，但出乎意料，书中内容既专业又通俗易懂，让我这样对纺织材料一知半解的人也收获颇丰。这本书不但极具理论性、专业性，也具有很强的可读性和科普性，可见姚穆的良苦用心和深厚的文化底蕴。

姚穆指导研究生进行科学研究（院士方提供）

书是人类进步的阶梯。有时一本书，就可能影响一个人的一生，董侠便是这样的例子。1994 年，董侠在青岛大学学习专业课时，首次接触姚穆的《纺织材料学》，她很快就迷上了这本书，反复看了几遍仍爱不释手。这是一部集纺织材料、表征和加工应用研究与物理、化学基本科学问题、仪器设备等众多领域知识于一体的综合性"大书"，董侠从而产生了报考姚穆老师研究生的想法。就在她抓紧时间备考之际，一位学长悄悄告诉她，姚穆不招女学生，即使这样，她还是坚持报了姚穆的研究生，并取得了不错的成绩。在面试时，因受学长的影响，董侠心里不免有些紧张，但姚穆老师那慈善的面容及和蔼可亲的态度，很快打消了她的疑虑。特别是姚穆老师的提问，使她既受鼓舞又受启发，更加坚定了学好这门学科的信念。尽管距离在姚穆老师的指导下完成硕士、博士学业已经二十多年了，但每当回忆起和姚穆老师朝夕相处的日子，董侠仍然抑制不住内心的激动，她特别感念的是姚穆老师能给学生独当一面的机会。

1996 年，董侠读硕士研究生二年级的时候，日本尤尼吉可公司开发的红外蓄热保暖材料带动了国内相应纺织材料的开发。为了建立全国统一的测试方法和评价指标，中国纺织总会科技开发部标准处专门下达了一个文件，决定由西北纺织学院负责制定相关国家标准。为了给年轻人创造更多的学习和历练的机会，培养他们独当一面的能力，姚穆力排众议，让董侠主笔起草了《纺织品红外蓄热保暖性能试验方法》。初稿完成后，董侠跟随张一心、裴豫明等老师到无锡参加全国纺织品标准化技术委员会的审核与答辩。尽管董侠事先作了充分准备，但由于对全行业的覆盖情况掌握不够，送审稿第一次答辩没有通过。

为此，董侠整日闷闷不乐。尽管会后好几位评委安慰她说这是一个大课题，作为一个在读的研究生，能做到这样已经很不容易了，但董侠仍难以释怀，觉得有负姚穆老师对自己的信任，心里很是难过和不安，甚至都不敢去见老师。然而师生见面后，姚穆一句责备的话也没有，反而多次指导董侠对标准进行修改，不断完善，课题最终得以通过，于2001年由国家质量技术监督局正式发布。

姚穆这种培养学生的独特方法，让董侠受益匪浅。2001年5月，她完成博士学业后，进入中国科学院化学研究所攻读博士后，并在后来留所工作中，始终得到姚穆老师的悉心指导和帮助，最终成为年轻有为的女科学家。近年来，由董侠主导的中国第一张塑料钞的基膜以及第一个产业化的具有自主知识产权的长碳链尼龙弹性体新材料、新方法研究成果，分别获得了中国科学院科技促进发展奖和第24届中国专利金奖。如今，董侠在带学生时，也使用了姚穆老师当初培养自己的方法，将学生们的学业课题与她负责的国家重要项目研究任务紧密结合，锻炼他们从行业角度看待和思考解决科学问题的能力，最后获得事半功倍的效果，极大地增强了团队的凝聚力。

无独有偶，在山东如意集团首席技术官丁彩玲的身边，也经常放着一本姚穆主编的《纺织材料学》。作为企业里的科研带头人，丁彩玲尽管从事的是一些前沿领域、突破传统原理的研究工作，但是随着研究的不断深入，她深感基础理论对创新的作用极大。每当遇到特别不好解决的问题时，她就会重新阅读这本书，从中汲取源泉和动力。

山东如意集团是国家级高新技术企业、全国纺织十佳经济效益支柱企业，也是全球最大的智慧＋互联网纺织企业，在纺织制造业领域处于全球领先水平。如意集团发展的基底，就是坚持科技创新。经过持续创新，如意集团已升级到第三代技术，"如意纺"技术已经拓展至棉纺、麻纺等领域，并通过对毛、棉、麻、化纤等不同纤维的任意组合，创造出多元化、多组分、多功能的系列产品。其中，"如意纺"的核心技术荣获2009年度国家科技进步奖一等奖，这与姚穆先生的支持和帮助是分不开的。靠真功夫，用新技术创新打造出来的"如意纺"，不仅让中国纺织行业在国际纺织舞台上展示出了"中国制造"向"中国刽造"转变的姿态，也让如意集团从此摆脱了价格战的束缚。他们生产的面料和服装 60% 出口海外，在国际市场十分抢手，且价格说一不二。

如意集团为何如此底气十足：皆因这家在国内具有强大竞争力的纺织服装企业，从创建之初起就与西安工程大学结下了不解之缘。如意集团的董事长邱亚夫和首席技术官丁彩玲，都曾就读于西安工程大学。他们毕业后选择自主创业，而母校始终是他们坚实的后盾。在与企业互相促进、共同发展中，西安工程大学见证了中国纺织服装产业挺立于世界之巅的科技创新之路。特别是在"如意纺"技术的联合攻关中，以姚穆和孙润军领衔的西安工程大学科研团队始终发挥着关键作用。每当遇到难以逾越的难关时，姚穆都会鼓励丁彩玲："任何事情都是一分为二的，这项技术从原理上是可行的，但因为它是全新的突破，肯定有很多难点需要攻关，只要坚持攻破一道道技术难点和障碍，就会成功。"对此，如意集团董事长邱亚夫也经常向人提起他的恩师姚穆，并多次在重要场合讲，如意集团从一个快要倒闭的纺织小厂，成长为如今年销售收入突破 500 亿元的国际领军企业，转型升级和技术革新的每一步，都离不开姚穆老师的智慧和付出。

众所周知，纺织材料学是一门研究纤维和纺织品制备、性能及应用的综合学科，它涉及纤维的原料选择，纺织品的设计、加工和性能检测等多个方面。纺织材料学的发展对于提高纺织品的品质和功能起着非常重要的作用。回顾纺织材料的发展变化，从兽皮和树叶到麻、棉、蚕丝、毛，再到人工合成纤维，每一步都是与人类科技和文明的进步紧密相关的。作为我国纺织材料领域的学术带头人，姚穆认为，进入 21 世纪后，中国纺织科学呈现出许多新特点：其一，在服装应用领域，纺织学科面临着各种功能性要求的迅猛增长，如抗皱保形、透湿排汗、防紫外线、抗菌防臭、防辐射、芳香、恒温等。纺织学科与生活美学及艺术紧密结合，美化了人类社会及生活。纺织学科直接服务于载人航天飞船，形成并完善人体生活系统的航天服，纺织学科需要形成自动测量（人体数据计算机快速测量及处理）、自动设计（计算机自动服装设计）、自动试剪裁拼装（计算机预制成衣）、自动显示（计算机电子模特自动显示）以及自动生产制造（服装生产自动流水线缝制服装）的全自动快速反应生产系统。其二，在装饰品应用领域，纺织学科肩负着为室内、车厢、飞机、游船等各种生活环境提供安全、卫生、保健、美观、创造艺术氛围和完成繁重装潢的任务。其三，在产业用纺织品领域，纺织学科应用广泛，在造纸、运输、机械传动等传统行业和航空、航天、飞机制造、汽车制造、火车制造以及各种机器机械、构筑建筑物及军备军械等新兴行业中使用的复合材料及其增强材料（即骨架）方面都有着广泛应用。其四，生物工程进入纺织学科，许多传统的生产加工方式可能通过生物工程实现工业化生产。总之，科技的发展，进一步改变了人们的生活。作为该学科的研究者，如不能跟上迅速发展的材料革命步伐，那是注定要被淘汰的。

姚穆主编的《纺织材料学》之所以能成为经典，关键在于他持之以恒地探索和研究。早在当年留校任教之初，由于纺织工程系师资缺乏，姚穆一个人承担了棉纺织厂设计、空气调节工程、纺织材料学、棉纺学（精梳工程部分）、纤维材料实验和纺纱实验等六门课程的教学任务，同时还兼任学校实习工厂的负责人。没有现成的教材，姚穆就自己编写，油印发给学生。英国利兹大学设计学院纺织系高级讲师毛宁涛至今还珍藏着20世纪50年代姚穆编写的一本油印《毛纤维材料学》讲义。"这本讲义现在翻看，都是很经典的。它涉及的领域特别宽，弥补了我在英国研究时没有通用教材的缺憾。"毛宁涛如是说。

20世纪80年代，姚穆根据多年的科研成果与教学经验主持编写的《纺织材料学》荣获了陕西省高等学校优秀教材一等奖、"十三五"部委级规划教材优秀教材一等奖及"十二五"国家级规划教材、国家精品教材等荣誉，还被列为纺织行业必读的 12 本经典著作之一。据西安工程大学图书馆一项统计研究表明，由姚穆主编的《纺织材料学》（第二版）自 1990 年出版以来，累计被各类文献引用 3547 次，高居中文纺织类图书被引首位。这部教材经久不衰的原因还在于，每次再版姚穆都紧跟纺织材料变革的步伐，将自己和团队的最新研究成果融入其中。

2022 年，姚穆在接受中国纺织行业首档大型系列短视频《我是纺织人》栏目采访时说："纺织产业是我一生追求的事业，我愿为它终生服务。我们只有把毕生精力都放进去，才能发挥应有的作用。"在姚穆心中，纺织所解决的不仅是穿衣问题，更关系着各个行业的发展，值得为之倾尽一生。他认为，做一件事就得坚持一辈子，一定是把责任内化于心，还得具有强烈的使命感。对于纺织，姚穆爱得深沉，也希望这份承载民生、承载强国梦想的产业能够得到传承。他是这么说的，也是这样做的。

在教书育人的同时，姚穆大力推进产业用纺织品研发。在分析了全球半个世纪以来纺织业的发展和未来趋势后，他身体力行地为产业用纺织品的发展摇旗呐喊。他预测未来 40 年，产业用纺织品将成为纺织行业唯一要大发展的行业。到 2050 年，世界产业用纺织品纤维总用量有望提高 10 倍。他在多种重要场合强调："纺织产业生产的高性能纤维及其复合材料是发展航空、航天和国防工业迫切需要的战略性材料，是发展大飞机、导弹、航天器、军事装甲、士兵防护、风能发电、海上采油、汽车轻量化和治理大气污染等领域的重要材料，也是西方发达国家对我国实施严格保密、控制和禁运的重点技术领域。我们必须加快发展。"

作为陕西省决策咨询委员会委员，2009 年姚穆上书陕西省有关部门，提出了"重视产业用纺织品研发，迎接国际增长形势，转变单纯初加工结构模式，提升我省纺织产业水平"的建议。在多方努力下，陕西省 2011 产业用纺织品协同创新中心成功获批；2015 年，陕西省产业用纺织品工程技术研究中心在西安工程大学成立；2019年，功能性材料及制品教育部重点实验室成功通过验收，2023年成功通过考核评估。

姚穆一生从事纺织材料研究，但他的衣着却永远是人群中最朴素的。灰蓝色的外套，解放布鞋，是他的穿衣"标配"。出差在外，他选择最便宜的旅馆，不提要求、不讲身份、不端架子是他的一贯风格。在办公室和实验室泡方便面，出差自带干粮，已是他的日常习惯。他几乎忽略了自己在物质生活上的需求，从不把心放在自己身上，他简直就是一个"传奇"。对学术的"讲究"，与对生活的"不讲究"，在姚穆身上形成了极大的反差。

让同事和学生感念的是，姚穆对学术的严谨，到了让人觉得太较真的程度。哪怕是记在一张小纸片上的笔记，他都写得工工整整；修改学生论文，"此处空半格"的批语，让学生铭记一生；准备发表的论文定稿了，他也要等几个月的冷静沉淀后，重新检查、修改后才去投稿。他说每一篇要发表的论文，都像自己的孩子，发表了就收不回来了，所以一定要再三思量，要经得起考验。他推崇工程哲学，创新科研成果从不沾沾自喜。他说事物都有两面性，为了能对社会和人民有益，科研要学会趋利避害，不能将自己局限在某一个领域里，也不能将自己捆绑在一个小圈子里。

姚穆严谨治学、无私奉献的精神，激励着一代又一代纺织人为国家的事业艰苦奋斗。看着姚穆忙碌的身影，听着他循循善诱的话语，无论是政府领导干部、企业精英、科技领军人物，还是技术骨干、普通工人，亦或是普通大学生，都能从他身上感受到一股强大的力量。这股力量坚定着大家推动中国从纺织大国变成纺织强国的信心，激发着大家在中国经济改革发展的浪潮中创出一番事业的激情。在姚穆清癯的身躯里，饱含着一位鲐背之年的老人对纺织事业的情怀，对教育事业的执着，以及对祖国繁荣昌盛的深切期盼。

四　科学有险阻，苦战能过关

作者手记：1978 年，在我国科学发展史上具有划时代的伟大意义。在那年的全国科学大会上，时任中国科学院院长的郭沫若满怀激情地说："科学的春天到来了！"也是这一年，西北纺织工学院（西安工程大学前身）在纺织工程系的基础上成立了。姚穆又一次走进了他熟悉的校园和实验室，内心充满了前所未有的喜悦和轻松，他也迎来了属于自己的春天。他不仅很快入了党，晋升为教授，还担任了西北纺织工学院院长。在此期间，劳动模范、科技精英、中青年有突出贡献专家等荣誉称号也纷至沓来，对他来说，这些不仅是种种崇高的荣誉，也是责任和更大的担当。特别是 2001 年，他当选为中国工程院院士后，压力越来越大，工作也越来越繁忙，他以无限的热忱和毅力，只争朝夕，全身心地投入教学科研中，为国家的纺织事业贡献着自己的力量。值得一提的是，他基于中国人体皮肤感觉神经系统特点，提出了综合反映皮肤生理学、心理学、物理学、工程学的着装舒适性模型和透过织物的能量流与物质流的接触界面阻抗理论，这一创新理论开拓了人体着装舒适性研究的新领域，为特种功能服装的研制奠定了理论基础。此外，他还研制了纺织测试仪器 16 种，起草多项纺织品测试与计量领域的国家标准和军用标准。他参与研制的纱线条干仪、棉纤维性能测试系统，打破了国际垄断，取得了数十亿元的经济效益。在我采访的对象中，无论是领导、同事，还是他的学生和助手，讲起姚穆院士的故事都滔滔不绝，令我深受感动，心潮澎湃。

姚穆指导研究生（院士方提供）

科学是老老实实的学问，来不得半点虚假，需要付出艰辛的劳动。同时，科学也需要创造，需要幻想，有幻想才能打破传统的束缚，才能更好地发展科学。从姚穆的谈话中，我们听不到"大概""可能""好像"这样的词语，不管涉及哪个领域，小到一项具体技术的微小细节，大到国家的战略布局，无论是时间还是数据，他都记得及其清楚，表述得深入浅出。

现年82岁，曾任西安工程大学副校长的朱宝瑜说："姚穆院士给我的印象很深，我至今都记得他讲课时的样子，听他的课就是一种享受。"

因为当过领导的原因，朱宝瑜说话不但条理清晰，而且逻辑性强。她对姚穆院士的评价言简意赅："一个精神、两个贡献、三个荣誉。"一个精神是全心投入、年复一年、锲而不舍的奋斗精神。两个贡献，一是开拓了人体着装舒适性研究的新领域，为国家极地服、航天服、作战服等功能性服装的设计奠定了坚实的理论基础；二是带领团队研发了军港纶、军港呢等多异多重和多变长丝织物理论研究及其应用，为军服、制服、民用服装面料的更新换代提供了物质基础。三个荣誉分别是国家科技进步奖一等奖、中国人民解放军科技进步奖一等奖以及第十一届国家发明博览会金奖。她还坦言，如果有人对此表示怀疑，可以向学校任何一个人求证。

现任纺织科学与工程学院院长的孙润军，曾长期协助姚穆开展科研工作。他在接受采访时说，姚院士从不给工作设界，也不给学术设界。研究棉毛等天然纺织材料，姚穆院士就成了农牧、畜牧专家；研究纺织机械，他又是机械制造、自动化专家；研究中国古代纺织材料或技术水平，他又展现出一个文物专家的素养；研究产业用纺织品，他又成了航天材料和国家战略方面的专家。在大家的眼中，姚穆还是化学家、光学专家、生理学家……对科学，他有一种执着的"打破砂锅问到底"的精神。正是这种不屈不挠的探索精神，才使他在科学事业上，登上了一个又一个的高峰。

——研制防噪声耳塞，解决作战部队实际问题。

1980年，中央军委召集几家科研单位，要求尽快研制防噪声耳塞，以解决云南老山炮台的解放军战士在炮弹爆炸时耳膜遭受严重损伤的难题。当时市场上，只有美国生产的防噪声耳罩，每只价格高达2000美元，全体配装有困难，而且战士们戴上耳罩后，无法听清指挥员的指令。姚穆带领的团队和第四军医大学的专家一起，不仅在实验室反复实验，还亲临去战火纷飞的云南老山炮台阵地实地检测。经过对炮弹振动压强和频率的精准测试，他们很快制成了新型耳塞，并送往云南老山测验。经验证，这种耳塞抗震效果显著，使用时可以清晰听见指挥员说话。这项实验成功后，姚穆团队得到了部队官兵和各级领导的高度认可与赞扬。

——开创服装舒适性研究，为学科发展奠定理论基础。

作为我国服装舒适性研究的开创者，在此类研究零基础的背景下，姚穆团队与国内医科大学联合，制作了人体各部位皮肤切片300余万张，仔细分析了人体各部位皮肤结构的差异以及压力、温度、湿度、刺痛、摩擦等感觉神经元的种类和它们的复合作用。为了全面反映服装舒适性的相关参数，姚穆和他的研究生用自己的身体做实验，建立起了织物物理参数与暖体假人参数之间的联系。进入21世纪，姚穆在人体着装舒适性方面的研究，至今仍然是我国极地服、航天服和作战服等特种功能服装面料设计与暖体假人设计等方面的理论基础。此外，在完成服装穿着舒适性研究的定量测试中，他还组织团队研制了一批测试仪器，建立了一系列测试方法，这些测试仪器有织物透水量仪、多自由度变角织物光泽仪、织物微气候仪、织物表面接触温度升降快速响应仪与织物红外透射反射测试装置等。在这些仪器研制的基础上，陕西省重点实验室——功能服装面料实验室在西安工程大学诞生。

——为驻港部队研发服装新面料，穿出国威和军魂。

1995年12月初，香港回归前夕，中央军委领导提出，香港回归中华人民共和国，中国人民解放军进驻香港。中国人民解放军驻港部队军人代表着中华人民共和国，不仅人员要精选，他们的服装也必须优于英国驻港部队的服装。中央军委要求总后勤部尽快组织力量，研发新型服装面料，保证驻港部队能够按时穿上。这项工作由总后勤部负责，具体组织工作由军需物资部承担，落实单位是中国人民解放军总后勤部军需装备研究所，纺织工业部也积极参与其中。

1996年1月4日，军需装备研究所邀请姚穆加入研发团队，并希望西北纺织工学院给予支持。1月5日，姚穆及学校多位专家赶到北京，初步讨论了基本研发思路。经过讨论，决定采用涤纶长丝作为纤维材料，采用多种不同功能的涤纶长丝复合，使多种纤维功能扬长避短、取长补短，面料综合功能达到中央要求。

香港四季炎热、出汗多，要求服装面料透气、导湿、速干。同时，织物不能太厚，要求穿着凉爽便利，色牢度也要高，避免日晒后掉色。在讨论会上，团队决定与相关企业紧密合作，共同研发，方案通过后，分头试制、试装、修改。1997年4月，样衣生产出后，先在北京请了500名战士试穿并进行作战训练。经过多次检测试验，最终得到领导们的通过和高度认可。中央军委总后勤部军需物资部副部长姜凤庆在深圳检查，直到每个细节都满足要求，又赶回北京向中央军委汇报，请示审批投产。中央军委主要领导提出亲自试穿。1997年6月30日晚，第一批驻港部队出发。战士们站在卸去大篷的汽车上，准备7月1日凌晨进驻香港。这天晚上深圳和香港下起了大雨，战士们都被淋湿了。刚开始时，面对这突如其来的情况，部队官兵们难免有些担忧。不过，战士们身上的服装面料具有"可机洗，洗可穿"等特点，到清晨时，大家的衣服都干了，战士们依旧英姿勃发，香港回归仪式顺利进行，这项任务也圆满完成。

——科研成果产业化，"军港纶"实现经济、社会效益双丰收。

在驻港部队服装获得一致好评的基础上，中央军委要求研究设计新一代军服系列，面料要挺括透气、易洗快干、不易褪色，服装缝制要求纽扣两年内不掉落、不能有任何开缝。1996年，姚穆受聘担任总后军需部军需科技开发特邀顾问，负责研究设计新一代军服系列面料。他带领攻关小组反复试验研究，成果研发出具有现代高新技术的多异多重复合变形的新型长丝织物——"军港纶"。为保证军服质量，姚穆和组员们24小时轮流值守，确保每一个细节都不出错。在长达一年多的时间里，他们没有睡过一个安稳觉，先后动员40多家工厂，从面料研发到服装完成，形成了一个完整的技术系统工程，经过纺、织、染、整等工序，加工出了分别适合于夏季、春秋季和冬季穿着的军服面料及配套的里料、衬料、辅料等，还设计出包括成衣加工在内的整套加工工艺系统，如期高质量地完成了任务。

"军港纶"和"军港呢"已注册商标，仅1999年和2000年两年就累计生产面料8600万米，创造产值29亿元，利税6亿元。这些产品不仅广泛用于部队军服，还应用于公安、税务、检察、法院等部门的制服以及民用服装。1998年，该项研究荣获中国人民解放军科学技术进步奖一等奖和第十一届国家发明博览会金奖，2001年又荣获国家科技进步奖一等奖。同年，姚穆当选为中国工程院院士。目前，化纤仿毛技术及产品还在行业内广泛应用，产生了巨大的经济效益和社会效益，为国内制式服装的发展和改进作出了巨大贡献。

2001年，解放军总后军需装备研究所发布《关于开展向姚穆同志学习的决定》，对姚穆作出了这样的评价："他知识渊博，洞悉国内外纺织材料科研生产的历史现状和发展趋势，能准确引证文献资料，回答专业技术咨询；他技术精湛，在纺织品设计、生产操作和管理方面经验丰富，常常亲自上机操作，解决生产技术上的难题；他敬业爱岗，顽强拼搏，经常加班到深夜；他淡泊名利，衣食朴素，力主节约，每次出差都住最普通的旅馆；他有很高的声望和社会地位，却从不炫耀自己，态度谦和，平易近人，经常像普通工作人员那样干工作，做试验；他言传身教，提携后人，工作中能毫无保留地把知识、经验传授给青年，使他们的专业技术知识和工作能力有了很大的提高。姚穆教授的言行，集中体现了我国老一代科学技术专家全心全意为人民服务的优秀品质。"

——突击研制"非典服"，为医护人员保驾护航。

2003年春，"非典"病毒传染病在中国暴发，许多地区大面积传染，大量病人住院治疗，不少病人死亡，这是中国近几十年来暴发的最严重的肺炎病毒传染病。4月6日下午，中央军委有关领导召集包括姚穆在内的工作团队开会。会上，领导指出："根据调研记录数据，此前一周内，感染病人中，医护人员占三分之一；死亡病人中，医护人员占三分之一。医护人员如果得不到保护，'非典'战役将前途渺茫。虽然已将部队使用的防毒气服发放给医护人员，这些服装确实有一定的保护作用，但由于其材料特性，虽然病毒颗粒气体分子不能透过，但水分子也不能透过，因此医护人员出的汗全留在衣服内，流到脚部，导致无法长时间工作。我们需要尽快研发出适合'非典'疫情的医用防护服装。"

1985年，姚穆团队就曾研发了聚四氟乙烯双向拉伸薄膜的技术和装备，并在河北省邯郸市和浙江省湖州市建有生产企业正常生产，还研发过具有各种尺寸微孔的工程技术。因此，面对此次紧急任务，姚穆团队立即查阅国际相关资料，寻找"非典"病毒的尺寸信息。通过电子显微镜放大照片，他们发现，"非典"病毒呈圆球形，表面有毛绒状的细丝，球本体最小直径为80 nm。课题组当即决定将薄膜微孔最大尺寸设定为67 nm，并立即投入生产。检测正常后，他们急送样本至北京市解放军总医院进行测试，结果却令人震惊：病毒出现了大量泄漏。大家共同分析，认为可能是美国提供的数据不准确，或者病毒出现了变形，比如变成椭圆球形，截面尺寸就会缩小。

为确保能够有效阻挡病毒，团队决定将最大微孔直径缩小到37 nm，这

姚穆深入纺织企业进行科学研究（院士方提供）

一尺寸既可以保证阻挡病毒，也能让水蒸气分子顺利通过。经过调整后的产品生产出来后，经测试尺寸正常，再次送解放军总医院测试，结构显示薄膜完全可以挡住病毒，无一泄漏。于是，团队当即按批生产聚四氟乙烯薄膜。

在服装设计上，为了防止薄膜在不受力时伸长变形和防护磨损，团队在外层黏附了一层涤纶长丝织物。同时，考虑薄膜贴体穿着时，在略有汗汽条件下可能会产生黏附感，导致皮肤感觉不舒适，团队将内面黏附了一层薄毛绒织物。"非典"防护服的整体设计参照解放军防毒气服，配备头盔，前罩透明，并可内加眼镜（医护人员可看显微镜或各种小物体），配备呼吸氧气输入和二氧化碳输出渠道及解决语言交流的电信附件。按照这一设计，他们成功研制出了"非典"防护服。4 月 28 日上午，相关单位召开科研项目审、评、验收会议，"非典"防护服获得通过；下午，紧接着召开"非典"防护服国家标准审定会议，国家标准文稿经审评、修改、定稿，获得通过后，有关部级领导签字，当即批准、发布、实施。这一连串的流程，是国内外都没有发生过的：国家标准当天评审、当天通过、当天批准、当天发布、当天实施。当晚，生产单位便开始正式批量生产。5 月 1 日，"非典"防护服到达小汤山医院，5 月 2 日，小汤山医院开始收治病人，"非典"防护服正式开始使用并发送至相关医院。姚穆等小组人员购买了十多套服装，带回西安，由西安工程科技学院（西安工程大学前身）捐献给陕西省卫生局。卫生局收到后，当即分发给第四军医大学唐都医院（陕西省收治"非典"病人的定点医院）的医护人员使用。半年不到，"非典"战役结束。经调查统计，小汤山医院收治病人 1371 人，当时小汤山医院医护以及各种服务人员共计 1837 人，无一人感染。

——制定中国测试标准，为行业立下标杆。

姚穆是我国多种纺织原料和产品标准的制定者。他研制出的许多测试仪器和测试方法在国内得到广泛使用。他主持的国家重点科技攻关项目"棉花质量公证检验测试系统"，攻克了原棉短绒率测试等技术难题。他主持研制出我国第一台直接测试棉花黏性的仪器，有效解决了棉纺织厂的配料和产品质量控制难题。他参与研制的 YG132 型条干仪标准信号发生器，已成为我国纺织专用仪器计量校准的基准。据不完全统计，由姚穆主持或参与起草的有关纺织材料、纺织品等的国家标准、军队标准和部颁标准就有 20 多个。其中，他主导的 14 项棉纤维试验国家标准作为"棉纤维试验方法（二）"获得 1996 年度国家科技进步奖三等奖。

姚穆围绕着舒适性及功能性的新趋势，积极开展原创性的研究工作，组织研制了一系列的测试仪器，还起草了多项标准，如纺织品的紫外线、红外线、微波防护等标准，每一项成果都凝聚着他的心血。在舒适性方面，他也提出了新的创意，如在织物水分管理、织物接触冷暖感评价等方面，不仅指导建立了国际标准，还研制了专门的仪器，他也因此获得国家有突出贡献的中青年专家、全国纺织工业带动模范、全国优秀教师、陕西省劳动模范、陕西省科技精英以及陕西省优秀共产党员等诸多荣誉称号。不过他从来都不把这些看得有多重要，他总是这样对人说："所有的成果都是大家合作的结果，我一个人什么也干不成。"他把所有的奖金全部用于学生的科研和差旅费用。

其实，对于姚穆经年累月的辛勤劳动和无私奉献，大家有目共睹。解放军总后军需装备研究所主任梁高勇还记得，1996 年 9 月，他成为姚穆的研究生，1997 年他第一次跟姚穆去江苏盐城化纤厂做实验，因他是北方人，听不懂南方话，也不敢开口讲话，晚上姚穆老师就利用休息时间，不厌其烦地教他如何听懂盐城话，两三天后他就基本能听明白了。在后来的工作中，梁高勇负责的作训鞋项目遇到了涤纶长丝与橡胶材料粘合难、鞋内脚底打滑等问题，他向姚穆老师求教，姚穆老师建议他采用涤纶长丝空变、蜂巢组织结构等方案，取得了非常好的穿用效果。

现任东华大学纺织学院院长、教授的顾伯洪回忆，33年前，他有幸在姚穆老师的指导下攻读硕士学位，还参与了姚穆老师主持的国家"七五"攻关项目——用化学纤维仿制羊毛。当时，姚穆为了突破国外关键核心技术的封锁，联合了多家企业和院所协同攻关。顾伯洪特别提到，有一年夏天，杭州高温酷暑，姚穆带领研究生、技术员和工人连续半个多月在高温车间工作，最终成功突破了关键核心技术。顾伯洪不禁感叹："姚穆老师这种创新求实、淡泊名利、甘为人梯的品格，正是我们新时代大力弘扬的科学家精神！"

关于姚穆，西安工程大学原副校长李鹏飞也说："工作就是姚老师的乐趣，争分夺秒地学习和探索是他最大的'养生'。自从献身国家的纺织事业，姚老师一直有着饱满的工作状态，即使年近九旬，他的工作量也毫不逊色于年轻人。我们学校的校训是'厚德、弘毅、博学、笃行'，姚老师堪称践行校训的典范和楷模！"

五　执教七十载，桃李满天下

作者手记：自1952年大学毕业留校任教以来，在长达70多年的执教生涯中，姚穆教过的学生有多少，已经无从统计。仅他培养的硕士研究生、博士研究生就有50多名，为推动我国纺织科学与工程学科的发展和人才培养作出了重大的贡献。这些遍布在全国各地的弟子，有的成为少将，有的成为院士，有的是学科带头人，有的担任领导职务。不管他们在什么地方，也不管现在从事什么工作，只要提及姚穆老师，都有说不完的话。当他们得知《"陕"耀光芒——在陕两院院士风华录》第二辑正在对导师姚穆进行访谈时，在英国的李翼，在武汉的徐卫林，在上海的顾伯洪，在北京的梁高勇、来侃、施楣梧等人，纷纷以视频的方式发来感言，深情回忆他们与导师朝夕相处的难忘岁月，以及导师对自己的教诲。从与他们的交流中，我深切感受到，姚穆教授的治学精神和人格魅力已在他的学生身上得到了传承和发扬，可谓"桃李不言，下自成蹊"。

今年88岁的皇甫练真，曾和姚穆在一起合作共事多年。退休前他是《纺织高校基础科学学报》和《西安工程大学学报》的副主编，而姚穆则是这两种学报的主编。从不轻易夸人的皇甫练真说："说句心里话，我是从心里佩服姚穆这个人！他有理论、有实际操作能力，知识面很宽，他研究的是纺材，可是数学、光学、文学、摄影什么都懂，他不仅会使用仪器，还会做仪器、修仪器。姚穆学问大，还非常谦虚、平易近人，带学生也有一套，现在他的不少学生都成材了。"

现任武汉纺织大学党委副书记、校长，也是中国工程院院士的徐卫林，在20世纪90年代初考入西北纺织工学院纺织材料专业攻读研究生，姚穆是他的指导老师。那时候，姚穆已经年过花甲，因为工作需要，依然坚守在第一线，既带学生，又搞科研。尽管工作很忙，但学生的任何细微表现，都逃不过他的眼睛。徐卫林虽然考上了研究生，但起初对所学专业不是很喜欢，姚穆察觉后没有责备，而是循循善诱、因材施教。经过一段时间的细心观察，姚穆发现了徐卫林思维敏捷、善于动手的优点，于是多次找徐卫林谈心，给他讲纺织材料学的特点和重要性，引导他热爱这个专业，并且有针对性地布置任务，经常让他陪同其他学生在研究室做实验，有计划地给他创造学习和进步的机会。姚穆的悉心指导和身体力行很快激发了徐卫林的学习积极性，他不但爱上了纺织材料学专业，也爱上了这位可敬可爱的导师。

多年之后，徐卫林也成为了和导师姚穆一样的人，于 2021 年 11 月当选为中国工程院院士。在长期从事先进纺纱技术与纺织品领域的研究中，徐卫林在超高支纱、柔洁纱、特种纱、纱线差别化、纱线与制品检测等方面开展了技术创新及其产业化实践，并在纤维、纱线、织物面料及其先进检测方法等方面获得了一系列研究结论。他还积极组建获批省部共建纺织新材料与先进加工技术国家重点实验室等重大平台，主持研制了嫦娥五号月面国旗、火星着陆巡视器耐高温弹性密封装置等代表性成果，并长期与国内外企业和研发机构广泛合作，推动科研成果进行产业化应用。同时，他还承担着"纺织实验仪器学""纺织专业外语""高分子材料科学导论"等课程的教学任务。从这些成绩中可以看出，徐卫林的科研也是跨界的，在从事服装材料研究的同时，也在做其他方面的研究，并将许多技术成功应用于军工方面，而且取得了显著成绩，作出了突出贡献。他还经常带学生深入企业，帮助企业解决实际问题，得到了企业领导和职工的称赞。和他打过交道的人，都说他的为人和作风很像他的老师姚穆。

每当别人询问徐卫林取得进步的原因时，他都要说到他的老师姚穆。在徐卫林的心中，除了自己的亲生父母，对他影响最大的人就是导师姚穆。姚穆老师不但教了他知识，还教了他如何做人。他把姚穆老师的做人原则总结为三个字，即"忍、韧、仁"。他说，"忍"就是忍得住，"忍字头上一把刀"，要忍得住社会上不良现象对我们的影响，作为领导用权时更要忍得住，坚决不滥用权力；"韧"字，意思就是人一定要有柔韧结实、百折不挠、坚强不屈的精神；"仁"字，即仁爱，做人要有仁爱之心，历史上干成大事的人往往都具备这样的品质。如今，这三个字已经成为徐卫林团队攻克难关、勇攀高峰的法宝。姚穆常说的"小步快走，步步走稳"这句话，徐卫林不但铭记于心，还经常给自己的学生讲。他对这句话的理解就是脚踏实地，诚实待人，认真做事，努力工作。他相信姚穆的科学家精神会变为一种宝贵的财富，传承给后人。

已是少将的施楣梧，从1984年至1995年，在姚穆身边学习工作了11年，先是硕士研究生，后来又攻读博士研究生，姚穆都是他的导师。1995年，施楣梧又去四川大学高分子材料工程国家重点实验室，师从徐僖院士进行博士后研究工作。直到1997年博士后出站的两年半时间里，姚穆仍然对施楣梧的博士后研究课题保持着密切的关注。施楣梧博士后期间，在承担了总后勤部军需装备研究所的军需被装研究项目时，他诚恳邀请老师姚穆出任总后勤部特邀顾问。在此期间，他又与恩师一起承担了驻港部队新军服的研发、低比例毛涤面料的研发以及鞋用织物的开发，解决了解放鞋容易褪色和牢度不够的问题。

1997年，施楣梧被特招入伍，承担了军需被装新面料的研发任务。姚穆作为总后勤部特邀顾问，一直指导军用纺织品的研发工作。在姚穆的帮助和指导下，施楣梧较快地完成了研发任务。他先后主持了军队和武警常服、礼服、作训服等服装面料的研发和生产工作，并成功研发了军用头盔系列、军用救生衣系列以及新型携行具等。他研发的电磁屏蔽材料、防静电面料、防虫面料、阻燃面料等功能性纺织面料已广泛应用于部队，并多次获得国家科技进步奖和军队科技进步奖等殊荣。回忆姚穆对学生的培养和教育，他认为是全方位的。

最让董侠难忘的是自己第一次和老师姚穆出差，一起去参加第五届北京中国国际纺织机械展览会。因为还有其他事情要办，姚穆先到北京。在董侠出发前，姚穆将公交车的乘车路线、转乘车站，以及有关活动的议程和注意事项都给她交代清楚，甚至连到达后到哪里吃饭都有详细的说明。当董侠辗转到达时，没有想到的是，身为西北纺织工学院名誉校长、著名纺织材料科学家的姚穆，给他们订的招待所竟然是地下室。所谓地下室，就是当年备战时修建的防空洞，有一扇厚重的水泥大门，带着钢筋般粗大的门闩，通道里空无一人，走近一看黑乎乎的，让她怀疑走错了地方。犹豫再三，她到前台给姚穆打了电话，询问要不要换个地方，但姚穆只说了三个字："挺好的。"后来董侠才知道，姚穆经常这样，市内出门乘公交车，乘飞机是经济舱，坐火车是硬座，在生活上从来不讲究。但对学生和周围的人，姚穆却关怀备至，慷慨解囊。

董侠上硕士二年级时，学业繁重，不仅实验量很大，还有很多数据需要处理。那时没有电脑，所有的数据需要用科学计算器总结规律，因为会用到复杂的函数关系处理，包括数据回归和数据拟合，这对数学的要求特别高。由于数据处理过程复杂且难度很大，加之董侠没有科学计算器，搞得她头昏脑涨。无奈之下，她去求教姚穆老师。姚穆拿出来一个小小的科学计算器，教会了她进行数据处理的方法，只需要把相关的两组数据输进去，拟合曲线的关键参数和相关性就都出来了，规律也就有了。有了姚穆老师的指导和这个计算神器，董侠的工作也得心应手了。她利用这个计算器，处理了大量的曲线图，不仅完成了硕士期间的数据处理，也完成了博士期间的数据处理工作。如今，电脑的功能特别强大，升级换代又非常快，董侠的电脑也越用越高级，所有实验数据都能直接处理，还能进行批处理，同时把图画出来，再也不必先用计算器计算好数据，然后再用手绘图了。但是姚穆老师送给她的那个计算器，董侠却一直珍藏着。每当她看到这个计算器，就像姚穆老师还在身边看着自己一样。

这样的故事，在姚穆和他的学生之间经常发生。英国曼彻斯特大学教授李翼说，姚穆是他最敬爱的老师，他传授给学生的不仅仅是知识和技术，更是探索未来的金钥匙。1982年，李翼有幸成为姚穆的第一个研究生，开始了对服装舒适性的研究。这期间，在姚穆全面、系统、严谨的指导下，李翼在研究方向的选择、研究题目科学问题的批判性分析、研究目标原创性的决定等方面都取得了显著的进步。从机理的理论分析和假设验证、实验方法、设计与实施原创性的检测方法设计与搭建，到数据分析与解析，他都取得了很好的效果，并在硕士学习期间发表了三篇学术论文。此后，他开始深入服装舒适性的科学问题和工程问题的研究，开辟了一个跨多个学科的交叉研究领域，建立了纺织生物工程的科学理论体系。该体系涵盖了纺织材料的生物工程、纺织热生理生物工程、纺织力学生物工程、纺织视学生物工程、纺织感性生物工程、纺织电学生物工程、纺织医学生物工程以及纺织信息生物工程，将传统的纺织工程引入最前沿的科学技术领域。

在对姚穆众多弟子的采访中，提起自己的恩师，他们都有说不完的故事，诉不完的恩情。在他们的心目中，公认的老师形象是这样的：

——姚穆是一位自强不息、学识渊博的学者。

姚穆惜时如金、涉猎广泛，获取信息兼收并蓄，几乎达到了"疯狂"的程度。在同事和学生中，他有一个并不俗气的绰号：书架。正因为如此，他才具有渊博的学识，不仅在纺织材料学等方面有极高造诣，对纺织工程中各个门类也了如指掌。在生理学、心理学、哲学、美学、社会学乃至计算机技术、电子技术、信息科学、纳米技术等新兴学科方面，他亦有独到的见解。姚穆讲课时，文思泉涌，旁征博引，逻辑严谨，能从不同角度启迪学生的思维，这与他的博学是分不开的。姚穆有极强的记忆力，在课堂上他常能指出某人的某个观点在哪本书的第几页，令学生惊叹不已。一位学生听了姚穆的《纳米技术与纺织》学术报告后，这样描述他："他身着灰色夹克，脚穿布鞋，讲到兴头上，手脚比划，表情丰富，让人深受感染！"

——姚穆是一位重视理论联系实际的实践家。

姚穆的重大研究课题都与国计民生息息相关。他非常重视实践，善于解决生产中的实际问题，他对各种仪器和机器的熟悉程度不亚于熟练工人，机器仪器的常数他都熟记在心。在工厂里，他会手把手地教挡车工如何打结。在姚穆的主持下，团队先后研制出了不少测试仪器。在研制条干均匀度仪及其计量规时，为了获得全面的数据，姚穆带领几个研究生跑遍了当时所有有条干仪的纺织厂，对几百台仪器进行了测试，终于使国产条干仪的性能超越了国外同类产品。在他的指导和带领下，纺织学院纺材实验室增添了许多自制设备和仪器。并对已有的部分仪器如 INSTRON（万能电子强力机）进行了改造，开发出许多新的功能。姚穆对学生的实验要求也十分严格，经常帮助学生进行实验设计和部分实验操作。对学生的实验方案、原始数据及数据的处理结果，姚穆都要亲自检查并要求复现，有些实验甚至要重复做几十次。

——姚穆是一位治学严谨的好导师。

姚穆的学生都说，能够师从姚老师读研究生是我们的福气。跟姚老师学习可以获得做学问的全面训练，从文献检索到研究方向的确立，从理论模型的建立到实验方法和实验装置的设计，从实验数据采集到对结果的分析讨论，各种能力都会得到严格训练。姚穆对学生要求极严，要求他们的研究选题必须在该领域的前沿，硕士生的研究内容和工作量要达到博士生的标准。他对学位论文有一个不成文的规定：第一要有学术水平，第二要经得起时间的考验。身为导师，姚穆就是一个很好的榜样。1985 年，姚穆进行纱线强伸性能弱环定律研究，多次实验后，获得了近 10 万个不同强度纱线的数据，但因仪器夹持器无法精确获得零隔距时纱线的强度数据，论文至今都未发表。

——姚穆是一位恪尽职守的好院长。

姚穆在担任院长期间，从不因自己既是院长又是学术权威而搞特殊化，也不准自己的学生搞特殊化。他要求学生面对困难时要自己克服，不要想着走捷径开后门。特别是对留校工作的学生，姚穆总是教导他们在家属调动、职称晋升、住房分配时要听从组织安排，不可操之过急。学生做错了什么事他都能及时给予批评，从不因是自己的学生就护短。姚穆在担任院长期间，每天早上总是第一个到教研室，安排完科研和教学工作，再到院长办公室处理其他事务，然后抽空回实验室做实验或给研究生上课。每次出差回来，他总是先到学校向党委书记进行汇报，体现出很强的组织观念和纪律观念。他常说不能因生活问题而影响工作，更不能因自己的问题而影响别人。

姚穆在主持学校工作期间，特别重视对青年教师的培养，他认为教师必须在修养和学识上站在专业领域的前沿，提出青年教师要具备三个特别素质：一要真正做到为人师表，言传身教；二要在掌握业务知识和授课内容时，既要有宽度，也要有深度；三要在规定时间之内系统地把知识传授给学生，并确保学生听得懂。他说所谓搞科研，就是想办法把传授给学生的东西与实际接轨。教科书是成熟的，但教师给学生的不能仅限于此，所以教师要不断地学习、不断地自我更新、不断地学会自己否定自己。从哲学的角度说就是要有否定自我的勇气，让自己不断前进，从而使学校的学术气氛逐渐浓厚。

姚穆担任院长期间，先后有65个科研项目获得高教局、纺织总公司、省纺织公司、常州市和乌鲁木齐市科研成果的一、二、三等奖。同时，他还积极为陕西纺织工程学会加快纺织行业发展建言献策，并参与了援建新疆大学、广东惠州学院纺织专业发展的工作。当时学校的国际学术交流日益增多，多位教师被学校选派赴日本奈良大学、英国利兹大学、台湾逢甲大学及德国罗伊特林根大学深造，他们后来都成为了纺织领域的知名学者和专家。学院新增了工商管理、服装设计与工程、环境工程、计算机科学与技术等专业，纺织工程、工业自动化、染整工程、纺织机械、服装等5个专业获得学位点，这些都为学生尽快成长创造了有利条件和宽松环境。

著名科学家杨振宁曾经说过，一个年轻的研究生，最重要的一件事情其实不是你学到哪些技术，而是要使自己置身于未来五年至十年有巨大发展潜力的领域，这才是研究生阶段所要达到的目标。作为博士生导师，姚穆十分清楚要将学生培养成什么样的人才，他总是不遗余力甘为人梯，引领学生站在科学技术的前沿。他的培养理念概括起来主要表现在四个方面：

一是重视理论体系的建立。施楣梧分别于 1984 年和 1991 年攻读姚穆的硕士研究生与博士研究生。那个年代，研究生教育的教材体系还不健全，姚穆为此自编了有纺织特色以及更严谨的物理化学理论的研究生教材，并且形成了连贯的知识体系。例如，针对纺织品的颜色和光泽问题，姚穆从纤维材料的结构和光学性能、纺织品的结构、环境光学条件到对人眼形成视觉刺激等多个维度进行分析，再从视觉生理学、视觉信号的神经传递和心理学角度进行美学判断，为研究生呈现了一个完整的理论体系。姚穆对研究生的要求，可以说是对理科研究生和工科研究生要求的综合。

二是重视动手能力的培养。姚穆很爱惜实验仪器设备，但在审阅实验方案、提出安全警示措施后，他允许学生对实验室的高级精密仪器进行二次开发，以扩大应用范围或理清工作原理。姚穆的实验室有一台精度很高的热机械分析仪，施楣梧想用来做单纤维的径向压缩性能测试实验，他给姚穆报告了自己的实验设想后，得到了姚穆的大力支持。尽管这样的探索性实验有导致设备损坏的可能性，但在制定了一系列保护措施后，姚穆鼓励他大胆尝试。最终，施楣梧率先做出了单纤维径向压缩性能的测试结果，并形成了测试方法。

三是重视解决行业技术问题。在施楣梧攻读姚穆的硕士研究生阶段，正好是姚穆承担化纤仿毛国家"七五"攻关项目研究任务的时间，施楣梧的师兄弟姐妹有一部分力量就参与了仿毛化纤性能检测方法的研究，例如仿毛化纤的截面异型度检测、三维卷曲形态的量值及稳定性评价等。这些方法在传统天然纤维和普通化学纤维上是没有的，却是社会急需的，并且在测试原理和手段上有一定难度。姚穆给他们做了动员和指导，鼓励他们面对行业难题，积极投身其中，发挥作用。最终在姚穆的整体部署和精准指导下，他们研发出了30多项仿毛化纤的性能检查方法，为国家创造了利益。

四是重视系统工程理念。由于纺织品的加工环节众多、周期漫长，一件衣服的制造，需要经历高分子原料制备、纺丝、纺纱、织造、染整、成衣加工等多个环节，每一个环节都有可能出问题。但姚穆认为，解决这些问题，只要选择最简便有效的方法即可。例如衣服强度低的问题，可以选择聚合度大的高分子材料，纺丝形成结构规整、结晶度高的纤维，纺纱时采用紧密纺、赛洛纺等先进纺纱技术，织造时采用较高的经纬纱密度和适当的交织次数，在染整时降低加工张力以减少损伤，并选择适当的 pH 值和加工温度，在成衣和熨烫时也需要避免加工损耗，并在服装结构上避免出现薄弱环节等。由此，施楣梧建立起一个这样的观点：要自如且高效地解决问题，必须要有广博的知识，不断拓宽在相关专业领域的知识面。

这种"授人以渔"的理念和行动，一直贯穿于姚穆的执教生涯，形成了"青出于蓝而胜于蓝"的局面。姚穆先生的崇高品质，也是学生永远学习的榜样。在庆祝"姚穆先生执教五十周年"的时候，施楣梧、李翼、来侃、刘让同、徐军、黄机质、董侠等七位弟子，曾以"姚老师是我们永远的人生导师"为题，联名写了一篇文章，他们景仰姚穆老师的品德、精神、学问、学术思想的同时，还称老师是一本永远读不完的书——包罗万象，篇篇精彩，只有不断学习和品味，才能彻悟其思想精髓。正如英国利兹大学设计学院纺织系高级讲师毛宁涛所言："初见姚老师的时候，他40多岁，现在他90多岁了，精神状态、言谈举止以及对工作的热情和认真，还和几十年前一模一样，值得我们永远学习！"

六　甘为孺子牛，奋蹄知路远

作者手记：有人称姚穆是"布衣院士""科技雷锋"，有人说他是"纺织专家""纺织材料的百科全书'。在采访姚穆的同事、助手和学生时，所有人对他无不称道。上班路上、出差途中、候车室、站台上、车厢里、机舱旦以及等人的时候，姚穆的包里都装着书，手里都拿着书、报纸、杂志或者资料，他眼睛不闲、手脚不闲、脑子不闲。为什么？赶时间。姚穆说时间就是生命，时间太金贵，总是不够用，坚决不能浪费。为了追赶时间，姚穆穿戴也非常简单，无论春夏秋冬，他身上总是一件褪色到近乎发白的蓝衣服，脚上总穿着一双军用球鞋，即便冬天的毛衣袖口经常都磨损脱了线，他还在穿。为了赶时间，住院时，他的床头柜上也要放一个座钟来掌握时间。什么时间起床，什么时间看书，什么时间吃饭，什么时间休息，他都严格执行，分秒不差。为了赶时间，姚穆多次要求出院。他说，他要做的事情很多，不能总躺在床上休息。几十年来，姚穆风里来雨里去，做了那么多工作，取得了那么多成绩，但是他还觉得不够，他想在有限的时间里努力为国家、为社会、为人民作出更大贡献。我深刻感觉到：他是一个"追赶时间的人"，是一个永远追求光明和信念的"夸父'。

"工作是姚老师的止痛药，是他的减龄法宝，也是他养生之道的精髓。自从投身国家纺织事业，姚老师的工作一直处于异常饱满的状态，即使年过

90，他的工作量也丝毫不逊于那些特别勤奋的年轻人。在姚老师的时间表里，从来没有节假日，一天 10 余小时、一年 365 天，天天都是工作日，且都是高效工作日。"这是曾长期协助姚穆科研工作的孙润军的切身体会。

孙润军是 1992 年从中国纺织大学毕业的，毕业后分配到西北纺织工学院工作，其间攻读了姚穆的研究生和博士生。2001 年姚穆被评为中国工程院院士后，孙润军开始协助姚穆进行科研工作，持续近 20 年。孙润军说，姚穆最大的特点就是惜时如金，每天起床很早，总是第一个到办公室，晚上下班，也是最后一个离开办公大楼。在外出差，他也是起早贪黑，经常是晚上赶路，白天工作。晚上不管几点钟休息，他都能按时起床。一年到头，他每天都是这样。工作、生活中的每一点零碎时间，他都用来读书、看资料、记笔记。

即使在出差的时候，无论是车厢的铺位上，还是机舱、船舱里，都常常是姚穆备课、编写教材、构思论文的临时场所。有时为了完成授课和报告任务，即便是在出差和返校的当天，他也会不顾旅途的辛苦，先到办公室里处理事务和思考问题。为此，他经常工作到深夜，许多讲稿、教材、论文都是加班加点完成的。为了获取完整的实验数据，姚穆好几次因过度疲劳昏倒在实验室，可是他在注射了葡萄糖液体后，继续坚持给学生进行辅导。他没有节假日的概念，在校园里的清晨或傍晚，人们常常见到的都是姚穆来去匆匆的身影。

孙润军的妻子李利乔，原在一所中学当老师，2014 年调到西安工程大学后，一直在院士办工作，担任姚穆的秘书。这些年来，说起姚穆生活中的点点滴滴，李利乔如数家珍。最让李利乔感动的是，姚穆的生活几乎全跟工作有关，其他事务在他的生活中几乎很难占据一席之地。姚穆有个习惯，每天自己做了什么事情，见了什么人，还有什么工作需要做，他都一一记在本子上，包括时间、地点都详细记录着。翻开他的本子，字写得密密麻麻的，每一天的生活和工作都记录得仔仔细细。他生病后，每天需要服用一种韩国进口药，他把药品说明书留着，用来记录看过的新闻以及报纸上有用的文章、新的观点、新的思维。他的节俭和好学，感动了医生和护士。

姚穆忘我地工作，到了常人难以想象的程度。李利乔回忆，有一年，他们和姚穆老师一起过春节。大年三十，大家都忙着准备年货。姚穆老师为推导几个公式，连春节联欢晚会都没有看。大年初一，外面鞭炮声声，人们欢欢喜喜地过年，姚穆老师却熬了整整一晚上，从房间出来时，眼睛都是红的。李利乔看到后说："过年了，姚老师您就休息休息吧！"结果姚穆嘴上答应着，转过身又去忙了，直到公式顺利推导得出结论，他才放手。

曾任院士办公室第一任主任的徐军，跟随姚穆十多年。她用"严"和"慈"两个字评价姚穆。姚穆严于律己，宽以待人，对待工作认真敬业、一丝不苟，对自己非常严格；然而，他对学生却像慈父一般，关心体贴，无微不至。一次，徐军在推导一个理论公式时遇到了困难，下班后到姚穆家中寻求帮助。姚穆立即放下饭碗，一边翻看资料，一边让妻子给徐军煮饺子。在姚穆的指导下，徐军很快打开了思路，解决了难题。那一碗饺子，徐军至今难忘。

2001年，姚穆被评为中国工程院院士。也就是这一年，任建春被调到院士办给姚穆开车。一眨眼23年过去了，在与姚穆相处的日子里，任建春发现姚穆老师一年到头忙碌不停，不管走到哪里都有干不完的事儿。就连在乘车途中、飞机上或者候机室里，他也从不休息，手里总是拿着书本、报纸、杂志或者资料，不是看就是写，一刻也不停。然而，姚穆老师对身边的人却关怀备至。他和同事一起出差时，尽管自己经80多岁了，已经到了该别人照顾他的年龄，但他总是招呼大家先吃，照顾着身旁的人。每年春节，姚穆都会邀请身边的工作人员吃年夜饭，还给孩子们发压岁钱。一次，有个学生家里老人住院，姚穆知道后，立即从口袋里掏出2000元钱来，让那个学生赶快寄回家去给老人治病。这份深情厚意让身边的人感动得无以言表。

姚穆在办公室（院士方提供）

2017年，姚穆87岁了，这¹是他在陕西执教的第65个年头。年初，一向身体健康的姚穆接受了一个手术。出院之后，还没等康复，他就投入工作中。每日早晨5点到晚上11时许，除了吃饭和短暂的午休时间，他全身心投入他热爱的纺织事业。看着这个瘦小的身影又出现在校园的办公室和实验室，出现在企业的生产车间，出现在各种报告会、研讨会、认证会现场，大家既惊讶又开心，熟悉姚穆的人都知道，那个步履矫健、精神矍铄的姚老师又回来了。

段红初中毕业后到西安打工，如今已40岁了。自2022年姚穆住院以来，他一直守护在姚穆身边。段红做过8年护工，护理过多位病人，但他坦言，从未见过像姚穆这样的病人。姚穆不仅爱学习，还关心国家大事，每天都要看书、看电视新闻，特别是疫情期间，他每晚都要通过电视了解疫情的最新动态。因为手术后遗症，姚穆不能久坐，可是为了看电视新闻，他经常咬牙坚持。姚穆最关心的还是他的纺织科学，他看的书基本都是与纺织专业有关的，如果在报纸上看到相关文章，他都要复印保存起来。看书、思考使他常常处于痴迷状态，有时夜里做梦说梦话都是工作上的事情。一天深夜，姚穆说梦话的声音很大，一下子把段红从睡梦中惊醒了。段红不知他怎么了，急忙去叫他，姚穆说："开会呢，我正在讨论事情，你叫我干啥？"

姚穆善良慈祥，和蔼可亲，对段红很关心，特别是吃饭或休息时，总提醒段红多吃点儿、吃好点儿，不要累着了。段红觉得自己是一个"下苦人"，受到这样的尊重，非常感动。他激动得逢人就说自己遇到贵人了。段红从小就不爱学习，一看见书就头疼，后来由于生活所迫，更是断了读书的念头。但自从当了姚穆老师的护工后，深受姚穆老师的影响，他有空儿也抓起书看。遇到不明白的地方，姚穆老师总是耐心地为他讲解。段红发现，姚穆老师对天文地理、古今中外无所不知，而且讲解得深入浅出，自己一听就明白。他不禁感叹，姚穆老师真是太厉害了！

这就是姚穆，一个忘我工作的人，一个乐于助人的人，一个甘当人梯的人，一个追赶时间的人，一个勇攀科学高峰的人，一个心系苍生、衣被天下的人……即使躺在病床上，仍然在学习新知识，心里想的还是工作的人。在此，我们衷心祝愿姚穆院士早日康复，回到他念念不忘的工作岗位上，为祖国、为人民作出更大的贡献！

作者简介

周养俊，陕西长安人，主任记者，西安邮电大学客座教授；中国作家协会会员、中国散文诗学会理事、中国散文学会会员、中国邮政作协副主席、陕西省文联委员、陕西省作协理事、陕西省职工作协主席。出版长篇小说及各种文学作品集26部。1981年10月短篇小说《啊，朋友》获陕西青年小说散文竞赛乙等奖，2001年2月获陕西省文联第二届德艺双馨优秀会员，组诗《邮运三章》获2007年全国职工文学创作大赛铜奖，散文《心灵的默契》获2007年工人日报社"最感动我的一本书"征文一等奖，散文《小草之歌》获2008年全国职工文学创作大赛铜奖，2010年9月散文《奶妈 奶爸》获中国当代散文奖，2012年8月散文集《那些事儿》获第五届冰心散文集奖、12月获陕西省第三届柳青文学奖荣誉奖，2017年长篇小说《雀儿》获陕西省五一文艺奖，2018年散文集《人生自有来处》获丝路新散文荣誉奖。2018年获陕西省职工文化艺术突出贡献奖等。

一代水神

中国工程院院士李佩成

文/田冲

院士简介

李佩成　陕西省乾县人。1956年毕业于西北农学院水利系并留校任教，先后在西安交通大学、陕西工业大学工作，还曾远赴苏联莫斯科地质勘探学院留学；1988—1989年在列宁格勒理工学院进修并开展合作研究。1972年重返西北农学院，任教至1992年。其间曾任教授、博导、副校长及干旱半干旱地区农业研究培训中心主任等职。1992年被调入原西安地质学院（2000年并入长安大学），先后任教授、博导及国际干旱半干旱地区水资源与环境研究培训中心（中德合作）主任、水与发展研究院院长等职；兼任长安大学科学技术协会主席、陕西省生态学会理事长、陕西省决策咨询委员会特邀委员等职。

李佩成长期从事农业水土工程、地下水渗流、国土整治、水资源与环境等领域的教学、科研与工程实践。

在《关于"重现八水绕长安"盛景工程的建议》的基础上，李佩成院士完成了《推进西安国际化大都市建设，扩大"八水绕长安"规模及功能研究》的报告，项目成果符合当代国际大都市发展前沿，在很大程度上改善和提高了西安市的城市水文生态环境，可供政府决策参考。

迄今为止，李佩成院士共获国家科技进步奖一等奖等省部级以上奖项13个，著书18部，发表论文百余篇，培养博、硕士研究生近百人。他1991年获国务院特殊津贴；1992年被农业部授予"有突出贡献的中青年专家"称号；1996年被评为西安市劳模；1997年和1998年连续被评为陕西省师德标兵和陕西省优秀博导；2001年被评为全国优秀科技工作者；2004年被评为陕西省师德标兵和全国师德先进个人；2006年获得全国科协授予的西部开发突出贡献奖；2016年被授予农业水土工程领域突出贡献奖；2017年被评为"陕西省老科协奖"优秀老科技教育工作者；2018年被评为陕西省老科协突出贡献者。

2003年，当选中国工程院院士。

2024年2月23日，李佩成院士因病于西安逝世，享年90岁。

自古以来，关中地区一直被视为陕西的粮仓，而关中西部地区，更是拥有优越的农业生产条件，曾经孕育了辉煌的古代农耕文明。从春秋战国时期到大一统的秦朝，关中地区的农业繁荣为该区域的政治和经济发展提供了充足的物力保障。因此，关中地区在陕西历史上的地位非常重要，其农业发展对当地的经济和社会发展起到了积极的推动作用。

一方水土养一方人。关中这方土地尽管地理条件优越，但水资源十分匮乏，部分地区甚至面临人畜饮水都很困难的窘境，严重制约了农业生产的发展。关中农民的历史，从某种意义上说，就是一部与旱灾抗争的历史。

民国年间，陕西大旱，关中西部受灾严重，有一首流传于民间的《荒年歌》唱道：

公元一九二九年，老天大旱降灾难。

正月旱到九月半，水井池塘全枯干。

遍地光秃草不见，十家九户不冒烟。

老人饿死在家园，儿童饿死沟壑填。

剩下男女青壮年，东奔西跑逃外边。

民国廿年天道变，谁知蝗虫降人间。

二十一年夏未完，霍乱瘟疫将人缠。

死人又是一大片，十室九空断人烟。

从 1928 年至 1933 年，关中西部地区遭遇了一场史无前例的特大旱灾，这是该地区历史上最严重的灾害之一。长时间的干旱导致庄稼颗粒无收，大量人口死亡或流离失所。与此同时，军阀的横征暴敛和盗贼的猖獗行为更是加剧了当地民众的苦难。在这样的情况下，乾县等地的富裕家庭虽然勉强能维持温饱，但大多数民众却陷入了无法自救的绝境。这场旱灾不仅摧毁了关中地区的经济基础，还对社会造成了深远的影响，使当地民众承受了极大的苦难。

遭受天灾还没有缓过劲来的民国二十三年 (1934 年) 农历十二月二十六日（公历 1935 年 1 月 30 日），一名男婴在陕西乾县一个耕读传家的家庭降生，这名男婴就是李佩成。

乾县的"乾"是干旱的"干"的繁体字之一，似乎冥冥中就注定了这个在七年旱灾结束之际出生在陕西乾县的李佩成，一生都要与干旱斗争、与水结缘，为破解水荒和解决用水问题而奋斗终身。

乾县古称好畤、奉天、乾州，位于关中平原中段、渭北高原南端，是中国历史上唯一的女皇帝武则天和唐高宗李治合葬墓——乾陵所在地。如今，乾县交通发达，是"西安半小时经济圈"的核心地带，也是古"丝绸之路"上的商贸重镇。

出生于乾县的李佩成，从小饱经干旱的困厄，他的成长经历几乎都与干旱缺水有关。在他幼小的心灵里，早早便暗立壮志，要为解决干旱缺水贡献自己的聪明才智。经过求学、出国深造，他不断探索、刻苦钻研，一步步实现了自己的梦想，造福家乡，造福陕西，造福人民。因此，他被人们誉为"一代水神"。

他针对干旱问题提出了"割离井法"理论，这一创新性的理论为解决干旱地区的水资源问题提供了新思路。此外，他还主持安装了中国第一台大型水力积分仪，研发了黄土辐射井和轻型井，组织编写了我国第一本高等学校《地下水利用》统编教材，破解了西安水荒问题，主持了中国西北"山川秀美"科研项目，完成了"113553"十年规划……他，就是中国工程院院士、长安大学教授——李佩成。

一 男儿壮志当擎云

李佩成小时候的家庭教育和经历，对他日后的人生走向和学术研究产生了深远的影响。在乾县县城北部太平巷的家中，他度过了愉快的童年时光。经常与大自然亲密接触，观察自然现象，激发了他对大自然的热爱和研究的浓厚兴趣。他的家庭在注重劳动的同时也注重孩子的读书学习，这培养了他的勤奋精神和强烈的求知欲。

9岁那年，李佩成偶然参观了西北农学院（西北农林科技大学的前身），被学院水龙头哗哗流水的景象所吸引，并了解到水源是通过抽井水得来的。在那里，他第一次听到了"水利专家"的称谓和李仪祉的大名，对地下的水源产生了浓厚的兴趣，决定长大后要学习水利工程，改变乾县的干旱面貌。

这个决定为他的未来道路指明了方向，并成为他一生追求的目标。他的决心和热情在很大程度上源自他对家乡乾县的深切热爱以及对改变当地干旱环境的渴望。

在乾县中学与周陵中学的学习经历，使李佩成接受了良好的教育。乾县中学创立于抗战时期，不仅为流离失所的学生提供了求学的机会，更是在张润泉校长的卓越领导下，汇聚了一批优秀的教师，形成了良好的校风和学风，成为陕西省一流的中学。在这样的教育环境下，李佩成接受了高质量的教育培养，为他日后的发展奠定了基础。

在高中二年级时，由于大部分学生被选拔到陕西师范学院，李佩成和两名同学转学到周陵中学继续完成高中教育。他决心努力考上大学，这一决定对他的人生道路和后来的学术研究产生了深远的影响。

李佩成在乾县中学和周陵中学的学习经历，不仅培养了他的综合素质，还塑造了他的人生目标与追求。这些教育经历为他的成长与发展提供了重要的支持和帮助。

在周陵中学时期，李佩成深刻认识到了旱塬地区缺水的严重性，这促使他坚定了兴修水利的决心。高考填报志愿时，他选择了西北农学院水利系，并被顺利录取。这是他走上水利之路的重要转折点。

1952年9月，李佩成第二次来到西北农学院，这次他是以学生的身份来深造的。李佩成是新中国第一代读完高中进入大学的大学生。在西北农学院，李佩成全身心地投入学习，充分利用每一分每一秒的时间汲取知识。他表现出色，品学兼优，被选为学生会的宣传部部长。他活跃于学校的各个场合，不仅为广播站编撰广播稿，还积极参加各类活动。

在回顾自己的成长经历时，李佩成认为人的成长需要具备"五有加一有"：一有好的父母家庭，二有良师，三有同心协力的益友，四有好的领导，五有相濡以沫共度一生的伴侣。对于从事科研工作的人，还需要有一个良好的团队。

在大学时期，李佩成有幸遇到了名师沙玉清，沙先生对他的影响深远。沙先生不仅在学术上给予他指导，还向他传授了为水利事业奋斗终身的理念。正是沙先生的教诲，坚定了李佩成追求水利事业的信念，为他日后取得辉煌成就奠定了基础。

在大学期间，李佩成表现出色，学习成绩全优，还被选拔加入由沙玉清教授指导的学生科研小组。在这个团队中，他发表了学术小论文，推导出"悬槽水力计算"的新公式，并向上级提交了《关于建立水文气象观测站的建议》，得到了相关部门的肯定答复。这些经历成为他日后攀登科研高峰的前奏。

1956年7月，李佩成以优异成绩从西北农学院毕业。毕业前夕，李佩成遇到了几件开心的事情。他被评为全校"三好"学生，还光荣地加入了中国共产党。更令他激动的是，他被选拔为赴苏联留学的预备生，这无疑是对他学术能力的极高认可。同时，他留校任教，开始了自己的教育生涯。这些荣誉和机会都是他多年努力、积极进取的结果。

1957 年，西北农学院的农田水利系合并到西安交通大学水利系，李佩成也随之被调到西安交通大学任教。这是他人生中的另一个重要转折点，为他提供了更广阔的发展平台。

在西安交通大学，李佩成有幸遇到了著名水利大师和教育家田鸿宾教授。田教授非常欣赏李佩成好学、能吃苦、具备创造性思维的优点，决定重点培养他。

田教授早年留学美国，并担任过多个教育机构的领导职务。他对西北地区的水资源问题有深刻的认识，极力主张设立新专业，专门培养地下水开发利用人才。在他的倡导下，西安交通大学决定开设地下水及冰川雪水利用专业，并从教师队伍中选拔青年教师进行重点培养。李佩成凭借出色的表现被田教授看中，被选为地下水利用专业的核心培养对象。

田教授不仅为新设专业提供了支持，还决定选派李佩成赴苏联进修学习，以提升他在地下水及冰川雪水利用方面的专业知识和技能。这次出国学习经历对李佩成意义非凡，使他能够更深入地研究地下水开发利用的前沿理论和先进技术，并为他日后的科研工作奠定了坚实的基础。

二　长风破浪会有时

1958 年 6 月，经过国家的严格考试选拔，李佩成于 8 月接到了录取通知，并于 9 月底进入北京外国语学院留苏预备部学习培训。李佩成在留苏预备部的学习和社会工作都表现得非常出色，深得领导、老师和同学们的赞誉。然而，由于国际形势的变化，他的留苏计划一再受阻。

尽管如此，李佩成没有放弃学习和进修的机会。他先后在中国农业科学院灌溉研究所和中国科学院地质研究所进修学习，并得到了地下水开发利用专家葛荫萱的指导。在灌溉研究所进修期间，他正好赶上了北京为长期抗旱而开展的打井会战，他积极参与了这一大规模的开发地下水行动。

在打井会战中，李佩成担任葛荫萱教授的助手，并被安排在北京市打井办公室工作。他跟随葛教授跑遍了北京的各个郊县，深入了解了地下水开发利用的实际问题。通过这次经历，他不仅锻炼了意志，增长了知识，还开阔了眼界。

李佩成十分钦佩葛荫萱教授深入实际的工作作风，无论遇到什么难题，葛教授总是第一时间奔赴现场研究解决。这种务实的工作态度对李佩成产生了深远的影响，成为他日后从事科研工作的宝贵财富。

尽管留苏计划受阻，但李佩成在国内的学习和进修经历也为他日后的科研事业奠定了坚实的基础。这些经历不仅丰富了他的知识体系，还培养了他深入实际、解决问题的能力和务实的工作态度。

在灌溉研究所进修期间，李佩成不仅得到了葛荫萱教授的悉心指导，还有幸得到了农田水利大师粟宗嵩先生的帮助。他们为李佩成提供了丰富的学术资源，传授了宝贵的经验，使他在学术道路上受益匪浅。

葛荫萱教授对李佩成这位诚心求知的学子给予了特别的关注和指导。葛教授经常到北京图书馆查阅有关地下水科学的文献资料，并精心整理了数百张卡片。李佩成对这些卡片充满了渴望，希望能从中汲取更多的知识。在一个周末，李佩成凌晨四点起床，从自己的住处步行十几里路来到葛教授的住处。他静静地站在门外等待，尽管朔风凛冽，雪花扑面，但他并未退缩。天色微明，葛教授的夫人开门扫雪，忽然发现门外站着个雪人，吓了一跳。李佩成急忙说："师母您别怕，我是佩成！"师母急忙让他进屋坐下。当李佩成说明来意后，葛教授被他的求知精神所感动，不仅将珍贵的卡片送给了他，还赞扬了他这种"程门立雪"的文学精神。

粟宗嵩先生是一位知识渊博的水利专家，他讲授的综合治水的思路以及国内外农田水利存在的问题，让李佩成受益匪浅。他带领李佩成参与北京市水利规划，并深入实地考察河北共水现场，使李佩成目睹了洪水给国家和人民带来的巨大灾难。粟先生的创造性思维和治水理论对李佩成产生了深远的影响，激发了他对地下水研究和治水理论的探索与追求的欲望。

在灌溉研究所进修期间，李佩成得到了最佳的实习机会。他将理论与实践相结合，总结出开发利用地下水要做到"井渠结合、排灌结合、灌溉和农牧供水相结合"的新观点。1963 年，他发表了处女作《利用地下水灌溉的好处及其在国外的发展概况》，为我国开发地下水资源、综合利用地表水和地下水发展灌溉事业提供了理论指导，为后来治水理论的发展奠定了基础。

1963 年，李佩成接到了出国留学的通知。他等了整整 5 年，终于踏上了开往莫斯科的国际列车。在出国前，中央首长对他们特别嘱咐，要求他们既要学好专业知识，还要与苏联人民建立友好的关系。

李佩成被分配到莫斯科地质勘探学院水文地质工程地质系，攻读副博士学位。他学习刻苦，踏实用功、颇受导师的喜爱。

中国驻苏联大使馆的工作人员十分关心李佩成，并希望他继续努力，在搞好学习的同时，积极发展与苏联同学的友好关系。然而，当时两国关系日益紧张，与苏联同学建立友好关系也变得更加困难。

在这种情况下，李佩成回想起周总理到莫斯科接见留苏学生时的一段教导："立场坚定，业务精通，体格健全，作风正派。"他调整心态，在保证学习成绩优秀的同时，也努力建立友好关系。

在苏联留学期间，李佩成对"地下水非稳定渗流运动研究"课题进行了深入研究。由于中苏关系日趋紧张，李佩成无法进行现场研究，他转而专注于理论研究，特别是针对农业排灌井群的非稳定渗流问题进行了深入的研究。在研究过程中，他对当时广为接受的水井非稳定渗流理论——泰斯理论产生了质疑。他结合自己在北京打井运动的实践经验，提出含水层的弹性释放理论存在不当之处。

为了验证自己的想法，李佩成深入研究，得到了普鲁特尼可夫教授和克里门托夫教授的支持和帮助。两位教授不仅为他提供了丰富的研究资料，还帮助他进行新的探索，并最终支持他提出新的理论——"割离井法"理论。这个理论推导涉及多个学科领域，李佩成不遗余力地博览群书，不断弥补自己在相关领域的不足。

在各方的支持和帮助下，李佩成成功提出了新的井流理论——"井群非稳定渗流计算的割离井法"，并推导出系列理论公式。这是他在留苏期间学术上取得的最大成果，该成果被整理成专著《地下水非稳定渗流解析法》，并由中国科学出版社于1990年出版发行。

尽管已经在专业课题研究方面取得了重大成果，但李佩成并未满足，他深知扩大知识面和掌握更多信息的重要性。为了获取更多对未来有用的知识，他运用"牛吃草"的方法，积极购买并收集与地下水开发利用、干旱研究等相关的书籍和资料。这些书籍和资料为他后来从事水科学研究提供了丰富的知识源泉。

在苏联留学期间，李佩成始终心系祖国的水资源问题，特别是大西北的干旱问题。他牢记田鸿宾校长的教诲，立志掌握先进知识，为解决祖国干旱缺水的难题作出贡献。

由于中苏关系和国内形势的变化，李佩成提前结束了在苏联的留学生涯，于1966年11月7日回到北京。回国后，他受到了陈毅副总理的接见。不久，毛泽东主席发出"最高指示"，号召知识分子到农村去接受贫下中农再教育。李佩成被列为第一批下乡改造的知识分子。

在接下来的十年里，李佩成主要在农村度过。他从事了多种工作，跟着打井队打井，参与田园化的规划与实施，努力寻找地下水资源，举办训练班传授技能，研发辐射井技术，提出人工引渗－人工补给地下水，策划修建地下水库，组织设计泾惠渠总干渠改线工程等重大项目，参与种田劳动等。他转战多地，足迹遍布临潼、富平、泾阳、三原、高陵、礼泉、武功、乾县等地。他的居住条件也较为简陋，如废弃的厂房、窑洞，破败的粮仓、灶房、庙宇或者是中小学教室、招待所、工地指挥部等。

尽管条件艰苦，但李佩成认为这十年是静下心来思考和研究问题的大好机会。他深入思考，写出了《三水统观统管，时空治水方略》和《人工"引渗"修建"地下水库"》等文章，提出了人工调节地表水与地下水的理论技术方法和建议。

早在1963年，李佩成就在《利用地下水灌溉的好处及其在国外的发展概况》一文中提出了地表水与地下水联合运用的观点。此时，他进一步认为不仅地表水要与地下水联合运用，还应考虑天上降水——大气降水，或者说自然界的一切水体都应当联合运用，综合调节。

他将这一理念写成文章多次油印散发，并于1975年在著名的国家级刊物《灌溉科技》上发表。此文一经发表，便在全国范围内引起很大的反响。1975年，"中国北方17省区水源工作会议"在西安召开，李佩成在会上作了主题发言。该会议还作出开展我国水资源评价以及我国北方地下水开发利用攻关研究的决议。会后，李佩成受邀在西安水利学会、河北地理研究所、清华大学等单位作有关报告。

在实践中，李佩成提出了"三水统观统管，综合调节，时空治水、经济治水"的治水方略。随着研究的深入，他进一步将这一方略推进为"'三水'统筹统管，综合调节，'时空'治水、经济治水"。这些理念和方法的提出，旨在更好地管理和利用水资源，以应对日益严峻的水资源短缺和水患等问题。

李佩成在留学苏联期间，除了专注于学位论文的研究，还关注世界范围内有关干旱半干旱地区的研究，特别是旱区开发的研究。他希望通过引进和借鉴国际先进经验，并结合自己的专业知识与实践经验，推动中国的旱区研究和发展。

早在1966年3月身处国外时，李佩成就通过大使馆给中央农办递交了建议，提出了一系列有关扩大水源、提高水源利用效益、改进灌溉技术以及发展喷灌等建议。他还倡议研究"注水灌溉"和"播水灌溉"，这些创新性的想法为后来的节水灌溉技术的发展奠定了基础。

在推动中国旱区研究和防旱抗旱事业方面，李佩成功不可没。他的研究成果和实践经验为解决我国干旱和水资源短缺问题提供了有益的思路和方法。

1970年，李佩成针对陕西省开发地下水工作中遇到的问题，撰写了《对陕西省大力开发地下水的一些具体建议》，提出了一些具体的解决方案。他主张在灌区划分"宜井灌区"和"宜渠灌区""宜渠灌期"和"宜井灌期"，并强调对地表水和地下水在时间上和空间上进行调节，把灌区变为"地下水库"。他希望这些举措能在泾惠渠灌区得到示范和推广。这些建议的核心目标是防旱抗旱，以及合理开发和高效利用水资源。

李佩成将自己的研究成果写成给中央的建议——《关于防旱抗旱的建议》，并请时任西北农学院革委会主任兼党委书记的刘敬修带到中央在大寨召开的农业会议上转呈中央有关领导。这一建议引起了重要反响，得到了国家科技领导小组的高度关注。审阅后，有关领导指派当时的国家科技领导小组负责人杨廷秀赶赴西安组织召开"中国北方17省区水源工作会议"。会上，李佩成作了主题发言，详细汇报了他的防旱抗旱建议。会议最终决定，组织力量开展全国水资源评价攻关，同时组织开展中国北方地下水开发利用综合研究，并在陕西省富平县石川河下游开展修建富平地下水库试验研究，为此拨付经费500万元。

除了在防旱抗旱和水资源合理利用方面的贡献，李佩成还负责安装了中国第一台大型水力积分仪。水力积分仪也称水力模拟机，主要用于研究地下水的运动，特别是地下水的非稳定运动。水力积分仪是研究渗流和地下水开发利用的重要仪器设备，但由于它的部件，特别是用不锈钢加工成的阻力管的精度要求高，且数量庞大，造价昂贵，因此未能普及，即使在它的发明国苏联也未能普遍推广，莫斯科地质勘探学院也只有一部，而且其使用受到严格控制。李佩成能够负责安装中国第一台大型水力积分仪，说明他在该领域具有很高的专业水平和能力。

李佩成在水资源管理和利用、防旱抗旱以及水力积分仪等方面的研究成果与贡献，为解决中国水资源问题提供了重要的思路和方法，极大地推动了中国水利事业的发展。

在苏联与中国的合作项目中，原计划由苏联为中国制造两台大型水力积分仪，一台分配给南京水利科学研究院，一台分配给西安煤田地质研究所，由留苏归国的胡长林负责协助苏联专家安装并讲授应用。然而因中苏关系恶化，仪器供应被中断。胡长林逝世后，水力积分仪的安装工作被迫半途而废。

随着煤炭开发活动的日益频繁，矿山水患问题逐渐凸显，解决煤田水文地质问题变得十分迫切。西安煤田地质研究所找到了李佩成，希望他能指导水力积分仪的安装工作。李佩成在1964年留苏暑假期间，已经熟练掌握了大型水力积分仪的安装技术，因此他毫不犹豫地接受了这一任务。在缺少图纸和部分部件的情况下，李佩成和团队成员团结一心，发扬拼搏精神，完成了大型水力积分仪的安装和运行。

1960年5月，李佩成从北京留苏学生预备部又回到西安，在由西安交大调整组建的陕西工业大学水利系任教并担任党总支委员和系秘书。1972年春节前夕，陕西省撤销陕西工业大学，水利系并入西北农学院，李佩成随水利系重返母校西北农学院。尽管他大部分时间仍在农村劳动，但他始终不忘初心，探索治水方略。在此期间，他还负责在西北农学院安装第二台水力积分仪的部分部件。在工作过程中，他既是教师、专家，也是工人、农民。尽管身份多变，但他尽心尽力，无怨无悔，最终圆满完成了安装任务。

三　直挂云帆济沧海

1972年初，李佩成作为西北农学院教改调研小组的一员，回到他的故乡乾县，调查当地的农田水利建设和地下水开发利用状况，以及存在的问题。在乾县，他遇到了队长杜希贤，杜队长向他反映了一个非常严峻的问题，队上打的井抽水时间极短就没水了。这让李佩成意识到问题的严重性，决定解决这个问题。

李佩成凭借自己多年打井的实践经验，深入分析了黄土地区打井失败的原因，他认为这可能与选用的井型不当及成井技术不够完善有关。他推断对辐射井的取水原理加以优化和改造，有可能会成功。为了实现这一设想，他重新设计了辐射孔管的部位、长度、孔径及仰角等关键参数，并将调整后的方案推荐给杜希贤队长和当时的乾县城关公社马宏良水利专干。

李佩成联系了他的学生刘才良工程师和陕西省地下水工作队王树珍工程

师，组成专业团队。他们一起到了乾县，选择太平生产队作为起点，开始打经过科学规划设计的第一眼黄土旱塬辐射井。李佩成全身心投入打井的各个环节，白天晚上都坚守在工地上．亲自指导并监督每一个环节。实在累了，就在地头窝棚里稍作休息。

历经 3 个月的大会战，乾县历史上第一眼黄土辐射井终于打成了。这眼井的成功不仅有助于解决当地长期的抗旱问题，也证明了李佩成的理论和实践的正确性。这一成果为黄土地区的地下水开发和利用提供了新的思路与方法，具有重要的实践意义和推广价值。

接着，乾县县委、县政府决定在全县范围内大力推广这种辐射井技术。东街大队的玉米和小麦产量因之显著提高，这在乾县历史上前所未有。从 1973 年春天打第一眼井起，到 1976 年夏末，短短 3 年多时间，乾县成功打造黄土旱塬辐射井 1600 多眼，有效浇灌面积超过 10 万亩。几十年过去了，这些辐射井依然在发挥作用，解决了乾县千百年缺水干旱的难题。黄土辐射井技术后来在全国 10 多个省份得到了推广，为众多干旱地区带来了持续发展的希望。

此外，李佩成还研发了一种轻型井，解决了黄土辐射井建造规模大、人力物力需求大的问题。这种轻型井运用小拱原理，采用轻质优型塑料管材，具备造价低、建造快、易管理、适用范围广等诸多优势。轻型井的研究在国内引起了热烈反响，迅速得到广泛的应用和推广。

李佩成在解决黄土地区抗旱问题方面进行了深入探索，并作出了重要的贡献，为解决黄土地区的灌溉问题提供了有效的方案。

1989 年，李佩成研发的"轻型井"项目荣获国家发明奖四等奖。

在研发了黄土辐射井和排灌两用轻型井之后，李佩成更加认识到水土流失问题实际上也是水资源管理的问题，需要集结多方的力量进行综合治理。他向中央有关部门提交的意见被采纳。随后，他参与了由中国科学院

李佩成（右一）1990 年向国务委员陈俊生（中）汇报旱区研究，
左一为林季周副省长（院士方提供）

牵头的"黄土高原综合治理研究"项目，并重点参与了由西北农业大学负责的"黄土台塬阶地枣子沟试验示范区建设"项目，担任试验区主任和项目负责人。

在建立试验区的过程中，李佩成发挥关键作用，不仅参与行政、人事组织和学术研究等方面的工作，还积极出谋划策并身体力行。他经常牺牲自己的休息时间，晚睡早起，全身心投入枣子沟试验区工作。他采取了"中心开花、多点辐射"的策略，以试验区为核心，强化研究工作，同时在较大范围内扶持示范点和试验户，以便群众能够就近接受并学习科学技术。

通过扎实的工作，试验区取得了显著成果，乾县全县粮食喜获丰收，受到国务院的嘉奖，并获得陕西省人民政府粮食丰产二等奖。李佩成的研究成果也向台塬阶地的更大范围延伸推广。

李佩成通过建立试验区、深化研究工作、扶持示范点和试验户等多种方式，为黄土高原的水土保持工作提供了有效的解决方案。

李佩成在黄土高原治理方面的工作经验丰富，他善于运用创新思维，注重人员组织的合理性和有效性。在枣子沟试验区，他组织了一支专兼职结合、学科齐全且配套合理的研究团队，为实现科技攻关奠定了基础。他总结了西北农业大学几十年来校外项目研究的经验教训，认为与科研单位相比，其短板在于缺乏必要的专职人员。为了解决这个问题，校党政领导决定实施校县合作，先后抽调了多个学科的近 60 名教师、研究人员及工人组成联合攻关团队。这个团队学科配置齐全，人员结构合理，专职技术人员常驻基地，全身心投入研究工作，他们是试验研究的正规军，为黄土高原的治理提供了坚实的人才保障。

李佩成还注重在攻关的同时使试验区逐步形成永久性多功能基地，以促进区域治理与开发的战略措施的实施。在枣子沟试验区，他成功征得 1000 亩试验用地，建立了气象和侵蚀观测站，盖房 30 余间，整修窑洞 10 孔，装备了实验室、资料室、仓库及宿舍。他精心策划并实施了多种长期试验,决心创建一个较为理想的集治理、开发教学、科研、技术推广及农民培训为一体的多功能永久性基地。

黄土台塬综合治理开发枣子沟试验示范区建设是李佩成主持的一个大型综合攻关项目,该项研究取得了一系列重要成果,并荣获国家科技进步奖一等奖、陕西省科技进步奖一等奖。这些成果的取得,与李佩成在人员组织及工作实施方面的经验和能力密不可分。

1958年,李佩成被抽调主攻地下水开发利用,他创造性地研发了黄土辐射井,并提出人工引渗、修建地下水库等直接涉及地下水科学的系统建议。这为黄土高原的治理提供了新的思路和方法。

在这一过程中,他和打井专家赵尔慧、地下水物探专家石怀理、水文地质专家张延毅等在国内举办了众多有关地下水开发利用的训练班,编撰了《地下水利用》《地下水动力学》等讲义,并在西北农学院建立了地下水渗流实验室,安装了他们自主设计加工的半圆形水井渗流试验箱及矩形渗流槽,开展了地下水全面试验。这些工作为黄土高原的治理提供了重要的理论和实践支持。

李佩成还决定承担组织编写我国首部《地下水利用》统编教材的任务。这本书从1978年开始筹备,经过精心打磨,于1981年2月由水利出版社正式出版发行。该书由西北农学院主编,西北农学院李佩成、赵尔慧统筹策划,由西北农学院与华北水电学院合作编写。为确保这本书的内容质量,当时的武汉水利电力学院、合肥工业大学、新疆"八一"农学院、内蒙古农牧学院、宁夏农学院、河北农业大学、武汉师范学院、甘肃农业大学等单位的专家学者均积极参与了大纲讨论和审稿工作。这本书在我国地下水开发利用事业的发展中发挥了一定的奠基作用。

通过这些努力,李佩成不仅加深了对地下水开发利用的认识,而且提升了地下水开发利用的学科地位，进一步明晰了学科内涵。同时，这些工作交流也促进了同行之间的合作关系，使教学工作更加规范化、系统化，更加符合中国国情，并汇聚了更多国内的研究成果，使我国地下水利用事业在理论与实践的结合上走到了世界的前列。

1985 年 5 月，李佩成被任命为西北农业大学副校长，分管科研、教学、开发、外事等工作。同年，他又被任命为干旱半干旱中心主任。身兼多份职责，这对李佩成无疑是个严峻的挑战。然而，李佩成毅然接受挑战，并下定决心要做出成绩，并有所创新、有所突破。李佩成深知，我国的大学体制实行的是党委领导下的校长负责制，这就要求他必须服从书记和校长的领导，同时起到桥梁作用。他成功发挥了这一"桥梁"作用，促成了领导班子的团结协作，使西北农业大学领导班子成为公认的优秀领导团队。

李佩成强调，副校长必须成为教育家。他认为如果管理者不具备教育家的素养，就无法领导教师肩负起教书育人的重任。他坚信，作为大学的副校长，自己首先要成为教育领域的佼佼者。

他特别提到了几位杰出教授的突出贡献，如小麦育种专家赵洪璋教授、奶山羊培育专家刘英武教授以及秦川牛培育专家邱怀教授。这些教授的科研成果不仅为中国农业增产作出了巨大贡献，还带动了相关专业的发展，使西北农业大学的育种专业成为国内的优势专业。

在担任西北农业大学副校长期间，李佩成注重团结协作、创新和突破。他坚信副校长不仅是管理者，更是教育者和引领者。他高度重视教授的科研成果对学校和专业的贡献。这些经验和思考为他在大学教育工作中取得创新与突破奠定了基础。

李佩成深知人才和成果的重要性，他积极思考并策划，为新的优势专业创造机会、搭建平台。他提出了"立足陕西，侧重西北，服务全国，面向世界"的办学理念，并极力主张于办综合试验示范基地，将教学、科研、生产、

1986年，李佩成（前排左二）带领青年教师在野外勘察（院士方提供）

推广与农民培训相结合。为了实现这一目标，他亲自带队前往北京，争取到了基地编制和土地资源，还成功争取到了水利部在西北农业大学设置中国首个农业水土保持工程专业和农业水资源开发利用专业，并获得了水利部的资金支持。

在人才培养方面，李佩成打破了论资排辈的旧观念，推行了"尊重老年，释放中年，培养青年"的用人制度。他动员优秀人才到关键岗位上施展才华，如安排窦忠英教授到奶牛基地搞研究，安排李华教授到丹凤葡萄酒厂搞科研。这些人才在各自的研究领域取得了显著成果和荣誉。

通过这些举措，李佩成不仅推动了学校的学科发展和人才培养工作，还培养了一批杰出的行业精英。他的领导才能和创新精神为西北农业大学的发展作出了重要贡献。

李佩成在担任西北农业大学副校长期间，不仅注重学校内部的管理和改革，还积极推动对外交流与合作。他深知人才是学校的核心资源，因此致力于优秀人才的培养。

在科研方面，李佩成注重部门协作与学科交叉，以避免部门之间的内耗和学科之间的脱节。在乾县枣子沟试验基地，他组织开展了 24 个专题的科研工作，各专题之间互相促进、共同进步。

李佩成在副校长的岗位上始终坚持工作在科研第一线。他投身科研工作，发表了多篇具有深远影响的研究论文。这些论文均源自他长期的生产实践与深入思考。此外，他还积极推动学生参与国际交流与合作，先后派出 200 余名留学生赴国外进修学习，培养了一批科技精英。

李佩成的领导才能和创新精神为西北农业大学注入了新的活力。他对人才培养、科研创新及对外交流的重视和实践，为西北农业大学的发展开辟了新路子、新途径和新模式。

李佩成在工作中形成了自己独特的工作习惯，他经常利用休息时间深入思考和观察，将灵感记录在日记本上。即便在担任副校长期间兼任多职，他仍坚持在水利领域的研究与探索。出差途中，他充分利用火车和飞机上的时间进行思考与写作。

在几十年的教学与科研过程中，李佩成积极赴国外考察，学习国际旱区研究的相关知识和经验。他意识到认识自然和改造自然的重要性，他决定集中精力从事教学和科学研究。他的想法得到了领导的支持，最终他被调入西安地质学院。

李佩成的工作习惯和经历体现了他对工作的热情与执着，以及不断学习和探索的精神。这些优秀品质和能力对于一个领导者来说非常重要，也是他能够在多个领域取得卓越成就的原因之一。

李佩成的职业生涯并非一帆风顺。在面临行政工作和专业研究的抉择时，他选择了后者。这个决定并非易事，但他深信这是能够更好地服务社会和人民的途径。在调往西安地质学院的过程中，他得到了地质矿产部和陕西省委的高度重视与支持。这也表明他在学术界和社会上有一定的影响力及认可度。

在担任西安地质学院水文地质工程地质系系主任期间，李佩成展现了出色的领导才能和创新精神。他不仅关注系里的日常管理，更致力于推动学科的发展和优秀人才的培养。他非常重视博士生的培养，认为这是学科发展的重要基石。他选拔了10位青年教师攻读博士，并为他们提供了宝贵的学习机会。这些教师后来都成了学术界的中坚力量，其中郑西来教授更是成为著名的学者型教授。

李佩成的领导风格也别具一格。他善于发现和培养人才，能够慧眼识珠，为年轻人提供成长的机会。他注重选拔具有潜力和才华的青年教师，并给予他们充分的支持与指导。这种注重人才培养的理念不仅在当时的西安地质学院产生了深远影响，也为整个地质学界的发展作出了重要贡献。

李佩成还通过多方努力，成功将水文地质工程地质系提升为全国一本招生专业，为优质生源的引进提供了保障。此外，他还申办了环境工程和岩土工程两个重点专业，进一步丰富了学科门类，提升了学院的综合实力。

在申办地质勘探研究院的过程中，李佩成展现出了非凡的毅力和执着的精神。他往返北京数次，经过半年的努力，终于成功地创办了地质勘探研究院。在一切准备就绪之后，他却主动请辞了院长职务，展现出一种高尚的情操和情怀。这种不为权力所动的品格，也彰显了他的学识、远见和责任心。

在调到西安地质学院后，李佩成依然坚持着对干旱半干旱地区研究的热情。他希望在晚年能够继续为解决干旱问题贡献力量，并在西安地质学院开创自己的科研新篇章。

为了实现这一目标，他创建了干旱半干旱地区水资源与环境研究培训中心，这是西安地质学院第一个由国家部委批准的中德合作机构。李佩成担任中方主任，德国图宾根大学巴克教授担任德方主任。该中心为干旱半干旱地区的研究提供了重要的平台，促进了国际学术的合作与交流。

李佩成非常重视学科交叉和跨学科培养人才。他认为，通过跨学科的学习和研究，可以推动本学科的进步，并加速边缘学科、交叉学科和新兴学科领域的形成与发展。这种人才培养方式能够更好地面向未来，为国民经济建设服务，为科技发展和社会需要服务。

李佩成通过自己的学习和研究经历，深刻体会到了学科交叉的重要性——有助于深入探索各种复杂问题，推动相关领域的创新与发展。他不断扩大自己的知识面，开阔思路，为干旱半干旱地区的研究取得卓越成果奠定了基础。这种跨学科的思维方式和研究方法，也为后来的学者提供了宝贵的经验与启示。

李佩成在"七五"期间主持的"黄土高原治理开发"项目中，通过深

1996年李佩成（前排右三）和自己的博士生在一起（院士方提供）

入研究，提出了"治理与开发相结合，以开发促治理，以治理保开发"的方针。这一方针体现了学科交叉与综合的思想，强调了多学科联合攻关的重要性。

李佩成在指导博士生岳亮时，鼓励他从多个学科的角度探讨水资源与旅游景观之间的相互关系，从而创立了新的学科体系——景观水资源。这一研究领域涵盖了旅游学、水资源学、风景学、美学、建筑学、心理学、园林学等多个学科，展现了丰富的内涵和广阔的研究前景。

李佩成与岳亮共同撰写了《论景观水资源》一文，并在《水科学进展》杂志上发表，引起了学术界的广泛关注。此外，他们还发表了多篇相关论文，进一步推动了景观水资源领域的发展。

李佩成在黄土高原治理开发项目中充分展现了其独特的跨学科研究理念与实践。1995 年，他招收了一名具备法律背景的委培博士生，让其研究《边界（包括国界）水资源的法律问题》。他意识到，在水资源开发管理中，边界水资源的分配、开发管理等环节易引起争议，因此需要既懂法律又熟知水事的专业人才来参与制定相关法律，以保障国家的核心利益。

李佩成培养的精英人才远不止几位，他曾提出要在当选院士的头十年中为国家培养 50 名研究生的愿望。他培养出的人才不仅在学术上有所建树，也为国家的发展作出了重要贡献。

李佩成对学科交叉和培养人才的建议，以及扩大专业面培养人才的创意与实践，总结在论文《适度拓宽博士点覆盖面是学科发展与造就跨世纪人才的需要》中，发表在由国务院学位委员会主办、中国学位与研究教育学会协办的《学位与研究生教育》杂志 1996 年第 5 期上。这篇论文进一步强调了跨学科培养人才的重要性，为后来的学者提供了宝贵的指导和启示。

李佩成在人才培养和学科发展方面的理念与实践，不仅在当时产生了深远影响，也对整个学术界的发展作出了重要贡献。

四　两水并用破水荒

西安水荒问题可追溯到 20 世纪 60 年代末。

随着城市规模的不断扩大、人口的急剧增长和经济的迅速发展，地下水开采过量成为导致水荒的主要原因。新中国成立后，西安主要依赖开采地下水的方式供水。为了满足供水需求，西安先后开发近郊浐、灞、沣、渭四条河的沿岸地下水，打深机井 200 多眼，工厂、机关、学校等场所也开凿了自备井 1000 多眼。过度开采导致地下水位大幅下降，最大降幅高达 80 米，进而引发了地面沉降。

1993 年夏季，西安遭受了严重的水荒，人们半夜起来排队接水，甚至有人沿街叫卖高价水。为了应对水荒，大学不得不给学生发冰棍解渴，并提前放暑假以减轻供水压力。更令人触目惊心的是，东郊一带出现了长达 70 余千米的地面裂缝，严重威胁了当地居民的生活安全。

时任全国政协副主席、原水利部部长钱正英在考察时指出，西安已经面临严重的水危机，在全国缺水城市中，西安的情况是最为严重的。要及早缓解水资源供需矛盾，并采取拯救西安的措施。

为了解决水荒问题，省、市政府高度重视，将其视为当务之急。政府采取了一系列措施来缓解水资源供需矛盾，包括加强水资源管理、推广节水技术和加强水资源保护等。同时，政府还积极推进水资源开发利用和基础设施建设，以提高供水能力和水质。

作为从事水事工作的专家和水利界颇有名望的学者，李佩成深知解决西安水荒问题的重要性和紧迫性。1993年国庆节期间，他撰写了一份关于解决西安水荒问题的详细建议，并分别寄给了省市主要领导。

李佩成认为，西安拥有得天独厚的天然水环境，包括丰富的河流、峪口等水资源，同时降水量也相对充沛。然而，原有的供水方式引发了一系列地质环境问题。

为了解决这一问题，李佩成提出了对原有供水方式进行结构性改革，实现地表水、地下水两水并用的思路。"井渠结合、两水并用"是解决西安城市供水紧缺和环境问题的战略途径。

这一思路与现代治水理论高度契合，强调对天上水、地表水和地下水的全面统筹与综合调节，也遵循了地下水安全开采必须采补平衡的原则。通过科学合理地调配和利用各种水资源，可以实现水资源的可持续利用，保障供水安全，并减少地质环境灾难的发生。

李佩成的建议得到了省市领导的重视和采纳，为西安水荒问题的解决提供了重要的思路与方向。

要想从根本上解决西安水荒问题，必须对现有的供水系统进行改革，引入新理论和新办法。这包括将过去以开采地下水为唯一水源的供水系统，改造为地表水与地下水协同运作的供水系统。地表水承担主要的供水任务，地下水则作为高峰时段的补充，并在抗旱期间发挥储备水源的关键作用。同时，通过人工补给和涵养山区植被等措施，进一步丰富地下水和地表水源。

西安南依秦岭诸峪，拥有丰富的水资源。在保证农业和当地用水的情况下，可从各峪口引水，形成"群峪引水系统"。保守估计，每年可获得2.6亿立方米的地表水，加上从石头河引入的9000万立方米地表水，共计可获得3.5亿立方米的地表水。这一规模庞大的供水系统，不仅成本低廉，而且供水能力强大，日均供水量可达96万立方米，约为现在西安自来水日供水量的1.5倍。

如果将此前的地下水开采量按 80%（即 2.4 亿立方米／年）计入上述的未来供水量中，则地表水与地下水相加形成的"群峪协井联合供水系统"共供水 5.9 亿立方米／年，可基本满足预测的 2000 年西安城区 6 亿立方米／年的需水量。

这一结构性改革不仅将从根本上解决西安的供水问题，保障供水安全，还能有效减少地质环境灾害的发生。这种新思路不仅在当时具有深远的意义，对今天的水资源管理和可持续发展也有着重要的借鉴意义。

李佩成提出，建设中的"黑河引水工程"应该按照"群峪协井引水系统"的思路进行完善并尽快建成。这一工程不仅是解决当前供水问题的权宜之计，更是实现地表水和地下水两水并用，天上水、地表水及地下水三水统调的战略创举。因此，应当排除一切干扰，集中人力、物力和财力，一鼓作气地完成从石头河水库到曲江水厂的群峪引水渠系的建设，完善并全线贯通原来的黑河引水渠道。在一至两年内建成"群峪协井联合供水系统"，从而彻底解决西安市供水紧缺问题。

李佩成提出的"群峪协井，两水并用"建议被采纳后，西安的水资源紧张状况在当年就得到了有效缓解。1996 年，李佩成被评为西安市劳动模范。

从当时西安市委、市政府领导的批示中，我们可以看到李佩成在 30 年前对西安水荒问题的深入研究及建议被证实是非常正确的。国务院参事王秉忱和山仑院士在项目评审意见中总结道："该项研究成果思路清晰，资料翔实，结论正确，建议具体，科学性、先进性、可行性强，反映出水资源战略研究的现代水平，具有明显的创造性，是对西安市原有供水模式的重大突破，达到国际先进水平。"

李佩成预言按照"群峪协井，两水并用"的供水模式解决西安供水问题，可以保障"十年保平安，二十年无大患，三十年少麻烦"。如今，距离西安水荒已经过去 30 余年，西安的供水从未出现任何令人恐慌的情况，他的预言已经成为事实，昔日排队接水的水荒场景已经成为历史。

李佩成的研究成果不仅为解决西安水荒问题提供了重要的思路和方向，也为其他城市和地区的水资源管理与可持续发展提供了宝贵的经验和借鉴。

李佩成并未仅仅满足于对西安水资源的开发与利用的研究。他具有广阔的视野和前瞻性的思维，善于创新，致力于解决水资源问题。他曾下定决心，要为西安的"水事"奉献全部智慧。

在解决西安水荒问题之后，李佩成又主持了三个关于西安水资源问题的研究项目，分别是陕西南水北调第一例的"引乾济石"工程、重现"八水绕长安"盛景工程和地下水回灌等，这些项目对国计民生具有重要意义。

针对西安的水事问题，省内外众多专家学者都进行了大量研究。由李佩成主持的"西安市供水水资源系统优化调配研究"项目于 1997 年 6 月启动，由长安大学、西安理工大学以及陕西省关中水资源科研项目管理办公室的精英力量共同开展，历经四年多的研究，取得了令人欣喜的成果。该项目于 2004 年荣获西安市科学技术奖二等奖，充分证明了其研究价值和影响力。

该项目的研究结论明确指出，西安水资源问题不会一劳永逸地得到解决，必须从战略高度审视其未来发展中的供水问题，进而制定全面且长期的水资源开发利用规划，逐步实施。这一研究为解决西安水资源问题提供了重要的思路与方向，为政府和相关部门提供了科学的决策依据。

李佩成在思考如何解决西安的供水问题时，不仅关注眼前的应急措施，更着眼长远的发展。在缓解了西安水荒之后，他开始思考如何保障 30 年后的可持续供水。他深知秦岭是座巨大的绿色水库，尤其是南坡水源丰富，因此他认为解决西安乃至关中的发展用水需要从调用南坡水源入手，关键在于实现陕西省内的南水北调工程。

在西安地质学院工作期间，因为与西安公路学院（后来的西安公路交通大学）相邻，李佩成对交通和水利产生了许多联想。他从苏联桥上车站的设计中得到启示，开始思考修筑穿越秦岭的隧洞能否兼具铁路、公路和通水功能。他将这一想法分享给同行朋友，并寻求相关部门的建议。虽然交通部门表示支持，但水利部门持反对意见，导致这一想法的实施被搁置。

尽管遇到了阻力，但李佩成并未放弃。他瞄准了陕南商洛市柞水县境内的乾佑河，计划将乾佑河河水引入西安的石砭峪水库，实现"引乾济石"工程。该工程全长约25千米，预计引水量可达5000万立方米／年。这一项目为西安提供了新的供水源，有助于保障未来的供水需求。

经过反复研究和论证，李佩成邀请了王德让、汤宝澍、寇宗武、李启垒等老专家共同探讨，最终亲自执笔，将南水北调的方案写成建议书，提交给省市领导等待批示。

然而过了一段时间，他们仍然没有得到任何回复。李佩成和几位专家终于按捺不住焦急的心情，由李佩成亲自将建议书递交给时任陕西省委书记、陕西省人大常委会主任的李建国。

李佩成的执着和坚持最终得到了回应。这一建议最终得到省市领导的高度重视与支持，并推动其进入实质性操作阶段。南水北调工程的实施为西安乃至关中的发展提供了稳定的水源保障，进一步促进了当地经济的持续发展和社会进步。这一成功案例充分证明了李佩成的远见卓识和执着精神对于解决实际问题的重要性。

这一建议的通过标志着陕西省第一个穿越秦岭的南水北调工程——"引乾济石"工程正式获得批准，并于2003年11月正式开工。

李佩成及其团队因此获得了陕西省咨询委员会2002年度优秀咨询建议奖。

2004年12月26日，全长18千米的秦岭输水隧洞全线贯通。2005年7月底，试通水一次成功，这标志着陕西省实施的第一条省内南水北调跨流域调水工程竣工。

这一工程总投资 2.01 亿元，每年供给西安城市用水 4697 万立方米。虽然工程规模不大，但意义重大。它是陕西省南水北调工程的开篇之作，也是西安市重点基础设施建设项目。更重要的是，它实现了多项首创：不仅是第一例跨越秦岭的省内南水北调工程，也是交通与水利紧密结合的典范。这一工程的竣工为陕西省及西安市的水资源提供了新的保障，同时也为其他地区提供了宝贵经验。

李佩成的远见卓识和执着精神不仅为解决西安供水问题提供了新的思路与方向，也为中国的水资源管理和可持续发展作出了重要的贡献。

五　再现"八水绕长安"

在李佩成从事水事科学研究的人生历程中，他提出了许多有价值的建议。这些建议在科研成果、社会效益及经济效益方面，都产生了巨大的效果。

李佩成不仅关注本地，更放眼全国乃至全球的水资源问题。例如，1988年 8 月，他向农业部和经贸部提交了一份报告，建议中国西北五省开展"中国西北干旱半干旱地区农业开发"研究。这份报告后来获得了联合国开发计划署资助资金 840 万美元，推动了相关地区的水资源研究和开发。

除了关于水资源的研究和建议，他还积极为国土整治、设立"国土大学"等议题建言献策，并向国家领导人提出了关于"三江调水"和奥运期间预防南方水灾的建议。他积极为解决国家与社会面临的问题出谋划策，展示了一位科学工作者的责任心和对党、国家、人民及家乡的满腔热忱。

2001年，李佩成和他的团队提出了开展重现"八水绕长安"盛景工程研究的建议。这一建议立即引起了各方关注。"八水绕长安"不仅是西安人引以为豪的历史骄傲，也是他们深埋心底的现实遗憾。这一建议寄托了西安人民对美好未来的无限憧憬和期待。

1999年1月25日，陕西省科学技术协会主办的《科技工作者建议》全文刊登了《关于"重现八水绕长安"盛景工程的建议》。这份建议得到了时任陕西省副省长陈宗兴的高度评价，并亲笔批示，建议省科技厅组织多学科的专家进行调研论证，提出可行性报告。他还提议省科委和西安市科委立项，进行前期研究。

这些事例充分展现了李佩成作为一名科学工作者的卓越才能和无私奉献精神，他用自己的知识与智慧，为解决国家及地方面临的问题出谋划策，为推动社会进步和发展作出了重要的贡献。

"八水绕长安"之说源于汉代著名文学家司马相如的《上林赋》。他在文中写道："荡荡乎八川分流，相背而异态。"这八川指的是泾、渭、灞、浐、潏、滈、沣、涝八条河流，它们在历史上都曾流经长安城周边。除了渭河、泾河发源于甘肃、宁夏，其余六条河流均发源自陕西秦岭，呈扇形分布，最终汇入渭河。

为了更深入地了解历史上长安城八条水系的流经情况，有几位记者遵循李佩成的"八水绕长安"盛景工程研究报告中的指引，撰写了行走笔记并实地拍摄了八水的现状。他们发现，尽管这些河流如今的水量已经不如古代，但在历史的长河中，它们曾经为长安城的水景观和生态环境作出了巨大的贡献。

历代统治者围绕"八水"打造了众多水景观工程。汉代时，建成了昆明池和漕渠等；隋代，宇文恺作为总设计师构筑了大兴城，并开凿了龙首渠和清明渠，分别引入浐水和潏水，解决了城市生活用水和官苑环境用水的需求。同时，为了便利咸阳到黄河的航运，广通渠也应运而生。到了唐代，水利及水景造园工程更为兴盛。唐王朝在隋朝开凿的渠道基础上，引大峪、潏水开凿了黄渠，并分两路引入曲江池。曲江池面积达70万平方米，成为长安城南最大的风景游览区。此外，唐代还在长安城西南远郊精心打造了美陂，这是一座风景优美的人工湖，其周长达7千米，水源来自南山峪水和泉水。

这些历史上的水利和水景观工程不仅展现了古人的智慧与才能，也为现代人提供了宝贵的经验和启示。通过研究和恢复这些水系，不仅可以更深入地了解历史及水利文化，还能为现代城市的发展与生态环境的改善提供有力支持。

元、明、清三朝开通了通济渠引泾河水，以供西安城区用水。然而，由于上游截水灌溉，能够引入城中的水量日渐减少。随着历史的变迁，历代王朝大量兴建都城、宫殿、帝苑、陵墓、官署，导致森林的过度采伐和河流的严重污染。尽管"八水"依旧存在，但昔日水草茂盛、鱼游虾嬉的美景已经不复存在。

在西安经历水荒之后，随着生态环境逐渐好转，生活用水得到保障，人们开始思考何时能够重现"八水绕长安"的盛景。这一问题的提出，反映了当代人对西安八水现状的深切关注，也表达了西安人对重现"八水绕长安"盛景的热切期盼。

李佩成及其团队正是基于改善西安生态环境、让西安人的生活更加美好和幸福的初衷，率先提出了重现"八水绕长安"盛景工程的宏伟构想，并立即开始深入研究。这一构想的提出并非是李佩成一时的心血来潮，而是基于他深入的思考和长远的规划。他对西安水资源的合理利用及生态环境的美化有着深层次的思考和规划。

从解决"西安水荒"难题，到实施"西安供水水资源系统优化调配研究"科研项目，再到应对西安地下水超采引发的次生灾害——地面下沉问题，李佩成都作出了重要的贡献。但他并未满足于在西安水资源开发利用上的成就，而是运筹帷幄、高瞻远瞩，于2001年大胆向陕西省政府提出建议，希望让"八水绕长安"的历史盛景在21世纪的西安重现。

在2002年暑假期间，李佩成与原陕西省科协副主席徐仁、陕西省水电设计院原总工程师王德让、陕西省水利厅原副总工程师汤宝澍、长安大学教授李启垒等十多位水利领域的专家，从西安出发，沿着秦岭北麓的72条峪口向东行进，历时一周时间，对"八水"的生态现状进行了实地踏勘。

在这段旅程中，李佩成精神抖擞，手持拐杖，用它敲敲石头、指指方位，完全将这根拐杖当作勘察工具。经过一周的野外踏勘，专家团队在灞桥附近新建的渔场酒店进行了深入的探讨。讨论中，专家们各抒己见，争论热烈，充满了对"八水绕长安"盛景重现的满腔热情与坚定信念。

随后，经过两年多的仔细、深入研究和反复讨论，专家团队于2004年5月完成了"八水绕长安"盛景工程的研究报告。这份报告不仅详细阐述了重现"八水绕长安"盛景的思路与规划，介绍了研究成果，包括河渠线路布设方案和工程造价预算，还提供了"八水绕长安"盛景工程的平面布设图等。

这一项目获得了陕西省政府科学技术奖二等奖和陕西省水利厅科技进步奖一等奖，为推动"八水绕长安"盛景的重现提供了重要的科学支撑与决策依据。

2012年7月30日，西安市领导干部会议召开，会上明确提出了实现"八水绕长安"的建设目标，旨在打造城在水中、水在城中的"八水绕长安"新盛景。8月10日，西安市领导在调研水务工作时再次强调，要遵循时任陕西省委书记赵乐际的重要指示，高标准做好以恢复昆明池为重点的工程规划，切实把西安丰富的水系建设好、保护好、利用好、展示好，确保实现水资源可持续利用，为西安建设国际化大都市提供可靠保证。

得知这一消息的李佩成，成了数百万西安人中最激动的一位。他深知十年前的梦想即将变成现实，十年的研究成果即将付诸实践。这让他沉浸在难以抑制的兴奋之中。

十年来，李佩成一直关注着西安地区的水事问题。他不仅关心着"八水绕长安"盛景工程，更是对西安乃至陕西的水资源短缺问题充满担忧。他通过向领导提建议、接受新闻记者采访、从事科学研究、发表论文著作等方式，从各个层面反映了他对这一问题的重视和忧虑。

重现"八水绕长安"盛景工程的研究报告浸透着李佩成及其团队人员的滴滴汗水。这份报告不仅对西安市供水及水环境现状进行了透彻的剖析，还对重现"八水绕长安"盛景工程的实施方案、工程布设及配景工程的具体配置与建议进行了全方位的论述和规划。可以说，这是一份完整的实施方案解说图，为"八水绕长安"宏伟工程的可行性提供了科学依据。

十年后，西安市政府在这份研究报告的基础上提出了更为明确的实施规划，进一步强调了"改善西安生态环境"的根本目的。这一规划让原本缺水的西安变得"生动"起来，实现了西安山、水、城相互交融与和谐共生的灵动新貌。"八水绕长安"水系的恢复与保护，让西安市的生态环境得到了根本性改善，为市民提供了更加宜居的环境。同时，这一工程也为西安的旅游业带来了新的机遇，吸引了更多的游客前来感受这座古都的独特魅力。

李佩成和他的团队为"八水绕长安"盛景的重现作出了杰出的贡献。他们的研究报告为这一工程提供了科学的依据和实施方案，使得这一宏伟工程得以顺利推进。如今，随着"八水绕长安"盛景的逐步实现，西安市的生态环境得到了显著提升，为市民带来了实实在在的福祉。

六　山川秀美大西北

　　"再造一个山川秀美的西北地区"这一宏伟目标，在 1997 年 8 月由时任中共中央总书记、国家主席的江泽民同志提出。他针对姜春云副总理所提交的《关于陕北地区治理水土流失建设生态农业的调查报告》作出了重要批示。这一批示被科学界称为"978"批示。

　　这一批示是在新的历史背景下，向全国人民发出的一个重要倡议，旨在开展大规模的治山、治沙、治水工作，改造自然环境，美化生态环境。这一目标的实现需要一代又一代人的不懈努力，而科技先行是实现这一目标的必要保证措施。

　　为了推动这一目标的实现，西北五省份的科技厅和新疆生产建设兵团科委积极携手，共同实施"中国西北地区山川秀美科技行动计划"。在科技部的全力支持下，该计划于 1999 年 10 月正式立项，并开始前期研究工作。

　　作为该计划的重要组成部分，当时开展的第一个项目是"中国西北地区山川秀美科技行动计划基础调查及战略研究"。该项目为后续的科技行动计划提供了重要的基础数据和战略指导，为推动"再造一个山川秀美的西北地区"这一目标的实现奠定了坚实基础。

　　时任陕西省副省长的范肖梅、省科技厅厅长孙海鹰力推李佩成为项目主持人。当时年过六旬的李佩成欣然接受了主持"中国西北地区山川秀美科技行动计划"这项重大的科研任务。这个项目涉及多个省份，涵盖了 7

个试验区，计划投资上千万元，有 200 余位专家学者参与，涉及面积超过中国国土面积的三分之一。面对这样宏伟的科技项目，李佩成毫无畏惧，勇敢地接受了挑战。

在项目的筹备阶段，孙海鹰将江泽民总书记的批示精神传达给了西北五省科委和新疆生产建设兵团科委主任的联谊会与会人员，得到了各地科委主任的积极响应和大力支持。在联谊会期间，孙海鹰约见了李佩成，并委托他草拟一份关于"中国西北地区山川秀美科技行动计划"的立项请示汇报材料。

李佩成在改造自然方面有着扎实的理论和实践基础，知识面广，且具有团结协作精神，被认为是最适合担任该项目技术总负责的人选。面对这项重大科研任务，李佩成深知责任重大，但他没有退缩，毅然接受了挑战。这个项目不仅展现了他的个人才华和领导能力，也体现了中国政府与科研机构对解决西北地区生态问题的坚定决心。

李佩成对于西部大开发、改造西北生态环境再造秀美山川的思考，可以追溯到 20 世纪 80 年代的黄土高原治理与开发项目。这个项目不仅使他的理论得以实践验证，而且使他的思想得到了升华。尽管他的改造自然、整治国土的思想理论在黄土高原治理与开发项目中取得了初步的成功，但他并没有满足于此，而是继续深入研究，向相关部门提出更大规模、更广范围的改造黄土高原和大西北的建议。

李佩成主持的黄土台塬的治理与开发项目，以及 1988 至 1989 年间在中亚地区进行的改造荒漠地区的考察，使他的思想认识进一步升华。这些经历不仅坚定了他改造大自然的决心，也使他更加深入地理解了国土整治的重要性。

当陕西省科技厅厅长孙海鹰约谈他并委托他草拟"中国西北地区山川秀美科技行动计划"的立项材料时，李佩成欣然接受。这不仅因为他深知这个项目的意义重大，也因为他长期的思考和研究终于有了用武之地。对于李佩成来说，这不仅是一次挑战，更是他个人事业发展的一个高峰。

李佩成在将近 3 个月的调查、访问和多次讨论沟通后，完成了《再造西北地区山川秀美科技行动计划项目建议书》。这份建议书得到了西北五省科委和新疆生产建设兵团科委的一致好评，并于当年 12 月获得了国家科委的批准。

李佩成作为项目建议书的主笔起草人，与曹光明、张志杰、张益谦等三位专家共同完成了这份重要的文件。建议书详细地阐述了项目的立项背景和意义、指导思想、奋斗目标，并具体规划了立项内容、科技工程和试验示范基地的建设等多个方面，为项目的顺利推进奠定了坚实的基础。

回忆起与李佩成相处的经历，孙海鹰称赞李佩成不仅是一位著名的水科学家，更是一位优秀的国土整治科学家和社会活动家。李佩成具有独特的见解，性格直率、真诚、友善、和蔼，他追求真理、实事求是，并展现出坚持不懈、不断探索的钻研精神。

这份建议书的完成标志着"中国西北地区山川秀美科技行动计划"项目正式启动，也意味着李佩成的理论与实践得到了更广泛的认可和支持。这个项目不仅对中国西北地区的生态环境建设具有重要意义，也体现了李佩成作为一名科学家对国家和人民的深厚责任感与无私奉献精神。

"中国西北地区山川秀美科技行动计划"项目自 1999 年 10 月启动，开始了长达 3 年多的基础调查、战略研究以及 7 个试验区的选建工作。为了统一指导、协调和便于管理，相关部门特别成立了"再造山川秀美办公室"，办公地点设在陕西省科技厅。此外，该项目还在西安工程学院设立了中心综合组，以协助项目主持人李佩成开展协调和日常工作。

作为项目的总技术负责人，李佩成与西北五省科技厅、新疆生产建设兵团科委取得了直接联系，并可与各地的项目负责人直接沟通。这种设置减少了烦琐的请示和汇报环节，为李佩成的工作创造了更为宽松的环境与有利的条件。

该项目的实施按照三个层面展开：已有成果的集成配套、难题攻关和试验示范区建设。在完成已有成果的集成配套以及基础调查、战略研究的同时，还在不同的生态地域设立了7个试验示范区。这些试验示范区与战略研究和集成配套工作紧密结合，采用滚动式的研究方法，利用战略研究成果推动技术研究的深入，并用技术研究成果丰富战略研究的内容。这种协同合作的工作方式使"再造山川秀美"行动得以纵深发展。

通过这些努力，"再造山川秀美"行动计划在西北地区取得了显著的成效与丰硕成果，为我国西北地区的生态环境建设和可持续发展作出了重要贡献。

为了深入了解实际情况并调动广大科技人员的热情与积极性，李佩成亲自带队赴西北五省和新疆生产建设兵团的试验示范区基地进行实地考察，历时三年之久，涉及面积达百万平方千米。

在我国广大农村，特别是在大西北地区，在完成基本农田建设之后，还面临着二次创业的问题。李佩成敏锐地意识到"再造山川秀美"可以作为农村二次创业的事业，这一想法得到了各方支持。

在甘肃庄浪示范区、宁夏万亩苜蓿种植地示范区、青海生态区、新疆生产建设兵团农十师181团试验区以及陕北米脂和安塞黄土高原试验示范区等地，李佩成的这一设想都取得了很大的成功。安塞黄土高原试验示范区成功建立了黄土丘陵沟壑区山川秀美生态建设模式，并在安塞县及延安市延河流域得到了广泛推广和应用。

此外，李佩成还起草了《关于加快西部开发，大力改善生态环境的建议》，通过中国科学技术协会、中国工程院呈报给时任国务院副总理的温家宝，得到了温家宝副总理的肯定批复。

项目实施期间，李佩成还带领团队完成了《中国西北地区生态环境与再造山川秀美》一书的撰写，并顺利出版。

这部著作汇聚了80余位专家学者的论文，涵盖了20多个学科的内容。尽管其中许多人已经年迈，但他们依然不畏艰辛，为这部作品付出了自己的智慧和心血。这部著作通过总结大西北的自然环境、人文生态的历史发展、人民生存现状，为人们提供了关于"再造一个山川秀美的大西北"最翔实、最科学的参考资料，为实施这一目标奠定了坚实的思想理论基础。

这部著作约60万字，共分为9个部分。除总论外，该书还深入探讨了黄土高原的再造山川秀美、生态农业建设、林果业与绿色生态体系建设、草业和畜牧业建设、沙区和山区的治理与开发、水资源问题与解决途径、能源矿产旅游资源的开发与生态环境保护以及科学研究等多个方面的内容。

这部著作的出版标志着"中国西北地区山川秀美科技行动计划"项目取得了重要的阶段性成果，也为后续的工作提供了宝贵的指导和参考。李佩成的贡献和努力在这一过程中再次得到了充分的体现。

在"再造一个山川秀美的大西北"科技计划中，基础调查和战略研究起到了至关重要的作用。它们不仅为整个项目提供了明确的指导方向，还为后续试验示范区的建设奠定了坚实的科学理论基础。

通过基础调查和战略研究，项目团队对西北地区山川秀美的"内涵""十大生态问题"以及"西北山川秀美可实施的十大优势"等核心问题进行了深入探讨，并得出了精辟的结论。这些结论在后续的试验示范区建设中得到了实践和验证，取得了显著的成果。

为了顺利出版这部重要的论著，李佩成作为项目主持人，付出了巨大的努力。他几乎跑遍了陕西的各个县区，以及甘肃、宁夏、青海和新疆的大部分地区，甚至深入国界进行实地考察。在这个过程中，他养成了每天早晨4点起床阅读文稿的习惯，每一篇文稿都亲自审阅，从未有过懈怠。《中国西北地区生态环境与再造山川秀美》一书的顺利问世，不仅是对他辛苦付出的最好回报，更是对第一阶段成果的重大意义的充分证明。

建设生态农业是实现"中国西北地区山川秀美科技行动计划"项目工程的核心目标的关键所在。通过发展生态农业，可以促进农业的可持续发展，加强生态环境的保护和修复。这也是当前和未来一段时间内，我国农业发展的重要方向和迫切任务。

李佩成对建设生态农业有着独特的见解，他不仅积极采纳山仑、李振岐两位院士关于生态农业建设的意见和建议，也非常重视相关理论的研究。早在1997年，他就发表了《论陕西的生态环境问题及其对策》一文，对陕北、秦巴山区、黄土高原、关中平原等地区的生态环境问题进行了深入的分析，并指出这些地区在能源开发、环境保护、水源采集及水质污染等方面对生态环境造成的损害，直接影响到当地农业生态的可持续发展。他特别强调，关于黄土高原的开发与治理中的生态环境保护问题，已经到了需要全面总结经验教训、深化认识的阶段。

李佩成在1998年发表的《论"三态"平衡》论文中，首次提出了"三态"平衡的重要性。他认为，生态平衡的实现需要生态、心态、世态的和谐平衡。这三者是相互作用、相互影响的：人的心态与其世界观有关，而众人的心态必然影响世态；反过来，世态又影响着人的心态。他指出，许多人对生态环境的破坏行为通常并非单纯的个人选择，往往是由某种社会力量或世态所驱使的。因此，要实现生态和心态的平衡，必须从根源上平衡世态。

基于对"三态"辩证关系的深入理解，李佩成进一步引出了两个常理：报应规律和易毁原理。"报应规律"简单的解释就是：恶有恶报，善有善报；不是不报，时间未到；时间一到，一切都报。历史上反复出现的毁林开荒导致的土壤侵蚀就是"报应规律"的最好例证。而"易毁原理"则是指事物被毁坏比起被建造更容易。

李佩成强调，只有全面认识天人合一、天人和谐的自然规律，实现"三态"平衡，才能促进生态的良性循环和生态农业的可持续发展，进而推动人类社会的进步与文明。

当大西北9000万人民正在憧憬着山川秀美生态环境变为现实，这个举世瞩目的伟大工程也正在稳步向前推进时，一只"拦路虎"挡在了工程前进的道路上。所有人都对大西北干旱缺水的现实深感忧虑，因为水资源的短缺成了制约"再造一个山川秀美的大西北"项目最难突破的瓶颈。

作为一位大半生从事水事研究的科学家，李佩成对这个"瓶颈"了如指掌，他比任何人都清楚问题的严峻性！

李佩成对水资源的关注和研究始于他对西北干旱缺水现实的深刻认识。从他第一次在西北农学院见到自来水管，到后来上大学报考水利专业，再到工作后几十年进行涉水研究，他几乎都是在大西北度过的。大西北的干旱缺水问题激励他完成了一个又一个治水、思水、研究水的科研项目。从20世纪五六十年代的"三水"统观统管理论的提出，到七八十年代《认识规律 科学治水》《试论干旱》等著名论文的发表，再到九十年代《论"三态"平衡》论文的问世，都充分说明了他在水事科学研究领域始终处于领先地位。

作为对水资源研究卓有成就的科学家，李佩成自然会在"再造一个山川秀美的大西北"的巨大科技项目中关注水资源的相关问题。他主笔的两篇关于西北水资源的论文被选编在《中国西北地区生态环境与再造山川秀美》一书中，其中一篇是《论西北开发与再造山川秀美中的水资源问题及其解决对策》，另一篇是由他和毕研光共同撰写的《灌区节水要把农业措施置于重要地位》。这两篇论文充分体现了李佩成对西北地区水资源问题的深刻思考和独到见解，为解决西北水资源短缺问题提供了重要的理论支撑与实践指导。

面对西北地区水资源短缺的严峻形势，李佩成认为应该采取综合性的措施来解决这一问题，包括合理开发和利用当地水资源、推广节水灌溉技术、加强水资源管理和保护等。通过这些措施，不仅能实现水资源的可持续利用，还能推动西北地区的生态建设和可持续发展。

在解决水资源短缺问题的过程中，李佩成特别强调了农业节水的重要性。他认为，西北地区农业用水量巨大，因此推广节水灌溉技术、提高农业用水效率，对解决水资源短缺问题至关重要。发展节水农业，是实现水资源可持续利用和农业可持续发展的必经之路。

为了实现西北地区水资源的可持续利用和生态建设目标，李佩成还提出了一系列具体的实施方案与措施。这些方案与措施既具有科学性和前瞻性，又具有可行性和可操作性，为解决西北地区水资源问题提供了宝贵的思路和方法，不仅在理论上具有重要意义，而且在实践过程中也极具指导价值。

李佩成对西北地区水资源的研究，不仅有助于推动西北地区生态建设和可持续发展，也为全球面临水资源短缺问题的国家及地区提供了宝贵经验与方法借鉴。

了解了历史上关于治水思想、治水方略的实践，我们更能理解李佩成等专家在《论西北开发与再造山川秀美中的水资源问题及其解决对策》中提出的战略性措施的重要意义。这些措施包括强化水质保护、科学推行农业节水以及尽早实施南水北调等。这些措施对解决西北地区的水资源问题具有深远的影响。

"中国西北地区山川秀美科技行动计划"项目全面启动后，引起了社会各界的广泛关注和热烈反响。从宏观层面来看，党和国家领导人高度重视改善西北生态环境、再造山川秀美的工作，并将其提到了议事日程上，多次强调其重要性。当时，李鹏、朱镕基、姜春云等国家领导人都对此项目作出了批示，并亲临现场给予指导和支持。1997 年，李鹏总理明确指出，治理黄土高原水土流失要 15 年初见成效，30 年大见成效。1999 年 8 月，朱镕基总理前往陕北黄土高原等地视察和督查，进一步强调这一任务的紧迫性，并提出了"退耕还林"的重要方针。

在这样的背景下，作为项目主持人和技术总负责人的李佩成以身作则，夜以继日地审读60万字的书稿，深入思考更深层次的问题。在主持这一宏伟项目的过程中，他始终没有忘记通过项目的实施让当地人民群众的生活富裕起来。在2001年发表的《关于再造西北地区山川秀美的哲学思考》一文中，他进一步阐述了这一观点。他指出，再造西北地区山川秀美要把治山治水与治愚致富相结合。这一观点得到了多位专家学者的认同，为"中国西北地区山川秀美科技行动计划"项目提供了深化与延伸的方向，使山川秀美的目标不只停留在自然环境的改善上，还要考虑民生问题，要让人民群众真正摆脱贫困，过上富裕的生活。

李佩成强调："使当地经济获得发展，让当地的群众逐步富裕起来，是使治理自然的成果得到巩固、再造山川秀美真正实现、西部大开发获得成功的重要保证。"他的这一观点突出了经济发展和人民生活富裕在实现山川秀美目标中的重要性，为项目的实施提供了重要的指导思想。

2003年1月4日，"中国西北地区山川秀美科技行动计划前期研究"课题验收会议在北京召开，作为西部大开发首个完成的项目，接受了国家验收。会议由科技部发展计划司主办，中国工程院院士李文华、国务院参事室参事王秉忱以及中国科学院专家成升魁等人出席了会议。陕西省科技厅厅长孙海鹰代表项目承担单位作了工作报告，重点分享了他们在两年多时间里开展山川秀美前期调查研究过程中的经验和体会。项目主持人李佩成代表项目组作了技术研究报告，受到与会代表的热烈称赞。

在认真听取了课题组所作的总体汇报并审查了其他相关验收资料后，"西北地区山川秀美科技行动计划前期研究"课题验收委员会一致同意通过验收。

2003 年 7 月 31 日，科技部下发了《关于对"西部开发"专项课题"中国西北地区山川秀美科技行动计划前期研究"验收的批复》文件。

从 2001 年 8 月初到 9 月底，在近两个月的时间里，李佩成带领考察组深入中国大西北的五个省份，走访了所有山川秀美试验示范区基地，行程万余千米，面积达百万平方千米。在整个考察过程中，李佩成身先士卒，以身作则，不以项目负责人自居，而是与广大科技人员同甘共苦，为再造西北地区的山川秀美付出了巨大的努力，成绩斐然。

通过考察，李佩成加深了对再造山川秀美内涵的全面认识和理解，并对山川秀美的科学界定有了更深入的论述。正因为如此，国家科委对这一项目验收之后，又批准了续研项目"西北不同生态地域山川秀美试验示范区建设与重大科技难题研究"。这一新的研究项目将继续推进西北地区的生态环境建设和可持续发展，为实现西北地区山川秀美的宏伟目标贡献力量。

七　当选院士展宏图

2003 年 12 月 30 日，李佩成圆满结束在新疆的考察任务。当天早上，他离开石河子市前往乌鲁木齐搭乘飞机赶回西安。飞机刚落地，他习惯性地打开手机，一条令人振奋的消息映入眼帘——他当选为中国工程院院士了！祝贺信息和电话接连不断，他收到了当晚返校参加新年团拜会的邀请。突如其来的喜讯令他欣喜不已，当场赋诗一首，以表达自己的喜悦之情。

2008年，李佩成在"干旱半干旱地区水文生态及水安全国际学术论坛"上讲话（院士方提供）

得悉入选院士喜讯感怀

朝辞石河子，暮降咸阳原。

手机传喜讯，入选工程院。

最高荣誉至，感激党育恩。

感恩何行动，十年新征程。

2003 年 12 月 30 日于西安咸阳国际机场

在诗中，李佩成表达了自己对当选院士的喜悦和感慨之情。他回顾了自己在治水、思水、研究水等方面的经历和成就，以及对西北地区山川秀美科技行动的贡献，感慨道："天道酬勤，水道酬情。"这是他多年治水经验的总结，也是他对未来的期许和信念。

当选院士不仅是对李佩成在科研领域取得杰出成就的极高认可，更是对他在西北地区生态环境建设和可持续发展方面作出卓越贡献的肯定与鼓励。他的研究成果和实践经验将为西北地区的可持续发展提供宝贵的科学依据与实践指导，为再造一个山川秀美的西北地区贡献力量。

团拜会上，李佩成心潮澎湃地发表了感言，他首先感谢了书记、校长和教工代表的祝贺，然后表达了自己对获得院士荣誉的深刻体会和感悟。他强调，这是党和人民赐予他的最高荣誉，同时也饱含着祖国与人民对他更加殷切的期望。他表示会将这份荣誉和期望铭记在心，以此为动力，继续为科研事业贡献自己的力量，并承诺做到以下几点：

第一，向老院士学习，始终保持对新知识的渴望与追求，不断扩展自己的科学视野，秉持"活到老、学到老、干到老"的精神，努力成为一名合格院士。

第二，结合自己的学科专业，在西北地区的农业水土工程问题、干旱缺水问题、水资源与环境问题以及再造山川秀美等方面，继续努力，再立新功。

第三，完成"113553"规划，争取头脑再清醒 10 年（到 80 岁），向国家提出 10 条重大咨询建议（每年一条），完成 3 个较大的科研项目，在已经出版 10 本书的基础上再编著 5 本书，再培养 50 名研究生，再发表 30 篇论文。

李佩成的感言体现了他作为院士的责任感和使命感，同时也表达了他对年轻一代科技工作者的期望和鼓励。他希望年轻一代要发扬创新精神，为祖国的繁荣和发展贡献自己的力量。整个会场洋溢着喜庆和感人的气氛，充分展现了李佩成作为一位杰出的科学家和工程技术专家的非凡魅力与深远影响力。他的人格魅力及科研成果对于年轻一代的科技工作者来说，具有很高的启示和鼓舞作用。

李佩成在当选院士后的感言中所宣布的"113553"十年规划，已经全面实现，甚至在某些方面超额完成任务，他践行了自己庄严的承诺。他的卓越成就和"113553"规划的实施，向世人展示了科学和真理的魅力，激发了更多人对科学研究的热情与追求。他的探索精神和研究成果不仅在学术界产生了深远的影响，也在社会各界引起了广泛的共鸣和反响。他的事迹将激励更多的人投身于科学研究和工程实践，为实现中华民族伟大复兴的中国梦贡献自己的智慧与力量。

李佩成的勤奋、敬业和专业精神在广袤的中华大地上留下了深刻的印迹。他不断探索、持续奋斗、勇往直前的精神，以及百折而不挠的毅力，谱写出了一曲曲催人奋进的凯歌。

———○ 补 记 ○———

中国共产党优秀党员、中国工程院院士，我国著名水文地质、水文生态及农业水土工程专家，陕西省委省政府决策咨询委员会特邀咨询委员，全国优秀科技工作者，长安大学教授、博士生导师，长安大学水与发展研究院院长李佩成院士因病于 2024 年 2 月 23 日 22 时 36 分在西安逝世，享年 90 岁。

斯人已逝，风范长存。李佩成院士带着对亲人的无限眷恋和对事业的无比热爱永远地离开了我们，但是他以身许国的崇高理想、无私奉献的宽广胸怀、深厚广博的学术素养，以及赤诚纯粹的人格魅力将永远铭刻在我们的心口，激励着我们不断前行。

作者简介

田冲，男，1970年出生于陕西商洛。系中国音乐著作权协会、中国楹联学会会员，陕西省作家协会会员、第三届签约作家，陕西省楹联学会、陕西省少儿文学研究会副会长，西安市作家协会、陕西省散文学会、陕西省职工作家协会理事，西安市新城区作协副主席。曾任《西安商报》副总编、党支部书记多年。现为西安外事学院人文艺术学院教师。1988年开始发表作品，已在《人民日报》（海外版）、《光明日报》《文艺报》《陕西日报》《华商报》《西安晚报》《中华辞赋》《四川文学》《延河》《青年作家》《西部散文选刊》等报刊以及美国、德国、加拿大、泰国、瑞典等国的报刊上发表作品300余万字，并被评为"西安市优秀新闻工作者"，荣获西安市文联第三届"双新奖"。长篇小说《迷局》入围第九届茅盾文学奖，获首届浩然文学奖、第三届山泉文艺创作奖、首届张爱玲文学奖提名奖，已被数十家报刊连载；散文集《春暖花开》获首届国际东方散文奖、首届中国丝路文化奖、第二届丝路散文奖；出版诗集《守望家园》。

点燃生命之光的"战士"

中国工程院院士陈志南

文／黄青

院士简介

陈志南 1952 年出生于江苏省无锡市。医学博士,教授,博士生导师。我国著名细胞生物学及生物技术药物专家,专业技术少将。2000 年任第四军医大学(现更名为空军军医大学)细胞工程研究中心／细胞生物学教研室主任。2018 年任空军军医大学国家分子医学转化中心主任。

先后担任中国工程院医药卫生学部常委、陕西省科协副主席、"重大新药创制"国家科技重大专项技术副总师、"863计划"生物和医药技术领域专家、"973计划"首席科学家、中国药学会监事长以及中国转化医学与生物技术创新联盟理事长。

长期从事细胞与分子医学的基础和转化研究。原创性地发现了炎－癌相关分子CD147在癌进展中的多时相、多阶段和多节点的调控机制；首次发现恶性疟疾、COVID-19等重大感染性疾病入侵宿主细胞受体及其与配体相互作用的致病机理；对新靶点自主抗体药物和免疫细胞治疗产品的研究居国际领先水平；建立了抗体人源化及产业化、人源化嵌合模式动物药物评价体系、免疫细胞重编程等关键技术平台。

在国内外杂志上先后发表论文500余篇，其中SCI收入285篇，包括Nature、Science、Cell Metab、Mol Cancer等影响因子20以上的世界顶级杂志论文15篇，ESI前1‰热点论文1篇，前1%高被引论文6篇，被誉为ESI高被引学者，为全球前2%的顶尖科学家（H-index 53）；获得国际专利6项、国家发明专利36项；获国家一类新药证书1项，三类医疗器械证书1项，国际、中国临床批件7项，细胞治疗产品临床准入4项；获国家科技进步奖二等奖1项，军队、省部级一等奖12项，全国医药卫生／中国医药生物技术十大进展4项。此外，还荣获中国科协"科创中国2021年度先导技术榜单"和"全国创新争先奖"。

2007年，当选中国工程院院士。

○ 引 子 ○

时针已经走过了凌晨两点，秋日的深深草木丛中秋虫低鸣，映衬得这偌大的校园格外安详和宁静。皎洁的月光照着这位行路人有些斑白的两鬓，他一身戎装，身姿挺拔，步履矫健，完全看不出已经年过七旬。一副金丝框架的眼镜背后双目炯炯，同样丝毫看不出他刚刚结束了16个小时高强度的实验，刚刚从属于自己鏖战了许久的战场上暂时抽身。

位于西安市朝阳门外的第四军医大学（现名空军军医大学），几乎见证了这位老人科学生涯的全部时光。从求学到普通教员，再到教授，直至成为中国工程院院士，他在这里度过了一个又一个忙碌的白天，也度过了一个又一个不平静的夜晚……

他步履坚定地走在那条走过了无数次的法国梧桐大道上，是的，几十年如一日，他是看着这些树木在时光的年轮中慢慢长大的，仿佛每一棵树都是他的老朋友。月光把路旁两排粗大的树影投在水泥路上，斑驳陆离，看起来有点像平日显微镜下培养皿中游离的光影。此刻，他睡意全无，脑子里还在回想刚才分析的数据，为什么还没有取得预期的结果，是方法不对吗？他暗下决心，明天，我们再换一种实验方法继续做。

一阵秋风拂过，法国梧桐的枝叶交错着，在静夜中发出轻微的沙沙声，仿佛是两行肩并肩挺立的战士，在向他们这位亲爱的老战友挥手致敬。

这位老人，就是中国著名细胞生物学及生物技术药物专家、中国工程院院士陈志南。

一　出生江南医学之家

1952 年 6 月 2 日，江苏省无锡市宜兴的一个医学世家里，一个新生命呱呱坠地，四肢健壮有力，哭声清脆洪亮。他是陈家这代的第一个孩子，他的到来给家人带来了无尽的喜悦和希望。

"是个儿子！"

"看，孩子的眼睛长得多像你。"

孩子的父亲是常州市武进区漕桥镇医院的一名中医外科医生，母亲是一名中医内科医生，他们在这家医院已经工作了好多年。

儿子出生了，取一个什么名字呢？父亲经过一番思考，给他起名陈志南，他们身处南方，他希望儿子将来能立志于这片热土，成为一个对国家、对社会有用的人。

谁也无法预料，在未来的几十年后，这个名叫陈志南的男孩，将会成为著名的细胞生物学及生物技术药物专家，在大西北带领着他的团队攻克了世界性的细胞与分子医学难题，成为点燃生命之光的一名英勇战士。

正所谓有苗不愁长，小志南在医院的家属区里一天天长大，很快就上小学了。家属区位于医院后面的院子里，小志南每天上学和放学，都要从医院穿行而过，医院里那熟悉的消毒水味混合着独特的药味，已经深深地刻进了他年幼的记忆里。

他最喜欢去的就是中医药房，那里弥漫着浓浓的药香，有母亲口中的黄芪、人参、党参，还有一种草药竟然叫作"王不留行"，这也太有趣了吧！

在那里，他知道了原来平时捡的知了壳，甚至土墙皮里藏身的蝎子也能入药。偶尔，医院里的阿姨塞一小根党参到他的嘴里，他能兴致勃勃地嚼上大半天，嘴里和心里都回味无穷。

每天放学之后，他经常会到父母亲工作的科室去"逛一逛"。有时，他会偷偷拿起母亲的听诊器，装模作样地放在自己的胸前听一听；有时，他会站在灯箱一旁，煞有介事地学着父亲的样子查看那些黑白交错的 X 光片子，悄悄数一数片子上人的腿和脚有多少块骨头。很多次，他看到病人满脸痛苦地来看病，经过医生的一番诊治，最后健健康康地出院，他也跟着高兴。看着科室墙上悬挂着病人送来的一面面写有"妙手回春"的红色锦旗，小志南觉得，医生这个职业简直太伟大、太神奇了！他不禁憧憬，什么时候，自己也能有这样的本事呢？

"我长大了也要当一名医生，治病救人，和你们一样！"有一天，小志南对父亲和母亲说。

母亲慈爱地摸了摸儿子的头说："傻孩子，当医生可辛苦哩！"

"我不怕苦！我也想有一双你们那样的妙手！"陈志南语气坚定。

母亲听了，欣慰地笑了起来。

"那你可要好好学习呀，将来考个好的医科大学。"父亲鼓励他说。

陈志南没有辜负父母的期望，他努力学习，从小就成绩优异。老师们常说，这个孩子的记忆力真的不得了。其实他们不知道，陈志南在背后下了多少工夫，每一科的课本，他都看了一遍又一遍。他年纪虽小，却知道知识不能一知半解，必须读通读透。由于翻看的次数太多，个别书本甚至被他翻得起了毛边，母亲不得不为这些书包了书皮。

1964 年秋，12 岁的陈志南小学毕业，以十分优异的成绩考入江苏省前黄中学。当时常州市有两所重点中学，一所是江苏省常州中学，一所就是前黄中学，能考入这两所中学是学子们的梦想，也是学生家长们的荣光。

进入前黄中学后，陈志南更加刻苦学习，成绩依旧名列前茅。思想上，他也积极要求进步，入学不久就光荣地加入了共青团，是学校团委唯一的一名初中委员，而其他委员都是高中生。在前黄中学，陈志南不仅学到了知识，也大大开阔了自己的眼界，锻炼了组织和协调能力。

当时大家都认为，陈志南作为前黄的优等生，一只脚已经踏入了全国重点大学的门槛，上大学是十拿九稳的了。而陈志南的理想是考上医科大，当一名好医生，距离实现这一理想，似乎已经近在咫尺。

二　下乡插队肯干好学

陈志南在前黄中学埋头苦读，谁知特殊时期，学校纷纷停课停学。而后，陈志南得知高考取消了，他的内心充满了焦虑迷茫，到哪里去继续读高中呢？什么时候才能考大学呢？

"农村是一个广阔的天地，到那里是可以大有作为的。" 1968 年 12 月，毛泽东主席下达了"知识青年到农村去，接受贫下中农的再教育，很有必要"的指示。随后，上山下乡运动大规模展开。1966、1967、1968 三届在校的初中和高中生（后来被称为"老三届"），全部被号召前往农村。

1968 年，在上山下乡的历史洪流中，年仅 16 岁的初中毕业生陈志南响应国家号召，来到江苏省常州市武进区漕桥乡，开始了接受贫下中农再教育、面朝黄土背朝天的知青生活。

很多知青从小都是在优越的环境中长大的，从来没有在农村生活过，更是从来没有干过农活，被老乡们认为是"肩不能扛，手不能提"的城里孩子。

巨大的生活落差，前途未卜的茫然无助，梦想破灭的挫败感，让这些年轻人一时难以接受，很多人因此垂头丧气，很长时间陷入迷茫而无法自拔。

陈志南想，书上说"天将降大任于是人也，必先苦其心志，劳其筋骨，饿其体肤"，人是需要一些意志磨炼的，下乡不就是最好的契机吗？

面对困难，陈志南没有怨天尤人，在他的人生字典里，没有"悲观"二字。骨子里不服输的那股倔强，让他暗下决心，哪怕是做茫茫苍穹中的一颗小星星，也要做一颗闪亮的星。

既来之则安之，陈志南坚信，在农村这片广阔的天地中好好干，总能有一番作为。他静下心来，虚心向农民学习农业知识和耕种经验。当地种植双季稻，陈志南尽管年纪小，却丝毫不怕吃苦，也舍得出力。不到半年时间，100多斤的担子他能挑起来行走自如，插秧也插得又快又好。村里的壮劳力一天能挣100个工分，只有十六七岁、身体单薄的陈志南竟挣到了90个工分，与许多农村老把式不相上下，让老乡们刮目相看。很快，他就当上了知青组组长、乡大队团委委员。他还发挥自己善于写写画画的特长，经常主动帮生产大队写墙报、做报道。平日里，他总是闲不住，村里的父老乡亲们都很喜欢这个既好学又勤快的小伙子，纷纷说："这个小伙子不错！踏实又能干！"

凭着这份勤奋和努力，陈志南和生产队的队员们一起，积极投身于农村建设，从不叫苦叫累。火红的青春，燃烧的岁月，他始终饱含着热情，任劳任怨，勇往直前，无问西东。他将自己的青春和热血，毫无保留地挥洒在了漕桥乡的大地上。在大家的一致肯定下，1968年和1969年，陈志南两次被评为江苏省优秀知识青年，并两次代表武进区知青前往南京市参加表彰大会，成为知青们羡慕和佩服的榜样。

然而，荣誉和赞扬并没有让陈志南骄傲自满。学校停课、高考取消之后，很多人都觉得读书没什么用了，大部分学生已经不再学习。可是陈志南不这么想，他认为，虽然高考停了，但是人的抱负不能停。白天下地干农活儿，晚上别人休息、玩耍、聊天的时候，陈志南却拿出自己带来的高中课本在一旁默默地潜心研读。他觉得，看书就是最好的休息和放松。无缘高中，是他此生最大的遗憾，他立志要通过自学，努力把失去的机会给补回来，要成为一名合格的高中生。

看着他每天晚上在灯下埋头苦读的身影，乡亲们啧啧赞叹说："这个小伙子爱读书，有前途！"

无论是数学、物理、化学，还是语文、外语……学校曾开设的文化课，陈志南每天都在慢慢地"啃"，一门儿功课也没落下。有人泼冷水说："学校都停课了，高考也取消了，你学这些东西还有什么用呢？"确实，在当时的形势下，陈志南一个十六七岁的少年，其实也看不清未来会怎样。他不知道高考能否恢复，什么时候可以离开农村，或许自己的一生都要留在这片土地上。然而不管怎样，他不愿碌碌无为、无所事事地度过一生。在他看来，文化知识非常重要，即使将来留在农村，也要先学好文化知识。

当时，江苏省的农业机械化进程在全国比较领先，生产队里配备了拖拉机、收割机等农业机具，农业增产增收是迫切的需要。陈志南深深感到自己的知识不够用，他意识到要推进农耕机械化，要增产增收，要研究水稻的高产和小麦的抗病问题，都要先学好数、理、化等基本知识。

由于勤奋好学，踏实肯干，下乡插队两年后，18岁的陈志南便被选调到武进区供销社工作，相当于提前参加了工作，这在知青中属于凤毛麟角，让大家内心十分羡慕。

陈志南在区供销社工作了几个月之后，命运女神再次垂青于他。1970年秋天，兰州军区到江苏征兵，其中的目标之一是招收一批基层卫生兵。

恰逢此时，部队的军医张忠才在武进区供销社偶然遇见了陈志南，他发现这个小伙子工作出色，又十分热爱学习，而且听说还出身于医学世家，张忠才觉得这个年轻人将来应该是一个学医的好苗子。

"小伙子，想不想跟我参军去，将来当一名军医啊？"张忠才问陈志南。

陈志南没有想到，自己此生还有机会当医生，尽管军队地处偏远的大西北甘肃陇西，这个地方之前他听都没有听说过，但他还是毫不犹豫地答应了。

其实，在此之前，陈志南从来没有离开过江苏，去过最远的地方就是南京。遥远的甘肃在他的脑海里，已经属于"大漠孤烟直，长河落日圆"的西部荒远之地了。

父母有些舍不得儿子远离家乡，陈志南暗暗地想，这一次，离自己的学医梦想已经这么近了，还有可能成为一名光荣的军医，这样的机会，绝对没有理由放弃，哪怕是天边也要追着去！

三 投身西北光荣入伍

1970 年 12 月，陈志南在常州市武进区光荣应征入伍。那一年，他刚刚18 岁。到了部队他才知道，自己所在的部队是兰州军区 21 军 61 师 182 团。这是一个拥有光荣红色传统的"铁锤子团"，从解放战争开始，就是一个能打硬仗的英雄部队，向来崇尚军事技术，崇尚职业训练，战功赫赫，勇士如云。能够成为"铁锤子团"中的一员，陈志南感叹自己是何其幸运！

甘肃陇西，位于天水之西 150 多公里，因在陇山以西而得名，自古为"四塞之国"，属兵家必争之地。从这里可以西出临洮入青海，北进兰州过黄河，东经宝鸡达三秦。然而这里生活条件差，吃得最多的就是土豆，而且春秋季节风沙肆虐，冬季则寒气逼人，气候条件也很不好。当陈志南初到陇西的时候，大西北已经是严寒刺骨、冰天雪地，对他这样的南方人而言，面临着严峻的考验。晚上的气温近零下 20℃，天寒地冻，滴水成冰，户外站岗的战士的帽子上、眉毛间、鼻翼旁都结上了一道道厚厚的白霜，只有鼻孔里还冒着热气。

陈志南没有把这些困难放在眼里。进入部队这个"大学校"，在这个汇聚了五湖四海英才的优秀团队中，他学到了很多东西，也提升了个人素养。他们千里野营拉练，锻炼"铁脚板"；他们在漆黑的夜幕下，进行防御和进攻训练。至今，陈志南还清楚地记得那雄壮的《铁锤子团团歌》："我们铁锤团，今朝更好汉，军委铁拳头，责任重如山。听从党指挥呀，永远是模范。合格适应配套过硬再把雄姿展！"在大西北广袤的土地上，在英雄的"铁锤子团"里，陈志南接受了红色传统的熏陶和战斗意志的考验，奠定了人生的基色，也为他实现儿时的理想带来了意外的转机。

陈志南在团卫生队工作，尽管这是一个类似卫生所的医疗机构，但却是麻雀虽小五脏俱全，相当于一个小型的卫生院，设置了很多科室。卫生所的编制有四名军医、两名助理军医，陈志南三年后晋升为助理军医。四名军医之一，就是到江苏招收陈志南入伍的张忠才，他手把手教给了陈志南很多医学知识，带领他在实践中迅速成长。陈志南之前在父母的医院里耳濡目染，"从医报国，为民除病"的理想和抱负早已在他心中生根发芽。因此，他全身心地投入卫生队的工作中，业余时间也没有放下文化知识的学习。1971 年，入伍仅半年时间，陈志南就因为工作积极、表现突出，光荣地加入了中国共产党，那一年他年仅 19 岁。

在团卫生队工作了一段时间后，陈志南再次迎来了人生的转机。入伍第二年，那是 1971 年的秋天，陈志南听说军区要组织文化课选拔，成绩突出的有希望上军校读书，军部给团卫生队争取了一个考试名额。得知这个好消息，陈志南兴奋得好几个晚上都没睡着觉。

"上军校有希望了！"一想到这里，他就心潮澎湃，夜里翻来覆去地睡不着。

机会总是留给有准备的人，队长推荐陈志南去参加考试。陈志南平时长期自学文化课的积累，这回终于派上了用场。不出所料，在军校文化课选拔考试中，他脱颖而出，一路过关斩将。1971 年秋，陈志南顺利被兰州军区军医学校录取，成为了这个团卫生队的骄傲。

这所学校位于甘肃兰州，是一所中等专科卫生学校，学制两年，陈志南考取的是军医系。被蹉跎的岁月挤干了的海绵，一旦遇到水的那一刻，马上就开始奋力吸收，直到完全充盈。"百里挑一"才考进了军医学校的陈志南，特别珍惜这来之不易的求学机会。他就像海绵一样，奋力吸取着各种医学知识。他把自己对农活的一丝不苟转化为对学业的精益求精，教科书一本又一本地通读背下，课堂笔记做得极其认真，他的各科学习成绩始终名列前茅。

苦读两年之后，1973 年，陈志南以优异的成绩顺利从兰州军区军医学校毕业。他在团卫生队里当了近一年的助理军医，其间还参与了一些外科手术，不仅给官兵看病，也给周边的老百姓诊治，从中积累了丰富的外科临床经验。

1975 年，陈志南这名医科"学霸"再次以出色的表现通过了一系列文化课考试，顺利考上了第四军医大学医疗系，开始学习临床医学。此时，21 岁的陈志南终于实现了上名牌医科大学的梦想，他立刻写信把这个好消息告诉了远在江苏家乡的父母。从田间地头一路走来，命运之轮兜兜转转，终于让他抓住了学医的机会，陈志南心里别提有多高兴了。

在学校近五年的时间里，陈志南继续发扬死磕和较劲的精神，愈发彰显出"学霸"本色。他的记忆力超群，对于医学需要"死记硬背"的内容，比如说人的身上有多少块骨头，肝脏的功能是什么，都能轻松掌握。五六厘米厚的教科书，他都能原原本本地背下来，同学们纷纷称赞他"背功了得"。他给自己定了一个"小目标"，每门课程必须在 90 分以上，否则就对不起老天给予自己的学习机会。求学时期奠定的扎实的医学基础理论功底，也为他日后从事科研和继续深造创造了条件。

他对学习的兴趣越来越浓，学习劲头也越来越大，最感兴趣的依然是外科医生这个行业。无论是周末还是平时，他常常都泡在图书馆、大教室和实验室里，看书、写作业、做实验，度过了自己人生中最美好、最快乐的时光。

对于早年那些曲折沉浮的经历，陈志南从未有过怨言，相反，如今说起这些，他常常会一改往日的内敛，侃侃而谈，如数家珍。在他看来，那一时期与普通农民、基层官兵的深入接触，让他获得了宝贵的人生经验和感悟，为他带来了在学校里永远得不到的历练和成长。可以说，没有知青陈志南、战士陈志南，就没有如今的院士陈志南。

四　军医大学钻研病理

1978 年 12 月，党的十一届三中全会作出把党的工作中心转移到经济建设上来，实行改革开放的历史性决策，从此开启了我国改革开放和社会主义现代化建设新时期。

第二年，陈志南顺利完成本科学业，以优异的成绩从第四军医大学毕业。然而，当学校的统一分配方案下来时，陈志南却傻眼了——虽然如愿留在了母校第四军医大学，却被分配到了原训练部病理教研室做教研工作。这意味着他此生可能与当临床医生无缘了，陈志南再一次与治病救人的梦想擦肩而过。

是的，陈志南从小一心想当医生，他想像父母一样为民除病，解救人类的痛苦。他还记得自己小时候和父母关于"妙手回春"的对话，记得那些充满憧憬和期待的时光。可是如今的工作变成了看病理切片、做尸体解剖……冷冰冰的工作环境弥漫着福尔马林的气味，这种看起来单调、乏味的工作，与他一直以来对医学的认知形成了巨大的反差。实习期间和带教老师们一起在门诊、病房和手术室救死扶伤的火热场景，与如今按部就班"枯燥"的病理教学研究之间的落差，让他一时难以接受。

"别人学医是给病人做手术，我是给死人做解剖，唉！"没当成临床医生，陈志南人生中第一次感到了迷茫。明明付出了那么多，各方面也很出色，为什么就不能像自己的父母亲一样，当一名医生呢？

然而，优秀的人不会总是沉浸在自怨自艾中，党让干啥就干啥，作为党员的陈志南迅速调整情绪，很快就找到了热爱病理解剖的新锚点："我的梦想是官兵无恙、百姓安康，虽然上不了手术台，但是坚守讲台、深入实验台，同样是以另一种方式实现梦想。"渐渐地，陈志南发现，病理学是连接医学基础研究与临床的桥梁，其实非常重要。好医生也许常见，但是技艺精湛的病理医生却十分稀缺。学好病理学，就可以知道疾病是怎么发生的，从而去指导临床医生诊疗，帮助患者脱离病痛。例如在早期的肿瘤手术中，由于检查手段有限，首先要对相应的人体组织进行病理检查，确定是良性的还是恶性的，然后才能决定手术切除量的大小。病理检查在临床医疗中发挥着重要作用，可谓使命光荣、责任重大。因为病人就在手术台上等着病理检查结果，如果诊断错了，那就是医疗事故啊！

不多想了，干就对了！对于自己决定了的事，陈志南从不后悔，只管向前看、向前走、不回头。他下定决心，从头开始，干一行、爱一行、专一行，努力把病理学工作做到最好。

于是，陈志南把自己对医学的热情全部倾注到教学工作当中。刚任教，他就面临着巨大的挑战。陈志南带的第一届学生是78级，这是恢复高考后

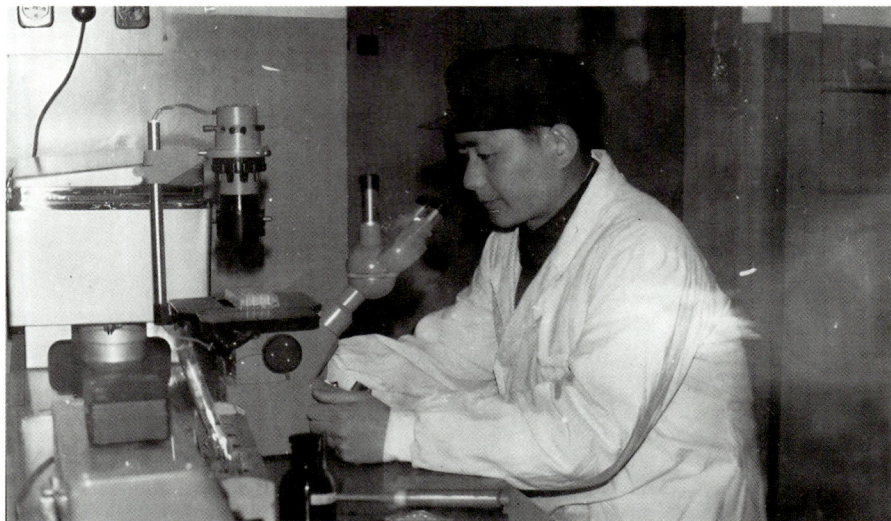

陈志南早年工作照片（院士方提供）

第四军医大学招收的第一批本科生。这批学生背景不一，年龄差距大，学习基础更是参差不齐。陈志南当时才不过 27 岁，在学生眼里，他就像一个"娃娃老师"。教研室里老师不多，他的授课任务和大家一样都很重，工作日几乎每天都要上课，每半天换一个班。如何当一名好老师？陈志南认为，第一就是要备好课。于是，他从精心备课做起，不懂就学。在他看来，到病理教研室当教员，首先就要把教科书背下来，不是只看一遍就完事了，而是真的要背，要点滴积累。要给别人半桶水，自己首先得有一桶水。他发挥自己博学强记的本领，把所有的教科书都原原本本地背了下来。他采取了抓两头的教学方法。悟性好的学生就给他们加加餐，再向上拔一拔，加长长板，让他们掌握更深一点的前沿技术；悟性差的学生就多补补课，弥补短板，帮助他们不要掉队；资质属于中间的学生就让他们自己学，发挥其主观能动性。这样整个班级就可以活起来、动起来，整体推动着向前走。

那段时间，年轻的陈老师每天特别繁忙，白天上课，晚上补课和备课。为了更好地给学生讲好课，他晚上甚至备课到半夜一两点，全然忘记了时间。平时，他耐心地教导学生，虚心地求教老教员，这种态度给所有人都留下了深刻的印象。他那种抓两头的教学方式也非常出效果，这让陈志南第一次在教学中找到了乐趣，从此便深深地爱上了教师这个职业。后来，相比"陈主任""陈院士"等称谓，他更喜欢人们叫他"陈老师"。

在陈志南看来，自己的运气很好，人生中一直有"贵人相助"。其中，早年有到江苏招收卫生兵的军医张忠才，后来有病理教研室的刘彦仿教授。但是实际上，他早就以自己的实力和努力，为这一切做好了准备。

陈志南曾多次说，自己刚到病理教研室时，就受到了师长们的热心指导和刘彦仿教授的悉心教诲。

"那一年，我 27 岁，刘彦仿老师 54 岁。是刘老师将我领进了病理学研究的殿堂。在此后的 40 余年光景中，我始终追随刘老师，共同奋斗在病理学、细胞学的主战场。如果没有刘老师，就没有今天的我。"陈志南深情地说。

教研室的老师们帮助陈志南这个新人掌握病理专业基本技术，熟悉病理工作任务，了解病理研究发展趋势，使他明确了自己的学术发展方向。在病理教研室的师长，尤其是刘彦仿教授等"高人"的指点和教导下，陈志南很快对肿瘤生物学研究产生了浓厚的兴趣。肿瘤是怎样发生的，是如何扩散的，有没有可能找到专门攻克它的细胞与分子？带着这些好奇和疑问，怀着不找到答案誓不罢休的决心，陈志南渐渐爱上了病理学这个曾经因为不了解而"不喜欢"的学科。

对于陈志南而言，恩师的指导他永远铭记在心。他常常说："刘彦仿教授是我的良师益友。人常说一日为师终身为父，老师们的悉心指导和模范引领，是我们永远要感恩的。当年刘教授不仅亲自指导我看病理片、看医学文献，还亲手修改我的文章，更重要的是，他把博大精深的科学思路传授给了我，这让我终身受益。"

五　深耕十载研究"单抗"

上海，距离西安 1300 多千米，在 20 世纪七八十年代已经初步具备国际大都市的雏形，医疗水平和科研能力在全国数一数二。

病理教研室是一个教学和科研双功能并重的教研室，领导和教授认为年轻的陈志南是个值得培养的好苗子，对他未来的专业发展非常重视，1982 年，专门派他到中国科学院上海细胞生物学研究所学习单克隆抗体（简称单抗）

技术。这是陈志南第一次接触这个神奇的领域,从此进入了肿瘤细胞生物学这个没有硝烟的战场,也成为点燃他创新之魂的一束火花。

单克隆抗体,是 1975 年英美两位分子生物学家克勒和米尔斯坦的重磅发明,他们因此而获得了诺贝尔奖。20 世纪 80 年代初,这方面的研究方兴未艾,在世界范围都还是一项突破性免疫学新技术。

免疫系统是人体的防御部队。在时刻发生的隐秘战斗中,准确揪出潜伏在环境中的"敌军",是这个特殊部队的任务。单克隆抗体就是将一个强壮的肿瘤细胞与另一个含有特定抗原基因的细胞杂交,培育出新的杂交瘤细胞来,它既有肿瘤细胞的无限生长能力,又能分泌抗体。把这样的单个克隆的细胞再挑出来放大,产生抗体,即免疫球蛋白。这种抗体具有识别抗原的能力,能够像战场上的导弹一样直击特定的癌细胞,所以被人们形象地称为"生物导弹"。

中国科学院上海细胞生物学研究所是我国顶尖的科研机构,老师们都十分优秀,也是在这里,陈志南第一次接触到了最尖端、最前沿的抗体技术——单克隆抗体技术,这让他感受到了基础研究的强大魅力和无穷的吸引力,也为他步入生物医药领域提供了灵感和启迪。

陈志南在研究所的学习时间并不长,因而他倍加珍惜这段宝贵的经历,他忘我地学习钻研,不断总结提高,取得了丰硕的成果。在科研中他感悟到了细胞学的神奇力量,心灵深层的激情再次涌动。在短短的一年多时间里,他在知名期刊上发表了两篇学术论文,从此开启了他长达数十年的抗体药物研究事业。

从医者,其职业本源就在于对生命的珍视。为了让更多罹患"不治之症"的人能够随医学的发展而得到及时救治,生命得以挽救,医学科研人员必须在基础医学研究和对人的生命与疾病现象的本质及其规律的研究上,殚精竭虑,勤耕不辍。然而,这样的基础研究过程往往漫长而艰辛,有的长达几十年甚至上百年，有的可能最终都没有结果。

路漫漫其修远兮，吾将上下而求索。在医学研究的漫漫长路上，陈志南想做这样的人。

在上海细胞生物学研究所学习的一年多时间里，除了收获科研观念和研究成果，陈志南还打开了眼界和格局，这正是科学领军人才最需要的品质。他需要一个机遇、一个平台，让自己从新领域带来的种子落地生根。

这个机会很快就到来了。

1983年，陈志南从上海学习归来，他开始承担第四军医大学组建单抗实验室的重任。在那个年代，实验仪器设备不具备高通量技术能力，都是靠人工一个一个去做检测，需要耗费大量时间，陈志南总是觉得时间不够用。然而，上天是公平的，赋予每个人一天的时间只有24小时，不可能多给你一分一秒。那怎么办？只有硬"挤"，哪怕是几分钟时间也要"挤"出来。

陈志南的妻子朱平是他在第四军医大学读书期间的同学，比他小一岁，两个人不仅是生活中的伴侣，更是志同道合的事业伙伴。别的夫妻谈情说爱，这对医学伉俪每天共同培养细胞，经常一同进行试验直至天亮。妻子朱平也十分优秀，是第四军医大学西京医院临床免疫科主任、教授、主任医师、博士生导师，也是全军风湿病学重点专科主任、风湿免疫专科研究所所长，至今仍在一线辛勤工作。

1984年，陈志南和朱平的儿子出生了。彼时，陈志南已经过了而立之年，全家人对这个孩子寄予了厚望。然而，两位事业型的父母平时在家待的时间很短，儿子两岁了，与爸爸妈妈相处的时光仍然少之又少。有一次，儿子突然生病发烧，初期家人以为是小感冒，都没有重视，最后成了重症肺炎，还用上了呼吸机。

当儿子被送到医院的急诊室里进行抢救时，作为医生和父亲的陈志南在门外痛心疾首。他深刻反思，工作确实忙，但是无论如何科学研究的代价都不应让幼小的孩子承担啊！于是，他和爱人商量，以后一定要妥善安排好工作和家庭生活，哪怕自己付出再多的辛苦，也不能让孩子再遭罪。好在上天眷顾，儿子最终转危为安。

医生这一职业，需要付出巨大的努力与时间，学时长，学成后当医生也很辛苦。很多医生家庭的孩子见此情形，都不愿再学医。而陈志南的儿子从小在父亲的实验室里长大，父母忙于工作，他就在实验室里一边写作业，一边看叔叔、阿姨摆弄那些实验用的瓶瓶罐罐、玻璃试管。一天天耳濡目染，他深深地爱上了医学。在儿子的眼里，爷爷奶奶、父亲母亲的事业和奋斗是伟大而有意义的，于是他在心口种下了医学报国的种子，最终也走上了医学之路。

一年 365 天，陈志南几乎每天都沉浸在实验室培养细胞，常常三分之二的时间都在工作，没有节假日的概念。私底下，他被人们称作"不知疲倦的永动机"。尽管长期的实验让人身体疲累，但每当看到自己精心培养的杂交瘤细胞在培养板中一天天生长出来，就像自己的孩子慢慢长大一样，陈志南的心里别提多高兴了。然而，单克隆抗体制备成功，仅仅意味着掌握了杂交瘤技术，拿到了生物医学科学大门的钥匙，而要如何运用和发展这项技术，则是一个更加广博的科研天地。

就这样，通过几万次的克隆尝试，陈志南和他的团队从1984年到1987年，历经三年的不懈努力，终于在 1987 年获得了在肝癌组织高表达、正常组织低表达的单克隆抗体 HAb18，开启了 HAb18G/CD147 分子相关的炎－癌系列研究。这项研究不仅使他们跻身国际先进行列，而且随着研究走向深入，在某些方面达到并保持了国际领先水平。

每当回忆起那段刻骨铭心的日子，陈志南总是感慨万千：成就属于敢于探索之人、乐于奉献之人、踏实肯干之人！同时他也深深地感激师长们的指导和全心全意支持他事业的家人和朋友们。

他深知，要想把基础医学科研做好，就需要有"甘坐十年冷板凳"的毅力和决心。这种滋味并不好受，但是只要一想到这样的"冷板凳"将来能给更多的病人解除痛苦，带给千万家庭幸福安乐，陈志南便觉得所有的辛苦都值得，痛并快乐着。

六 抗癌战场发起冲锋

癌症，一直以来都是世界范围内难以攻克的顽疾，是全球慢病之首。

根据世界卫生组织国际癌症研究机构（IARC）发布的2024年全球最新癌症数据，全球新发癌症将猛增77%，中国成为了名副其实的"癌症大国"，癌症死亡增加21.6%。

在过去的十余年里，我国恶性肿瘤生存率呈现好转趋势。目前，我国恶性肿瘤的五年相对生存率约为40.5%。与十年前相比，这一数字提高了约10%，但是与发达国家相比还有很大差距，主要原因是我国和发达国家的癌症类型存在差异，我国以预后较差的肺癌和消化系统肿瘤，如肝癌、胃癌及食管癌等为主要高发类型，而欧美西方国家除肺癌以外，则以甲状腺癌、淋巴瘤、前列腺癌等预后较好的肿瘤高发。

面对癌症这个狡猾的敌人，面对广大病患的深切期盼，陈志南加快了抗癌研究的脚步，他和团队以细胞生物学为武器，发起了抗癌战场上新的冲锋。

20 世纪 80 年代，包括"两弹一星功勋奖章"获得者王大珩在内的 4 位中国科学院院士、中国工程院院士提出，中国也要搞高技术研究，这一提议获得了邓小平同志亲自签批认可，从此诞生了中国的"863 计划"，有力推动了我国高技术的进步。

1991 年，陈志南获得了第四军医大学第一个"863 计划"项目支持，并担任课题组组长。这个项目是生物领域的一个大课题——研制癌症抗体靶向药物，研究经费高达 84 万元。84 万元在今天听上去似乎不多，但当年全校的经费总额还不到 80 万，这几乎是个天文数字。当时这么大规模的课题，在第四军医大学是头一份，在军队里也为数不多。为此，学校专门成立了863 课题组，由陈志南牵头负责，开始独立管理运行。

起初，课题组一共只有 3 个人，每个人都身兼实验员和技术员等多职。研究地点设在教学实验楼北侧的一座三层小楼上，实验室只有一个大房间，里面的设备也比较老旧，可以说是一穷二白。一切都要从零开始，事无巨细都要自己处理。刚开始几年无疑是最艰苦的，陈志南鼓励大家坚持科学态度，克服艰苦环境，以"干"字当头，潜心科研。他以身作则，带领课题组的同志一起，白天忙忙碌碌做沟通协调，晚上加班加点培养细胞，每天都像陀螺一样在高速旋转着。

在陈志南看来，科研需要团队协作，单枪匹马肯定不行。他强调团队精神，倡导协同攻关。陈志南亲自带领团队进行文献调研，深入分析课题进展的瓶颈，综合宏观与微观的认识理念，制订了一套基础和应用相结合的研究计划：首先发展抗体靶向药物，力求药效明确、机制清晰，临床有用、有效；然后去探索其靶分子的结构与功能，并以此为契机，展开肿瘤细胞生物学的网络调控机制研究。

陈志南在做实验（院士方提供）

陈志南深知，1987 年他们对特异性单抗的获得只是成功的第一步。HAb18 单抗对肝癌组织有特异性，对正常组织表达较低，但仍有少量的癌周肝组织（包括肝硬化组织）有交叉反应。这个科学难题一直困扰着陈志南及其研究团队。

交叉反应的问题还迟迟没有解决，很快陈志南团队又遭遇了真正的"生存"危机。20 世纪 80 年代掀起的单抗研究热潮席卷全球，到了 90 年代却好像突然遭遇了冰冻，研究瞬间跌入低谷。最初投入这项研究的学者们渐渐发现，单抗药物研究尽管被誉为"生物导弹"，然而相比于化学药物，生物药的研发周期长，技术瓶颈难以攻克，生产质控条件苛刻，生产线投入门槛高。而同一时期，分子生物学研究的快速发展，让很多学者都纷纷改弦更张，转向基因克隆和基因组学的研究。有的学者为了能快速出成果，甚至特意选择去做没有自主知识产权的研究项目。

条件艰苦、工作繁重，这些对于陈志南和他的团队而言都不算什么，研究在一步一步有条不紊地进行着，最令人头疼的事情是研究进展遇到了瓶颈，探索的步伐始终停滞不前。

等待答案的过程实在太漫长了，一年、两年、三年，一千多个日日夜夜，手里拿着国家的经费支持，却迟迟出不了研究成果，这种感觉就像战士们一起攻打一个山头高地，却迟迟攻打不下。对陈志南和研究团队来说，压力无疑是巨大的，因为第四军医大学的领导和同事们都期盼着他们早日取得研究成果啊。

陈志南打定主意，既然得到了这个特异性抗体，就不能放弃，一定要让它为人类造福。为了拓展思路、学习先进经验，1991 年，陈志南到香港大学做访问学者，深入学习了一年多时间；1992 年，他又到美国南加州大学留学一年。

在飞往美国的万米高空上，望着飞机舷窗之外的白云，陈志南思绪万千。这位来自江苏武进区前黄中学的学子，曾是漕桥乡种稻谷的知识青年，如今竟然能够远离江南的家乡，怀着学医的梦想越飞越高、越飞越远。他回想起 18 岁那年，自己坐着绿皮火车从江苏一路向西来，抵达甘肃陇西当兵；回想起 23 岁那年，还是坐着绿皮火车，从兰州前往西安第四军医大学求学。这一切的一切，仿佛就发生在昨天一样。如今，刚到不惑之年的他又离开西安，飞往大洋彼岸，开启一段未知的崭新里程。

20 世纪 90 年代，我国在科研领域与西方先进国家确实存在不小的差距，难以望其项背。在美国南加州大学，陈志南埋头工作，求知若渴。他顾不得欣赏加利福尼亚美丽的风景，一心扑在科研工作上，学习如何做实验、如何研发新药品，更重要的是，学习先进的学术思想和先进技术。陈志南始终没有忘记，自己还肩负着国家高技术研究课题的重担，他废寝忘食地学习和探索着，只想着多掌握一些先进的方法，积累更多的实践经验。

回国之后，陈志南把学到的理论和方法用到国内的实验当中。不断徘徊在科研的低谷中，他也曾怀疑，是不是我们的研究方向错了？是否要换一个研究方向？但是他转念又想，细胞生物学的技术难题还没解决，抗体的应用尚未实现，又怎么能放得下这个如同自己孩子一样的科研项目？在陈志南看来，最无助、最痛苦、最黑暗的时候，往往就是黎明前最有希望的时刻，再努力努力，或许转机就在下一个路口。

陈志南始终认为，科学研究不应该只为了发几篇文章或者申请几个专利，而是应该致力于为人民群众的健康需求服务。理性和感性的交错碰撞，化作奋斗者前行的信心和决心，陈志南不断鼓励团队成员："我们是军人，要有军人的顽强毅力，要瞄准目标稳扎稳打，一个碉堡、一个碉堡地攻克，我们就能拿下整个阵地。"

多少次，当进行了无数周期的艰难实验结束却没有得到期待的结果时，团队成员十分苦恼，实验室里的气氛降到了冰点，大家都不愿意多说话，一方面是因为劳累，一方面是因为泄气。陈志南在实验室里一边踱来踱去，一边冷静思考，理清思路后马上召集大家重新讨论实验方案。他鼓励大家振作精神，寻找出"智取威虎山"的新地图，以昂扬的斗志开始新一轮的战斗。

1999 年，第四军医大学训练部部长找到陈志南说："我们要组建细胞生物学这一前沿学科，由你来牵头。"于是，陈志南从病理学转到了细胞生物学教研室。那时，陈志南还在第四军医大学攻读病原生物学博士。在他看来，细胞生物学是研究细胞功能的学科，实际上比病理学还要基础一些。因为医学的本质都是相通的，有了这些年在病理学领域打下的坚实基础，他有信心搞好细胞生物学这个新研究。

破局的转机发生在 2007 年。秉持执着的信念，历时十七年冲锋陷阵，坚持了六千多个日日夜夜，陈志南带领团队冲破重重难关，终于成功研发并上市了肝癌单抗靶向药物碘 [^{131}I] 美妥昔单抗注射液，通过靶向杀伤和靶点封闭两个药理作用机制，达到抗癌作用和抗复发疗效。该新药于 2005 年 4 月获得国家生物制品一类新药证书；2006 年 10 月，获得生产批文；2007 年 1 月，通过 GMP 认证（I4126）；同年 4 月，获得放射性药品生产许可证，5 月上市，成为全球首个具有自主知识产权的肝癌单抗靶向药物，并且首次在国际上解析了 HAb18G/CD147 这个复杂糖蛋白胞外段的晶体结构，将该项研究引领至"中国创造"的新高度。这款抗癌新药进行了 60 例肝癌肝移植后病例的抗复发治疗，治疗组与对照组相比，一年复发率降低了 30.42%，生存率提高了 20.62%，AFP 阴性维持率达到了 87.82%。

此时距离陈志南最初得到 HAb18 单抗已经过去了整整二十年，这位永不服输的斗士，用实际行动践行了自己"情系人民安康，献身细胞工程"的诺言。

"陕"耀光芒摄制组采访陈志南（周仁杰 摄）

七　当选院士再攀高峰

2007 年，陈志南以他在抗体靶向药物及肿瘤生物学研究方面的杰出成就当选中国工程院院士，可谓众望所归。那一年，他刚刚 55 岁，在当选院士的人群里还是个"年轻人"。

陈志南当选上院士后，各路媒体纷纷前来采访报道，亲朋好友纷纷祝贺，有的请他去做报告，有的请他写文章，有的请他剪彩揭幕。这让他十分苦恼，恨不能找个寂静的地方躲起来。陈志南是典型的中国传统知识分子，性格低调而且谦逊。在他的内心深处，不愿"当官"，不想"抛头露面"，他不爱作报告，不愿接受采访，心无旁骛只想搞科研、教学生。对他而言，时间实在是太宝贵了，他舍不得浪费一分一秒。在生物医学这个没有硝烟的战场上，这名不屈的战士依然一刻也不愿、也不能停歇。他时时刻刻都没有忘记自己是一名出自"铁锤子团"的军人，他不在乎身上的其他标签，他要以党员和军人的本色战斗到底。

成为院士后的日子里，陈志南依然像往常一样工作着——讲台、实验室和家，依旧是雷打不动的"三点一线"。平时只要不出差，他的活动范围仅仅限于从家到研究中心那段不到一千米的距离。以前他经常走路上下班，道路旁高大挺拔的法国梧桐树见证了他早出晚归的身影，以及他一边走一边专注思考的模样，在时光的流转中目睹着他的青丝变成了华发。

早在 2006 年，陈志南团队开始聚焦 HAb18G/CD147 在炎 - 癌链中促进肿瘤增殖的机理。通俗地讲，癌症和炎症有着密切的关系，俗话说"千炎不愈"，炎症反复发生，会不断刺激细胞增生，进而可能导致癌变。通常能够抗癌的药物很多都具有抗炎作用，很多抗癌药物开发的第二适应症就是炎症，这也是目前的一个趋势。其他的一些重大疾病，如心血管疾病，也同样是抗体接下来需要攻克的领域。

经过两年的探索性研究，团队又有了新的发现——肿瘤的发生发展错综复杂，犹如一张大网，从哪一个节点开始，又到哪一个节点终止？带着这一重大的科学问题，2009 年和 2015 年，陈志南又连续获得了"肿瘤相关分子在癌进展中的多相调控机制"和"炎－癌生物信号交互调控癌进展及阻抑治疗分子机制"两项"973"首席科学家项目。他带领组织肿瘤生物学领域的杰出人才和优秀研究团队，向"炎－癌生物信号的交互作用调控肿瘤发生发展"这一重大科学前沿问题发起了又一次"冲锋"。这一次的"进攻"可能是五年、十年甚至更长。但是，作为努力攻克肿瘤千千万万大军中的一员，陈志南将继续扛起战旗、擦亮钢枪。或许这只是攻克肿瘤的冰山一角，但他也在所不辞。哪怕只是为这项伟大事业提供一个结果、一份报告、一个样本，也要是闪亮的、发光的，像战场上的一枚尖刀，直插肿瘤这个敌人的心脏。

伴随着科研工作的一路攻城拔寨，细胞生物学科也在一步步地发展壮大。1999 年，学校在"863 课题组"的基础上建制成立了第四军医大学细胞工程研究中心，2000 年进一步建制成立细胞生物学教研室，2007 年细胞生物学入选国家重点学科。

2010 年，陈志南牵头成立了"中国转化医学与生物技术创新联盟"，并通过总部向国家部委建议，筹建转化医学国家重大科技基础设施。经过多次调研和论证，"转化医学国家重大科技基础设施（西安）——国家分子医学转化科学中心"在西安定点建设，成为我国五个国家级转化科学中心之一，这也是首个分子医学领域国家大科学中心。陈志南责无旁贷地成为该中心的主任。

空军军医大学国家分子医学转化中心是转化医学国家重大基础设施（西安）项目、细胞生物学国家重点学科、国家"211"工程重点建设学科、国家"双一流"重点建设学科，并在 ESI 全球学科排名前 1%。这个高精尖的学科团队在陈志南的带领下，先后获得教育部"长江学者创新团队"、全军科技工作先进单位、全军科技创新群体、陕西省重点科技创新团队等荣誉，是我国首个特色鲜明、国际先进的分子医学转化医学设施和研究基地。

陈志南带领的国家级细胞工程中试基地，抗体年产量达千克级，建立了动物细胞 5L 到 300L 大规模培养中试技术平台，抗体产量 550 mg/L 以上，达到国际同类先进水平。2005 年 12 月，该基地通过科技部验收，项目完成良好；2006 年开始与企业合作组建 3000 L 以上规模的工程细胞产业化技术平台；为 9 个院校和科研单位、企业培训了 48 名高级工程技术人员，可谓成绩斐然。

平台越来越大，陈志南的工作也越来越繁忙。作为团队的带头人，他跑政府谈建设地块、对接企业做戈果转化，还有各种会议、评审、讲座……忙得不可开交。陈志南几乎常年奔波在各地连轴转地出差，他总是以分钟为单位来安排自己的日程和作息时间。因为他始终牵挂着科研工作，出差中间哪怕只有一天间隔，也要飞回西安，安排好实验室的工作。为了节省时间，他出差经常是"卡点"出发，匆匆干完白天的工作，晚上再启程前往新的目的地，这种高强度的工作节奏对他来说已经是常态，甚至有时一天之内要奔波三地。有一次，陈志南去北京开会，为了节省时间，他特意订了当天最晚的航班，结果飞机延误到凌晨 2 点才起飞，等到达目的地时已是早晨 5 点多了。他丝毫没有抱怨，靠在床边打了个盹儿，起身用冷水洗了把脸，7 点半准时出席预备会，依然精神抖擞，全神贯注地投入讨论。他的学生们暗暗惊呼，难道老师是铁人吗？他已经是六七十岁的人了呀！而且作为知名的院士，竟然还这么拼！类似于这样的事情发生了不止一次。

当一个人深爱上一项事业并愿意为之终生奋斗时，根本不需要什么理由，因为热爱本身就是最好的理由。一个人能够坚持不懈地做一件事情，十年、二十年、三十年，甚至一生都"沉溺"其中，乐此不疲，那他一定是从中找到了满足，找到了快乐，找到了人生真正的意义。

其实，陈志南也不是铁打的，他只是"忘了""不觉得"累而已。随着年龄的增加，他的身体也出现了各种各样的小毛病，因为长期伏案工作，他的腰椎出现了问题。但是一旦说起科研项目，他马上就能以饱满的工作状态投入忘我的工作之中。妻子朱平心疼他，却也无计可施，她常说："老陈一工作起来就啥都忘了！"他晚上加班回到家里，有时候人累得像散架了似的，本来话就不多的他更是不想张口。妻子开玩笑地说："你这人啊，就是在外一条龙，回家一条虫！"作为医生的朱平，同样是事业型的，所以她十分理解丈夫，他和她一样都是战士，为了科研的战斗可以奋不顾身。

据陈志南的秘书张帅回忆，2022 年，陈院士的腰伤复发，不得已做了腰椎手术，住院期间刚好赶上新冠疫情的传播高峰期，团队对于新冠药物的研制也到了关键时期。陈院士手术过后，从麻醉中刚刚清醒不久，人还躺在病床上，就开始操心工作。他召集团队到病房里开会，一起讨论工作，修改申报材料。更为"过分"的是，这位病人还常常拉着团队成员讨论到深夜，最后大家被医生和护士下了"驱逐令"。小护士忍不住埋怨说："刚做完手术就工作，也不注意休息，哪有这样拼命的病人啊！"

强将手下无弱兵，在陈志南的带领下，团队长期从事炎－癌相关分子 CD147 系列研究，该分子在重大疾病进展中的多时相、多阶段和多节点的分子调控机制原创性研究和转化应用研究处于国际先进水平，在新靶点自主抗体药物和免疫治疗产品的研究与发展中保持国际领先地位。他们首次解析了 CD147 胞外段的晶体结构，并获得了肿瘤、炎症、病原受体三个新表位的复合结构，建立了抗体人源化及产业化、人源化嵌合模式动物药物评估体系、免疫细胞重编程等关键技术平台。这些年来，团队发表 SCI 论文 285 篇，其中 Nature、Science、Cell Metab、Mol Cancer 等世界顶级杂志论文 15 篇，ESI 前 1‰ 热点论文 1 篇、前 1% 高被引论文 6 篇，团队成员也获得了 ESI 高被引学者的荣誉；授权国际专利 6 项、国家发明专利 36 项；获国家一类新药证书 1 项，军队特需药品证书 1 项，三类医疗器械证书 1 项，国际、中国临床批件 7 项，细胞治疗产品临床准入 4 项；获国家科技进步奖二等奖 1 项，军队、省部级一等奖 12 项，全国医药卫生 / 中国医药生物技术十大进展 4 项；获中国科协"科创中国 2021 年度先导技术榜单"和"全国创新争先奖"。

八　　奖掖后学惜才爱才

　　倾力提携晚辈，奖掖后学，以培养人才为己任，让学科形成矩阵梯队，始终保持创新的动力和活力，是陈志南这些年来一直坚守的育人信条。

　　每年招收了新的研究生后，陈志南做的第一件事就是十分和蔼地询问这些年轻人来自哪里，之前的工作经历是什么，选择的研究方向和主要兴趣是什么。了解清楚之后，他对学生们会提出三个要求：一要开朗，二要知足，三要成长。

　　这是陈志南作为一位师长给学生们上的"开学第一课"，这三条要求看似稀松平常，却是他从多年实践中得出的行之有效的宝贵经验和财富。他常常叮嘱学生，要对科研事业坚守执着之心，要对科研探索永远心怀希望、永不放弃，只有保持严谨求实的态度，才能凭自己的努力造福人类。

陈志南身为院士，依然坚持每年给本科生和研究生上课，无论是新一代的学科学术带头人，如边惠洁、蒋建利、李玲，还是青年学术骨干，如吴佼、翟月、王珂、耿杰杰，甚至每名研究生，陈志南都用心为他们规划未来、指点迷津。从 1992 年评上副教授起，至今他培养的研究生已经近 300 人，可谓桃李满天下。

在学业上，陈志南对学生的要求一向很严格，他要求学生始终要有一颗奋发上进的成长心。他已经在中国的医学科学事业上奋斗了 40 多年，凭借着对科研的执着追求，结出了累累硕果。他认为新时代的医学科学工作者，要在所攻关领域取得科研突破，最大秘诀有这四条：

第一，科技人员必须要有高远的见解，看问题要站在国际前沿领域、国家重大需求、维护人类健康的高度上去思考。第二，要有好的思路。基于增进人类卫生健康的目标，拓宽思路，目标明确，至少设定两套研究方案，要有备选的研究路径。科学研究往往面临未知和不确定性，所以研究的随机性和重复性就非常重要。同时，要考虑目标导向，例如预防性药物需要关注人群样本的保护率，而治疗性药物则需要考虑人群大样本安全性和临床效果等因素。第三，要勇于实践，敢于创新。从事生物药物研发首先要善于动手，实践出真知，实践出结论；构建关键技术平台非常重要，有一个好的研发思路，加上勇于实践的能力，就可以使研究目标清晰、研究时间缩短、结论可行可靠。第四，在现代科技的背景下，科研工作者必须学会应用大数据。大数据分析可以少走很多弯路，减少预实验时间和成本，在浩瀚的知识海洋中，通过数据之舟，顺利抵达成功的彼岸。

陈志南惜才爱才，也善于发现人才。一旦发现具有培养潜力的学生，他就会悉心培养，一路倾力相扶，亦师亦友。1999 年，学生蒋建利研究生毕业两年，正是学科爬坡的艰难时期，陈志南面临着缺人、缺资金、缺认可等诸多困难。蒋建利勤勉能干、积极主动，是老师的得力助手、左膀右臂。此时陈志南却决意送他到香港中文大学生理学系进行肿瘤研究,作为访问学者进修深造。在陈志南看来,学科建设很重要,学生的成长同样重要,他想方设法为蒋建利创造了这个非常宝贵的学习机会。

蒋建利在这之前从来没有出过国、出过境,面对未知的未来,他的内心既兴奋激动,又忐忑不安。陈志南不辞辛劳,亲自从西安一路护送蒋建利到深圳罗湖口岸,告诉他应该坐哪趟车、到了香港生活怎么安排,每一个细节都仔细地叮嘱好几遍,然后目送蒋建利过关。入关前的一刻,蒋建利回头望望,发现导师陈志南久久没有离开,这一刻他的心里踏实了很多。他回过头大踏步地走向未来。2001 年 12 月,蒋建利从香港中文大学学成归来,随即留在细胞生物学教研室工作,经过多年的努力和成长,现在已经成为转化医学中心的骨干和知名教授。

确实,当时的细胞生物学科编制少,人才骨干缺乏,然而陈志南目光长远,始终把人才培养放在第一位。陈志南的学生边惠洁教授说:"陈院士一直强调大胆假设,注重创新。他格外重视教研人才科学家精神涵养和自主创新能力培育。"在筹建"转化医学"团队的艰难时期,陈院士始终以育人为首,除了爱徒蒋建利,他先后选派边惠洁、李玲等十位教授、副教授及两名博士后,前往德国癌症研究所、哈佛大学、杜克大学、密歇根大学、美国 MD 安德森肿瘤中心、纪念斯隆·凯瑟琳癌症中心、丹麦隆德大学等海外知名大学和癌症研究机构深造,让他们深入了解学科前沿,不断开拓治学创新思维。这些学生都没有辜负导师陈志南的殷切期望,学成后全部回校工作。

近年来,该科研团队先后 7 人入选长江学者特聘教授、国家杰出青年、万人领军人物、优秀青年等国家人才项目,6 人入选军队创新人才工程,9 人获批大学人才项目资助,在细胞生物学研究中独当一面。目前团队人才梯队建设成效明显,人才"虹吸效应"持续扩大,已建成由 33 位学术带头人和优秀青年人才组成的核心团队。

转化中心教授吴佼刚入科时，听人说陈志南院士会亲自带她，不禁喜出望外，当然内心也有些忐忑不安——院士导师好相处吗？他有没有时间带我？会不会对人很严厉？后来她渐渐发现，每一个研究课题陈院士都会亲自把关，并经常带着学生做实验。他亲自进行细胞融合、抗体制备等示范性实验，言传身教、身先士卒。吴佼用"永不放弃"四个字概括了她对恩师的印象。在她的眼里，陈院士为人亲和友善，相处中总能让人深切体会到前辈对后辈的关心和提携。

陈志南认为，对于科学人而言，应具备两大品质：一是要坚持持之以恒，二是要有科学家精神。科研的道路往往是曲折的、布满荆棘的，没有鲜花和掌声。科学人一定要执着坚守，淡泊名利，踏实坚韧。正是循着这样的信条，陈志南始终坚持在科研教学一线，一天都没有离开过这块阵地。他亲自带学生做实验，进行细胞培养，介绍实验方法。带着学生在实验室观察细胞生物学行为变化，是他雷打不动的工作习惯。在别人眼中枯燥乏味的细胞培养试验，他常常可以饶有兴致地一看就是一整天。他常说："做科研没有8小时之说，即使下班了，你养的细胞还需要培养，它们还在生长。"他亲自向学生演示小鼠注射、抗体制备等实验，经常和同事、学生们一起加班到深夜。在团队一起工作、一起研究、一起攻关的日子里，他们共同分享工作经验、交流研究心得，大家以苦为乐、苦干实干。大部分时间里，陈志南都在和大家一起讨论工作，研究具体方案的设计，虚心听取不同意见，丝毫没有院士的架子。

他们每日所做的工作艰巨而琐碎，但必须确保所提交的每一个结果、每一份报告都严谨可靠，经得起时间检验。他们秉承着"至精至爱、效国效民"的精神，坚守初心信仰，团队的每个人都在为抗癌事业无私奉献，誓要早日拿下战胜肿瘤疾病这场艰苦卓绝的战役。

尽管工作繁忙，陈志南对学科的教育管理却从来没有松懈。新人入科，陈志南会亲自介绍学科的发展历程，会带领全科人共同总结科室文化。工作之余，为了休息放松、换换脑子，陈志南有时也会练练书法、烧烧菜肴。他最大的爱好就是散步和听音乐。他曾经亲手书写了几幅书法作品，诸如"淡泊明志""宁静致远"，挂在会议室里，或者赠送给学科骨干作为期许和勉励。其实陈院士十分用心，他把大家的名字巧妙地融入书法当中，例如他赠给爱徒蒋建利的书法作品上就写着"高屋建瓴"。他笑着说："书法需要静下心来，写字是练出来的，现在真是没时间啊！等哪一天我退休了，就好好写写字。"当同事们一起加班到深夜时，陈志南会亲手做热腾腾的饭菜送到科里，给大家当作宵夜。蒋建利记得，之前实验室里人不多的时候，他们还不时到老师家里打牙祭。陈院士会给大家做自己拿手的江南美食——红烧肉、腌肉、烤鸡，还有他和妻子朱平自制的咸鸭蛋。陈院士有时还会给大家磨咖啡，那可是当时的稀罕物，大家纷纷说，陈院士和师母真有生活情调啊！业余时间，他还带领实验室的年轻人一起去唱卡拉OK，拿起话筒尽情高歌一曲。当然，陈志南的管理并不只是柔性的。他强调最多的莫过于科学精神，要求大家务必保持严谨求实的态度。如果有研究生胆敢抖个机灵，汇报实验进展时有人为加工处理，陈志南的火眼金睛一眼就能看穿，他会毫不客气地当场指出，也告诫在场所有人，在科学研究中任何一丝侥幸心理都会贻害无穷。他认为，一个优秀的人，必须德育为先、全面发展、无私奉献，要有德、能干、有理想、有情操、会团结人。也就是说，德育、智育和贡献三者要并举，而且德育必须放在第一位，这是他的治学理念，也是他多年来坚守的人生信条。

九　锲而不舍抗击"新冠"

陈志南长年坚持原创基础研究，聚焦军事卫生需求，探索科技前沿前线。"解科学之难题而不舍，持学术之精神以永恒"是他的座右铭，更是几十年来他和团队的灵魂与学术生命所在。他带领的团队从研究小组、教研室发展到工程基地，从国家重点学科壮大到国家重大基础设施，他们励精图治，不忘初心，始终坚持做科学人、办实在事的理想信念和诚信规范。

国家战略层面的需求，始终是陈志南从事科学研究时刻关注的重大焦点。

疟疾是由"疟原虫"引发的疾病，在非洲、东南亚等 96 个国家和地区，每年仍然有超过 2 亿人感染，有 40 多万人死于恶性疟疾，这个数据非常惊人。我国每年都派遣维和部队和大量援非技术人员，同样面临着这种恶性疾病的严重威胁。长期以来，抗疟药物的抗药性严重，就连大名鼎鼎的青蒿素也出现了抗药性，而且没有有效的疫苗，口服奎宁类药物和蚊帐防蚊成了高发地区防治疟疾的常用方案。

除了研发抗癌药物，陈志南还带领团队，在前期抗体药物研究的基础上，针对恶性疾病的致病机理开展攻关研究，历经八年时间，终于找到了疟原虫入侵人红细胞的靶点，并成功研发了红内期抑制性抗体药物。这种抗体药物注射剂可以阻断疟原虫入侵感染，其用量少、安全且有效，2019 年获得了美国食品药品监督管理局的孤儿药资格和临床准入。孤儿药是指针对罕见病无药可用，或者有些疾病目前没有很好的特效药而研发的创新药。目前，此药物正在非洲进行临床研究，以期早日上市，造福于人类。

2019 年 12 月，陈志南院士工作站批准成立，这是由政府推动，以企事业单位创新需求为导向，以陈志南教授及其团队为核心，以陕西省内研发机构为依托，联合进行科学技术研究的高层次科技创新平台。

陈志南院士工作站立足国家和陕西省对自主知识产权创新药物研发的需求，突出产学研结合的目标，借助院士专家团队在抗体药物领域的创新能力，以具有靶向作用的生物抗体药物作为研究的重点领域，建成一流的抗体研发与制备平台，争取达到国内一流学科实验室的建设水平。此外，工作站还借助院士团队的智力支持，联合申报并共同承担国家和省市重大科技项目、重大技术开发项目、重大产业化项目等重大技术创新项目，加强校企合作基地建设，加速科研成果转化速度。

然而，就在陈志南院士工作站成立不久，2020 年初，一场突如其来的"新冠"疫情开始席卷全球。除夕之夜，陈志南院士与首批医疗队出征同步，他带领国家分子医学转化中心、基础医学院、西京医院、唐都医院组成的联合研究团队，紧急部署抗新冠疫情药物的攻关工作。大年初一，研究攻关论证会、伦理审查等系列工作全面展开。

面对武汉越来越严重的疫情，陈志南一直在思考应对的措施。有一天他突然想到，2003 年 SARS 病毒入侵受体被认为是 ACE2，现在人们推测人宿主细胞受体 ACE2 通过结合新冠病毒 S 蛋白介导了病毒的入侵，但是 ACE2 在人体肺组织表达极低。那么新冠病毒除了 ACE2-S 蛋白入侵途径，是否还有其他更关键的病毒入侵途径。CD147 是广泛分布在人体细胞的黏附分子，有文献报道，它是艾滋病毒的入侵介导受体，陈志南团队也在红细胞膜上发现了该分子是疟原虫的入侵受体。联合团队推测，新冠病毒除 ACE2-S 蛋白入侵途径以外，还有其他途径。他们有了"CD147 是新冠病毒的另一入侵受体"这一大胆的设想。然而，科学不仅仅是猜想，要证实这个想法，必须要有足够的证据。

陈志南与学生交流（院士方提供）

这个特殊的联合研究团队，春节期间顾不得休息一天，在抗疫的新战场上，开始了艰苦卓绝的抗新冠特效药物的研发。为了加快研制进度，他们舍弃了周末的休息，全身心投入研发工作。在学校领导和机关支持下，陈志南带领团队经过两个月的艰苦奋战，研究成果显著，取得了多个突破。他们和军事医学研究院、中国医学科学院动物研究所、中国疾控中心病毒病研究所 P3 实验室通力协作，获得了宝贵的第一手资料：CD147 分子和新冠病毒 S 蛋白作为受 – 配体，是新冠病毒入侵人体宿主细胞的重要途径。陈志南和他的团队建立了 C57 小鼠作为背景的人 CD147 转基因小鼠感染新冠病毒模型，通过再现人类新冠的病理改变，充分确定了新冠病毒通过 CD147-S 蛋白的入侵途径，发现了新冠病毒的新受体，成功研发出了治疗新冠的人源化美珀珠单抗注射液。人源化美珀珠单抗探索性 II 期临床试验的申请很快得到唐都医院伦理委员会通过。随后，美珀珠单抗抑制病毒实验、动物模型的抗感染实验进一步奠定了研发抗新冠特异性抗体药物的成功。

接下来，陈志南团队和唐都医院感染科医护人员夜以继日地合作攻关，在抗疫的最前线救治病人 40 余天，收治了陕西省重型、危重型新冠患者 17 例，彰显了该抗体新药的安全性和有效性。这段时间，他的妻子朱平也始终战斗在抗疫的第一线。

陈志南带领团队风雨兼程研制 18 个月，战斗终获成果——人源化美珀珠单抗注射液先后获得中国国家药监局新冠抗体药物的 Ⅰ / Ⅱ 临床批文、美国食品药品监督管理局，巴西、巴基斯坦、墨西哥国家卫生部的 Ⅱ / Ⅲ 期临床准入，在 13 个国际多中心临床医院救治重型新冠患者；在我国广州、深圳、东莞、上海、西安的五个定点临床医院，有效救治输入型新冠患者。

重症新冠病毒受体阻断抗体药物"注射用美珀珠单抗"在国内、国际多中心进行了 Ⅰ / Ⅱ / Ⅲ 期临床试验。其中，2020 年 3 到 5 月完成 Ⅰ 期临床试验 59 例（CDE 临床 Ⅰ / Ⅱ 期批件：2020L00012），证明美珀珠单抗有良好的安全性和耐受性。2020年2到4月完成探索性Ⅱ期临床试验（伦理：第K202002-01号），唐都医院纳入新冠患者28例（试验组17例，对照组11例），数据显示这种新药可以提高出院率，提高危重型/重型好转率，并大幅改善肺部炎症，显著缩短核酸转阴时间（试验组3天VS对照组13天）。

2020年11月至2021年10月，团队完成美珀珠单抗167例重症（WHO六分顺序量表3~4级）COVID-19随机、双盲、安慰剂对照、无缝衔接国际多中心Ⅲa期临床试验。试验结果显示，该药物可以显著降低重症患者死亡率83.6%，显著提高存活出院且无须吸氧率17.3%，增加临床持续缓解率30.9%，用量少（0.12 mg/kg），单次注射，方法简易，医疗成本低，而且工艺稳定，重现性好，质量可控，产能有保证。

三年来，联合研究团队日夜奋战，潜心研究，在新冠病毒入侵受体、感染途径、内吞机制、炎症风暴、纤维化机制、免疫逃逸和代谢重塑等系列基础研究领域取得了重大突破。空军军医大学和江苏太平洋美诺克生物药业有限公司联合开发的抗新冠病毒特异受体阻断抗体药物"注射用美珀珠单抗"已获批临床应用。2022年12月和2023年1月，在全国再次爆发新冠病毒时，该药物在全国应用8000多份，救治了一大批新冠病人。

这一连串的数据，给深陷在疫情泥潭中的世界各国带来了攻克"新冠"的佳音。虽然没有在手术台上直接面对病患，但陈志南凭着勇于创新的精神，用自己的基础医学知识为"悬壶济世"作了生动的诠释。

只要方向对了就不怕路远，陈志南带领他的团队已在路上。无论前路有多少艰难险阻，这批无所畏惧的战士都会向着治病救人的目标奋勇行进。

— ○ 尾 声 ○ —

如今的陈志南已经在中国的医学科学事业上无私奋斗了四十多年，他经常对学生们说："要对科研事业坚守执着之心，要对科研探索永远心怀希望、永不放弃，保持严谨求实的态度，才能凭自己的努力造福人类。"作为新时代的医学科学工作者，更要有新时代的视野，研究工作应该围绕着国际前沿领先的领域和技术，符合国家的重大需求。人民健康需要什么，他们就做什么，这才是医学研究的目标。

2023 年 5 月 30 日，"庆祝全国科技工作者日暨全国创新争先奖表彰大会"在北京举行，中国工程院院士、空军军医大学教授陈志南荣获第三届全国创新争先奖。这个奖项作为国家科技奖励体系的重要补充，是仅次于国家最高科技奖的科技人才大奖。

当然，一位科学家的建树，除了获奖，最有力的证明就是他所从事的科学研究结下的丰硕果实。多年来，陈志南深耕基础医学创新研究，发现了 CD147 这一炎 - 癌重大疾病相关标志物，以及恶性疟原虫、新冠病毒感染人体细胞新受体，先后发表各类论文 500 余篇，SCI 论文 285 篇，多篇论文被广泛引用，使他成为高被引用学者，进入 ESI 三个学科方向前 1% 的行列。

此外，他在转化研究方面也成绩卓著，先后研发出 18 项生物技术药物和产品，其中 1 项一类新药证书、1 项三类医疗器械证书、6 项进入临床研究、2 项进入 FDA 及国际多中心临床研究。

目前，由陈志南院士领衔的转化医学国家重大科技基础设施（西安），已步入成熟发展的"快车道"。新时代的军队科技工作者们，始终坚守科学家精神，敢啃硬骨头、敢闯无人区，积极投身于国家亟需的关键领域科研创新。

未来，陈志南院士将全身心地带领团队向高新技术发起总攻——在心血管疾病、代谢性疾病、免疫性疾病、感染性疾病等不同研究方向接力进行攻坚作战。

53年军龄，52年党龄，对陈志南来说，战旗在心中，永不褪色，永远不落。

他深知，自己不是一个人在战斗，家人、同事、团队就在身后，强大的祖国就在身后！

作者简介

黄青，航空工业自控所资深管理专家，首席政工师，中国航空作家协会副秘书长，陕西省科普作家协会会员，国家一级企业文化师。从业30年，著有传记《凌云志 航空情——记新中国航空仪表和飞行控制专业先驱昝凌》，报告文学《自控所西迁文化地图》，航史丛书《航空工业自控所极简史》。先后参与编写《集团创新文化探索与实践》《中国航空文化概论》《中国航空工业扶贫开发报告文学》等书籍，著有作品上百万字。曾两次获得航空工业集团公司《航空故事》一等奖，《中国航空报》好新闻奖，首届中国工业文学作品大赛中篇报告文学类"网络人气奖"等。

鹤发银丝映日月
丹心热血沃新花

中国科学院院士房喻

文 / 宋鸿雁

院士简介

房 喻 1956 年 9 月出生，陕西省西安市临潼区人，现任陕西师范大学化学化工学院教授，中国科学院院士，国家教材委员会委员，国家高中和义务教育化学课程标准修订组组长，中国化学会常务理事，中国化学会应用化学学科委员会副主任，陕西省化学会名誉理事长，陕西省科普作家协会理事长，西安市科学技术协会主席。

房喻教授立足所主持的国家重大、重点科研任务，面向学科前沿、面向国家建设重大需求进行研究生培养。他的研究领域主要包括薄膜荧光传感器和分子凝胶。他提出了用于敏感薄膜创新制备的单分子层化学策略、分子凝胶策略和组合设计思想，揭示了 adlayer 效应。他还发明了"叠层式"传感器结构，并研制了爆炸物、毒品薄膜荧光传感器和探测装备。他的薄膜荧光传感器研究成果获教育部科学技术发明奖一等奖。与此同时，团队开拓并引领的薄膜荧光传感器技术入选国际纯粹与应用化学联合会（IUPAC）2022 年度化学十大新兴技术。此外，房喻教授在分子凝胶领域也取得了重大突破。他率先将分子凝胶研究拓展至凝胶乳液体系，并发展了轻质高强高分子泡沫材料软模板制备工艺。他融合分子凝胶理论，解决了凝胶推进剂雾化困难和高能量密度材料长期悬浮稳定化等关键问题，为国防建设作出了重大贡献。

他培养了包括全国百篇优博论文奖获得者、国家博新计划入选者、德国洪堡学者、日本 JSPS 学者，以及多名国家级人才计划入选者等在内的一批优秀人才；先后获得全国优秀教师、五一劳动奖章、全国先进工作者、宝钢优秀教师特等奖提名奖、中国软物质研究杰出贡献奖、国家级教学名师、新中国成立 70 周年纪念章等荣誉或称号。

2021 年，当选中国科学院院士。

　　癸卯年仲秋时节，一个大雨顿盆的清晨，我从西安城东北方向的浐灞生态区穿城而过，前往秦岭脚下的长安区，来到大师辈出的陕西师范大学。

　　是什么原因让我起个大早，在这样的大雨天风雨无阻地出门？那是因为我要去拜访一个人——一位老师，一位长者，一位大家，一位院士。

　　在约定的时间，我准时到达约定的地点。我刚刚站定，身后就传来了一阵浑厚的声音。我转身，一位满头华发、身材高大、精神矍铄的长者端正地站立着。他的满头华发整齐地朝后梳理着，露出方正的国字脸和宽阔的额头，黑长的寿眉与华发形成鲜明的对比。那寿眉真长啊，竟然越过了眼镜框，好似给镜片搭了个棚。镜片后面是炯炯有神的双眸，仿佛能看透一切。他那高挺的鼻梁，厚实的嘴唇，就是一位趄趄老秦形象的典型特征。

　　窗外大雨如注，窗内话语如涓涓细流。这样的对话好似我在读书，在读一本厚重的书，一本深奥的书，一本充满智慧的书。这位长者没有一点架子，落座后自然而然地说起了他的工作和研究。我之前非常担心自己没有深厚的化学知识，无法听懂他的研究。然而，我多虑了，大师总有这样的本领，总能化繁为简、化难为易。他用最通俗易懂的话语，恰当的例子，把复杂的知识和研究说得普通人也能听懂。

　　看着这样一位长者，听着这样浑厚的话语，我知道这本大书太值得阅读了。这位长者就是中国科学院院士、国家教材委员会委员、国家高中和义务教育化学课程标准修订组组长、中国化学会常务理事、陕西师范大学化学化工学院教授——房喻。

一　骊山晚照好少年

在中国大地的版图上，居于中心的位置有一座历史文化名城——西安，这里自古以来人杰地灵、人才辈出。骊山、华清宫、秦始皇陵所在的临潼区，更是风水宝地。

石榴咧开了嘴，苹果晒红了脸蛋，酥梨撑饱了肚皮，枣子炫耀着它的红衣，玉米即将成熟……在这个金黄的季节里，关中大地处处洋溢着丰收的喜悦。

在房家村一户农家小院里，除了丰收的喜悦，还有添丁之喜，一个健康的男婴出生了，给这个农家带来了无尽的欢喜。1956年是农历丙申猴年，很多猴年出生的小男孩都比较调皮，家人一般都会戏称为"小猴子"。可房喻不是这样，他从小就比较乖，总是安安静静的。其他男孩子春天折柳哨，夏天在涝池里游泳，秋天爬上柿树摘柿子，冬天在涝池结冰的冰面上滑冰，一刻都不得闲。而房喻只是站在涝池边、柿树下，静静地观察，静静地思考。

房喻出生时胳膊和腿就比较长，家人都说这小家伙以后能长大个子。虽然20世纪50年代的关中农村条件艰苦，农民生活都比较困难，但房喻的父母还是尽自己所能养育他。他也确实像家人期望的那样，一天天茁壮成长。

房喻从小就爱学习、爱看书，他特别想学医，因为他的爷爷是老中医，耳濡目染，房喻也对医学产生了浓厚的兴趣。爷爷为人善良，一辈子救死扶伤，在村里威望很高。有钱的人来了，爷爷给看病，没钱的人来了，爷爷照样给看病。有些病人特别感激，给爷爷带几个鸡蛋，偶尔还带只鸡。房喻从小跟在爷爷身边，爷爷总对他说："好好念书，好好念书，念个小学毕业了，识字了，爷爷教你给人看病。"房喻最早看的书，应该就是爷爷案头的《本草纲目》了。在房喻的记忆中，那本书纸张发黄像草纸，字很大，书很厚，看着就让人心生欢喜。

房家三代单传，家人都比较宠爱房喻，特别是爷爷。爷爷房间上面的阁楼里，有很多中医的书，爷爷只允许房喻上去看。房喻在上面一待就是半天，泡在书堆里，虽然认不到几个字，但他就是爱翻书。爷爷的中医书里有很多图画，画着各种各样的中草药，这样的书让小时候的房喻格外着迷。可惜这样的好日子没过多久，爷爷就过世了。在那个特殊的年代，这些书最终也不知去向了。

幸运的是，房家人总是鼓励他好好念书，包括他识字不多的父母。村里的老支书是文化人，家里有一些藏书，拿几个木头箱子装着。村里的孩子向老支书借书，老支书只借给爱看书的孩子，并且每次只借一本，看完归还再借下一本。《红楼梦》《水浒传》等名著，房喻就是那个时候借着读的。

房喻从小就对学习感兴趣。村子附近有个通灵寺学校，姐姐去上学，他闹着也要去。姐姐放学了，他最爱翻姐姐的书包，并不是找好吃的，而是找书看。好不容易等到自己上学了，房喻就像鱼儿遨游于大海、鸟儿飞翔于蓝天、马儿奔驰于草原般畅游在知识的海洋中。他乐在学校里，乐在课堂上，乐在书本中，享受着知识带来的乐趣。

房喻每天看完自己的书，写完自己的作业，还要抢着看姐姐的书，学着做姐姐的作业，抓紧一切时间读书学习。在那个物质生活相对贫瘠的年代，书本仿佛就是白面蒸馍、棉衣棉裤。只要手里有书，他觉得好像就拥有了全世界。

父母看儿子如此热爱学习，很是欣慰，他们总是给房喻创造条件让他安心学习。地里农活不少，父亲宁可自己多干点，也不愿耽误儿子的学习。家里的家务活也轮不上他插手，母亲和姐姐都抢着干了。父母没有读过书，就把读书的希望寄托在房喻身上。

在那个年代，房喻算是十分幸运的。他从后来改为戴帽学校（5年小学+2年初中）的通灵寺学校毕业后，进入附近的马额中学学习高中课程。马额中学离家大概有3千米的距离，他每周回家两趟，星期三下午放学后回家，稍稍在家歇一歇，当天傍晚就得返校；星期六回家后可以等到星期日傍晚再走。去学校时，他带的是母亲蒸的窝头、烙的豆饼。即使这么简单的干粮，也是全家最好的食物。学校用一口大锅烧开水，学生多，打开水要经常排长队。有时为了节省时间，房喻会舀点冰冷的井水，搭配着咸菜，以干硬的窝头和豆饼充饥。当时生活艰苦，大部分孩子都不舍得、也没有条件在学校食堂买菜吃，房喻也一样，他把书本当成精神食粮来代替果腹的粮食。

房喻特别喜欢数学、物理和化学，在学校的数学和物理竞赛中，他毫无悬念地取得了好名次。学校推荐他参加临潼数学竞赛，他取得了满分的好成绩。物理竞赛难度较大，参赛者很多，90分以上仅有3人，其中就有房喻。房喻凭借扎实的基本功，拿到了93分。由于没有相关师资，房喻所在的通灵寺学校没有开设化学课程。进入高中后，学校考虑到这种情况的普遍性，特别开设了带有补课性质、时长为两周的应急化学课程。这就为少年房喻心里埋下了化学的种子。

1974年元月，关中大地冰天雪地。少年房喻的心也被冰雪包裹着。由于社会环境和经济条件所限，他想继续学习的愿望落空了，农村娃也没有其他出路，只能回乡当农民。他的同学中，有人参军入伍了，有人招工进工厂了，他只有眼红羡慕的份儿。

房喻18岁了，也是一个成年劳动力了。回家没歇两天，他就跟着父亲上农田基建工地劳动，开始挣工分。房喻的裤兜里经常揣着书，休息时就偷偷地看，唯恐被人看见说闲话。劳劲一天回到家里，他腰酸腿疼，有时还受伤，端碗吃饭都有些费力。可只要一拿起书，房喻就将伤痛和劳累忘得一干二净，好像知识是止痛的灵丹妙药。一拿起书，他就忘了周围的一切，完全沉浸在知识的海洋中。

一年时间很快过去了，就在房喻以为自己要和土地打一辈子交道时，命运又给他开了一扇小窗。他得到了一个机会，到一所小学初中一体制的新建学校里当民办教师，给孩子们授果。

一个青年给一群小孩子上诉，效果出奇得好，孩子们都很喜欢这位大哥哥老师。不论是给小学生讲数学，还是给初中生讲数学、物理、化学，对房喻来说都得心应手，即便是这样，每次上课他还是全力以赴，认真备课。对于学生提出的问题，他总能以浅显易懂的方式和话语来解答，让学生听明白，好理解。对于一些抽象的物理原理，学生理解起来有点儿费劲，他就想办法给他们做简单的实验，在实验中进行教学。

房喻不只课教得好，还为人谦虚，做事谨慎，学生、同事和校领导都很喜欢他。当民办教师的日子，房喻在干好本职工作的同时，始终保持着对知识的渴望，他一如既往、如饥似渴地努力学习。在房喻的心里，始终有一个大学梦。他深知，对一个农家子弟来说，想通过推荐上大学几乎是不可能的。他也不敢做这样的美梦，但他从未放弃过希望，盼望着有朝一日，可以通过考试走入大学的校门。

就这样想着、念着、盼着，教育改革的春天终于来了。家乡火红的石榴花开满枝头，一天天，一月月，石榴花谢了，硕大的石榴果压弯了枝头，预告着收获的喜悦。

1977 年盛夏，一位在西安工作的好友给房喻来信，告诉他高考制度即将恢复，希望他把握好机会，好好复习，准备参加高考。房喻的心中燃起希望的火花。

孟子曰："天将降大任于是人也，必先苦其心志，劳其筋骨，饿其体肤，空乏其身，行拂乱其所为，所以动心忍性，曾益其所不能。"此时的房喻，面临着重重困难和考验。他的父亲患病需要照顾，毕业班的教学任务繁重，作为毕业班的班主任，还有千头万绪的事情需要协调处理……但他明白自己没有退路，只能努力拼搏。

鲁迅先生曾说："时间就像海绵里的水，只要愿意挤，总还是有的。"高考复习、教学工作还有照顾家人，哪一样都很重要。房喻针对自己每日的生活、工作和学习，制订了非常严格的计划：早上 8 点到晚上 9 点，全身心投入教学工作；利用中午和晚上吃饭的时间照顾父亲；晚上 9 点以后到第二天早上 8 点，则是他的复习时间。一天 24 小时，他多数时间只睡 4 个小时，这是一种怎样的拼搏精神啊！

从盛夏到初冬，满打满算也就 4 个月时间，房喻如同疯魔了一般拼搏，宿舍墙上挂着公式，走路不忘背诵，吃饭盯着书本，就连上厕所也在思考。1977 年 11 月，房喻和 570 多万考生一同走进了全国各地的高考考场，进行一场命运的博弈和较量。

二　雁塔脚下勤读书

初冬时节，西北风带来了寒意，云朵也不知被风吹到哪里去了，蓝天显得透亮而高远。房喻的心就像初冬的蓝天一样高远。冬小麦已播种，就等着冬雪覆盖，来年有个好收成。

走出高考考场，房喻的心中充满了期待与憧憬。接下来，填报高考志愿是他面临的大事。填报高考志愿也是一门学问，可是身处小村庄的房喻却没有人可以咨询。当了三年民办老师，房喻已经深深地爱上教师这一职业。他回忆起自己一年级时的班主任吴秋芳老师，特别爱孩子，非常有耐心，经常手把手教学生握笔姿势；他想起崔翰明校长，只在星期日匆忙回家一趟，其余时间都坚守在学校，以身作则，兢兢业业；他又想起自己高中时一位毕业于陕西师范大学的老师，那位老师的课深受学生喜欢……这些记忆都深深地烙印在他的心中。于是，他毫不犹豫地填报了陕西师范大学。

在专业选择上，房喻反其道而行之。他的第一志愿填报了自己的弱项化学，第二志愿是物理，第三志愿是数学。数学是房喻的强项，物理他也特别擅长，只有化学学习时间最短，相对要弱一些，可他却偏偏选择了最弱的一项。老师和同学们都对他的选择感到困惑，但房喻清楚自己的决定，他想要挑战自己。

恢复高考制度是一件多么鼓舞人心的大事！下乡知识青年、农村返乡青年、民办教师等，很多人通过高考改变了自己的命运。1977年年底，录取结果出来了。皇天不负有心人，品学兼优的房喻被陕西师范大学录取。这一年，高考录取人数不足30万，平均100人里录取5人左右，房喻成了那少数的胜利者之一。

戊午年春节，因为房喻考上了大学，全家人都为他感到骄傲和高兴。他们度过了一个多年来最快乐、最温馨的春节。人逢喜事精神爽，春到农家心舒畅。北归的燕子飞回房檐下的燕巢，青青杨柳轻舞柔曼的枝条，家乡的戏河、龙河早已解冻。春天来了！

田野里的冬小麦在春风的吹拂下、春雨的滋养下、阳光的照耀下，一天天在拔节生长。在这充满生机的田野上，在这充满希望的春天里，房喻踏上了前往省城西安的求学之路。

陕西师范大学位于西安城南中轴线的长安路和翠华路之间，是许多学生的梦想之地。从学校西门往北顺长安路直行 5 ~ 6 千米，就可以到达明城墙的永宁门，从学校东门向东北方向步行约 2 千米，则是唐朝历史遗迹大雁塔。陕西师范大学校园是典型的园林风格，在这样古香古色的氛围里学习，可以感受到独特的韵味和美感，体会到岁月的沉淀和历史的厚重。

走入陕西师范大学的校门，所有的一切都让房喻感到新奇。陌生的城市、心仪的学校，还有那么多亲切的老师和同学，这一切的一切，都让人心生欢喜。

课余时间，房喻最喜欢去图书馆。

第一眼看见陕西师范大学图书馆，房喻简直惊呆了，它的美令人震撼。这是他见过最好、最美的图书馆，据说是建筑大师梁思成设计的。图书馆整体风格中西合璧，典雅庄重。斜顶排瓦，琉璃作顶，飞檐翘角，周正端方。图书馆主体有四层，两侧延伸出去的两翼有三层，就像一个宽广的怀抱，拥抱着来自各地的学子们。灰扑扑的条形砖，红艳艳的格子窗，在绿莹莹的爬山虎叶片间若隐若现。古朴的气息中激荡着青春的活力，庄重的氛围里洋溢着活泼的元素。在这样静谧而美丽的图书馆里度过一整天，即使忘记吃饭，房喻也会觉得幸福无比。

除了上课、吃饭和晚上休息，房喻把其余时间都交给了图书馆。这里丰富的藏书让他如获至宝、爱不忍释。学校图书馆里有关化学的藏书他看了一遍又一遍，有些篇章甚至都能背诵下来了。一般来说，全日制在校本科生只要把学校配发的教材学好就可以了，但房喻并不满足于此，他甚至把 1956 年的函授教材都找出来学习。

热爱挑战的房喻，不只挑战自己，还敢于挑战老师。他比同班级的同学学得快、学得深，所以经常在课堂上向老师提问，老师有时候都被他问住了。这样的"刺头"学生着实让老师头疼，就等着在考试中挫挫他的锐气。谁承想全年级无机化学竞赛中，120 多名学生参加考试，房喻比规定时间提前 1 个多小时交卷，还和另一名同学并列第一。事实胜于雄辩，房喻用自己的实力证明了他对化学的热爱，也赢得了老师们的赞赏。

有一次在校园里，房喻和同学们遇到了时任化学系主任的高鹏教授，便不由得热聊起来。高教授对他们说："在专业上要有所成就，就必须在学好专业课程的同时，在英语和数学上多花时间，下功夫。"老师的教诲，房喻铭记在心。一有时间他就往图书馆跑，无论是外文书籍、外文报纸还是外文期刊，只要能接触到，他都会认真阅读，看不懂就查英汉大词典。英语发音不准确，他就跟着广播练习，跟着录音磁带反复听。碰到外国学生，他也会勇敢地上前交流。就这样，房喻的英语水平在不知不觉间提高了。

数学作为现代科学技术研究的基本工具，广泛应用于现实世界的各种问题。为了更深入地学好数学，毕业留校后，房喻去了物理系，跟着物理专业的本科生一起学习数学、热力学、统计力学和固体物理等课程。他不只跟着学生学，还和他们一起参加考试。同学们都不明白，一位老师为什么要和他们一起学习，一起参加考试？只有房喻心里最清楚，知之为知之，不知为不知，是知也。他抓紧一切时间学习未知的东西，面子和别人的不解，对他而言是微不足道的，只有把未知的东西学会弄懂，才是最重要的。身为老师却甘当学生，使房喻在数学方面又上了一层新台阶，也为他日后跨学科思维、跨学科研究奠定了基础。

章竹君教授人如其名，有竹的风骨，更有君子风范。在房喻的求学生涯中，章教授的影响是不可忽视的。恢复高考制度后，陕西师范大学化学系新开了一门选修课，就是章教授主讲的"仪器分析"。房喻非常幸运地成了章教授的学生。章教授的讲座和报告从来都是座无虚席，就连过道和后排靠墙位置都站满了学生。无论本专业还是外专业的学生，甚至校外的相关专业工作人员都争相去听讲。章教授讲课语言生动，内容新颖，善于启发学生的思维，课堂气氛活跃又热烈。这些对房喻后来形成自己的讲课风格产生了深远的影响。

张光教授则像一束光，照亮学生前进的方向。张教授毕业于兰州大学化学系。当时的兰州大学化学系，在国内高校界具有很高的声誉。在兰州大学化学系的建设过程中，有一批留学归国的专家立下了汗马功劳，张教授就是这批专家的高足。张教授1972年调入陕西师范大学化学系工作，1978年晋升为副教授。房喻入校后，他们班级的分析化学课由张教授主讲。张教授师从名师，再加上自己刻苦钻研，在化学领域造诣深厚。房喻听着这样知识渊博的老师授课，感觉很幸福。当然，张教授也为有房喻这样的学生而骄傲。

大学本科四年是如此短暂，又是如此幸福。临近毕业时，章竹君教授对房喻寄予厚望，希望他能考取自己的硕士研究生。可是家中父亲生病，母亲在他高中毕业时就过世了，懂事的房喻选择了参加工作，以减轻家里的负担。他最大的愿望就是大学毕业后，回到家乡华清中学教书，因为离家近，便于照顾父亲。这么优秀的学生，陕西师范大学化学系的教师可舍不得放他走，最终房喻还是留校任教了。

参加工作两年后，家里情况有所好转，房喻有了继续学习的机会。1984年9月，他顺利考取孙作民教授的硕士研究生。孙教授曾在北京大学深造，师从孙承谔教授。孙作民教授将自己所学倾囊传授给房喻。此外，他们团队的吴祺教授和耿启辉教授也全心全意地教导房喻。在这样的团队里，想不优秀都难。在攻读硕士学位阶段，房喻做了大量卓有成效的实验，撰写了有特点、有新意的论文，顺利完成学业，获得硕士学位。

三十而立的房喻事业顺风顺水，爱情也在不知不觉中来到他的身边。家庭美满，可爱的女儿降生，让他倍感幸福。人生如此，夫复何求？可这只是燕雀的想法，并不是鸿鹄的志向。对大量外国文献资料的阅读，让房喻清楚地看到中国和世界的差距。他渴望走出国门，去外面的世界走一走、看一看。

三　英伦名校学本领

陕西师范大学的公派留学名额只有重点学科才有机会获得，而当时化学系的物理化学学科并不是重点学科，所以公派留学的机会根本不可能轮到房喻。怎么办？不出去开阔眼界，科研上也许很难有突破。自费出国！这突然冒出的念头把房喻自己都吓了一跳。患病多年的父亲刚刚去世，家里的担子稍稍减轻，自己就又开始"折腾"，这对妻子和幼女似乎不太公平。然而，妻子极为明理，知道轻重，给予了他极大的理解和支持，表示她会照顾好女儿，处理好一切事情，鼓励他勇敢追求自己的梦想。

房喻一直醉心于化学领域的探索和研究，1992年被破格提拔为副教授；他在学术上取得众多成果，年纪轻轻就已经享受国务院特殊津贴。为了实现出国留学的梦想，房喻在英语方面做了大量准备。他在西安外国语学院（后来更名为西安外国语大学）报了专门针对出国的英语培训班，加强英语口语训练。

房喻十分幸运，他的申请获得了英国伯明翰大学John F. Kennedy教授的青睐，由此获得了自费到伯明翰大学访问、学习的机会。

鸿鹄总是渴望外面的世界，渴望更高远的蓝天。1993年，房喻37岁了，在古城西安最炎热的7月，房喻动身前往英国。英国的夏季应该是一年之中最舒适的季节了，凉爽舒适，景色宜人。伯明翰大学的校园草木葳蕤、鲜花绽放，一派生机盎然的景象。但房喻无暇欣赏，而是一头扎进化学系多糖和蛋白质工程实验室，全身心地投入合作研究中。在伯明翰大学，房喻一心奔着研究和实验，从早到晚都泡在实验室里。他的表现获得了导师的高度肯定，因此，教授主动为他提供了生活费等支持。

一年的访学时间很快就要结束了，John F. Kennedy 教授强烈建议房喻留下来攻读博士学位，并承诺为他提供学费和生活费。为了让房喻能够专心研究，教授还主动提出将他的妻子和女儿接到英国，以解决他的后顾之忧。

房喻与很多去英国的中国访问学者不同，他们几乎都会选择白天在学校学习工作，晚上就去酒吧或餐馆打工赚钱，这样的兼职一晚上最少也能挣到 20 英镑。20 世纪 90 年代的中国和英国在经济上差距很大，那个年代，官价 1 英镑可以兑换差不多 13.5 元人民币，在黑市上，则可兑换 15 元甚至 16 元。也就是说，一个晚上兼职赚到的钱就可以超过国内副教授一个月的工资。

兼职挣钱必然影响研究工作，在学术交流和展示环节就显得很没有底气，导致外国教授对中国的访问学者评价不高。房喻是个有风骨的人，他不愿让自己和中国的访问学者被人轻视，他要用实际行动与科研成绩来扭转这种不好的评价。他一心扑在科研和实验上，早上到得最早，晚上走得最晚，成了访问学者中最专心、最勤奋的一位。一年多的访问学者生涯很快就结束了，房喻的优异表现赢得了导师和同事们的赞许。

此时的房喻还想留在英国，换一个环境继续学习，于是他把目光转向了兰卡斯特大学。这是一所建于 1964 年的研究型大学，其高分子学科特别有名。此外，校园环境优美，教学设施完备，交通便捷，还能为拖家带口的外国留学生提供公寓。为此，房喻积极申请兰卡斯特大学高分子中心的博士学位。

然而，要获得英国大学的全职博士生身份是很难的。当时，英国大学根据来源地不同，将学生分为三类，一是来自英国和欧盟国家的学生（当时英国还是欧盟的一员），二是来自英联邦国家和地区的学生，三是海外学生。不同类型的学生交付的学费差异极大，海外学生需要交付的学费差不多是英国本土和欧盟学生的 4 倍，这就使得很多英国教授不愿招收海外研究生。好在英国政府为了吸引优秀海外生源，设立了一个特殊的 ORS 奖学金（Outstanding Research Student Award, 简称 ORS Award）。英国政府将 ORS 奖学金名额下达到各大学，不同的大学名额不同。除了牛津、剑桥，其他大学每年的名额一般不会超过 4 个。房喻十分幸运，获得了这份宝贵的奖学金，由此，他有了进入心仪的兰卡斯特大学高分子中心攻读博士学位的机会。

进入兰卡斯特大学后，房喻开始从事高分子胶体与界面和光物理应用研究。他全身心地投入，总是感觉时间不够用，恨不得把一天当两天来用。兰卡斯特大学校园很美，很多地方像中世纪的庄园一样古朴雄浑，很多建筑就像古城堡一样。在校园里能看到哥特式的尖顶，也能看到罗马风的穹顶。房喻每天步履匆匆地从公寓赶到实验室，经常在太阳还未升起时就开始工作，星月升空时才走出实验室。他最常感受到的就是夜晚校园的静谧和幽深。

兰卡斯特大学图书馆位于校园中心的亚历山大广场上，也是房喻爱去的地方。且不说中庭中的那棵大树让他想起"十年树木，百年树人"的名言，单纯地坐在图书馆落地窗旁读书时，读累了抬头望向远方，黄昏时分的落日余晖也让人沉醉。

房喻醉心于研究，热衷于实验，实在顾不上自己的小家庭，日子过得紧巴巴的。妻子通情达理，从来不对他说，怕影响他的工作。所幸导师了解情况后，决定给他提供每月超过 700 英镑的生活津贴，这差不多是博士正常津贴的两倍。有了这笔津贴，家人的生活得到了极大改善。

努力付出终有回报，房喻终于在兰卡斯特大学获得了博士学位。时间转

1998年7月，房喻回国前与英国兰卡斯特大学的中国学者和留学生在一起

（院士方提供）

眼到了 1998 年 4 月，在英中友好协会设立的基金支持下，房喻继续在兰卡斯特大学工作。然而，尽管在英国取得了很多成就，可他心里每时每刻都在思念着祖国，思念着家乡。五年前的夏季，房喻来到英国，开始了在异国他乡的求学之路。虽然此时的英国对他来说已经不再陌生，对华人的接受度也越来越高，可在房喻看来，依然有种寄人篱下的感觉，总找不到归属感。

1998 年夏季，国内发生了特大洪水，房喻时刻关注着灾情，心系祖国。虽然关中地区自古旱不着、涝不着，但连续多天的暴雨也让人忧心。房喻参加一些化学领域的学术会议时，看到台上出现的总是外国专家，中国人的身影寥寥无几。他深知，外国不缺他这样的华人专家，可是中国需要他，他也希望能为祖国作出贡献。他想起了钱学森先生说过的一句话："我是中国人。我现在所做的一切，都在作准备，为的是回到祖国后能为人民多做点事。"钱学森回国时，也是像他这般年纪。

钱学森就是房喻的榜样！俗话说，榜样的力量是无穷的。在那个特殊的年代，钱学森克服重重艰难险阻都要回来报效祖国，他又有什么理由不回来？房喻决定回国，这念头一旦出现，就迅速占据了他的身心，让他无法静心工作。

房喻将想要回国的想法告诉了亲朋好友。家人、朋友还有曾经的导师都劝他慎重考虑，房喻却坚定地说："我考虑过了，我的事业在祖国，我一定要回到祖国。"他毅然决然地向导师提出辞呈，准备回国。

回国前，房喻与在兰卡斯特大学的中国学者和留学生们举行了一次聚会。他知道，此后一别，有些人也许就很难见到了。

在平时野餐的小山坡下，那片开满野花的草地上，房喻一家人和朋友们欢聚在一起，尽情地享受着夏日的好时光。女儿无忧无虑地和其他小朋友一起追逐打闹，妻子也暂时忘记了规劝他，舒展了多日紧锁的眉头，享受着全家人在一起的时光。

华人房东听说房喻打算回国，特别高兴，驱车数百里为他们一家安排了一场丰盛的欢送宴。在宴席上，房东鼓励房喻回国后好好工作，成为科研领域的排头兵，为中国、为中国人争光。中国强大了，全世界的中国人腰杆就直起来了。

四　陕西师大留我心

坐在回国的飞机上，看着舷窗外翻涌的云海，房喻的心就像那云海一样翻腾。

当飞机进入中国领空，房喻的眼睛始终盯着舷窗外，俯视着云层空隙间露出的山川、河流。突然，在棕褐色的群山万壑间，出现了一条细长的苍黄色的带子，那带子蜿蜒起伏、连绵不断，直到在带子的拐弯连接处，看到四四方方的烽火台，房喻这才确定是万里长城，确定自己回到了祖国。

"万里长城永不倒，千里黄河水滔滔。江山秀丽，叠彩峰岭……要致力国家中兴……"房喻在心里默默哼唱着《万里长城永不倒》，瞬间热泪盈眶。这个高大的西北汉子从未因艰难困苦而流泪，但看到祖国的大好河山，热泪不禁涌了出来。他的心早已飞越云层，飞回了祖国母亲的怀抱。

房喻想着北京，念着西安，牵挂着母校陕西师范大学。他时不时地想起妻子的叮嘱："你一心要回国，我也拦不住你，但最后的底线是必须留在北京。"回国之前，他与中国科学院感光化学研究所取得联系，研究所为他安排了住房和工作岗位，课题组组长甚至还为他准备了研究生。但房喻出国前是陕西师范大学的教师，他需要到母校办理调动手续。

飞机降落在北京首都国际机场，一踏上祖国的土地，房喻激动得热泪盈眶。盛夏时节的北京，正是骄阳似火的时候，房喻的心也如这骄阳一般热火朝天。他一刻也不想停，直奔中国科学院感光化学研究所。一路上无论道路、桥梁还是高楼，都与5年前他离开时大不相同，祖国正在飞速发展。

房喻拜访了感光化学研究所的领导，准备对接入职后的工作岗位。领导特别热情，带着他见了科研团队，看了办公环境，还特意去了家属楼。他们向房喻承诺，入职后不用担心孩子上学问题，所有的后勤保障都会跟上，让他安心做好科研工作。研究所的领导对房喻格外重视，希望他尽快办好调动手续。

房喻对中国科学院感光化学研究所非常满意。研究所环境优良，待遇优厚，地理位置优越，位于北京文化氛围最浓郁的海淀区，周边高校云集，北大、清华是它的邻居，中国人民大学也近在咫尺。这里风景优美，距离圆明园和颐和园都很近。

房喻匆匆逛过颐和园，顾不上休息，又去了圆明园。站在圆明园西洋楼的断壁残垣前，望着蓝天下大石板缝中的萋萋小草，抚摸着汉白玉石柱上的精美花纹，房喻的心情非常沉重。这些历史痕迹让他深深地认识到，落后就要挨打，贫穷就会被欺负，没文化就会被人看不起。一时间，房喻下定决心，要用自己所学的知识为祖国的建设贡献力量。

8月的古城西安，依旧闷热。永宁门雄伟壮观，护城河碧波荡漾，大雁塔庄严肃穆。去国五载，今夕归来，故园又添新蕊。绿盈盈的爬山虎掩映下的陕师大图书馆依旧那么静美，像在等待归家的游子。

图书馆前的雪松又高了一大截，树身粗壮了许多，树冠形成的绿荫是天然的绿伞。图书馆前的假山和喷泉，就像一座大型盆景。喷泉喷出的水雾缭绕，给炎炎夏日带来了丝丝凉意。正是暑假，家属院里的孩子们在池边用玩具水枪打水仗。房喻在池边静静观望，不料被喷了一脸水。有个孩子赶忙跑来道歉，房喻笑着摆摆手，他想起了小时候涝池边的小伙伴。

顺路往前走，畅志园的白墙黛瓦映入眼帘。月亮门楣上红匾高悬，在紫藤和凌霄的绿叶掩映下，一朵朵橙红色的小喇叭花热烈绽放。房喻不由得走了进去，这里看看，那里摸摸。十几年前，他经常在这里晨读，这里有他大学时的青春记忆。

顺着学汇路漫步而行，路过紫藤长廊。夏日清晨，总有年轻的学子在此看书。那些穿着紫色连衣裙的女生和身穿紫色 T 恤的男生低头看书的身影，让人不禁想起春天紫藤花缀满枝头的美好景象。突然，一只大白猫"嗖"地一下跳上长廊下的石条凳，把专注读书的学子吓了一跳。那只大白猫跳下石条凳，慢慢向房喻走来。到了房喻脚前，它眼睛骨碌碌地盯着房喻看，还用尾巴蹭着房喻的脚踝，并发"喵呜"的叫声。房喻蹲下身来仔细一看，原来这只大白猫是他之前在这里看书时经常陪伴他的小白，只不过现在已经是大白了。

走累了，也逛饿了，那就去师大路咥一碗面吧。房喻来到一家熟悉的小店，还是那对老夫妇，老板热情地招呼着："你来咧！坐。老规矩？"然后，他顺手给房喻倒了一碗面汤。一瞬间，房喻有了回家的感觉，他应道："老规矩，三合一干拌。"等面的工夫，房喻剥了几瓣蒜。只一小会儿，一大碗面就端上了桌。房喻加了点油泼辣子，搅匀后挑起一大筷头面塞进嘴里，再咬瓣蒜，大口咀嚼。嗯，还是那个味儿！

自己培养的青年才俊回来了，学校和化学系的领导、教授都很欣喜。可听说房喻要去北京工作，大家都急了。在他回国前，一位校领导专门给他写了一封长达五页的信，恳请他回母校工作。信中写道："一个留学博士对于北京来说，可能无所谓，但对于陕西师大而言却是宝贝……"这是房喻从小到大收到的最长的一封信，信中领导的殷切期盼和挽留显而易见。在房喻回到母校申请调离期间，多位领导、朋友都与他进行了深入的交谈，他们反复做工作，希望他能留下来，服务学校发展。房喻被深深地感动了。

就在他动摇之际，他看着妻子和女儿的照片，想起了妻子的千叮咛万嘱咐，想起这么多年妻子和女儿跟着自己四处漂泊、居无定所，他又狠下心来谢绝了领导的殷切挽留。

西安的夏天酷暑难耐。房喻的家在师大家属区一栋楼的顶楼，比其他楼层更热。那天，房喻正在屋子里挥汗如雨地收拾行李，突然门外传来"咚咚咚"的敲门声。房喻开门一看，原来是化学系年迈的主任和书记。他们气喘吁吁地爬上楼，汗水顺着脸颊往下淌。此时屋子里已是一片混乱，既没有水，也没有坐的地方。但主任和书记毫不在意，竭力劝说房喻留下来。如此场景，在那个夏天的两个多星期里，至少发生了三次。

说实话，房喻内心非常感动。这些劝他留下的领导都是曾经教过他的老师，或者是他出国前的领导。常言道：一日为师，终身为父。他深感应该把老师当父亲一样敬重，这么多人劝他留下，他内心的天平有些摇摆了。但想到家人的叮咛和期望，他没有表态。领导们看到房喻如此为难，提议一起吃顿饭，给他饯行。

没有选择豪华的饭店，也没有挑选昂贵的菜肴，吃饭的地点在学校餐厅顶层的学生食堂。学校和化学系来了不少人，坐了满满两大桌。有领导拿出平时舍不得喝的好酒，斟满，那是"劝君更尽一杯酒，西出阳关无故人"的不舍；房喻感念母校的培育之恩，也把酒杯斟满，那更是"桃花潭水深千尺，不及汪伦送我情"的感动。

在推杯换盏中，房喻看到老教授和老领导那霜染的华发、那期待的眼神，他彻底被打动了。不知是酒醉了人还是情醉了心，房喻突然站起来，酒杯一举，大声宣布："我不走了，我就留在咱陕师大！"此语一出，众人都欢呼起来，纷纷称赞房喻："真是咱老秦人的汉子！"

身材高大的房喻被众人团团围住，大家纷纷向他敬酒。他挨个和大家碰杯，大有不醉不归的气势。房喻是地地道道的老秦人，话虽不多，但言出必行。他说出去的话掷地有声，一诺千金。大家欣喜若狂，再也不怕房喻离开了。这就是赳赳老秦！这就是咱老秦人的汉子！

待到酒醒后，房喻开始认真思考自己的选择。他决定放弃北京优越的工作条件和待遇，选择继续在陕西师范大学进行教学和科研工作。当时的化学系学科建设较发达地区严重滞后，科研经费也少得可怜，人才也如孔雀般稀缺，房喻深知自己任重而道远。

难题从来不会困住智者，只会让庸人裹足不前。既然选择了这条艰难的路，房喻就会义无反顾地走下去。

五　化学科目大发展

教书育人、科学实验，这些工作让房喻披星戴月地忙碌着。如果问他陕师大校园什么时候最美，他一定会说星月满天时最美。是星月辉映下的静谧校园？是夜晚的凉风？还是凉风下的法国梧桐？又或是那窃窃私语的爬山虎？都不是。真正美的是那夜晚自习室里的莘莘学子，是那挑灯实验的科研人员，是那昏黄路灯下白发苍苍的老教授，是那被星月拉得很长很长的晚归身影。

再次回到陕西师范大学的房喻，给自己设定了高标准，就像上紧了发条一样。短短半年时间，房喻就取得了令人瞩目的成绩。校领导和教职工看在眼里记在心间，1998年12月，在新的一年即将开始，万象将要更新之际，校系一致推选房喻担任化学系主任。

只有将合适的人放在合适的岗位上，才能最大限度地发挥其才能。作为1977年恢复高考后的首批大学生，房喻是此政策的受益者。他深知要改变旧的不合时宜的规矩和政策，必须排除万难进行改革。

此时的化学系，实验室特别紧缺。新进的教师分不到实验室，而退休教师却迟迟不愿腾出，这就导致了矛盾的产生，也阻碍了系里科学研究的进展。房喻采取一系列改革措施，根据学科和团队的需求集中分配实验室，对有课题经费的退休教师，按照课题大小分配实验室面积；对没有课题经费的退休教师，则按占用实验室面积进行收费。政策出台后，众人都在观望。房喻从自己的几位恩师入手，动之以情，晓之以理，该腾退的腾退，该交费的交费。众人一看房喻是动真格的，不是嘴上说说而已，于是纷纷加入化学系实验室改革的队伍之中。短短半年时间，被占用的实验室就全部收了回来。新进教师有了自己的实验室，就好比打仗有了武器，他们做科学实验的劲头更足了。

如何把化学系带领好、发展好，是房喻担任化学系主任后一直在思考的问题。要想把一个系建设好，人才队伍建设、学科建设、教学改革一样都不能少。人是一切工作的根本，有了优秀的人才，就不愁干不成事。引进外部优秀人才和鼓励内部人才走出去交流的理念，不只适用于经济领域，也适用于教育领域。

在房喻的带领下，化学系群策群力，想方设法引进和培养人才。系里首先积极引进人才，特别是引进国内外名牌大学的优秀人才；其次把年轻教师送出去深造提升；再次做好传帮带，以老带新。然而，把年轻教师送出去深造，总让一些人不放心，担心人放出去就回不来了。面对这些担忧，房喻给大家吃了定心丸："这个问题不要担心！我们要给年轻人的成才创造机会和条件。要想留住年轻教师，咱只需要把学校和系建设好，年轻教师深造结束，自然会回来。即便是不回来，无论他们选择在国内哪所大学工作，还是选择在国外的大学和研究机构工作，只要他们在为全社会服务，为人类作贡献，我们的付出就没有白费。"

人才的问题陆续得到解决，化学系将工作重心转向学科建设。上任伊始，房喻和化学系领导班子成员共同研究制定了专业建设规划，明确了"加强传统专业、发展新兴专业、拓宽专业基础、优化专业结构、重在质量建设"的总体思路。传统专业诸如有机化学、物理化学、无机化学、分析化学、化学工程、化学教学论等，这些专业是化学学科的基础，任何时候都要把基础打牢，才能谈到其他。同时，他们致力于发展新兴专业，如高分子化学与物理、应用化学等。其中，应用化学是由原来的化工工艺和化工分析与监测两个专科专业合并提升为本科专业的。为了更好地适应时代变化，满足社会发展的需求，他们不断地拓宽和优化专业领域，加强专业交叉和跨界融合。这些举措的实施，使陕师大的化学学科走上了可持续发展的快车道。

教学改革很艰难，但是再难也必须进行。半个世纪形成的教学习惯，不是一朝一夕就可以改变的。房喻组织化学系师生开展教育思想大讨论，对原有的课程体系和教学计划进行深入剖析。讨论中，大家坚持继承优秀的教学传统，摒弃阻碍发展的陈规陋习。经过研究讨论，师生的思想统一了，大家一致认为本科教育不仅要注重学生专业知识结构的宽广性和系统性，还要注重学生自主获取知识和创造知识的能力。接下来，房喻带领团队紧锣密鼓地修订了各专业的教学计划，选用高水平的教材，推行双语（汉语和英语）教学，强化精品课程，弘扬化学精神。这些举措激发了全系师生的热情和活力，整个化学系由上到下、从里到外焕发出一种前所未有的精气神，那就是求真务实、竞争协作、开拓创新、敬业献身的科学精神。

在房喻担任化学系主任的四年里，化学系在各个方面都取得了显著的发展。教师队伍的博士数量大幅度提升，学科建设从最初只有分析化学和有机化学两个硕士点发展到五个二级学科全覆盖，而且还拓展至材料学、材料物理与化学等学科。在学位点建设方面，化学系不但实现了博士学位点的零的突破，而且还获得了化学一级学科博士授权，以及材料科学与工程一级学科门类下的应用化学博士学位授权。这些博士授权点的不断突破为陕西师范大学化学学科的发展奠定了坚实的基础，也为学校材料科学与工程学科的后续发展提供了有力支持。

回国后的四年多时间里，房喻以只争朝夕的精神忘我工作。他以前引以为傲的满头乌黑浓密的头发，短短一两年后，就在双鬓和颅顶出现了丝丝白发；曾经炯炯有神的双眼，现在也略显疲惫。真是"华发如春卉，森森易满头"。刚刚四十出头的年龄，正值男人风华正茂的年纪，他把自己的青春年华奉献给了陕西师范大学，奉献给了他热爱的化学事业。

六　师大头雁任翱翔

化学系脱胎换骨般的变化，彰显了房喻的魄力和实力。在房喻的主导下，经学校批准，陕西师范大学化学系于 2001 年成功转型为陕西师范大学化学与材料科学学院。能把一个系和学院建设好，校领导对房喻充满了信心，相信他一定有能力将整个学校管理和建设得更好。

2002 年年底，经多方考察、民主推荐和测评，房喻被任命为陕西师范大学党委委员、常委和副校长。在学校领导班子成员的支持下，房喻全心全意地投入学校的发展中，与校长和党委书记紧密合作，共同负责学校的日常管理工作。仅仅过了一年多时间，2004 年 4 月，教育部任命房喻担任陕西师范大学校长，时任教育部部长的周济等领导到校宣布任命。这一任命不仅体现了教育部和陕西省委对房喻的高度信任，也是对他回国后工作的肯定，同时也是陕西师范大学广大教职工对他的支持和厚爱。

这是重逾千斤的担子啊，房喻决心用整个身心和生命来挑。2004 年正值建校 60 周年，经过几代人的共同奋斗，陕西师范大学已经发展成一所学科门类齐全、在全国享有盛誉的综合性师范大学。但房喻也清楚地看到，学校仍面临着一些挑战，如地处西部经济欠发达地区，面临教师队伍数量不足、质量不高的问题，学校的办学实力和教职员工的生活条件、工作条件还亟待改善，困扰学校发展的体制不顺的问题依然存在。

面对新形势、新任务，房喻和校领导班子深刻认识到，传统的办学模式和办学思路已经不能适应时代发展的要求。大学必须面向社会、面向市场，必须在与其他学校的竞争中求生存、求发展。看清楚学校存在的问题、面临的形势后，他们积极研究制定对策，强化竞争激励机制，转变干部作风，加强师资队伍建设，力争把陕西师范大学建设成为"以教师教育为主要特色的综合性、研究型大学"。

越是伟大的事业，越是充满挑战，越需要知重负重、攻坚克难。在领导班子换届大会上，房喻郑重承诺，将努力营造"文理交融、宽松和谐；勇于创新、敢为人先；追求真理、宽容失败；鼓励竞争、崇尚合作；淡泊名利、诚信负责”的高品位校园文化氛围，以及“珍爱人才、呼唤人才、培养人才”的良好校园风气。房喻是这么说的，更是这么做的。

担任校长的第二年，当房喻得知教育部新一轮的“211工程”建设学校有十几所学校入选，而陕西师范大学未能入选时，他和学校领导班子成员感到了前所未有的压力。深夜，走出实验楼的他毫无困意，就在图书馆前的草坪上不停踱步思考。夜色中的图书馆大楼显得庄严而静谧，周围非常宁静。已经是国庆节后了，天气一天比一天凉。寒露已过，穿着长袖衬衫的房喻感到一丝寒意，但更多的是心里那股凉意。走到刻有“抱道不曲　拥书自雄”的巨石旁时，他有些走不动了，索性背靠着巨石坐了下来。他深知“211工程”建设对陕师大来说是一个难得的发展机遇，一旦错过，对学校和全校师生将是非常大的损失。

1994年，原国家教委在确定全国“211工程”建设学校名单时，教委领导考虑到种种因素，决定暂不列陕西师范大学、华中师范大学、西南师范大学等学校进入“211工程”建设学校名单，这几所完全具备实力的学校尊重原国家教委意见，顾全大局，耐心等候。十多年弹指一挥间，此次华中师范大学、西南师范大学（现在的西南大学）成功入选，房喻真心为两所兄弟院校高兴，但也为陕西师范大学忧心，觉得无颜面对全校师生。

上北京，去教育部，尽最大努力为学校争取。打定主意，房喻毅然起身，拍拍屁股上的杂草，这才发现裤子已被露水打湿了。他和校党委副书记武国玲同志（受当时在国外访问的党委书记江秀乐同志委托）于2005年10月16日赶到北京，准备面见教育部主管高等教育的吴启迪副部长。得知吴启迪副部长正代表国务院学位委员会主持学位点增列一事，不便打扰，他们只能耐心等候。等到18日下午，得知吴启迪副部长又要出差，会面再次落空。19日，房喻忧心忡忡地又等待了一整天，但依然没有见到吴启迪副部长。夜深了，房喻翻来覆去睡不着，他已连续失眠多日。既然睡不着，他索性披衣在房间踱步。凌晨3点，他还在想怎样才能将学校的建设情况和自己的想法汇报给教育部。最终，他决定给吴启迪副部长写信，全面阐述陕师大的情况、师生的期盼和自己的愿景。

房喻在信中写道："作为校长，每当我想起那些非常优秀的毕业生在上海等地找到工作并签约后，因学校不是'211工程'建设学校而不能落户时；与外方合作办学，交流学生，因不是'211工程'建设学校，学分不能互认时；有些省份在招生、接受毕业生就业时将我校视为非重点大学时，我的心在滴血。"

俗话说，男儿有泪不轻弹，只因未到伤心处。房喻是出了名的硬骨头，从未在外人面前流过一滴泪，也从未在外人面前诉说过自己的难处，但面对学校的未来和命运时，这位铁骨铮铮的汉子落泪了。信中如诉如泣的话语，充满了伤感和无奈，令阅读者动容。房喻校长为学校、为师生的拳拳之心，感召天地日月。

回校后，房喻带领班子成员重新审视学校发展战略规划，补充完善各类各项规章制度，建立务实有效的教学业绩评估机制，多方筹资提升办学条件。那一年冬天，他不知道往北京跑了多少趟，拜访了多少领导。有一次，他给周济部长当面汇报时间超过了两个小时，导致部长的午饭也被耽误。功夫不负有心人，他们的努力终于得到了回报。年底时传来喜讯：陕西师范大学成功跻身"211工程"建设学校行列。几年后，学校又进入了985优势学科创新平台建设高校行列。

房喻在创新型人才培养和高水平大学建设方面，有自己独到的见解和设想，并身体力行地推动此项工作大踏步前进。在2006年暑期学校中层干部培训班上，他以"以创新型人才培养为契机，切实推进我校的高水平建设"为题发表了主旨讲话。他的发言分为两部分：第一，创新型人才培养——师范院校面临的机遇和挑战；第二，创新型人才培养和高水平大学建设中的几个问题。

房喻清醒地认识到师范院校与一般大学的差异，师范院校在创新型人才培养中居于特殊的地位，承担着特殊的社会责任。在培训班上，房喻校长直面学校和毕业生存在的问题：当前师范学院在创新型人才培养方面面临着师资水平不高、办学条件不好、办学经费不足等一系列困难；师范院校毕业生"缺乏个性、缺乏创造性、缺乏实践能力，学科基础相对薄弱"等问题也逐渐暴露出来；特别是师范院校毕业生"缺乏志向、竞争意识不强、批判怀疑精神不够"的缺陷使得他们难以以新的教育理念、新的教育观念和新的教育技术胜任符合时代要求的创新型人才的培养工作。

在学校中层干部培训班上，房喻不怕揭短亮丑，毫不避讳地指出了目前存在的问题。他同时指出，在现阶段学校要特别强调培养"有责任心、有知识、有能力、有同情心、有独立人格"的人。他教育学生和青年教师坚持"不唯书、不唯上、只唯实"和"不偏听、不偏信、不盲从"的做人准则和工作生活态度。这些意见中肯务实！

在房喻看来，高水平大学的精神和气质更多地体现在学校有没有浓郁的高品位校园文化，有没有众多富有个性、具有独立思考精神、敢于承担责任的高水平教授，教授在办学中的地位和作用是否得到充分尊重，学生在就学期间是否有远大志向，办学个性（特色）是否突出等方面。

如何向真正意义上的高水平大学迈进，实现学校的历史转型？房喻通过深刻剖析，认为必须围绕创新型人才培养这一核心，深入思考"教育教学改革及学生管理""科研体制改革及教师评价""学术组织重建及资源配置"

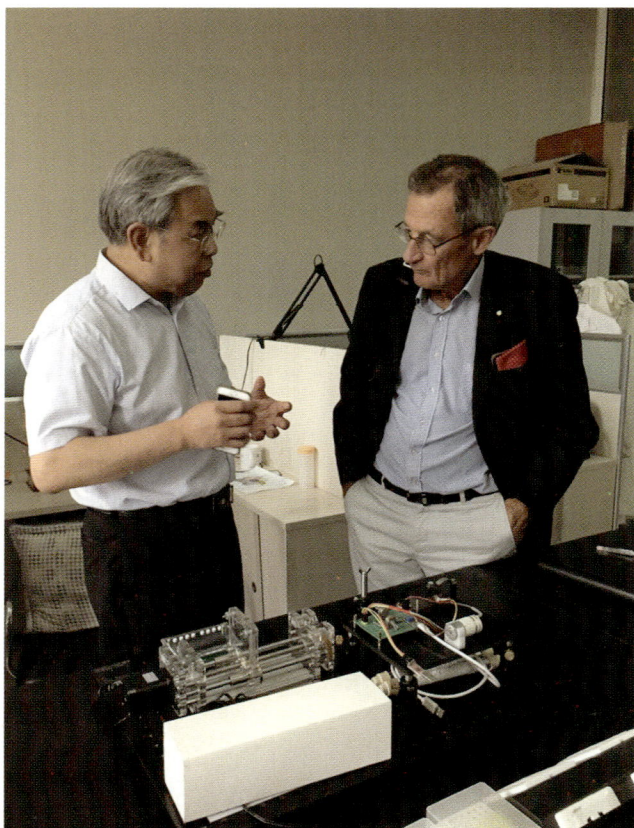

房喻和诺贝尔奖评审委员会委员 Krister 教授交流（院士方提供）

和"管理队伍建设和机关作风"等关键问题。培养创新型人才是建设高水平大学的必然要求，建设高水平大学是学校领导班子肩负的历史责任。房喻作为校长，责无旁贷。

关注学校的发展，关注学生的成长，房喻不敢有丝毫懈怠。每年学生毕业时，房喻都要语重心长地为毕业生写一封信。可这么多年，他又何曾给家人写过信！他把一颗心几乎全部放在了工作上，放在了学校里，放在了学生身上。

房喻写给2007届毕业生的那封信，至今读来，仍让人深深感动。他在国内外不同学校完成了硕士和博士研究生的学业，在多个具有不同性质的学校和研究单位从事过教学和研究工作，积累了比较丰富的人生经验，对人生的感悟也在不断深化。他给青年朋友们分享的感悟是：少些抱怨，多些感恩；少些懒惰，多些勤奋；少些跟风，多些思考。这是多么朴实无华的话语，就像一位亲切的兄长给弟弟妹妹们的忠告！

高水平的大学一般都拥有自己的博物馆，房喻自担任校长职务的第一天起，就琢磨着如何建设综合性的教育博物馆。他的初衷是为了更好地服务于师范生和教育硕士的培养，服务于基层教育战线中的中小学教师和校长的培训。为此，他多次给香港爱心人士何崇源、何崇本先生写信，希望在他们兄弟二人财力允许的情况下，予以支持。

在给何崇源先生的信中，他诚挚地写道："我们计划建成的博物馆除了服务于学校学生的培养和教师的培训，还会向社会开放，以影响周边地区，让更多的人认识教育、关心教育和支持教育，共同促进我们国家教育的发展和社会的文明进步。"接着，房喻笔锋一转，继续写道："然而遗憾的是，博物馆建设难以像教室、图书馆、实验室那样，列入由国家投资的建设计划。因此，我只能通过多方筹款和压缩学校常规运行经费来推动这一项目，以期将这件对学校、对学生、对社会有益的事情尽快做成。"

在房喻的不懈沟通联络下，何崇本先生慨然表示将资助 1500 万元用于教育博物馆的建设。有了这笔宝贵的资助，学校向教育部申请了配套经费，教育博物馆的建设得以正式启动。很快，在房喻和学校领导班子的不断努力下，教育博物馆由我国著名建筑设计大师张锦秋院士主持设计，于 2012 年仲夏开工建设，并于 2017 年 11 月 1 日正式开馆。陕西师范大学教育博物馆是国内首座综合性教育博物馆，其建成对传承中华教育文明、弘扬尊师重教优良传统、彰显中国教育发展成就、继承优秀教育历史遗产都具有深远的意义。

2014 年 5 月，房喻的十年校长任期届满，这是他一生中压力最大、最为辛苦、也最值得留恋的十年。2004 年履职时他的承诺言犹在耳：在任期内，我将一如既往，不以权利谋取任何个人私利；在任期结束时，我也不会谋求连任。他是这样说的，更是这样做的，他的实际行动践行了自己的诺言。

2004 年，房喻当校长的喜讯传回他的家乡临潼区房家村时，整个村庄都沸腾了。家乡人都觉得大学校长的权力很大，他却有着清醒的认识。在他看来，他只有全心全意为学校和师生服务的权利，不能有以权谋私的念头。从他当上校长开始，找他安排孩子上学、安排亲戚工作、给亲戚朋友介绍工程的人越来越多，多到他有时都无法正常开展工作。面对这些无理请求，房喻始终坚持着自己的原则，坚守着自己的底线，从没有为任何人开过绿灯，也没有为任何人侵占过集体的利益。为此，他得罪了太多太多的家乡人，但他苦笑着说："他们不理解，对我有意见，我能理解，但我没有办法解释，只能由他们去了。"

房喻的女儿从小耳濡目染，对化学充满了热爱，在父亲的影响下，她立志要从事化学科研。她聪颖又勤奋，考上了北京化工大学材料科学与工程学院高分子材料与工程专业，并在本科毕业后前往瑞典攻读硕士学位。学成归来，刚好赶上陕西师范大学招聘行政管理人员的机会，她符合学校的招聘条件，于是瞒着父亲偷偷报了名。然而，当房喻得知后，坚决不同意女儿参加招聘考试。他说："我是陕西师范大学的校长，你是我的女儿，我知道你具备招聘条件，笔试和面试对你来说也不是问题。但是，即便你是凭自己本事考上的，别人也会说因为你是我的女儿，可能得到了某些方面的照顾。为了避嫌，你还是不要参加这个招聘了。"就这样，房喻优秀的女儿没有进入陕西师范大学工作。后来，为了彻底避嫌，房喻的女儿远离了她喜爱的化学事业，远离了西安高校系统，重新规划了自己的职业发展道路，选择在民营教育培训机构工作，给孩子们教英语，实现了自己的人生价值。

2014 年 5 月任满离职时，房喻说："新老更替、辞旧迎新是人心所向，也是自然法则。一所学校主要领导的更换，一定会给学校发展带来新的变化，创造新的机遇。"他心怀感恩，感谢了多年来与他并肩作战的学校党政班子全体成员，感谢了学校的中层干部（包括各附属单位的领导），感谢了全校师生。最后，他特别感谢了他的夫人和女儿。

房喻一直对夫人和女儿心怀愧疚，他满面惭愧地说："多年来，我愧对她们，因为我既不是一个称职的父亲，也不是一个合格的丈夫，我给予她们的时间和关照实在是太少了。我知道，没有她们的理解和默默付出，我无法全身心投入工作。"

有记者说："每一位成功男人的背后，都有一位优秀的女性。因此，我想采访一下您的夫人。"房喻笑着摇摇头，轻声说："不用了。我们两个人多年来一直相互支持，各有各的工作和生活。不给她添麻烦就是对她最大的尊重。"

这就是房喻，他把全部身心都交给了学校。

七 鹤发银丝映日月

　　房喻，这位陕西师范大学的赤子，他的求学经历与职业生涯与这所学校紧密相连。在陕西师范大学，他开启大学时代的求学生活，毕业后留校当老师，在英国兰卡斯特大学读完博士又回到陕师大教书。房喻曾经说过，在他长达四十年的工作经历中，有三十五年在陕师大度过；而在他二十一年的求学经历中，也有七年在陕师大完成。陕师大不仅培养了他，还给了他展示才华的平台。房喻心怀感恩，恨不得把自己的一切都奉献给陕西师范大学。

　　《增广贤文》中有言："鸦有反哺之义，羊有跪乳之恩。"房喻对陕西师范大学的情义，便是如此深沉。他的母亲在他上大学前就因病离世，房喻把对母亲的深情都给了陕西师范大学。回国后，房喻不仅在陕西师范大学教书育人，还致力于科研创新，后期又陆续担任系、学院、学校的行政领导职务，直到 2014 年校长任期届满，他又一心一意地在化学化工学院当教授，带领科研团队攻克了一个个科学研究上的难关。

　　房喻提出了用于敏感薄膜创新制备的单分子层化学策略、分子凝胶策略和组合设计思想，成功揭示了 adlayer 效应。此外，他还发明了"叠层式"传感器结构，研制了爆炸物、毒品薄膜荧光传感器和探测装备。他率先将分子凝胶研究拓展至凝胶乳液体系，突破了传统凝胶乳液分散相体积分数的限制，还发展了轻质高强高分子泡沫材料的软模板制备工艺。通过融合分子凝胶理论，他成功解决了凝胶推进剂雾化困难和高能量密度材料长期悬浮稳定化等关键问题。

这些让普通人看不懂、听不明白的专业术语，让房喻带出来的博士研究生刘凯强说来就很通俗易懂："房老师的研究和我们的生活息息相关。在日常生活中，地铁、机场要进行安全检查，患者在医院要进行身体检查，交警部门有酒驾检查，食品安全、边境运输安全、国防安全等都需要进行相关检查。这些检查需要依赖先进的传感器技术。在面临危险时，传感器会即刻报警。特别是荧光传感器，能够在极低浓度条件下，对目标检测物快速响应，并能有效检测。"这就是房喻研制的爆炸物、毒品薄膜荧光传感器和探测装备。

20世纪90年代，美国在全球率先启动了"电子狗鼻"计划，逐渐形成了技术垄断，控制了相关产品的全球定价权。一台重量不足1千克的设备进口到国内，售价高达42万元，还没有议价的权利。房喻的研究目标就是研发出替代"嗅爆犬"的"智能狗鼻"，即微痕量物质的气相探测技术，以实现对各类危险物质如爆炸物、毒品等的高灵敏度探测，其核心技术就是传感器。

房喻深知核心技术必须掌握在中国人手里，中国在国际科学的舞台上才不会被"卡脖子"。扫雷、反恐、寻找爆炸物、监测危险化学品，房喻一直都在进行着防御危险的研究。尽管现在做实验的条件已不像20世纪90年代那样"浓烟滚滚，气味扑鼻"，但他仍然是在和危险同行。

2004年，在澳大利亚墨尔本机场，房喻偶遇七八只正在执行公务的嗅爆犬。他毫不犹豫地追了上去，跟着犬跑，想看清楚嗅爆犬到底对哪些气味警觉。周围的旅客都惊诧地看着一位中年男人不顾形象地跟着嗅爆犬跑。房喻压根顾不了那么多，他心里只装着科学实验，只要和科学实验有关系的人和事，他就会关注。

荧光探测与专业嗅爆犬"气味识别"工作模式相似，都是基于嗅觉。要

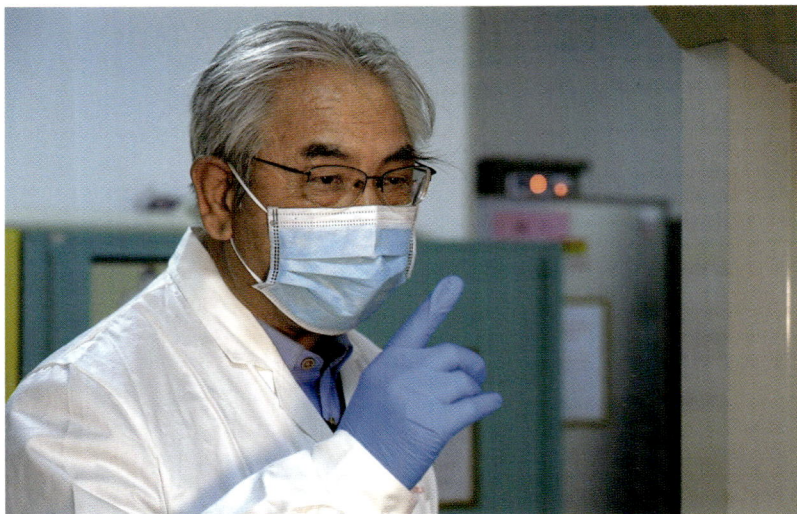

房喻正在给学生指导实验操作（院士方提供）

让材料对气味的敏感程度超越嗅爆犬，就必须在"敏感薄膜材料"上有重大突破。如果你在化学实验室里看到一位头发花白的教授，举着臭袜子、托着烂苹果和学生一道做分析实验，请一定别觉得奇怪，那应该是房喻在用这种方法来排除异味干扰。

化学作为自然科学的重要组成部分，起源于17世纪，利用20世纪的化学合成技术发展完善，成为20世纪人类在科学技术发现、发明方面的重要成就。房喻秉持"化学讲变化、重转化，如果思维僵化，可能一事无成"的理念，带领研究小组成员，从共轭高分子路径转向小分子，终于实现了对敏感材料技术的突破。

在传感器硬件结构方面，房喻首创叠层式薄膜传感器结构，打破了波导管结构一统天下的局面，研制出了真正属于中国人自主制造的隐藏爆炸物荧光气相探测技术和装备，实现了对30余种常见制式及非制式爆炸物的超灵敏、高选择和快速探测。其探测范围之宽、灵敏度之高、速度之快，均达到世界先进水平。2014年，房喻团队研发的"隐藏爆炸物超灵敏探测装备"正式问世，在爆炸物探测种类、敏感器件使用寿命等关键指标上，均超越了国外同类仪器。

在G20峰会、博鳌论坛、上海进博会以及港珠澳大桥通车典礼等重大场合，房喻团队研发的"中国制造"产品以其卓越的性能和亲民的价格，为安保提供了坚实的后盾。当有人问起"隐藏爆炸物超灵敏探测装备"的性能时，房喻自豪地说："即便装过爆炸物的容器清洗40次以上，接触爆炸物的手清洗2到3天后，我们的技术仍能在数秒内，将其检测出来。"这一发明无疑展示了中国科技的强大实力！

对于强者来说，成绩不会让他止步，只会让他前进的步伐迈得更快。房喻曾多次谈道："我们的研究理念是高技术应用牵引基础研究，基础研究支撑高技术应用。"以前期研究为基础，研究小组开创性地将多维信息用于毒品的区分探测，先后研制出一系列性能优异的毒品探测荧光敏感薄膜材料。这一创新在国际上率先实现了对冰毒、K粉、芬太尼等重要毒品蒸气或颗粒物的灵敏、可逆和快速荧光探测，为全球禁毒工作提供了新的有力工具。

如今，整机重量只有450克的手持式毒品薄膜荧光探测仪已在我国禁毒一线投入使用。这款被誉为"缉毒黑科技"的设备，能够让民警在不开包的情况下，迅速知晓包裹内是否藏有毒品，响应时间不超过10秒。

房喻经常对自己的学生说："科研要立足学科实际，面向国家建设需要，着眼国计民生，从源头上解决真问题，满足真需要。"曾经有一段时间，在学科内部，甚至出现了非常不应该的"化学没有前途说"。有人认为，多年以后，化学将不再以一门独立学科存在，有机化学、化学生物学可能融入生命科学之中，分析化学将被环境科学和生命科学所分割，无机化学、高分子化学将被材料学所涵盖，物理化学则将加入物理学阵营。但房喻坚信："化学学科的特点决定了化学研究是能够顶天立地的，是可以对国家、社会、百姓作出贡献的。"

2007年，房喻的博士生彭军霞在做选择性胶凝实验时，预想的油水分离的结果并没有出现，两种物质竟然神奇地融合了。在反复检查实验流程、反复实验并验证实验数据和结果无误后，房喻敏锐地意识到，这个"意外"背后可能隐藏着一种新技术，有可能解决国家正面临的材料领域的"卡脖子"难题！

在彭军霞的实验启发下，科研团队全力以赴，在国际上首次成功研制出小分子胶凝剂稳定的凝胶乳液。彭军霞兴奋地说："利用我们的凝胶乳液模板法制备的高分子泡沫材料，兼具了轻质、高强两大优势，实现了品种和工艺的双重创新。"她自豪地继续介绍着："以前我们制作此类泡沫材料时，必须依靠化学发泡、物理发泡或玻璃微珠填充等国外原创的技术。现在，我们有了自己的技术。"

将分子凝胶引入推进剂的研制中，解决了航天界公认的难题；建立公斤级多相云爆剂，突破了我国高能材料制备技术上的困境……在房喻的启发和指导下，刘凯强、彭军霞及团队成员以此为起点，连续攻克多个研究难题，正陆续解决我国在航天、航空、深海探索、汽车制造等领域面临的材料困境。

这就是房喻一直提倡的"做有价值的研究，做有应用的研究"理念的生动体现。

年复一年，日复一日。无数个日日夜夜，房喻和他的团队始终坚守在科研一线，为国家的科技进步和社会发展默默奉献着。

不知明镜里，何处得秋霜？房喻的头发，不知何时已被岁月的风霜染白。"鹤发银丝映日月"是岁月的见证，更是他为教育事业付出辛勤努力的象征。

八　丹心热血沃新花

"学高为师，身正为范。"作为在陕西师范大学工作了一辈子的教育家，房喻用他的言行诠释了这个标准。

在房喻所有的身份中，他最喜欢别人叫他"老师"，他也最看重这个身份。

房喻说："2023年，我来到这个世界已经整整六十七年。除了七年孩童

房喻在指导课题组成员做实验（院士方提供）

和不足一年半的返乡劳动，其余时间我都是在学校度过的，其中差不多二十年当学生，两年做访问学者，其余时间都在做老师，我与教育结下了不解之缘。"

高中毕业返乡，房喻在一所小学初中一体的学校里当民办教师，肩负培育祖国花朵的重任；恢复高考制度后，房喻考取陕西师范大学，本科毕业后留校担任讲师，继续在教育战线上发光发热；后来他边当教师边读硕士研究生，毕业后晋升副教授，开始指导硕士研究生；再后来他从兰卡斯特大学博士毕业后又回到陕西师范大学担任教授，肩负起培养博士研究生和博士后的重任。房喻的经历，可以说是新时代我国教育史的缩影。

当民办教师时，房喻就坚定了理想，以后要当一名光荣的教师。青年时的理想，房喻用一辈子来践行。房喻深刻理解教育的意义，他认为教育不仅是传授知识的过程，更是培养人才的重要途径。正如《孟子·尽心上》所云："得天下英才而教育之，三乐也。"对房喻来说，"得天下英才而教育之"，无疑是最大的快乐。

评价一位教师好不好、称不称职，要学生说了算。房喻的博士生丁立平说："房老师 1998 年回国后，在化学系当主任，积极推动改革，尤其重视英语教育，要求学生英语过六级，组织英语竞赛提升学生的英语水平，并拿自己的年终奖发奖励。也鼓励学生到国外去深造，开阔视野。在学校担任副校长、校长行政职务期间，他白天忙学校的行政工作，晚上和周末回实验室做实验。"

丁立平谈起她的导师，好像有说不完的话。她深情地说："房老师工作特别勤奋，我们做好的 PPT 课件，他会逐字逐行审阅，挑问题、挑毛病，直到完美。实验没做好，他会严厉批评；做得好时，他又会特别鼓励，增强学生的自信心。他能够容忍学生的缺点，只要这个缺点不影响学生的本质。我的师姐性格较为执拗，有时会和房老师就某个问题进行辩论，乃至发生争吵。房老师从不会计较，更不会打压学生，争吵过后就忘了，还是一如既往地关心学生。房老师特别擅长因材施教，他教出来的学生成才率很高，现在基本上都在各大高校的重要岗位上。房老师非常擅长挖掘学生的优点，他认为人的潜能是无限的，人和人差别不大，只要肯努力。"

何刚于 2005 年考取房喻的硕博连读研究生，2011 年博士毕业后前往加拿大国家纳米技术研究所及阿尔伯塔大学从事博士后研究工作。他于 2015 年回国，并在西安交通大学前沿科学技术研究院担任教授、副院长。何刚说起他的研究生导师，敬佩之情溢于言表："房老师非常有思想，对学术有高度的敏感性，总能带领学生在科研上取得卓越成果；他擅长因材施教，针对每个学生的特长和性格进行个性化指导。房老师一直鼓励优秀学子走出国门，去外面的大千世界走一走、看一看，拓展视野。他信念坚定，对科研事业充满热情，始终将国家和社会的需求放在首位，从不计较个人得失。房老师一贯注重创新和变革，注重海外高层次人才的引进。他乐于学习，勇于接受各种新鲜事物。房老师在冷门领域不断深耕细作，多年甘坐冷板凳。房老师关心西部教育，致力于推动科研成果的转化，积极与秦创原平台合作，让科研成果能够迅速应用于实际，造福西部欠发达地区。房老师对自己和家人很节俭，但对学生特别慷慨大方……"

房喻任何时候都把学生放在第一位，把自己排在最后。何刚动情地回忆着："2008 年汶川大地震时，房老师正在陕师大雁塔校区 7 号楼顶楼为化学与材料科学学院的本科生上课。他正在板书时，突然感受到教室摇晃得很厉害，以致无法书写，他敏锐地意识到地震了。他毫不犹豫地让学生先撤离，而自己则留到最后。7 号楼是悬空式楼梯，等到我和房老师撤离时，楼体已经摇晃得很剧烈了，再加上悬空楼梯稳固性较差，我和房老师真是跌跌撞撞地撒下来的。"房喻到达室外后，立即清点人数，查看有无人员受伤，并检查学校受损情况。随后，他又心急如焚地驱车前往长安校区了解情况。

房喻不仅在学业上给予学生全面的指导，还在生活中给予他们无微不至的关心。他的硕士研究生贺美霞来自陕北农村，一开始总是缺乏自信。房喻看在眼里，记在心上。他总是在贺美霞做实验时给予鼓励，当她的论文写得不错时，更是毫不吝啬地表扬她。在房喻的关爱和指导下，贺美霞的性格慢慢地开朗了，胆子大了，也敢想敢干了。

贺美霞特别想进入诺贝尔化学奖得主、法国斯特拉斯堡大学 Jean-Marie Lehn 教授的实验室，但她自己一直没有底气和勇气去申请。房喻了解到她的愿望后亲手指导贺美霞写申请材料，并给 Jean-Marie Lehn 教授发送了五六封电子邮件，推荐自己的学生。在房喻的鼓励和推荐下，不到一年时间，从陕北沟峁间走出来的贺美霞就在诺贝尔奖得主的实验室站稳了脚跟。如今，贺美霞在 Lehn 教授的指导下已获得了博士学位，并入职东南大学。

刘科毕业于咸阳师范学院，考取了房喻的硕士研究生。毕业时，房喻对他的学习、性格和能力等方面综合考虑后，推荐他去深圳一家高新技术企业工作。几年后，刘科又回到房喻门下攻读博士学位，并取得了优异的成绩。2020 年博士毕业时，刘科获得了中国化学会第十八届"东方胶化"杯全国胶体与界面化学优秀研究生成果奖一等奖。现今刘科已经入职西北农林科技大学，并被聘为青年教授。

常兴茂 2012 年本科毕业于山西师范大学，同年进入陕西师范大学房喻课题组，开始了他的硕博连读生涯。房喻给他创造机会，让他有幸于 2017 年 9 月至 2018 年 9 月，在美国犹他大学著名学者 Peter J. Stang 教授的课题组继续深造。这段经历开阔了常兴茂的视野，为他带来了更广阔的学术天地。2019 年 4 月，常兴茂荣获中国化学会第十七届"东方胶化"杯全国胶体与界面化学优秀研究生成果奖一等奖，同年 6 月，他顺利获得博士学位。2021 年，常兴茂获得"德国洪堡研究基金"资助，成为备受瞩目的"洪堡学者"之一。

房喻就是学生成材的阶梯，他总是甘愿俯下高大的身躯，让学生站在他的肩膀上看世界。谈起自己的学生，房喻总是一脸骄傲和自豪："我有多一半的学生到国外去读博士了。从我实验室出来的孩子，都经过了系统训练，我相信他们去到哪里都不会丢人。"谈起来自农村的学生，房喻更是深有感触："我就是农村出来的，非常理解很多农村来的学生可能缺乏自信。我作为老师，就是希望他们敢想敢做，树立更高更远的人生目标，希望他们将来走向社会后能够为家庭、民族、国家乃至人类承担起更大的责任。"

房喻培养的博士，个个出类拔萃。从他实验室毕业的标准不是发表几篇论文就可以了，而是能力、素质要全方位达标。房喻总是语重心长地对学生说："把什么事情交给你，你都能做好，我都能放心，你就可以毕业了。"无论是学业、科研、项目还是经费管理，他都放心让学生去处理，尽最大可能给学生权力，让学生迅速成长。

房喻培养的博士后刘凯强心怀感恩地说："2001 年，我的本科毕业论文就是在房老师的指导下完成的，然后一路跟着房老师攻读硕士、博士、博士后。在我学习期间，房老师特别忙，他当化学与材料学院院长时树风气、打平台、创条件；担任副校长和校长期间，又为全校学生的成长和发展创造各种有利条件。他的要求就是老师好好教书，学生好好学习。"

刘凯强来自内蒙古一个小乡村，房喻无论从学业还是生活上，总是给予他全方位的关心和帮助。刘凯强说起房喻，满怀感激之情，就像说起自家的亲人："在化学与材料学院房喻教授研究组，我是受益最多的学生。这里有优质的科研平台，房老师思想开明，是学院和学校的'领头雁'，有他这样的好老师在前面带领，大家都会积极主动好好学习。房老师在教学上非常注重言传身教，他常常告诫我们，做人最重要，其次是勤奋和努力，再次要有一颗热爱化学的心，感恩的心。"

作为老师，房喻对学生始终怀着一颗博爱、仁慈、怜悯、公正的心。很多家庭贫困的学生都受到过房喻的资助。刘凯强读硕士研究生期间的学费就是房喻资助的。还有一位学生患病了，房喻不但给予她经济上的支持，还安排其他学生和自己轮流照顾。半年后学生康复了，房喻又慷慨地给了她爱心捐助。

这么多年，房喻的无私援助已经惠及无数学生，甚至有些不是他名下的学生。在当校长时，他从师范大学困难学生多这一实际情况出发，发起并创立了由教职工捐资的陕西师范大学园丁奖学金项目。

房喻经常对自己的学生说："将每一件简单的事情做好就是不简单，将每一件平凡的事情做好就是不平凡。"他总是鼓励学生好好做科研，学生之间互相帮助，团结协作。他则从旁边加以点拨，给予支持。有时为了让学生能安心做科研，房喻不惜花费大量时间与学生家长耐心沟通，以争取学生家长的理解和支持。

房喻任校长期间，从学校顶层设计出发，积极推动并出台相关政策，帮助年轻学子和教师走出国门。在房喻的推动下，陕西师范大学一批又一批的年轻老师和学生走出国门，体会到了东西方文化的差异和冲突，对科学研究有了更为深刻的认识和重视。通过与国外学术界的交流学习，他们更加清晰地认识到了中国和外国在学术方面的差距，这激起了他们正视现实、奋起直追的决心和动力。所以说，出国留学不是不爱国，出国留学会让年轻人更加深刻地认识自己，更加坚定地热爱祖国。

让我们来看看房喻那些出国留学归来报效祖国的杰出学生吧！丁立平，美国密歇根州立大学访问学者、美国新墨西哥大学博士后；刘凯强，英国杜伦大学访问学者；贺美霞，法国斯特拉斯堡大学博士；何刚，加拿大国家纳米技术研究所及阿尔伯塔大学博士后；常兴茂，美国犹他大学博士后；彭军霞，加拿大阿尔伯塔大学博士后；吕凤婷，美国密歇根州立大学博士后；刘静，日本九州大学 JSPS 学者；刘太宏，美国中佛罗里达大学和新泽西理工学院博士后……如果一直列举下去，这个名单将会有一长串。

房喻认为，只要用心，每个孩子都是宝。老师就是传道授业解惑的人，就是引领学生成才的人。为了学生更好地成长，房喻不惜投入更多的资源，确保他们在追求学术的道路上得到更好的支持。比如，他慷慨解囊，让学生睡卧铺、坐动车去参加学术论坛，这样能节省时间，让他们养好精神，以更好的状态投入学术交流。他还出资让学生考雅思，学国际名校的 MOOC 课程，并为学生请外教提升口语能力，以便学生出国后能尽快适应国外的语言环境，能更好地认识世界。

房喻是真正的园丁，他一直都在用心呵护学生，用心培养学生，真可谓"丹心热血沃新花"！

九　防御危险成大业

历史大潮，浩浩荡荡；时代列车，疾速奔驰。

在房喻搞科研的道路上，他一直遵循"做有价值的研究，做有应用的研究"这个理念。

房喻提出的"连接臂层屏蔽／富集效应"概念，在化学领域引起了广泛关注。他率先发展了化学组装共轭高分子膜，创造了迄今为止响应速度最快、灵敏度最高的爆炸物(以 TNT 为标示物)薄膜基荧光传感纪录。以此为基础，他带领团队进一步研制了具有完全自主知识产权的爆炸物、毒品等有害物质高性能荧光传感器和探测设备。

2014 年 5 月，陕西师范大学与深圳砺剑防务技术集团合作成立了深圳砺剑防卫技术有限公司，使科研成果可以得到转化，并投入市场应用。学校通过与企业的跨界融合，将科研成果与市场要素紧密结合，打造了新时代的科技转化产业链条。

同年 11 月，在中国国际高新技术成果交易会上，房喻团队研发的"隐藏爆炸物超灵敏探测装置"正式问世。在爆炸物探测种类和器件使用寿命等关键指标方面，这款产品不仅超越了当时具有最高水准的同类仪器，而且在毒品探测传感器和检测设备的创新上，更是实现了国际首创。针对美国公司在全球的专利布局，房喻团队发明的荧光传感器叠层式结构彻底打破了以波导管为核心的技术垄断，将关键产品打上了"中国制造"的印记。2015 年，该设备经公安部严格检测后正式投入市场，在国内外市场产生了巨大反响。2016 年，该设备因在保障人民生命财产和国家安全方面作出的杰出贡献，荣获 CITE 中国电子信息博览会创新产品与应用金奖。

优秀的人一定是有心人、优秀的人一定是善于学习、勤于思考的人，优秀的人也一定是独立思考、不人云亦云的人。房喻就是这样的人，而且他要求他的团队成员、他的学生也要做这样的人。

在科研的道路上，房喻始终带领团队不断探索和突破。2011 年，在国防973 项目子专题"小分子胶凝剂的胶凝动力学和微观胶凝机理研究"中，房喻团队率先将分子凝胶引入推进剂的研制，成功解决了高分子基凝胶推进剂因剪切黏度过高而影响雾化燃烧这一航天界公认的难题，为新一代凝胶推进剂的研制奠定了坚实的基础。

不积跬步，无以至千里；不积小流，无以成江海。任何事情都不是一蹴而就的，都是经历了无数个不眠不休的日夜，无数次孜孜不倦的科研，经历了无数的挫折和磨难，才会获得成功。

在高能量密度材料研究领域，房喻团队应用分子凝胶技术解决了严重制约该类材料制备和应用的悬浮体系稳定化这一"卡脖子"问题，在国内率先提出了多相云爆剂凝胶化思想，研制了相应的稳定剂，建立了千克级多相云爆剂，为我国高能材料制备技术的进步作出了突出的贡献。

绿色，一直是房喻实验室科学研究的理念之一。在这一理念的指引下，该团队率先将小分子胶凝剂用于制备凝胶乳液，突破了凝胶乳液分散相体积分数必须大于 74% 的限制，拓展了凝胶乳液的模板应用空间，创制了全球首例高强度透气不透水的高分子膜材料。该类材料在国际公认的绿色消杀产品二氧化氯缓释领域获得了重要应用，所形成的产品性能全面超越国际和国内主流水凝胶缓释产品，为环保和科研带来了革命性的进步。

片片枝叶集成密林，涓涓细流汇成大海，点点星光照亮银河。这些辉煌成绩的取得，凝聚着房喻及其团队每位成员的心血。房喻深知科研之路不能单打独斗，团队的力量永远大于个人。他强调，团队成员要心往一处聚，劲往一处使，拧成一股绳，共同勇攀科技高峰。

2021 年 11 月 18 日 7 点 40 分，和每个早晨一样，房喻早早来到办公室，开始一天的工作。

分针秒针一刻不停地转动着，8 点钟不知不觉来到了。此时，房喻的手机铃声和信息提示音突然响个不停。

"房喻教授当选中国科学院院士了！"这一振奋人心的好消息将房喻包围了。家人、同事和学生们纷纷发来祝福的信息。然而，房喻依然像往日一样平静，接受了人们的祝福后，继续埋头工作。

2016年的教师节对房喻来说意义非凡，那一天他迎来了自己六十岁的生日。学生们聚在一起，给房喻说着祝福的话，那样温馨、温暖的日子，是房喻人生中难忘的记忆。

房喻特别看重"教师"的身份，因为他深知"教育是一项神圣的事业，是一项可以惠及千家万户的事业，更是一项可以让个人成才、国家强大、民族进步的事业"。没有老师的谆谆教诲和耐心引导，课堂就容易失去温度，教育也就难以真正滋润每一位学生的心田。

从教四十余载，房喻一刻都不敢松懈。他把对教育的爱、对学校的爱、对学生的爱融进了自己的血肉里。他的女儿曾羡慕地说："我真想当你的学生！这样我每天就可以见到你，每天都能听到你的声音，每天都能感受到你的关爱。"

房喻的夫人已经习惯了他视科研为生命的劲头，她默默地站在他的身后，做好后勤保障工作。一年365天，房喻几乎每天都在忙碌着，不是在课堂上传授知识，就是在实验室里探索未知，要不就是在学术交流会议上与同行交流心得。只有大年初一才可以在家踏踏实实地待一天，陪陪家人。

2022年11月，新加入房喻团队的薄鑫专注于电化学领域的研究。他说："加入房喻院士团队后，房老师一直鼓励我把基础教学做好，再在绿色能源、电池和芯片方面能有所突破。房老师经常给我讲绿色、跨界、融合、对接的理念，希望我不断挖掘自己的潜能，让科研工作能够更上一层楼。房老师对我的帮助特别大，为我争取实验室和课题经费，让我能全心全意地投入工作，没有后顾之忧。房老师就像家长一样关心我的生活。他身正为范、修齐治平，是我的楷模。"

房喻培养的博士生黄蓉蓉说："在房喻院士课题组的这六年多时间里，我真真切切地感受到了房老师作为科学家与教育家在治学、教书育人、社会责任担当等方面严谨求实、循循善诱、以身作则的卓越品质。我深深地被房老师在待人接物、为人处世等方面的人格魅力所折服，也常常被房老师和学生日常相处中的温情瞬间所感动。从硕士到博士的六年时光里，我所取得的每一点进步和成长，都离不开房老师的谆谆教导。人生有幸，得遇吾师，承蒙教诲，指点迷津，终生难忘！"

学生就是衡量老师的最好的尺子。这些学生中，有跟着房喻从事科学研究长达三十五年的丁立平、刘凯强等，也有刚刚入职一年的薄鑫，还有正在求学阶段的黄蓉蓉。他们在房喻身边，真正感受到了什么是"学高为师，身正为范"，也真真正正地体会到了"师范"二字的含义和力量。

生活是公平的，只要你尽心尽力把事情做好，荣誉和肯定自然也就随之而来。对房喻来说，这种公平体现得尤为明显。全国优秀教师、国家级教学名师奖、宝钢优秀教师特等奖提名奖等荣誉纷至沓来，就是对他多年如一日辛苦付出的最好证明。如今，花甲之年的他依然坚守三尺讲台，为本科生讲授化学学科导引课，做学科发展前沿讲座。为了更好地服务学生，房喻十多年前提出并推动落实了"教授接待日"制度，这一制度至今依然在化学学科实施。这一制度旨在为学生提供一个近距离接触老师的机会，让他们能够面对面向心仪的老师咨询自己关心的任何问题。实践表明，这一制度深受学生欢迎。十几年来，房喻始终恪守"教授接待日"制度。只要学生需要，他就坚持前往。

房喻经常谦逊地表示，不要过分强调"院士"头衔，他最喜欢学生叫他"老师"。

房喻扎根西部、甘于奉献、追求卓越、教育报国，他像园丁一样，尽心尽力地培育着每一位学生。房喻在西部大地上浓墨重彩地书写下"教师"二字，他以赤胆忠心砺剑卫国，为这片土地注入了无尽的力量和希望。

夕阳透过南向的窗户，映照在他的满头银发上，他的目光越过远处的高楼，望向远方的苍茫南山。那里，秩秩斯干幽幽南山，宛如一幅宁静而美丽的画卷。

房喻的一生，可谓"鹤发银丝映日月，丹心热血沃新花"！

作者简介

宋鸿雁，中国散文学会会员，陕西省作家协会会员，陕西省科普作家协会会员。曾在《光明日报》《中国文化报》《解放军报》《中国青年作家报》《海燕》《青海湖》等报刊上发表小说、散文、诗歌等约120万字。出版著作《福娃成长记》《青春悄悄来》等。曾获第四、五届全国青年散文大赛优秀奖、第二届诗经奖，"百花绽放"群众文学创作大赛一等奖等。《福娃成长记》荣获陕西省优秀科普作品征集活动优秀奖。